Robert Perišić

Unser Mann vor Ort

Roman

Robert Perišić

Unser Mann vor Ort

Roman

Aus dem Kroatischen von
Klaus Detlef Olof

Leykam

Gefördert durch den Literaturpreis der Steiermärkischen Sparkasse
Steiermärkische
SPARKASSE

Übersetzung ins Deutsche gefördert durch den Kulturminister der Republik Kroatien

Covergestaltung: Peter Eberl, www.hai. cc
Lektorat: Rosemarie Konrad
Umbruch: Helmut Lenhart
Gesamtherstellung: Leykam Buchverlag
ISBN 978-3-7011-7781-3
www.leykamverlag.at

TAG EINS

„Iraki pipl, iraki pipl ..."

Das ist das Losungswort.

Sie müssen sagen: Aim sori ...

„I'm sorry."

Kein Problem.

Ich habe den Checkpoint passiert. Ich sehe mich um.

Yeah! What a view ... Endlose Kolonnen auf der Straße Kuwait-Basra.

Humvees der 82. Division, Panzerfahrzeuge, Tanklaster, Bagger, Bulldozer.

Alles ist voll von Amis und Briten mit Gasmasken, der biologisch-chemische Karneval hat begonnen, nur ich Idiot habe keine. Man rechnet mit Kampfgiften. Saddam, heißt es, hat diesen Dreck zum Herschenken.

Ich renne mit dem Fotoapparat in der Gegend herum. Ich sage zu allen, sie sollen mich aufnehmen. Ich sage, das ist kein Erinnerungsfoto. Das ist für die Zeitung.

Auf der breiten König-Faisal-Straße strömen die Kolonnen Richtung Grenze. Ständig kommt von irgendwo Staub.

„Iraki pipl, iraki pipl."

„I'm sorry."

Wir fahren weiter.

Die ganze Zeit versuche ich, irgendwo Tauben zu entdecken.

Die für die biologisch-chemische Aufklärung verantwortliche britische Abteilung setzt, so habe ich gehört, Tauben ein.

Im Land Rover Defender sind keine. Dort haben sie einen Luftanalysator ausgefahren, der auch die geringste Veränderung der Luftzusammensetzung anzeigt. Das ist einfach gemacht und militärisch effektiv. Da gibts kein langes Nachdenken, wenn der Indikator rot zeigt, wird es kritisch.

Sagen sie.

Aber kritisch wird es auch ohne das. Bei mir jedenfalls ist es kritisch. Ich möchte, dass das veröffentlicht wird. Ich sehe all das Eisen, alle diese Haufen, Haufen, Haufen von Eisen und habe mich selbst in einen gezwängt. Ich kann kaum atmen, hier drinnen. Ihr könnt mir nicht helfen. Nein, ihr nicht. Ihr hättet am liebsten, dass ich aussteige, aber das wäre noch schlimmer. Ihr würdet mir gern die Hand reichen und mir hinaushelfen, aber das wäre noch schlimmer. Das alles ist ja da draußen. Die Humvees von der 82. Division. Ich beobachte sie. Sie wissen nicht, dass ich hier drinnen bin.

Oder wissen sie es? Britische Soldaten stellen sich nicht gern vor. Sie dürfen es angeblich nicht. Das ist es, sagte ich, Jesus, das ist es ... Man braucht sich nicht vorzustellen. Aus Sicherheitsgründen. Warum stelle ich mich nonstop vor, wenn ich ohnehin nicht der Nämliche bin, und bringe mich selbst grundlos in Gefahr? Ein Scheißjob ist das. Man muss sich vorstellen. Ich sage, ich bin Journalist aus Kroatien. Ich sage meinen Namen. Ich frage, ob sie Tauben haben.

Ich frage, ob es stimmt, dass die ABC-Truppe (das sind diese Anti-Bio-Chemiker, abgekürzt), ich frage, ob es stimmt, dass sie Käfige mit Tauben drin gekriegt haben.

Sie geben keine Antwort.

Ich sage, wie ich höre (ich höre?), haben Sie welche gekriegt. Vögel sind angeblich der beste Indikator, weil sie empfindlicher sind als Menschen.

Jetzt sagen sie etwas. Sie sagen, sie hätten diese Geschichte auch gehört, sind sich aber nicht sicher, dass sie stimmt.

Ich sehe sie zweifelnd an.

Sie tragen Gasmasken, wie gesagt. Manchmal nehmen sie sie auch ab. Dann kommen sie zum Vorschein.

Ich weiß nicht, entweder sie halten sie versteckt, oder es gibt diese Tauben nicht.

Sieh selbst, was du damit anfangen kannst. Ich meine, das mit den Tauben fand ich interessant. Und dazu eine gute Illustration: Tauben im Irak, Friedenssymbol und so.

Das mit den Losungen habe ich mir ausgedacht.

Filme

Es war nicht Heiligabend, aber egal. Ich betrat die Wohnung, behängt mit all den Plastiktüten, und verkündete schon an der Tür mit tiefer Stimme: „Der Weihnachtsmann ist da!“

„Ooooh?“, legte sie die Hand auf den Mund und machte auf überraschte Jungfrau.

Ich setzte die Tüten neben dem Kühlschrank ab.

„Aber das ist nicht alles!“, sagte der Weihnachtsmann und richtete sich stolz auf. „Ich habe auch Stoff mitgebracht!“

Es gab keinen Stoff, aber egal.

„Ooooh ... Wie geht es mir gut, wie geht es mir gut“, zwitscherte sie. Und setzte hinzu: „Ich sehe, dass du schon angetörnt bist.“

„Ein wenig“, sagte ich müde.

„Du loser Bube, du ...“, sagte sie.

„So bin ich nun mal, was will man machen“, gab ich zurück. Und setzte folkloristisch hinzu: „Eh ...“

Sie gab mir einen Schmatz auf die Wange.

Ich fuhr fort: „Eh, mein Fräulein, als ich bereits gekifft habe, wo waren da Sie ... Sie haben vielleicht in Biologie gerade die Geschlechtsorgane durchgenommen.“

„Und *Lungenzündung“,* sagte sie.

„Hmmm ... Hmmm ... Was für eine *Lungenzündung* denn jetzt!“, fragte ich.

Aber da grinsten wir einander schon mit bleckenden Zähnen an. Ich könnte nicht genau sagen warum. Ein Teil unserer Liebe (und unseres gegenseitigen Verstehens) besteht aus Unsinnigkeiten. Wir können über Drogen reden, die es nicht gibt, oder über sonst was. Man kann sagen, dass wir uns mit solchen Absurditäten entspannen („nach einem anstrengenden Arbeitstag“). Einer sagt etwas Sinnloses, und der andere lacht darüber. Und sagt: „Jao, wie bist du dumm, mit wem lebe ich zusammen ...“

Wir genießen diese Beleidigungen.

Ich glaube, sie hat vor langer Zeit als Erste damit angefangen.

Sie heißt Sanja und ich Tin.

Ich wiederholte: „Was für eine *Lungenzündung* jetzt?“

„Ich habe mal einen serbischen Film gesehen“, sagte sie. „Da sagt die Frau andauernd *Mein Kind kriegt Lungenzündung.“*

„Ich kenne den Film“, sagte ich mit professoraler Stimme. Ich gab ihr einen Klaps auf den Po, sie quiekte auf und flüchtete.

Jetzt hätten wir in der Wohnung eigentlich Haschmich spielen müssen.

Nur damit klar war, wer hier der Ältere war, gab ich ihr mit einer Grimasse zu verstehen, dass es mir im Traum nicht einfallen würde, diese Kinderspielchen mitzuspielen.

* * *

Was soll ich Ihnen sagen, kennengelernt haben wir uns in der Nachkriegszeit, auf interessante Weise: Ich war Clint Eastwood, sie die Dame mit dem Hütchen, die in diese gefährliche Stadt der Bauernrüpel mit der Postkutsche gekommen war, nachdem sie die Fahrkarte vermutlich in einem Preisausschreiben gewonnen hatte … Ich hatte sie schon beim Aussteigen gesehen, ich hatte den Glimmstängel zwischen den Zähnen, so dass mir der Rauch und die Sonne in die Augen stiegen, was meinem Gesicht einen besorgten Ausdruck verlieh. Sie wiederum hatte eine Unmenge Koffer mit, bestimmt voller Kosmetik, und ich sah sofort, dass sie in den falschen Film geraten war und dass ich sie im Verlauf der Handlung würde retten müssen …

Gut, manchmal erzähle ich das so. Denn es langweilt mich, die Wahrheit zu sagen. Wenn man hundertmal dieselbe Sache erzählt, muss man neue Momente einbringen – wozu sonst die Zunge strapazieren.

Für sie ist diese erste Begegnung unglaublich interessant. Sie drängt mich immer wieder, sie ihr zu erzählen, wenn sie in romantische Stimmung verfällt. Der Beginn einer Liebe ist Magie. Dieses Sich-dem-anderen-Präsentieren … im besten Licht. Du zeigst dich … als ein Besserer. Blumen blühen, Pfauen schlagen ihr Rad, und du wirst jemand anderer. Du spielst ihn vor, du glaubst daran, und wenn es funkt, wirst du auch anders.

Wie das nacherzählen, wenn von Anfang an alles voller Illusion ist?

Ich habe verschiedene Versionen.

Also, eine geht so: Sie hatte eine rote Strähne im Haar, grüne Augen, kleidete sich in Punkmanier … mit Betonung auf Manier (das ist die Version, die nicht gerade die billigste ist). Die Sache ist reserviert für Tussis mit bestimmten Geschmacksverirrungen … Und so hielt sie sich auch, nicht unbedingt kerzengerade, knabenhaft, verstiegen, sie sah ein wenig ausgezehrt aus, alles das wurde, wenn ich mich recht erinnere, in den Trendzeitschriften als Heroin-Chic propagiert. Ich nahm Notiz von ihr – wie sollte ich nicht? –, als sie das erste Mal vor der Stehkneipe *Lonac* (*Dolac? Concordia? Quasar?*) erschien, aber ich sprach sie nicht an, denn ihr bleiches Gesicht verriet Unlust und betonte Müdigkeit von der Nacht zuvor. Man kennt diese Gesichter, die voll pubertärer Verachtung für die Umgebung sind und unter dem Einfluss der Gymnasiallektüre stehen, wo mitunter rätselhafte Damen mit, durch das darkermäßige Make-up noch verstärkt, ausdrucksvollen Augen auftreten und wo das nächtliche Neon auf alles den Abglanz finaler Verdammnis wirft … Solche Gesichter wollen nicht in einer so verfassten Welt leben, sie warten nur darauf, dich abzuschmettern, wenn du dich ihnen näherst, als würden sie erst damit ihren vollen Sinn erhalten.

Hier tippt sie mir gewöhnlich auf die Schulter und sagt: „Idiot …“ – aber sie liebt es, sie liebt es, wenn ich sie beschreibe, wenn ich lange Sätze um sie schlinge, wenn sie im Zentrum des Textes, der Aufmerksamkeit steht.

„… jedenfalls habe ich sie nicht angesprochen. Ich habe sie nur mit meinem Peripherblick beobachtet … Und Rauchwolken in die Nacht geblasen.“

Sie hört wahnsinnig gern, wie ich sie von der Seite beäugt habe. Das ruft die Szene erneut wach, wie wenn ein Staat seine Gründung mit bedeutenden Ereignissen feiert – die dann von der Geschichte und der Offizialpoesie nacherzählt werden, wobei der Schwindel jedes vertretbare Maß überschreitet … Die Sätze flutschen nur so heraus, sie liebt meine Zunge und berührt sie mir ihrer.

„So war das damals vorm *Lonac* … Und ich weiß noch, wie sie mit schwerem Stiefel die Zigarette austrat und sich in dem langen, eng anliegenden Kleid, den kleinen Rucksack auf den Rücken geschnallt, umdrehte und mich ansah wie ein kleiner Leopard. Wie sie dann näher kam, als hätte sie eine Herde Gnus entdeckt … Ja, sie kam, um sich bekannt zu machen (emanzipiert), und da war sie schon und sagte ‚Sanja' … Obwohl mein ausgezehrtes Gesicht, wie sie später zugab, Unlust und betonte Müdigkeit von der Nacht zuvor verriet und sie befürchtete, ich würde gar nicht reagieren ..."

Jedenfalls waren wir so cool, dass wir uns fast verfehlt hätten.

... Bruder, Älpler, Gevatter, Bauersmann, so ziehen die Typen die Show ab in den Städten! Wenn ich nur daran denke … Manchmal hatten wir keine Ahnung, wer von allen diesen Rollen wir waren. Zu Hause bist du irgendwessen Kind, du verdrehst die Augen, du studierst an der Uni und verdrehst die Augen, dann gehst du raus in die Welt und wirst dein eigener Filmstar, du verdrehst die Augen … Denn niemand kapiert deinen Film, und du hockst unverstanden da, in der Provinz … Und dazu wechselst du die Filme unter den verschiedensten Einflüssen …

So habe auch ich in vielen Filmen mitgespielt, bevor sie mich für diese Rolle genommen haben, in diesem ernsten

Leben, und jetzt arbeite ich als Journalist, spezialisiert auf Wirtschaft … Und sie ist in der Zwischenzeit tatsächlich Schauspielerin geworden – genau das, wovon sie immer geträumt hat.

„Wie war es auf der Probe?", fragte ich. Sie winkte mit der Hand ab, als wünschte sie sich davon zu erholen.

Sie verstehen, in der Zwischenzeit ist eine ganze Menge passiert … Aber gegenwärtig ist aktuell, dass sie die Sachen aus den Tüten nimmt, Sie wissen wohl noch, aus welchen.

Ich hatte Brot, Zigaretten, Mayonnaise, Pancetta, Milch, Joghurt, Parmesan, eine Flasche Wein usw. gekauft, per Kreditkarte, in unserem Supermarkt.

Jetzt kontrollierte sie die Rechnung, dann sagte sie: „Sie hat dich wieder *beschupst*!"

„Woher denn!", sagte ich.

„Sie hat drei Joghurt eingetippt, du hast aber nur zwei", sagte sie und wartete, dass ich wütend wurde.

Ich zuckte mit den Achseln.

„Ich würde jetzt hingehen!", sagte sie wie ein Guerillero.

„Ach wirklich?"

„Klar dass sie dich *beschupst*, wenn du … Du passt überhaupt nicht auf."

„Ich weiß", sagte ich.

„Aber würde ich aufpassen, müsste ich zu der Tante an der Kasse sagen: *Sie beschupsen!*"

„Aber ja doch!"

„Aber sie grüßt immer so nett …"

Das bringt Sanja regelmäßig auf die Palme.

„Als wärst du Millionär", sagte sie.

„Wenn du eine Wohnung kaufst, zahlst du bestimmt für einen Balkon, den es gar nicht gibt."

Ich küsste sie auf die Wange.

Dann klopfte ich mir vor die Stirn und sagte: „Stell dir vor, die haben uns den Balkon geklaut!"

Sanja verdrehte nur die Augen.

Slowfood fatale

„Ist was dabei unter den Angeboten?", fragte ich, als ich den *Blauen Anzeiger* aufgeschlagen auf dem Tisch liegen sah.

„Ein paar wären zum Anrufen", sagte sie und setzte sich auf die Couch. Ich fläzte mich in den alten Sessel des Vermieters.

Sie las laut vor: Angeboten wurden feine Wohnungen, menschenwürdige … Ich schloss die Augen und lauschte ihrer Stimme. Während sie Quadratur und Lage verlas, entstanden bei mir im Kopf Bilder nach der gegebenen Beschreibung: *„Stille, ruhige Straße, Klimaanlage, Lift …"*

Und schon erheben wir uns in die Wolken, dort über der stillen, ruhigen Straße … Und stellen uns das Leben vor … Mit Blick von oben … Obwohl nicht hundert Prozent sicher ist, dass wir all diese Stille und Ruhe brauchen … Oder dass wir, wie da etwas tiefer, in einer anderen Anzeige, stand, *„Straßenbahn, Kindergarten, Schule in der Nähe"* brauchen, was uns dazu zwingt, über eigene Kinder nachzudenken, wie sie rasch wachsen und aus dem Kindergarten in die Schule wechseln, während dieser Satz noch andauert.

„Und im Zentrum? Gibt es was im Zentrum?"

„Dachgeschoss, adaptiert, unmittelbar Zentrum, Parkplatz."

Und gleich sehen wir uns aus diesem Dachgeschoss hinuntersteigen und im Zentrum von einem Café ins nächste wandern, alles en passant, so als ginge man Zigaretten holen und träfe eine Menge Leute und atmete das Treiben auf der Straße, dieses unendliche Leben.

Das machten wir jeden Tag. So im schwerelosen Zustand schwebend, Anzeigen studierend, empfanden wir die Leichtigkeit und Wechselhaftigkeit des Lebens und hatten volles Verständnis für die Menschen, die nach der Beschreibung der Wohnung das Wörtchen „dringend" hinzugesetzt hatten.

Dringend, dringend, dringend.

Dringend hinein in dieses ausgedachte Leben.

„Mach."

„Mach du."

„Ich habe letztes Mal angerufen."

„Ach komm … Mach schon."

Es war schöner, diese Anzeigen im schwerelosen Zustand zu lesen als in die niederen Schichten der Atmosphäre hinabzusteigen, mit den Leuten zu reden, ihre Stimmen zu hören, zu spüren, wie sie konkret waren. Diese Gespräche hatten etwas Ermüdendes.

Trotzdem, diese Nummer mussten wir anrufen.

Die Nummer mit dem Zusatz „dringend".

* * *

Wir waren schon etwas zu lange in der jetzigen Wohnung, das war sicher. Uns begannen die Möbel auf die Nerven zu gehen, die die Wohnungsbesitzer vor unserer Zeitrechnung hier reingestellt hatten … Mein Freund Markatović und seine Frau Diana hatten eine Wohnung auf Kredit gekauft und sie modern eingerichtet, wie sie sagen, kosmisch. Wir waren mehrmals bei ihnen gewesen: Sie kochten Slowfood für uns, und wir tranken Pinot grigio aus dem Collio und fühlten uns in dieser Designerwohnung voller Licht als neue Elite.

Und jedes Mal, wenn wir von ihnen zurückkamen, wirkte unsere Mietwohnung auf uns … wie von der Wohlfahrt.

Bei ihnen war alles irgendwie Futurismus, und bei uns gab es lauter dunkle Schränke, die nach toten Omas rochen.

Wir sprachen nicht offen darüber, aber die Enttäuschung war in der Luft zu greifen, und selbstquälerisch konnte ich nicht umhin, mich zu fragen, wie es denn bei mir aussah mit dem Erfolg … im Leben.

Im Leben?

Was heißt hier Leben, ich hatte doch gerade erst angefangen – nach dem Krieg und der ganzen Scheiße … Ich hatte gerade erst Luft geholt.

Aber jetzt, wir kamen also von den Markatovićs zurück, von diesem fatalen Slowfood … Irgendwie lag es mir schwer im Magen, und ich konnte nicht einschlafen, sondern nahm mir ein Bier aus dem Kühlschrank und sah mich um, diese Hütte hier und die entsetzlichen Möbel … *Warum nimmst du nicht auch einen Kredit auf,* flüsterte mir eine leise Stimme zu (wahrscheinlich war es mein guter Engel) … Das machte mich verwirrt … Sieh an, das wäre mir nie eingefallen. Denn ich hielt mich noch immer für einen Rocker … *Sieh dir doch den Markatović an,* sagte die Stimme, *dein Jahrgang, und hat so eine Hütte, und dazu noch Zwillinge. Wieso kannst du das nicht auch?*

Hm, ich und Kredit … Kredit und ich … Ich überlegte hin und her in dieser Nacht, in der Nacht damals, ich weiß das genaue Datum nicht mehr … Ich überlegte … Wir wohnen noch immer, das ist Tatsache, in Sanjas Studentenbude, obwohl sie die Uni längst abgeschlossen hat … Und mein Vater – das sagt er mir jedes Mal – hat in meinem Alter schon … Und meine Mutter, ohoho, die hat in meinem Alter schon … Was soll ich da groß erzählen, wie man damals gelebt hat, besser ich erzähl es nicht, sie hatten nicht einmal Geld für Schuhe, und trotzdem haben sie Kinder gemacht und sich ein Haus gebaut … Und jetzt wundern sie sich – ist doch klar –, woran wir denken, ich und Sanja … Denken wir? Wann denken wir? Wann gedenken wir zu denken?

Wir haben ein Poster von Marley an der Wand, ein Schwarz-Weiß-Porträt, echt staatstragend, und mein Blick ruhte auf ihm: Was denkt so ein Rasta? Er hält den Joint so rätselhaft zwischen den Lippen. Auch Mapplethorpes Torso eines Schwarzen haben wir, an der anderen Wand, der motiviert mich, dass ich regelmäßig Liegestütze mache … Das sind unsere Investitionen. Und dann kommt es einem, dass man ins Nachdenken kommt … Ein Kredit, mit Rotz und Wasser … In dieser Nacht bin ich aufgestanden und durch die Wohnung gewandert. Als würde ich von etwas Abschied nehmen.

* * *

Als ich das erste Mal hier übernachtete, war mir Sanjas Miethütte wie eine Residenz vorgekommen: im fünfzehnten Stock eines Hochhauses, über der Straßenbahnkehre … Die Aussicht war so gut, dass ich Angst hatte, ans Fenster zu treten: Mir war, als sollte ich fliegen.

Natürlich waren wir diese erste Nacht betrunken zu ihr gekommen.

Wir passten auf, dass wir leise waren, wegen der Mitbewohnerin im Nebenraum. Ich wurde und wurde nicht fertig. Sie versuchte es mit Blasen, aber es war zu sehen, dass sie keine Erfahrung hatte. Das war mir lieb, obwohl mich ihre Zähne zwickten. Wir machten mit Vögeln weiter, die Kondome trockneten rasch, der Gummi klebte an der Eichel. Beim dritten Anlauf wurde ich endlich fertig. Ich hatte keine Ahnung und auch nicht den Plan, nachts in dieser Wohnung herumzulaufen … Und mir den Kopf über Kredite zu zerbrechen.

Aber nachdem ich das erste Mal hier gewesen war, war ich am nächsten Tag wieder da, den dritten habe ich übersprungen – damit es nicht so aussah, als wäre ich eingezogen.

Ich versuchte, einen bestimmten Rhythmus einzuhalten, so dass meine Übersiedelung nie offiziell verlautbart wurde.

Ich kam abends, spontan, von wegen, ich hätte gehört, es gebe einen guten Film im Fernsehen.

„Ich habe nichts organisiert und habe keinerlei Erwartungen", schrieb ich ihr damals auf einer Ansichtskarte, und schickte sie, als Gag, aus Zagreb nach Zagreb.

Das gefiel ihr.

Ihr gefiel alles, was ich sagte.

Beim Frühstück schob ich die Gags nur so raus, frisch wie das Brot am Morgen, knusprig, ich unterhielt auch die Mitbewohnerin, Ella, damit sie nicht böse war, und es war nicht schwer, sie zum Lachen zu bringen, es sah so aus, als hätte sie nichts dagegen, dass da ein Kerl in Unterhose durchs Haus lief – und so schlief sie im Zimmer, und ich und Sanja, zusammengedrängt, auf der Couch im Wohnzimmer … Wir schlossen ab, mit einer leisen, schnellen Drehung des Schlüssels, wenn wir Liebe machten. Später schlossen wir leise wieder auf und liefen durch zum Bad.

Das erste Jahr zahlte ich hartnäckig meine Souterrain-Garçonnière in einem anderen Teil der Stadt, um nicht meine Unabhängigkeit zu verlieren. Dort waren ja auch sozusagen meine Sachen.

Ich zwang mich dazu, manchmal dort zu übernachten. Ich versuchte einen Rhythmus einzuhalten. Ich wollte meine Unabhängigkeit nicht gänzlich verlieren. Ich fuhr hin, lag auf dem Rücken, unabhängig, hörte mein altes Radio und starrte an die Decke.

* * *

In einer bestimmten Phase wurde Ella während des Frühstücks nervös, ungeachtet dessen, dass ich immer in den Laden ging und jedem einen Krapfen kaufte.

Als sie einmal ein Häuflein meiner Wäsche in der Maschine vorfand, sagte sie mit leicht angewiderter Miene: „Oh, ihr seid ja in einer ernsthaften Verbindung!"

„Wo soll ich denn hin mit seinen Unterhosen?“, verteidigte sich Sanja nervös, und ich fühlte mich schuldig.

Ich starrte die beiden an, kleinlaut.

Ich sagte zu Ella entschuldigend: „Ja, weißt du, ich habe keine Maschine …“

Da fingen beide an zu lachen.

Sie lachten lange … „Er hat keine Maschine“, wiederholten sie, und fingen wieder an mit „Hi, hi, hi“ und „Ha, ha, ha“ und bogen sich vor Lachen.

Aber Ella fand bald darauf eine neue Wohnung.

Unser Sex wurde geräuschvoller. Die Tanten im Laden begannen mich mit „Herr Nachbar“ anzureden: Ich kaufte Brot, Salami, Milch, eine Zeitung, Zigaretten, zwei Krapfen und nicht existentes Joghurt.

* * *

Alles ging ganz von allein, ohne besonderen Plan. Wir genossen unser Experiment. Unser erster gemeinsamer Sommerurlaub, dann die Herbstspaziergänge in Venedig, Biennale, Peppers in Wien, Cave in Ljubljana, der zweite Sommerurlaub, der dritte, Ägypten, Motovun und so weiter … Gemeinsame Freunde, Feste, Organisation … Alles rollte glatt, als würde die Natur denken statt unser. Alles bis zu einem unsichtbaren Punkt.

In einem bestimmten Augenblick, ich weiß nicht genau wann, fingen wir an zu warten … darauf zu warten, dass die Dinge so wie früher von allein geschehen würden.

Aber manchmal, an gewissen hohlen Tagen, konnte man das Auf-der-Stelle-Stehen buchstäblich spüren.

Wir vögelten, lagen schweißnass auf dem Bett und warteten, dass etwas weiterging. Wir kosten miteinander, gaben einander Küsse, wärmten uns gegenseitig, fielen in Halbschlaf, dann nahm einer die Fernbedienung und zappte durch die Programme.

Ab und an frage ich mich: Und was jetzt? Es ist nicht die Rede von Langeweile, die sich zwischen uns einschleicht. Es ist nicht die Rede davon, dass es jetzt vielleicht schön wäre, aufzustehen und irgendwo hinzugehen, allein. Davon ist nicht die Rede; wir sprechen nicht davon. Im Ganzen genommen ist alles ideal. Wir müssten glücklich sein. Jetzt müssten wir am allerglücklichsten sein. Dieses Herumlümmeln auf der Couch, diese körperliche Faulheit, das ist die Idylle einer realisierten Liebe. Es fehlt zwar das Knistern des Kaminfeuers, aber Zentralheizung ist auch okay. Die im Heizwerk blasen wie verrückt. Die Heizkörper sind am Glühen.

Hier und da schlägt eine Depri durch. Aber davon spreche ich nicht. Vielleicht auch eine Wut, aber von der wissen wir nichts. Sie hockt nur im Körper, und mitunter fühlen wir die Spannung. Die Rückenmuskeln werden steif. Du wirst morgens wach, aber du hast dich nicht erholt. Der Alkohol beginnt dir zuzusetzen. Manchmal hast du Anfälle von Hypochondrie, aber die gehen vorüber. Du siehst fern, wechselst die Programme …

Ein Streit konnte aufflammen wegen einer Kleinigkeit.

Wenn ich explodiert bin, habe ich mich entschuldigt: „Entschuldige, ich weiß nicht, woher das auf einmal kommt …"

„Vielleicht sollten wir Schluss machen …", sagt Sanja, verletzt, ohne mich anzusehen.

Sie redet so. Sie sagt zum Beispiel „Vielleicht sollte ich nicht mit dir nach X fahren", nicht etwa, weil sie nicht fahren möchte, sondern damit ich sie überrede, mitzufahren. Sie sagt „Vielleicht sollten wir Schluss machen", damit ich sie vom Gegenteil überzeuge. Damit ich ihr beweise, dass es Sinn hat.

Ich musste den Dingen einen Sinn geben.

Die Dinge hören auf, sich von allein zu entwickeln, und du musst irgendwo anschieben. Dir ein neues Projekt ausdenken. Neuen Schwung fühlen. Spiel, Freude, Leidenschaft.

Jetzt sah ich Sanja zu, wie sie diese Wohnungsanzeigen anrief.

Sie war an der Reihe, ich hatte gestern angerufen.

Ich sah, wie sie sich darauf konzentrierte, dass es möglich ernst klang. Die am anderen Ende unterschätzten ihre junge Stimme. Sie dachten, das wäre kein *ernsthafter Käufer.*

Sie rauchte und nagte manchmal mit den Zähnen am kleinen Fingernagel.

Sie verdrehte die Augen.

Ich sah, wie sie an so eine Oma geraten war, die ihren Sermon herunterleierte.

„Ich weiß, ich weiß, wo auf Savica der Markt ist ... Ich weiß, dass man es sich ansehen muss, aber können Sie mir den Preis sagen?"

Sie wollte dieses Gespräch nur beenden. Aber manchmal ist es ein Problem, zu unterbrechen.

„Wahrscheinlich werden wir vorbeischauen ...", sagte sie. „Ich muss sehen, wann mein Freund von der Arbeit zurückkommt ..."

„Sag Mann", sagte ich.

„Bitte?", hob sie das Kinn, während sie den Hörer auflegte.

„Warum lügst du, dass ich bei der Arbeit bin", lachte ich. „Glaubst du, dass sie dich dann ernster nimmt?"

„Ich weiß nicht", sagte sie finster.

„Wenn du schon lügst, sag ‚Mein Mann ist bei der Arbeit'. Das mit dem Freund ist doch halbe Sache."

„Sei endlich still!"

* * *

Bagdad brennt, das Bombardement der Alliierten hat begonnen. Juhuu!

Du hast es ja selbst gesehen, und was soll ich dir sagen, das Bombardement der Alliierten hat uns alle aus der Depression gerissen, das Leben ist sportlich geworden, dynamisch, alle kämpfen ums Wort, alles ist in Bewegung geraten.

Bombardement der Alliierten, Mensch, als würdest du Zucker in den Kaffee schütten, Nacht und weiße Kristalle, attraktive Aufnahmen, die sich wiederholen. In Kuwait City, im Hotel Sheraton, sehe ich das Bombardement der Alliierten, ich sehe zu, wie ich mich den Truppen anschließen kann, damit ich embedded bin, Vetterli, aber sie glauben mir irgendwie nicht, was mich nicht überrascht, denn ich glaube mir selber nicht, wenn ich mir etwas verspreche, und das sieht man mir wahrscheinlich an den Augen an: Es bricht aus mir hervor wie Strahlung oder wie schlechter Atem.

Ich höre die Sirenen für allgemeinen Alarm, in Kuwait City nehmen sie sie ernst, du weißt, wie es zu Anfang ist: Die Menschen rufen ihre Angehörigen an, blockieren die Leitungen, plötzlich haben es alle eilig nach Hause, und Stau, Bruder, Stillstand, auf den Straßen Kolonnen, und alles irgendwie große Autos, drinnen hupen sie, jeder aus seiner Blechschachtel heraus, die Fenster sind total geschlossen, es herrscht Angst vor Kampfgiften, die Menschen schnappen nach Luft in den Autos, sie schwitzen, sie gähnen wie die Fische, und ich weiß nicht, was ich mit mir anfangen soll, und spaziere wie ein Hochzeiter durch diese

Stadt voller glänzender hoher Türme, solange das glänzende Mondlicht scheint.

Es scheint nicht, aber das macht nichts.

Sondern: Hier hängt jetzt alles davon ab, aus welchem Staat einer ist, denn unsere Leute haben beschlossen, gegen den Krieg zu sein, und daher glaubt mir Lieutenant Jack Finnegan, zuständig für die Journalisten, nicht, weder wenn ich ihm sage, dass ich auf seiner Seite bin, noch gibt er mir einen Ausweis, denn in seinen Augen vertrete ich meinen Staat und spaziere im Namen meines Staates durch Kuwait City, begucke im Namen meines Staates die Schaufenster, es heißt, dass mehrere Raketen ins Meer gefallen sind, die Behörden haben die Schulen für sieben Tage geschlossen.

Im Fernsehen schreien die Halbwüchsigen auf den Straßen, sie machen einen Aufmarsch vor einer amerikanischen Botschaft irgendwo in Europa, ich sehe sie, wie sie an die Öffentlichkeit treten, sie zeigen sich, jeder hat seine Chance, jemand zu sein, solange das Bombardement der Alliierten anhält, die Gravitation verstärkt sich, alles bekommt an Gewicht, die Stimme gewinnt an Charakter, und Charakter ist Genuss.

Ansonsten bin ich ein bisschen abgerissen, habe abgenommen und Augenringe gekriegt in Kuwait City. Die ersten Sirenen, erinnerst du dich: Du denkst, jetzt, da, jetzt wird etwas passieren, etwas entschieden, du denkst, dass es schnell vorbei sein wird, dass es nicht länger dauern wird als ein Kriegsfilm ... Aber es dauert länger als eine langweilige Serie: Du läufst in den Keller, stehst die Episode `ab, danach läufst du ein zweites Mal und wartest, dass, dass es ... Hier bin ich heute schon dreimal gelaufen, nichts ist passiert, die sind hier schon alle verrückt.`

* * *

Ich las diese Mails auf dem Laptop, dem schwarzen, und behielt sie für mich.

„Aha“, Sanja hatte gerade noch ein Gespräch beendet. Sie hatte die Adresse an den Rand der Zeitung geschrieben. „Wir melden uns morgen, danke.“

Sie legte auf.

„Dieses Dachgeschoss, adaptiert, verkehrsgünstig, fünfzig Quadratmeter ... Jetzt sagt er, dass es da ein paar Schrägen gibt, ich weiß nicht, man muss es sich ansehen“, sagte sie.

„Das klingt gut für mich“, sagte ich. „Gehen wir sofort?“

Sie sagte: „Ich habe zu ihm gesagt morgen.“

„Morgen hast du Generalprobe“, sagte ich.

„Ich werde eine Pause haben“, sagte sie. „Mir wird es guttun, wenn ich da ein bisschen wegkomme.“

„Okay“, sagte ich.

Ein zufälliger Passant

In jenen Tagen kamen Typen in Mode, die kochen, und so kaufte ich das Buch eines englischen Kochs, der seine Sendung im Fernsehen hat. Ich breitete es auf der Arbeitsplatte aus, als wollte ich es klein hacken.

Das Messer in der Hand las ich und blätterte: Es gibt so viele Gerichte, das glaubt einer allein gar nicht ...

Dann ließ ich Messer Messer sein, weil ich mich (ich war vernünftig) entschlossen hatte, Spaghetti zu machen.

Aber trotzdem, ständig murmelte ich etwas auf Englisch, während ich mich hyperaktiv im Kreis drehte. Ich sagte durch die Nase eine Serie kurzer Sätze: „Its veri fast ... Its veri fast ... Nau, a litl of biens ...“

Der Text passte nicht zum Zubereiten von Spaghetti Carbonara, aber er schuf Atmosphäre.

„Its not big filosofi ... Petejtous, petejtou tschipps ... Its simpl, its fentestik.“

Ich hatte alles vollgeschmiert.

Sie lachte.

Und sagte: „Katastrophe ...“

Und mischte sich ein bisschen ein. Sie wuselte um mich herum und stellte mich irgendwie in den Schatten; dann wuselte ich um sie herum, wie ein Lehrling mit Energieüberschuss.

Obwohl sie alles in ihre Hände genommen hatte, hielt ich mich noch an den Text des Typen, der kocht.

Alle brauchen diese Illusion des ungefährlichen Mannes, und so gab ich ein Beispiel. Ich schwebte umher wie Pinocchio an den Fäden.

„Fertig“, sagte sie.

Dann aßen wir diese Spaghetti.

„Hm, sie sind okay“, sagte sie. „Alle Achtung!“

Ich lächelte. Ich liebe es, wenn wir eingespielt sind, wenn wir uns gegenseitig unterstützen, ungeachtet der Realität.

* * *

Ich machte meinen Teller leer.

„Eh, ich habe heute Ella getroffen“, sagte ich.

Sie sah mich fragend an, beim Versuch den Spaghetto einzufangen, der ihr aus dem Mund lugte.

„Nichts Besonderes“, fuhr ich fort, „sie hat nach dir gefragt …“

Das sage ich immer gleich, denn wann immer ich wen treffe, fragt sie sofort: *Haben sie nach mir gefragt?* Einen Teil unserer Gespräche kenne ich schon auswendig.

„… und lässt dich grüßen“, sagte ich.

Nachdem sie hinuntergeschluckt hatte, sagte sie: „Ich habe heute mit Ella gesprochen.“

„Ach ja?“, sagte ich. „Was fragst du mich dann?“

„Ich habe dich nichts gefragt.“

„Hast du nicht?“, sagte ich und nahm mir nach.

„Nein.“

„Du willst nicht mehr?“

„Nein“, sagte sie.

„Gut“, sagte ich und nahm alles.

„Ich habe sie zur Premiere eingeladen. Sie hat sich gefreut.“

„Aber ja doch, deine alte Freundin musst du einladen“, sagte ich.

„Und?“, fuhr sie fort. „Wie sieht sie aus? Ich habe sie ewig nicht gesehen.“

Mit vollem Mund machte ich eine Grimasse, die bedeutete, dass ich dazu nichts sagen könne.

Ella hatte in den letzten Jahren immer diese Depressionsperioden; Sanja hatte mir, als Geheimnis, gesagt, sie sei in klinischer Behandlung gewesen.

„Ist sie dick?“, fragte Sanja.

„Abgenommen hat sie nicht“, sagte ich.

Sanja seufzte: „Katastrophe … Erst quält sie sich mit allen möglichen Diäten, dann schläft sie mit einem und verliebt sich unglücklich, dann frisst sie wieder und fällt in Depression …“

Sanja hatte mir oft voller Verwunderung davon erzählt, wie sich bei Ella alles wiederholte.

Ich weiß selber nicht, wieso wir solche Experten für Ella geworden sind. Sie hat genau genommen nichts mit uns zu tun. Aber wir sprechen regelmäßig auf diese besondere Art über andere Menschen; wir haben unser Denken in Einklang gebracht und fühlen uns als organisierte Formation.

„Genau genommen weiß ich nicht, ob sie dich gegrüßt hat", sagte ich. „Vielleicht auch nicht."

„Wer weiß, ob du sie überhaupt gesehen hast", sagte Sanja und warf einen Blick zum Fernseher, der leise mitlief.

Ich sah hin: die nachmittägliche Talkshow mit lauter Kolumnisten von Frauenmagazinen.

„Guck mal, guck mal, mach lauter!", sagte ich.

Mir war so, als hätte ich … Aber ja doch, das war er, Itcho Kamera! Er hielt das Mikrofon in der Hand und stellte eine Frage aus dem Publikum.

„Die Fernbedienung ist da irgendwo", sagte Sanja.

Ich ging zur Couch, nahm die Fernbedienung und machte lauter, aber Itcho hatte schon geendet.

Die populäre Moderatorin Ana kriegte ein leichtes Zittern, als würde sie sich fragen, ob ihr etwas Geistreiches entgangen sei. Offenbar hatte Itcho, der Bauerntölpel, eine Frage außerhalb des Kontextes gestellt.

„Das kann ich nicht sagen, hm …", sagte einer der weiblichen Gäste. „Ich würde nicht nach dem ersten Blick urteilen", sagte eine zweite Kolumnistin unter höflichem Lächeln, und Itcho Kamera – mit seinem harten Dinarierschädel, seinem Schnauzer und den bereits ergrauten Koteletten – sah sie an wie ein Volksvertreter, um am Schluss grimmig zu nicken.

Wer weiß, was Itcho gefragt hatte.

Die Moderatorin ging schnell zu einer anderen Frage aus dem Publikum über.

„Ich werd narrisch, Itcho Kamera hats bis ins Publikum bei Ana geschafft! Ich kanns net glauben!“, sagte ich.

„Das ist einer von deinen?“

„Habe ich dir nicht von ihm erzählt?“

„Nein … Aber mir war es sofort klar, weil ... du bist sofort in Dialekt verfallen.“

„Aha?“, darüber hatte ich nicht nachgedacht. Ich hatte sie nur zum Lachen bringen wollen.

* * *

Als Jungen hatten wir immer gesagt: „Da, Itcho Kamera!“ Irgendwie freuten wir uns über ihn – denn er war doch aus dem Nachbardorf … Aber unsere Väter meinten nur: „Verrückt und lebt trotzdem!“

Ihnen ging Itcho auf die Nerven; er war in keiner Weise etwas Besonderes, aber er lief schon seit Jahrzehnten jeder Gelegenheit nach, um in den Medien zu erscheinen.

Er hatte seine Systeme, in die er eine Menge investierte. Wenn Hajduk Split spielte, stellte er sich auf den leeren Teil der Tribüne, so dass ihn die Kamera allein einfing und er dann winkte. Ihn kannten alle Kameramänner, es hieß, dass er ihnen auf die Nerven ginge, und Eingeweihte behaupteten sogar, dass Itcho sie dafür bezahle, damit sie ihn aufnahmen, denn Itcho Kamera war ein gut situierter Gemüsebauer, er zog Salat in großen Mengen und lief immer im selben dunklen Pullover mit Jacke herum, so dass den Leuten nicht klar war, war er nun geizig, oder gab er alles Geld dafür aus, der Kamera nachzufahren und das niedere Medienpersonal zu bestechen. Fußballspiele waren seine Spezialität, denn dort war es, in Absprache mit den Kameraleuten, am leichtesten, sich vor das Massenpublikum zu drängen. Aber Itcho Kamera war nicht wählerisch: Wenn er nach einem Autounfall in der Kolonne stand, ging er sofort daran, sich an den Ort des Geschehens vorzukämpfen und den Fotografen zu belästigen, so dass es in den Archiven der Lokalteile, unter „Unfälle und Verbrechen", eine unbestätigte Anzahl von Fotos mit Itcho Kamera gab, der sich rein zufällig am Rand der Szene befindet, die den Zusammenstoß von Lada und Peugeot zeigt, oder wir sehen ihn, wie er an einer Wechselstube vorübergeht, die von zwei maskierten Räubern, vermutlich Drogensüchtigen, ausgeraubt worden war, die am helllichten Tag dort hineingestürmt waren und unter vorgehaltener Pistole von der Kassiererin verlangt hatten, sie solle „aus dem Safe das ganze Geld holen" und – wie es im Polizeibericht heißt – „selbiges übergeben" …

„HOL DAS KOMPLETTE GELD AUS DEM SAFE UND ÜBERGIB UNS SELBIGES!", brüllen die Drogensüchtigen, während Itcho zufällig vorbeigeht – so stellte ich mir als Kind vom Lande das wilde Leben in der Stadt vor.

Itcho Kamera weckte in mir bestimmte Emotionen; er war meine erste Verbindung mit der Großen Welt, egal ob es sich um den Kommentar eines Zuschauers handelte, der nach dem Ausscheiden in der Vorrunde des UEFA-Cups niedergeschlagen das Stadion verließ, oder darum, was zufällige Passanten von der Wiedervereinigung Deutschlands hielten, Itcho Kamera aus dem Nachbardorf kam um die Ecke gebogen als anonymer Bürger, der einfach ein Gespür für Umfragen hat.

Später – als ich den Plan, Künstler zu werden, gefasst und eine ironische Distanz zu allem, zu wirklich allem, gewonnen hatte – war es meine Idee, ein, wie man sagt, „Projekt" mit Itcho Kamera als unbekanntem Helden der Medienkultur zu machen, und so trug ich meiner jüngeren Schwester auf, aus den Zeitungen Fotos auszuschneiden und Auftritte von Itcho Kamera auf Video aufzunehmen, was sie mit Freude akzeptierte, und so hatte sie schon mehrere Video-Momente zusammen und auch fünf, sechs Fotos und hatte gerade ihre Freundinnen aus der Klasse engagiert, auch mit aufzupassen, als meine Mutter davon erfuhr, mit was sich die Kleine beschäftigte, und mich heftig ausschimpfte und meiner Schwester diese Tätigkeit ausdrücklich verbot, als handelte es sich um Teufelswerk. Erst dann, darüber nachgrübelnd, wie ich das Projekt weiterbringen könnte, kam ich auf die Idee, dass ich Itcho Kamera selber bitten könnte, mich in sein Archiv Einblick nehmen zu lassen, denn ein Archiv hatte er sicher, war mein Gedanke, er hatte bestimmt alles dokumentiert … In jenem Sommer, als der Krieg anfing, sah ich einmal aus dem Bus heraus, wie er aus einem Laden kam, ich stieg aus, holte ihn ein und stellte mich vor, aber Itcho Kamera gönnte mir nur einen finsteren Blick und zog an mir vorüber, unwirsch wie ein richtiger Star. Ich hielt kurz inne, dann hastete ich ihm nach wie ein Paparazzo, um ihm mein Projekt zu erläutern, indem ich herunterbetete, dass ich es spitze fände, wie er sich schon seit Jahren in den Quoten der Zufallspassanten halte, dass das so etwas wie eine Dekonstruktion des Systems sei, solange bis er stehen blieb und sagte: „Verschwinde, sonst fängst du einen Fußtritt!"

Dieser Blödmann! Dieser Kranke … er glaubt wirklich, er wäre wer … Das dachte ich, als ich seinen Rücken sah, und er für mich kein Sympathieträger mehr war, sondern nur noch das Symptom einer Krankheit.

Ich war wütend, denn ich wusste, dass ich ohne seine Mitwirkung mein Projekt, mit dem ich berühmt zu werden gedachte, nicht durchführen konnte.

Diese Begegnung ließ mein Interesse an dem Projekt erkalten, es wurde eines von vielen, die ich nicht zu Ende geführt habe, und außerdem ging der Krieg los, und die verschiedenen Zufallspassanten fingen an umzukommen und wurden mediale Tageshelden, bis sie überhandnahmen. Ich verfolge weder die Fußballspiele noch lese ich die Regionalzeitung, und Itcho Kamera habe ich auch schon lange nicht mehr gesehen, bis er plötzlich in Anas nachmittäglicher Talkshow auftauchte. Offenbar war er mit dem Zug angereist, um im Publikum sein zu können, und hatte sich das Mikrofon erkämpft und etwas Unverständliches gefragt.

Alles das erzählte ich Sanja … Sie lachte und schüttelte den Kopf, weil sie meinte, ich würde übertreiben … Am Ende der Sendung schwenkte die Kamera noch einmal übers Publikum, und da stand Itcho und winkte …

„Ich habe es dir doch gesagt!“, sagte ich.

Tochter Courage

Ich war ein bisschen eingedöst, und als ich die Augen öffnete, sah ich sie von hinten, vor dem Spiegel: Sie sang unterdrückt, heiser, und spielte eine nicht vorhandene Gitarre.

„Einst im Frühling meiner jungen Jahre
habe auch ich geglaubt, ich sei eine besondere Pflanze,
nicht wie jede Bauerntochter,
bei meinem Aussehen und Talent
und meinem Streben nach Höherem …“

Sie wackelte mit dem Kopf und spielte Luftgitarre, doch dann bemerkte sie mich hinter sich und lächelte verschämt.

„Mein Praliné“, sagte ich leise, wie ein Pädophile. Und küsste sie auf die Wange.

„Uh, uh“, sagte sie. „Ich sollte kein Praliné sein. Ich sollte anders wirken … frech.“

„Sorry, nicht kapiert …“

„Schon gut“, sagte sie. „Ich muss los.“

„Schon?“

„Du hast zwei Stunden geschlafen.“

„Ach ja?“

„Heute Abend proben wir alles in einem Stück, zum ersten Mal“, sagte sie.

„Es geht alles okay“, sagte ich und umarmte sie.

Sie arbeitet schon zwei Monaten an der Vorstellung *Tochter Courage und ihre Kinder*. Ihre erste Hauptrolle auf großer Bühne. Regie führt Ingo Grinschgl, ein Ostdeutscher, der eine Art freier Bearbeitung Brechts gemacht hat. Sanja ist „Tochter Courage", und die „Kinder" sind ihre Band, mit der sie an der Front auftritt. Alles spielt in der Zeit irgendeines „dreißigjährigen Krieges". Die Sache ist aus dem siebzehnten Jahrhundert ins einundzwanzigste vorgerutscht. Es ist alles ein wenig wirr, wie das eben so ist bei Avantgardisten. Ich habe die Geschichte nicht vollständig begriffen, aber wie man so sagt – sie hat etwas.

Tochter Courage ist eine Sängerin, die *frontwoman* einer Band … Das Einzige, was die Band will, ist „leben und Musik machen", aber irgendeine Kammer, die für sie die Konzerte organisiert, hat das komplette Image von Militär und Krieg im Sinn. *Tochter Courage und ihre Kinder* spielt an der „Ostfront", und ihre Feinde „lieben weder Rock noch den Westen", und so scheint der Band eine bestimmte Rolle im Konflikt der Kulturen zuzukommen. In gewissen höheren Sphären, in denen die Kammer wirkt, sind solche positiven Eindrücke notwendig. Die „Kinder" haben von dem Ganzen natürlich keine Ahnung, und so tritt die Band irgendwo in der Heide auf, vor der Truppe, obwohl die Mehrzahl der Soldaten lieber etwas anderes hören würde, ob nun fröhlich oder pathetisch, mehr etwas für die Seele und nicht diesen Punk-Rock … Mit der Zeit passt sich die Band dem Publikum an und fängt an, Songs nach Wunsch zu spielen. Tochter Courage geht auf alles ein, nur um die Band zusammenzuhalten, da ein paar der Bandmitglieder sich der Armee anschließen und im wirklichen Kampf erproben wollen. Sie versucht, sie sogar mit Sex zurückzuhalten, aber die Band zerbröckelt, so dass sie am Ende allein mit dem Schlagzeuger zurückbleibt und als eine Art Punk-Striptisette auftritt … Am Ende des Stücks muss sie, zur Begleitung eines wahnsinnigen Schlagzeugs, die Brüste zeigen. Danach versinkt alles in Finsternis.

Ingo hatte Sanja bei einer *Audition* ausgesucht, bei der man diese Brüste für den Schluss ebenfalls zeigen musste, so dass bekannte Schauspielerinnen diese erniedrigende Darbietung boykottierten. Es hatten sich nur ein paar unbekannte Schauspielerinnen und etliche Exhibitionistinnen gemeldet. So hatte Sanja ihre erste Hauptrolle bekommen. Und natürlich kamen sofort die geistreichen Kommentare, dass das die einzige Rolle sei, die jemand offiziell über die Brüste bekommen hatte. Sanja weiß, dass sie ihren Part glänzend absolvieren muss, um diesen Humor annullieren zu können, weil es ihr sonst passieren kann, dass ihre Karriere schon beim Start die falsche Richtung nimmt und sie in unserer kleinen Gesellschaft zu einer Metapher für Brüste in der Hauptrolle wird.

„Es geht alles okay", wiederholte ich.
Ich hielt ihre Arme an den Schultern.
„Jerman und Doc …", schüttelte sie den Kopf, „und ihre Verrücktheiten … Wir haben viel Zeit verplempert."

Sie hatte mir schon davon erzählt: dass Ingo kein Kroatisch kann, so dass Jerman und Doc sich von Anfang an um das Lernen des Textes herumdrückten. Auf den Proben spielten sie Brecht in eigener Bearbeitung: „Wohin gehen wir anschließend?" – „Ich halte das nicht länger aus!" – „Was jetzt, gehen wir ins *Limited*?" – „Was starrst du mich so an?" – „Sieh dir diesen Deutschen an, als gingen wir in die Verlängerung …"

Ingo gestikulierte, feuerte an, wollte Energie, absolutes Einleben. Er war überzeugt, es mit echten Profis zu tun zu haben. Aber es passte dazu, dass Jerman und Doc, parallel, unlängst ehelichen Schiffbruch erlitten hatten. Die Wunden letzend, hatten sie die ganze Nacht auf einem Floß auf der Save gesumpft, das sich zur Disko erklärt hatte, und waren total devastiert zur Probe gekommen. Den physischen Teil des Schauspielerns brachten sie irgendwie noch, aber für den Text war keine Konzentration mehr übrig. Sanja kam sich vor wie eine Streberin, während sie ihnen soufflierte: „*Wird er Soldat, muss er ins Feld, das ist klar. Er ist zu mutig … Und wird er nicht klug … Willst du klug sein?*“ … und zur Antwort kriegte: „*He man, no problem, lass mich nur in Ruhe, ab morgen funktioniere ich normal … Und jetzt mach du weiter … Los, sprich, als hätte ich dir geantwortet …* “

So ging es dahin, bis Jerman und Doc sich dann doch allzu viel herausnahmen und anfingen, in ihren Repliken Wörter zu gebrauchen wie „*Debakel*“, „*grauenvoll*“, „*Aspirin*“, und Ingo einmal (wahrscheinlich war ihm gerade das „*Aspirin*“ im Ohr hängen geblieben) anfing, sie anhand des Manuskripts zu begleiten. Obwohl er kein Wort Kroatisch kann, erkannte er schnell, dass das nicht das war. Seither bringt Ingo eine Hilfskraft mit auf die Probe, die den gesprochenen Text kontrolliert, und jetzt wird ernsthaft gearbeitet, um das Versäumte wettzumachen.

Ingo habe jetzt, sagte Sanja, das Vertrauen in sie alle verloren. Er sei paranoisch geworden; sie halte er ebenfalls für einen Teil der Verschwörung. Er habe sich einen Bart wachsen lassen und eine strenge Diktatur eingeführt.

„Katastrophe“, sagte sie.

„Mach du nur deine Arbeit, und alles wird okay sein. Doc und Jerman sind Verrückte, aber wenn es hart auf hart geht, funktionieren die beiden.“

Ich kenne sie noch aus Studententagen.

„Gut, ich gehe“, sagte sie.

* * *

`Soldat Jason Maple hat die Maske abgenommen. Er ist 20 Jahre alt, er sagt, er sei glücklich, dass der Krieg endlich losgeht.`

`Normal, jeder der monatelang in einem staubigen Graben hockt, kann es kaum erwarten,` dass etwas losgeht, normal, wenn schon alle hergekommen sind, sonst hat ja alles zusammen keinen Sinn, und der Sinn ist das Wichtigste. Selbst im Krieg ist der Sinn das Wichtigste. Er ist unglaublich wichtig. Der Sinn. Du musst dich an jeden Sinn-Fetzen halten, das musst du, an jede Sinn-Propaganda, das musst du, an jede Sinn-Lüge, das musst du, denn … Wenn es keinen Sinn gibt, und es gibt keinen, dann drehst du durch, dann wächst dir der Wahnsinn aus den Ohren, deshalb muss man an den Sinn glauben, vor allem im Krieg, man muss an den Sinn glauben mit dem größtmöglichen Glauben, sogar auch nach dem Krieg, mit dem Glauben eines Fanatikers muss man an ihn glauben, wenn du willst, dass es einen Sinn gibt, sonst gibt es keinen.

Dieser Jason Maple, 20 Jahre alt, ich sehe, wie der Staub um ihn aufwirbelt, aber alles das hat einen verdammten Sinn, alles das ist durchdrungen von der Kraft des Sinnes, der Sinn ist das Schlimmste, es gibt nichts Verrückteres als den Sinn und den Wunsch, mit dem Sinn in Einklang zu sein.

Man muss gute Nerven haben, sage ich zu Jason, ich habe ähnliche Erfahrungen, ein Krieg ist losgegangen, und Krieg ist langweilig, langweilig, du hast keine Ahnung, wie langweilig ein Krieg sein kann, er ist nie so konzentriert wie im Film, hier wird andauernd nur gewartet, und dann, wenn etwas passiert, dann stülpst du dir den Helm über und siehst nichts, du siehst nicht einmal, wenn du getroffen wirst, das ist überhaupt nicht sichtbar, einmal habe ich mir nach alledem meine

Verletzung angesehen, sie war unterm Arm, und als ich den Arm hob, ging sie auf, das war die interessanteste Szene im ganzen Krieg, denn der Krieg ist langweilig, das ist kein Film, er ist so langweilig, dass es dich zu den Nebenschauplätzen drängt, zur Kriegsunterhaltung, zu all dem, von dem du nicht vorgehabt hast, es zu tun, das wäre dir nicht im Traum eingefallen, aber jetzt willst du es, deshalb wirst du jemand anders, jemand anders wird den Sinn haben, du wirst wissen, dass das nicht du sein wirst, dass das nicht du bist, der genießt, aber real gesprochen wirst du doch der sein, und du wirst niemand sein, dann wenn es für dich unterhaltsam wird, dann frag mich mal: Wo bist du gewesen, was hast du gemacht?

Jason Maple ist glücklich, sagt er, dass es losgegangen ist, aber das Glück ist eine unglaubliche Sache: Du bist schmutzig, Krankheiten drohen, du wirst mit Metallstücken beschossen, du musst Idioten grüßen, eine ganze Pyramide von Idioten sitzt dir auf dem Kopf, und du bist glücklich. Gut, du bist nicht ständig glücklich, du bist von Zeit zu Zeit glücklich, aber auch das ist unglaublich. Ich bin so glücklich gewesen, als wir dort irgend so ein Dorf gesäubert hatten, unwichtig wo. Aber jetzt bin ich unglücklich, wenn ich aus der Wohnung gehe, und gehe zurück, um nachzusehen, ob nicht irgendwo noch etwas eingeschaltet ist, damit es nicht zu brennen anfängt, denn ich glaube mir selber nicht, und ich weiß, wie es ist, wenn es brennt.

Aber als wir dieses Dorf gesäubert hatten, und das ist der Grund, weshalb ich mir selber nicht glaube, denn heute, wenn jemand erzählt, was es alles für Geschichten gibt, würdest du es nicht glauben, heute, wenn man mir sagt, wie es damals war, wenn sie das nur erwähnen, bin ich unglücklich, bin ich verrückt vor Unglück, aggressiv vor Unglück. Es genügt schon, dass ich mich nur erinnere, weshalb ich glücklich war, und ich bin unglücklich, und deshalb glaube ich mir selber nicht, und ich bin deshalb unglücklich, weil ich mir selber nicht glaube, und so bin ich hergekommen, um Sie zu sehen, um Ihr Glück zu sehen, sage ich zu Jason.

Selbstredend versteht er mich überhaupt nicht, so voll in Einklang mit dem Sinn.

Arbeiter und Individualist

Ich las die Texte erneut, sie gingen mir unter die Haut, ich fühlte mich irgendwie unbehaglich, ich versuchte, die Schultern zu lockern, ständig reckte ich die Arme. Ich hörte das Knacken in den Gelenken.

Zum Glück unterbrach mich ein Anruf: „Entschuldigen Sie, haben Sie die Anzeige aufgegeben: *Ehemaliger Rocker, schlank, brünett, sucht Kreditbürgen?*"

Es war Markatović. Ihn amüsierte wahnsinnig, dass auch ich vor einer Bank eingeknickt war.

Ich gab zur Antwort: „Okay, ehemaliger Darker, ich werde mir merken, dass du interessiert bist …"

„Hör mal, hast du Zeit für einen Kaffee?", fragte er.

„Du trinkst zu viel von diesem Kaffee", sagte ich.

Markatović lädt mich ständig auf einen sogenannten Kaffee ein, immer aus geschäftlichem Anlass. Er ist keiner von denen, die Kinder kriegen und die du dann nicht mehr in der Stadt siehst. Mit ihm ist es umgekehrt. Er hat ein Unternehmen, das für Marketing, Verlagswesen und alles Mögliche registriert ist, aber er trinkt zu viel von diesen Kaffees in der Stadt, und er hantiert mit einer Million Informationen aus verschiedenen Ressorts. Er behauptet, er kenne den halben Staat, und präsentiert sich als *link* für alles.

„Mach schon, bitte, ich brauche dich ganz dringend", sagte er.

Er hatte gesagt, er warte in der *Churchill-Bar*. Als ich dort ankam, sah ich, dass es sich um eine vornehme Lokalität handelte: Alles war voller Glasvitrinen voller dicker Zigarren ... Ledersessel, starke Düfte, und Markatović erwartete mich mit ausgebreiteten Armen wie jemanden, auf den man gewartet hatte – denn da waren außer ihm noch ...

Das hatte ich nicht erwartet ... Da war der bekannte Sheriff aus einem Städtchen im Tal, umgeben von ein paar Bodyguards, die kannte ich nicht, aber es war sofort zu sehen, was sie waren, denn sie glotzten in die Gegend wie Kinder aus dem Auto. Natürlich hatten sie nichts zu tun, denn dieser Tycoon, bekannt unter dem Spitznamen Dolina, also „Tal", war für sich selbst genommen schon eine Furcht erregende Fleischmasse, und es war klar, dass er sich die Bodyguards nur hielt, um einen noch ärgeren Eindruck zu hinterlassen.

Ich hatte keine Ahnung, worüber sie gerade sprachen, aber Markatović sagte sofort, ich sei ein Genie „für diese Dinge" – und stellte mich als Redakteur des Wochenblatts *Objektiv* und als Image-Fachmann vor, und Dolina schätzte mich träge von unten her ab, so wie das ein Sumokämpfer tut, bevor er anstürmt.

„Worum handelt es sich?", fragte ich.

Und Markatović sagte sofort und ohne Herumgerede, dieser Kyklop benötige ein „neues Image“ …

„Ein neues Image“, wiederholte Markatović bedeutungsvoll und nickte mir zu, worauf die Bodyguards zusammenzuckten und mich aufmerksam zu mustern begannen, als wollten sie sehen, ob ich dieses „neue Image“ gleich mitgebracht hätte. Nach einer dramatischen Pause erklärte Markatović, was ich schon wusste, nämlich dass der anwesende Herr, einige Millionen Euro schwer, gerade seine Partei verlassen habe, die ansonsten schweren Leuten zugeneigt sei und die ihm ermöglicht habe, im Krieg Reichtum zusammenzuraffen und über sein Tal die Herrschaft an sich zu ziehen. Deshalb war Markatović dabei, ihm einzureden, dass er jetzt, ohne die Rückendeckung der Partei, nicht mehr das gleiche Image haben könne …

„Er bewegt sich jetzt in neuen Umständen, politisch gesehen, und kann nicht mehr das alte Image haben …“, wendete sich Markatović an mich, obwohl es in erster Linie an Dolina adressiert war, der vermutlich noch überzeugt werden musste, weil er, so stand zu befürchten, nicht einmal wusste, dass er bisher ein Image besessen hatte.

„Ja, ja, muss ein neues haben“, sagte ich heiser.

Markatović helfe ich bei verschiedenen Dingen aus Gewohnheit. In den Neunzigern hatten mich Krieg und Kapitalismus mit Armut geschockt, deshalb ist es mir zur Gewohnheit geworden, jeden Job anzunehmen, auch wenn ich drei, vier Sachen auf einmal machen muss. Aber jetzt will ich, zugegeben, ein wenig kürzer treten. Auch Markatović versuche ich klarzumachen, dass es keinen Grund für eine so große Panik mehr gebe … Aber er behauptet, dass die Situation jetzt noch schlimmer sei … Außerdem, Business bedeutet Wachstum; alte Kredite musst du mit neuen bezahlen – wenn du nicht nach vorn marschierst, holt dich die Masse von hinten ein. Stillstand bedeutet Scheitern, das sind Markatovićs Worte.

„Das heißt, das neue Image sollte der neuen Situation angepasst sein …“, erklärte mir Markatović, meinte aber eigentlich Dolina.

Ich sah, dass auch ich etwas sagen musste.

Und ich sagte: „Stimmt, eine neue Situation … Alles im Re-Design.“

„Uch, ja“, nickte Dolina nach schwerem Nachdenken und sagte: „Willst du damit sagen, dass du das hinkriegen würdest?“

Das sagte er zu Markatović, und Markatović sah mich an.

Aber Dolina sah noch immer Markatović an.

Ich werde wohl keinen bedeutenden Eindruck hinterlassen haben, dachte ich.

Im Unterschied zu Markatović.

Ich musterte ihn. Ein wenig beneide ich so alte Darker wie ihn. Denen fällt es leichter, auf Karrierewelt umzuschalten: schwarzer Rollkragenpulli, schwarzer Anzug, schwarzer Trenchcoat, schwarze polierte Schuhe. Für mich als gewöhnlichen alten Rocker gibt es keinen schmerzlosen Übergang. Ich habe ziemlich herumexperimentiert. Ich habe mir sogar Pullover gekauft, aber dann ziehe ich – einen Augenblick bevor ich die Wohnung verlasse – alles wieder aus und immer dasselbe an: T-Shirt, kurze Lederjacke, unten Tennisschuhe oder Stiefel, in der Mitte Jeans. Ich kann keinen Eindruck hinterlassen.

Das deprimiert mich ein wenig. Andererseits werden die angeblich depressiven Darker mit den Jahren immer energiegeladener!

Also – Markatović erklärte es mir – er plane, Dolina, mit meiner Hilfe, als Dissidenten zu profilieren, der mit der Metropole in Konflikt geraten sei, also als Regionalisten …

Aber gut, da Dolinas Tal nicht die Größe einer Region habe … „Soll er *Mikroregionalist* sein … Na, wie klingt das?“, fragte er. Hm, ich sah ihn an, ich sah Dolina an, diesen Mikroregionalisten … „Nein, nein, Mikroregionalist, das ist doch nicht gut … Macht nichts: Soll er Regionalist bleiben.“

„Also“, fuhr Markatović fort: „Aus ihm einen Dissidenten machen, einen Regionalisten und … Und Individualisten … Denn jetzt, wo er aus der Partei ausgetreten ist, drängt sich das auf … Und Liberalen. Das ist logisch; Dissident, Regionalist, Individualist, alles führt zum Liberalen ...“

Darauf sagte Dolina, er müsse aufs WC, und ging in Begleitung eines Bodyguards ...

„... Denn wenn wir hier am Arsch der Welt schon keine richtigen Liberalen haben, dann müssen wir sie“, erklärte Markatović, „erfinden … Damit machen wir eine große Sache … Denn vielleicht schließt sich ihm, wenn wir ihn als Liberalen herausbringen, auch ein kluger Kopf an … Bestimmt gibt es da unten Leute … Und wenn die sich ermuntert fühlen …“ Markatović konnte sich nicht wieder einkriegen. Eine Idee folgte der nächsten.

„Kapiere“, sagte ich, „aber auf mich kannst du nicht zählen.“

„Gut“, entgegnete er. „Bitte, bleib noch mal sitzen.“

Dolina schleppte sich aus der Toilette zurück. Und setzte sich aufatmend.

Er sah aus wie ein gut gelaunter Alligator. Er hatte sich im WC doch nicht etwa was reingezogen?

„Burschen“, sagte Dolina aus der Kehle, dass es knarzte. „Ich sehe euch genau ... Ihr seid okay.“

Er lächelte mir zu, als würde er ein Neugeborenes anstarren.

„Wir werden hart arbeiten“, knarzte er und schlug uns auf die Schulter. „Ich habe ein paar Abgeordnete mitgezogen. Regierungskrise, verstehst du, und dann Wahlen, verstehst du. Ha, ha, ha ... Mikroregionale … ha, ha, Wahlen … ich scheiß mich an …“

Hier mussten auch die Bodyguards lachen.

„Du ziehst für mich das mit der Werbung durch, und schon marschieren wir“, sagte Markatović und stand auf. „Morgen hast du das Geld …“

* * *

„Mach mir das nicht wieder!“, sagte ich zu Markatović, als sie gegangen waren.

Er seufzte bußfertig. „Eh, diese Kampagne für ihn denke ich mir in einer halben Stunde aus …“ Und sah mich lyrisch an: „Aber, weißt du, ich kann nicht Inhaber der Firma sein, ein Geschäft aushandeln und dann alles selber machen, verstehst du – das würde ihm unseriös vorkommen. Ich muss jemanden herbringen, damit er sieht, dass ich, sagen wir mal, meine Leute habe … Sorry.“

Ich sah mich um in dieser Zigarrenbar. Da hatte ich ja wirklich einen Ort gefunden, wo ich den Arbeiter spielen konnte.

„Na danke“, sagte ich zu Markatović. „Ich hatte völlig vergessen, dass ich der Arbeiterklasse angehöre.“

„Aber ich habe schon alles geplant“, tröstete er mich. „Ich engagiere nur noch wen, der das Design macht …“

„Einen Design-Arbeiter“, sagte ich. „Aber du brauchst auch einen Fotografie-Arbeiter …“

Der alte Darker wurde ernst. Er sagte: „Du könntest, wenn du Lust hast, runterfahren und, sagen wir, das Terrain inspizieren … Alles das können wir uns bezahlen lassen, ich selbst habe keine Zeit zum Reisen. Und es ist auch besser, dass jemand anderer fährt, wie schon gesagt, damit es aussieht, als wäre ein ganzes Team engagiert …“

„Markatović!“, ich sah ihn an, als wollte ich ihn mit dem Aschenbecher erschlagen.

„Gut, ich sage ja nur“, sagte er.

Dann klingelte sein Handy. Es war seine Frau, Diana, er erklärte ihr, dass er mit mir ein paar Dinge zu besprechen habe, geschäftlich.

Er versuchte beruhigend zu klingen, so als schaukelte er auf den Wogen des Optimismus, was auch seine Einschätzung mit einschloss, er würde bald heimkommen, „in einer guten halben Stunde“ … Ich weiß nicht, ob sie mitten in der Geschichte eingeschlafen war oder ob sie aufgelegt hatte. Er sah nur auf sein Handy, als würde er sich wundern.

Irgendwann früher hatte mich seine Frau obligatorisch grüßen lassen. „Diana lässt dich grüßen“, hatte Markatović gesagt, wenn er fertig war. Das sagte er nicht mehr.

Ich habe den Eindruck, dass uns Diana beide für Alkoholiker hält. Wer weiß, vielleicht denkt sie, ich würde ihn verderben.

„Ich gehe aufs WC“, sagte Markatović.

Er blieb etwas länger weg, und als er zurückkam, sagte er: „Weißt du was, ich habe ein bisschen Coke. Willst du ein bisschen?“

„Aha?“ – er hatte mich verwirrt.

Ich hatte nicht viel Erfahrung damit.

Noch vor Kurzem hatte es Coke in unserer Gegend nicht gegeben. Aber offenbar machen wir Forschritte … Aber das ganze Land ist ja im Aufschwung.

„Also jetzt lieber nicht“, sagte ich, „morgen früh habe ich Redaktionssitzung …“

Dann fiel mir ein, dass ich Sanja und die ganze Runde nach der Premiere bewirten könnte, um mich wichtig zu machen.

„Ach, eigentlich, gib schon her …“, sagte ich.

Er reichte mir das Päckchen unterm Tisch durch, und ich verstaute es in der Tasche.

Ein bisschen komisch kam ich mir schon vor.

„Seit wann fährst du darauf ab?“, fragte ich ihn.

„Ein bisschen in letzter Zeit, nur wenn die Atmosphäre danach ist“, sagte er.

Ich sah mich um. Hier jedenfalls war keine besondere Atmosphäre.

„Du musst nicht glauben … Das ist kein Heroin", sagte Markatović.

„Nein, Horse würde ich nie nehmen", stimmte ich rasch zu.

„Ich auch nicht", sagte Markatović. Dann nickte er mit dem Kopf und machte ein Gesicht, als hätte er sich an etwas Tragisches erinnert.

Jetzt nickte ich auch.

Für einen Moment fühlten wir uns wie zwei Knaben auf dem rechten Weg.

Dann begann Markatović über die Börse zu reden … Er beugte sich vor zu mir … Und sagte, dass ich für sein Verlagshaus ein Handbuch für Börsenanfänger schreiben könnte, so die grundsätzlichen Dinge, denn er wusste, dass ich manchmal mit Aktien spiele. Er fing an, auf mich einzureden, er sagte, dass uns das in Kroatien fehle, weil die Leute träge seien, sie hätten noch den Sozialismus im Kopf …

Dafür bist du voller neuer Ideen, dachte ich.

Zum Glück hatte man den Eindruck, dass er diese Ideen selber nicht ernst nahm. Eine Zeit lang ließ er sich enthusiastisch über sie aus, um sie dann nicht mehr zu erwähnen.

„Ich werde darüber nachdenken", sagte ich.

Die Kellnerin, rank und schlank, fand sich bald an unserem Tisch ein. „Meinetwegen ein Bier", sage ich.

„Für mich einen Kaffee", sagte Markatović. Dann erinnerte er sich an etwas und setzte hinzu: „Nein, nein, besser Whiskey … Und ein Bier."

„Ich werde noch krank von dem Kaffee", sagte er sich rechtfertigend. „Man soll Coke und Kaffee nicht mischen", setzte er hinzu.

Ihn brachten diese Kaffees den ganzen Tag um, das sah man genau. Sein Gesicht war aufgedunsen, und wie durch ein

Wunder hatte er einen Bierbauch bekommen. Er sah meiner Einschätzung nach bedeutend älter aus als ich, obwohl wir uns bei einer lange zurückliegenden Aufnahmeprüfung für die Wirtschaftswissenschaften als Altersgenossen kennengelernt hatten, die gerade die Volksarmee hinter sich hatten.

Das war, wenn ich zurückblicke, eine ziemlich fatale Begegnung gewesen.

My way

Bei dieser Aufnahmeprüfung hatten wir uns gegenseitig sofort gewittert und entdeckt, dass unsere Eltern uns zu dieser Fakultät gedrängt hatten, obwohl wir beide eher zu Philosophie und Kunst neigten. Für die Einschreibung an der Wirtschaftsfakultät hatten mich meine Leute mit einer Hi-Fi-Anlage von Sony, mit doppeltem Kassettendeck, dem damaligen letzten Schrei der Technik, bestochen, und die Eltern von Markatović hatten ihrem Sohn nichts weniger als einen Yugo 45 gekauft. Uns war es ohnehin wichtiger gewesen, in die große Stadt zu kommen, in die Reichweite von Konzerten, Klubs, *moving* …

Schon bei der Aufnahmeprüfung diskutierte der übrige Haufen darüber, wo man einen Job antreten würde nach absolvierter Uni. Die meisten tippten auf Staatsdienst, aber die Fortgeschritteneren vertraten Unternehmertum und Risiko, was es, sagten sie, auch bei uns immer mehr geben werde. Wir neigten zu denen mit dem Risiko … Obwohl sie uns nur ungern in ihren Reihen sahen. Das Risiko mit uns schien zu groß zu sein, denn dem Verein der WiSo-Leute mussten Markatović und ich wie große Strolche vorkommen, und auch uns selbst, was wir im Gymnasium niemals von uns gedacht hätten … Indessen kamen die heftigeren Kämpfer gar nicht erst bis zur Uni – die erste Welle der Rocker blieb ziemlich früh stecken, Kanonenfutter der Subkultur.

Jetzt vertraten wir eben das kreative Business, taten so, als bewunderten wir Bill Gates und ähnliche Typen, zitierten sie und stürzten damit die ausgeglichenen WiSo-Studenten in Verwirrung … Markatović behauptete, er habe in *The Economist* gelesen, dass Gates an einer Kombination von Computer und Waschmaschine arbeite und dass er so den Computer in jedes Heim bringen werde, was die anderen für unmöglich hielten. Er weidete sich das ganze akademische Jahr 90/91 an dieser Idee und gewann auch etliche Anhänger, vor allem unter den Studentinnen.

In Wirklichkeit wurde unsere Scharlatanerie nur im Verlauf des ersten Semesters einigermaßen akzeptiert, bis die Streber unsere Reihen zerschlagen hatten. Bald hatte man uns zu Perspektivlosen erklärt, vor allem deshalb, weil die Mädchen gern mit uns in der Kellerkantine saßen. Wir genossen die zweifelhafte Popularität bunter Vögel, für die es, genüsslich flüsterten es sich die zukünftigen Direktionsassistenten zu, nicht gut aussah. Aber irgendwie hörten wir dieses Jahr zu Ende, während das Land in den Krieg stürmte.

Wir waren noch immer die gehorsamen Söhne unserer Eltern, die annahmen, dass die Älteren wüssten, wohin sie uns führen. Und dann ging dieser Krieg tatsächlich los. Obwohl die Sache lange am Kochen gewesen war, war es doch für uns alle eine Überraschung. Schwer war es, die Konzentration zum Lernen aufzubringen. Mehr noch, das Jahresende sah Markatović und mich in Uniform, und so verspäteten wir uns ein wenig zu Beginn des dritten Semesters, um uns am Ende als noch größere Kerle zu erweisen, gleichsam als Heroen. Wir inskribierten das zweite Jahr auf der Basis interpretierbarer Kriegsinskriptionen: An uns mit Militärbescheinigungen übten die Professoren keine Strenge.

Zu der Zeit sah ich, wie die Welt in Trümmer fiel, wie nichts Bestand hatte, wie die Autoritäten verblassten, wie sich alle vor uns verneigten. Wir begriffen, dass wir einer

Generation angehörten, die den moralischen Vorzug hatte, alle die Alten zu verteidigen, die die Schablonen des Sozialismus gewohnt waren. Sie waren verloren, sie klopften uns auf die Schultern, als würden sie sich für etwas bedanken. Laut verachteten wir den Sozialismus, und darin stimmten sie mit uns überein. Wir verachteten ihre ganze Lebenserfahrung, und auch darin stimmten sie mit uns überein. Wir verachteten in Wahrheit ihr Leben, und auch darin stimmten sie mit uns überein. Um so stark wie möglich zu betonen, dass die Zukunft uns gehöre, verachteten wir alles, was bis gestern irgendeinen Wert dargestellt hatte. Und auch darin stimmten sie mit uns überein.

Markatović kam jetzt in der Tarnjacke zur Uni, ich hingegen trug meine nur, wenn irgendwo eine Unterschrift geholt werden musste. Unser Selbstvertrauen wuchs, wir verachteten alles und jeden an dieser Uni und zogen die Schau ab, die meiste Zeit verbrachten wir in der Kantine, betranken uns wie große, enttäuschte Männer, die, nun ja, allzu früh im Leben der Liebesschmerz gepackt hat. Der Krieg ging weiter, und wir studierten im Studienjahr 91/92 angeblich noch immer die Wirtschaft, unten in der Kellerkantine, tranken Bier aus der Flasche und schreckten das Personal mit subkultureller Revolte, für die der Krieg ein unerwartetes Alibi stellte. Es gefiel uns, dass uns niemand widersprach, obwohl auch wir selbst nur gewöhnliche Arschlöcher waren … Einmal hatte ich so unsere Situation definiert, und Markatović lachte … Wenn er sich in der Kantine angetrunken hatte, ging er zu den Leuten und fragte sie: „Warum widerspricht mir niemand, wo ich doch ein gewöhnliches Arschloch bin?" Er hatte diese Uniform an und grinste krank nach solchen Fragen.

Selbst vor den Mädchen trainierten wir unseren groben Humor, um zu sehen, ob sie Angst kriegten. Es lag etwas Unterhaltsames darin. Aber die Sache führte in die Isolation. Wir gingen überhaupt nicht mehr zu den Vorlesungen. Uns kam es so vor, als würden wir einen Teil unserer Zampano-Integrität verlieren, wenn wir dort säßen als die guten Söhnchen unserer Eltern und diese veralteten Vorlesungen hörten, während die Kriegsgewinnler und Politiker staatliche Firmen privatisierten, während sich das arme Volk gegenseitig abschlachtete, die Konz-Lager in Bosnien aus dem Boden schossen und Nachrichten von Massenvergewaltigungen kamen.

Wenn man besser hinsieht, hatten wir uns in dieser Kantine verschanzt, um uns vor der Welt zu verstecken.

Obwohl wir das einander nie eingestanden hätten, waren wir angeschissen wie auch die anderen, innerlich erschüttert, schon ziemlich verfault, aber wir trugen die Masken harter Burschen, denn anders wussten wir uns nicht zu verteidigen. Wir kamen noch eine Zeit lang in diese Kantine, rein aus Gewohnheit; im Übrigen gab es diese Konzerte, wegen derer wir in die Metropole gekommen waren, überhaupt nicht, dafür waren die Kneipen der Stadt voll mit Typen wie uns, dazu kam noch der eine oder andere echte Verrückte.

Als es wieder nach Sommer duftete, schleppte sich der Krieg in einer Zone niedriger Intensität dahin, die Prüfungen begannen, die Leute saßen auf den Terrassen rings um die Fakultät, aber wir tranken noch immer unten in der Kantine, isoliert, wie freiwillig Verurteilte. In unsere Indexe stierend, entdeckten wir, dass wir keine Ahnung hatten, worum es an dieser Fakultät ging. Wir waren ein wenig überrascht. Hatten wir doch die ganze Zeit gedacht, dass wir uns, wenn die Termine eng würden, irgendwie einreihen würden.

Aber wir hatten nicht die Absicht, die Niederlage einzugestehen.

Wir zogen einfach den Schluss, dass diese Scheiße von Fakultät nichts für uns war. Wir gehörten in Wirklichkeit woanders hin. Wir sind verdammt noch mal Künstler! Hier versteht uns keiner. Hier zählen alle irgendwelche Gelder im Voraus, was tun wir überhaupt hier unter diesen Kleinbürgern?! Wir sprechen verschiedene Sprachen! Das, wie sehr sich Kroatisch und Serbisch unterscheiden – daran wurde zu dieser Zeit tagtäglich gearbeitet –, ist damit unvergleichbar! Wir unterhalten sie hier zwei Jahre lang, vergeuden unser Talent, und sie – nichts.

„Hier kommen wir nie auf einen grünen Zweig!", sagte Markatović.

„Nie auf einen grünen Zweig!", wiederholte ich, als wäre das ein Schwur.

Und so fanden wir in einem günstigen Augenblick, nach dem achten Bier in der Kantine, während der Sommer duftete, einen neuen Weg. Unsere Rebellion, lange abgelagert unten im Keller, war endlich explodiert, und wir beschlossen, ins Studienreferat zu gehen, unsere Papiere zu holen und uns der Kunst zu widmen. Ich erinnere mich, wie wir betrunken dort ankamen, wie uns die Tanten dort verwundert ansahen und wie wir, unsere Papiere in der Hand haltend, fröhlich hinaustraten an die Sonne. Markatović war so begeistert, dass er sogar seine Papiere in die Luft warf, so dass wir sie auf dem Parkplatz einfangen mussten, denn es wehte ein leichter Wind … Die Mädchen gingen im Mini, der Krieg zog sich wie ein Kaugummi, aber wir waren endlich frei.

Wir lachten und fielen übereinander.

Marihuana

Markatović inskribierte später Literaturwissenschaft, er veröffentlichte sogar einen Band Gedichte, bekam mehrere Kritiken – es hieß, er sei vielversprechend, er müsse nur noch ein wenig seine Handschrift modernisieren … Aber keine einzige Frau verliebte sich in ihn wegen dieser Gedichte, und hier war vermutlich etwas in ihm zerbrochen. Sein Weg zum literarischen Ruhm verwandelte sich in ein endloses Hinhalten, und dann begegnete er Diana, die keine Gedichte las: Sie bekamen Zwillinge, das heißt zwei gleiche Söhne. Jetzt galt es, wie man sagt, die Familie zu ernähren, und so gründete er eine Firma …

Wenn ich ihn so aufgedunsen sehe als Zeugen meiner dummen Biografie … ich sehe auch nicht gerade glänzend aus … Denn ich hatte mich nach der Ökonomie für die Dramaturgie entschieden. Die Konkurrenz war furchtbar, alles Knaben aus Künstlerfamilien. Aber es gelang mir hineinzukommen.

Trotzdem hofften meine Eltern, in diesem Kapitalismus, nur noch auf meine Ökonomie und sprachen das ominöse Wort *Dramaturgie* mit tragisch-mystischem Ton aus, wie Nachbarin Ivanka, als sie bei ihrem Sohn Gras fand … Das war irgendwo Anfang der Achtziger gewesen, und wir alle hörten Ivanka, wie sie, sich an den Kopf fassend, im Hof im Kreis ging und heulte: „Marihuaana ... Marihuaana, aaime ... Marihuaaana ..."

Es klang so grauenvoll, dieses wogende Wort war tabu für das sozialistische Volk, Ivanka wand sich vor ihm wie die Kobra vor dem Fakir, und ebenso verhielt sich, viele Jahre später, meine Mutter …

„Draamatuurgie … Draamatuuurgiie ... Aaime ... Draamatuuurgie ...", lamentierte sie und fasste sich an den Kopf.

Da sich damals schon herumgesprochen hatte, dass Marihuana eine leichte Droge ist, war allen klar, dass ich zu Schwererem übergegangen war.

Meine Eltern, die bis dahin gegenüber der Kultur indifferent gewesen waren, wurden von nun an ihre erbitterten Gegner. Wenn im Fernsehen etwas „aus Kultur" angekündigt wurde, wechselten sie nicht mehr sofort das Programm. Nein, jetzt sahen sie den Fernseher von der Seite an und sagten *„äh“, „natürlich die Obergescheiten“, „auch mit so was kann man sein Brot verdienen“* ... So war es, der Krieg hatte sie arm gemacht, der Kapitalismus rechtlos, und die Kultur hatte ihnen die letzte Hoffnung genommen.

Logisch, dass ich nicht mehr auf ihre finanzielle Unterstützung zählen konnte. So begann ich, neben dem Studium, gegen Honorar bei der Zeitung zu arbeiten. Ich verfolgte die übel beleumundete Kultur und rannte den ganzen Tag zu den unterschiedlichsten Promotionen, trank dort gläserweise Pelinkovac, der angeblich gut ist für die Verdauung, und aß abends auf Vernissagen und Premieren Kanapees, um etwas zum Verdauen zu haben, wenn ich schon so viel Pelinkovac getrunken hatte. Es war das ein Leben, wie man sagt, voll der kulturellen Erbauung. Und dann ... Einmal hatte ich, nichts ahnend, dem Chefredakteur gegenüber erwähnt, dass ich Ökonomie studiert hätte, als er mich ansah im Unglauben, der sich schnell in Begeisterung verwandelte, denn die Redaktionen waren, so stellte sich heraus, voll abgebrochener Kulturstudenten, während abgebrochene Wirtschaftler, wie man mir sagte, als „Kümmerlinge“ galten.

Mein Gejammer wollte er nicht hören, sondern beförderte mich auf der Stelle, maximal unverdient, zum „Wirtschaftsredakteur“, gab mir eine ganze Seite, wo ich mich, wie der Redakteur sagt, mit „langweiligen Nachrichten“ zu beschäftigen hätte, aber wenn ich irgendwo von einem Diebstahl hörte, hätte ich das ihm zu melden, damit es extra bearbeitet werde, breit, denn was ihn wie auch unser Publikum angehe, so interessiere man sich, was die Ökonomie betreffe, ausschließlich für Diebstahl.

Und gab mir ein festes Gehalt, was mich vor der Pelinkovac-Infusion rettete, aber trotzdem konnte mich Mutters zeitweilige Replik – „Siehst du? Haben wir dir nicht gesagt, du sollst dich an die Ökonomie halten?“– auf bestimmte Weise immer zum Wahnsinn treiben.

Und nun wollte mich Markatović zu diesem Börsenhandbuch überreden ... Wir haben gekämpft, dachte ich, man kann nicht sagen, dass wir nicht gekämpft haben ... Aber die Ökonomie wartete dort hinter einer dramaturgischen Pause und hat uns, serbisch gesprochen, „in der Luft zerrissen wie ein Verrückter die Zeitung“!

Markatović und ich sprachen nicht darüber. Ich weiß nicht, vielleicht wartete ich, dass er beim achten Bier dieses Handbuch erwähnen würde, wartete, dass ich das auf schöne Weise unterstreiche, ohne Rücksicht, dass er offiziell keine Niederlage zugibt, weil er sich selbst auf Basis jenes jugendlichen Debüts noch immer für einen Schriftsteller hält, denn das ist vermutlich bei Schriftstellern möglich: Schon lange gibt es ihn nicht mehr, aber immer besteht die Möglichkeit, dass er wieder einmal etwas veröffentlicht, und so hat Markatović in Wirtshausgesprächen hin und wieder einen Roman erwähnt (da hat er sich, der bunte Vogel, auf die Prosa geworfen), der sich „langsam, aber gut“ entwickele, und hat sich über ihn in rätselhaften, halb beendeten Sätzen ausgelassen, als wäre es ein Problem, irgendetwas näher zu enthüllen, vielleicht, damit ihm keiner die Idee klaut, oder weil er nichts zu sagen hat, aber auf der Grundlage dieser Fischerei im Trüben ist er technisch gesehen immerhin als Schriftsteller existent, denn niemand konnte mit hundertprozentiger Sicherheit darauf wetten, dass er in der Schublade nicht doch irgendeine angefangene Kritzelei liegen hat ... Und so sah er mich mit gläsernen Augen an und sprach: „Früher oder später wird das Volk an die Börse strömen, wie die Chinesen, du wirst sehen ...“

„Gut, lass das jetzt ...“, sagte ich.

Wir bestellten noch eine Runde.

* * *

Gäbe es Jason nicht, würde ich vor Langeweile sterben.

Er fragt mich, er sagt, dass sie, seit sie vor Ort sind, keinerlei Informationen hätten, er sagt, dass sie schon seit Wochen in einer Informationsblockade seien, und er fragt mich, was es Neues gibt in der Welt.

Der Krieg hat angefangen, sage ich, du bist neu auf der Welt.

Neben uns passiert eine große Kolonne getarnter Bagger.

TAG ZWEI

Der Schmerz der Transformation

Sie hatten das Redaktionsbüro betreten, endlich waren sie doch gekommen. Ich sah sie an, machte es mir auf dem Redakteurssessel, einem der besseren, bequem, lehnte den Kopf an die hohe Lehne.

Ich fühlte, wie sich meine Persönlichkeit veränderte, der Redaktionsmensch erscheint ... Da ist er, er kommt wie aus dem Nichts, erobert mit rationalem Blick, spannt die Fazialmuskulatur. Die Maske eines arbeitenden Menschen erfordert viel Energie, wie heißt es doch: Sie verlangt den ganzen Menschen. Das wird das Hauptmerkmal des Jobs sein.

Gestern Abend hatte ich mit Markatović, nach der *Churchill-Bar*, noch ein paar Plätze aufgesucht. Wir endeten an einer Theke und machten uns wichtig vor irgendwelchen Mädchen, denen Markatović teure Getränke bestellte ...

Der morgendlich arbeitende Mensch unterscheidet sich stark vom nächtlichen.

Daher der Kater. Das ist der Schmerz der Transformation.

Chefredakteur Pero, mein Ex-Freund, siebenunddreißig Jahre alt, verheiratet, zwei Kinder, eine Geliebte, zwei Kredite, hatte noch größere Probleme. Mit den Fingerspitzen stützte er die Schläfen und sah auf die Tastatur des Computers.

Er schwieg, wie Väter schweigen in schweren Zeiten.

Er produzierte Stille. Eine Fliege hätte man hören können, aber es gab keine.

Wir hatten Redaktionsbesprechung, nichts Spezielles, aber Pero war erst vor Kurzem ernannt worden und zeigte jetzt einen Überschuss an Ernsthaftigkeit, um auf seine Funktion aufmerksam zu machen. Früher war er einer von uns gewesen, aber dann hatte man ihn in den Orbit lanciert, dorthin, wo es normal ist, dass du hin und wieder das Büro des Premiers anrufst und dass man dich verbindet ...

Das Ganze hatte ihn ein wenig überrumpelt.

Ich verschob ihn sachte an den Bildrand. Er konnte sich nicht so benehmen wie der alte Pero, und der neue saß bei ihm noch nicht.

Mühsam wischte er Teile der alten Persönlichkeit wie Schweiß von der Stirn und versammelte sich in das sogenannte Ganze.

Da knarren die Sessel, die Räderchen auf dem Teppichboden.

Und dann – schnappte sich Pero die Fernbedienung und machte der Stille ein abruptes Ende: Der oben in der Ecke postierte Fernseher brummte.

Jetzt konnte man sehen, was sich in Bagdad abspielte, wo die Amerikaner vor zehn Tagen einmarschiert waren. Auf CNN erzählten sie von der Einführung von Ordnung, aber auch von Strom.

Dass Bagdad den ganzen Tag im Fernsehen war und dass es dort keinen Strom gab, erschien mir ein gutes Material zu sein für eine geistreiche Bemerkung. Ohne es verschreien zu wollen ... Ich sah einen Teil meiner Rolle darin, geistreich zu sein ...

Pass auf, die in Bagdad haben keinen Strom, sind aber nonstop im Fernsehen. Stell dir vor: Die können sich nicht einmal selbst sehen. Wir konnten das im Krieg wenigstens ... Das erschien mir eine interessante Bemerkung zu sein, aber dann erinnerte ich mich, dass es nicht klug war, Bagdad zu erwähnen.

Durch die Glastür sah ich Silva und Charlie kommen, lachend.

Nachdem sich Charlie gesetzt hatte, wurde er doch ernst und fragte mich mit einer Stimme, die endlich zum Eigentlichen kommt: „Wie geht es dir?"

Ich sagte: „Wie du siehst, okay. Und dir?"

Als wäre ihm das Leben in diesem Moment langweilig geworden, meinte er: „Ach ... Den ganzen Tag schon diesen Zirkus ..."

Ich dachte schon daran, ihn zu fragen, um welche Art Zirkus es sich handele, obwohl ich wusste, dass es nur der alltägliche Ärger im Büro sein konnte, irgendein Problemchen, die Trägheit der Bürokratie, denn so war Charlies Ton und so waren seine Beschwerden über das Leben, vorgebliche Beschwerden, die nur zur Verernsthaftung des Gesprächs dienten – da sich Charlie, ich habe keine Ahnung warum, seit jeher ernsthaft mit mir unterhalten wollte, während er mit Silva zum Beispiel nur Blödsinn redete.

Ich kam nicht dazu, etwas zu fragen, denn Silva sah mich in ihrer ewigen Koketterie an, die nichts zu bedeuten hat, und sagte: „Eh, ne super Frisur hast du."

„Eh, danke", sagte ich.

Sie ist eine Frau, die ebenso gern Komplimente verteilt wie ironische Bemerkungen. Mir macht sie nur Komplimente, was mich lockerer macht, denn Silva in ihrer Koketterie spiegelt instinktiv die korporativen Machtverhältnisse wider. Solange sie dir Komplimente macht, kannst du relativ relaxed sein, aber wenn sie dir sagt, deine Frisur sei verkleistert, dann musst du dich nach deinem Rating in der Firma fragen.

Jetzt sah mich Vladić, den näher zu beschreiben es keinen Bedarf gibt, von der anderen Seite des Tisches an und sagte: „Ja, ja ... Tin ist der Oberlaffe."

Und gab einen höhnischen Lacher von sich.

Ich fühlte mich unbequem auf meinem Stuhl wegen dieser Frisur. Ich hatte nur etwas Gel genommen ...

Ich machte ein Gesicht, als würde ich nicht begreifen, worum es sich handelte, aber Silva sah mich weiterhin fröhlich an, als erwartete sie noch etwas, was wir offen lassen können.

Ihr Redaktionsgebiet ist die Estrade, und so kann sie immer dasitzen mit leichtsinnigem Gesichtsausdruck, selbst in einer solchen Situation vor der Sitzung des Obersten Sowjet. Sie ist sozusagen die Vertreterin unserer Fröhlichkeit und der lockeren Atmosphäre. Uns Übrigen, die wir uns mit dem Schicksal der Nation beschäftigen, kommt diese Fröhlichkeit nicht zu. Auf unserer Aura liegt der Schatten des düsteren soziopolitischen Augenblicks, während Silva im Lichte der lebhaften Farben vibriert, die sie jeden Tag in den Boutiquen findet.

„Gehen wir anschließend auf einen Kaffee?“, fragte mich Charlie.

Ich sagte: „Nein, ich muss mir mit Sanja eine Wohnung ansehen.“

The Chief sah sich um, als würde er uns zählen.

Alle sind da ... Alle zehn. Wir saßen da, uns der Situation bewusst, in der sich unser *Objektiv* und die Firma allgemein befinden. Denn der brüderliche *Danas,* also *Heute*, unsere Tageszeitung, fährt seit Neuestem offensichtlich Verluste ein – die verfluchte GEP, die mächtige Global-Euro-Press, hat diese Information gestern triumphierend platziert.

Unser Unternehmen wiederum, das wir liebevoll *corporation* nennen, heißt Press-Euro-Global, abgekürzt PEG, gegründet von kreativen Abtrünnigen der erwähnten GEP, so dass wir kein gewöhnlicher Verein sind. Wir haben eine Mission: Wir kämpfen für Recht und Wahrheit, die letzte Verteidigungsbastion gegen das GEP-Monopol ...

Ein kurzes Schweigen, bitte.

Pero The Chief stand auf und sagte: „Ich brauche euch die Situation nicht auszumalen, ihr seid intelligent genug ... Wir müssen etwas unternehmen."

Er umfasste uns mit dem Blick ... Und fuhr fort: „Das ist für euch nichts Neues, nicht wahr? Denn was sind wir? Wir sind Motoren! Mit uns dreht sich die Welt! Gäbe es keine Medien, würde längst alles stillstehen! Nichts würde passieren, denn es gäbe keinen Ort, wo es passieren könnte!"

Ich sah ihn an. Er hatte wirklich einen dramatischen Auftritt.

„Ich will sagen", fuhr er fort, „nichts wird von allein passieren! Ja, gut ... Auch das gibt es ... Wenn sie mit Flugzeugen ins WTC krachen, gut, davon kann man wirklich nicht behaupten, es sei ein von den Medien produziertes Ereignis ..."

„Manche sagen, dass es das ist", fiel ich ein.

„Ein Scheiß ist es", deckelte er mich zu, „sondern da sind Leute angeflogen gekommen und haben jemandem einen Schlag versetzt. Aber wenn sie derart zuschlagen, dann bringt das jede ... Auch die alleridiotischste Zeitung bringt das, nicht wahr? Das bedeutet, da gibt es für uns kein Brot. Auch dieser Angriff auf den Irak, obwohl wir einen Mann runtergeschickt haben, ist es nicht. Das geht zu schnell, die Truppen fegen da auf der Straße durch die Wüste ... Wir sind eine Wochenzeitung, wir können da nicht mithalten. Es geht zu schnell." Er zeigte mit dem Finger auf den Telly: „Das ist was fürs Fernsehen."

Er wartete, dass wir es begreifen sollten.

„Wir können nicht begleiten, was man sieht, versteht ihr? Das macht das Fernsehen, und das benagen dann die Tageszeitungen, da ist für uns nichts drin."

Er hat sich wirklich vorbereitet, dachte ich. Und früher hat er unten in den Kneipen Schwachsinn verzapft. Da sieht man, was eine Position aus einem Menschen macht! Es war zu spüren, wie der alte Pero endgültig verdampft war. Oder wie Schauspieler sagen würden: Er war eins geworden mit seiner Rolle, und zwar mit der Hauptrolle.

„Das bedeutet, was begleiten wir?"

Alle sahen auf Pero The Chief.

„Wir begleiten das nicht Sichtbare! Das NICHT Sichtbare!", sagte er mit Donnerstimme.

Ich war verblüfft. Es begann mich zu interessieren, wo er diese Theorie aufgelesen hatte.

„Was ihr zu tun habt, ist zu untersuchen, aufzudecken, draufzukommen! Erfindet, saugt es euch aus den Fingern, kommt mit was Neuem! Es gibt keine Turbopolitik mehr. Kein Hinschlachten. Tuđman ist tot, Milošević ist am Ende! Es gibt kein echtes Drama mehr. Ihr müsst die Geschichte jetzt umdrehen. Eine neue Hysterie suchen. Wohin hat sich die Hysterie verzogen? Sie musste irgendwo anders hin. Ihr müsst dort suchen, wo ihr vorher nicht gesucht habt."

Überwiegend im Gorski Kotor und in der Lika, dachte ich (das waren die Worte, die ich heute Morgen in der Wettervorschau gehört hatte).

The Chief fuhr fort: „In den Neunzigern war es leicht ... Gut, sie hatten uns angegriffen, und es war nicht leicht ... Aber der Krieg bot Informationen. Das war unser Beitrag zur globalen Information, unsere Topposition. Die Welt hat uns, wie man so schön sagt, perzipiert. Das gibt es nicht mehr. Jetzt sind wir Gewöhnliche."

Er hatte recht: Alles von da an war gewöhnliches mediales Vegetieren. Wenn es nur dabei blieb.

„Jetzt müsst ihr vom Gewöhnlichen eine Geschichte machen. Wir müssen der neuen Realität eine Form geben. Ihr sucht noch immer alte Geschichten, aber das, was jetzt geschieht, hat überhaupt noch nicht seine Form gefunden! Denn ihr habt sie ihm nicht gegeben! Ganz normal, dass unsere Auflage sinkt! Das bedeutet ... Ich will Kreation!"

Hm, das klingt gar nicht so schlecht ...

„Das will ich, sonst fliegen die Kündigungen", sagte er final. Und seufzte unter viel Mitgefühl.

Hm, klingt doch schlecht, dachte ich.

Pero The Chief hatte geendet. Der poetische Teil des Programms schien erledigt zu sein.

Ich verstehe. Der Eigentümer hat zu ihm gesagt, er solle die Leute wachrütteln: Kündigungen in der Luft, Suche nach einem Opferlamm, Angst, Motivation ... Zum Teufel, mit jedem neuen Redakteur war hier auch die Krise, denn wozu sonst ein neuer Redakteur. Er kam als Heilsbringer. Im Namen des Heilsbringers muss der Untergang immer in Sichtweite sein; alle Religionen basieren darauf.

Der Untergang ist für uns unabdingliche Notwendigkeit.

Auch im Staat ist die Rede vom Untergang, das läuten alle Glocken, ununterbrochen. Wir selbst setzen nur grelle Titel auf den Haufen dieser Untergänge, damit die Leute ein wenig zusammenzucken.

Ja, und jetzt hätte ich zusammenzucken sollen.

Na gut, ich bin zusammengezuckt.

Ich sah mich in der Runde um. Auch die anderen waren zusammengezuckt.

Am meisten zusammengezuckt war der junge Dario. Ihn hatte es tatsächlich gerissen. Seine Augen funkelten wie die eines Geparden, obwohl er, schlaksig wie er war, mehr von einer Antilope hatte.

Nach einer Pause sagte Pero: „Und dann ist da auch die GEP, wie ihr wisst ..."

Aus irgendeinem Grunde blickte er sich bei diesem „wie ihr wisst" im Raum um, als würde er einen Spitzel suchen.

Dann verweilte sein Blick auf Sekrétar, dem alten Hochstapler, der bei den Redaktionssitzungen die Sphinx mimt.

Sekrétar ist nicht etwa ein ordinärer Sekretär. Einmal waren wir zusammen in Moskau, wo ich den Oligarchen Teofilakowskij interviewen wollte, der bei uns Hotels gekauft und Opern gesponsert hatte. Ich stellte mich vor als „Tin, Journalist“, und die Russen sahen mich an wie einen Schnüffler, Sekrétar hingegen stellte sich vor als „Sekrétar“, worauf ihm tiefe Verehrung zuteilwurde. Bis dahin hatte ich diese Funktion an ihm nicht gekannt, aber den Russen war sie sofort klar gewesen: Er war ein vitales Überbleibsel des alten Systems, nur dass ihm in dieser unglücklichen Transition jegliche Ideologie abhandengekommen war.

Dort in Moskau, inspiriert durch den Wodka, erzählte er mir, dass er einst Kommunist gewesen sei, um später alle parlamentarischen Parteien auszuprobieren. Jetzt ist er abschließend bei der Kroatischen Bauernpartei gelandet. Er hat entdeckt, dass sie die Besten sind, als er das erste Mal vor Ort war, „denn weißt du“, sagte er, „das ist Gastfreundschaft, auf dem Land ... Danach brauchst du mindestens drei Tage Krankenstand; ich denke, das ist das zweischneidige Schwert der Bauernpartei“, sagte er, denn seit er dort ist – ist sein Cholesterol gestiegen und seine Gicht zurückgekehrt, wie in den guten alten Zeiten.

„Sekrétar macht ein Briefing mit jemandem zum Thema GEP“, erklärte Pero The Chief.

Ständig waren wir dabei, die unterirdischen Wege der GEP zur Marktmonopolisierung aufzudecken. Die verdammte GEP hat ihre Geheimfirmen. Die drücken von allen Seiten; sie stehlen uns die Themen und platzieren sie als Erste. Zu vermuten ist, dass sie ihren Mann in der Redaktion haben, der ihnen unsere Sensationen meldet. Um uns zu demoralisieren, kaufen sie unsere Journalisten, indem sie ihnen unangemessen hohe Summen bieten. Alle Augenblicke verschwindet jemand von der Bildfläche, und wir erwähnen seinen Namen nicht mehr. Die Führung der PEG antwortet auf diese gemeinen Angriffe mit der Taktik verbrannter Brücken: Alle Journalisten sollen ein paar Texte gegen die GEP-Leute abarbeiten, hitzig mit ihnen polemisieren, sie Kriminelle und ausländische Spione nennen, so dass sie sich in Zukunft nicht mehr unter die Leute wagen können, die sie so ausgiebig angespuckt haben. Wir brauchen kein *rafting* und kein *paint ball* … Der Zeitungskrieg, das ist unser *team building.*

Bevor ich die Taktik der verbrannten Brücken begriffen habe, habe ich mich im Zeitungskrieg bereits ausgezeichnet. Jetzt bin ich an die PEG gebunden – so ist das in kleinen Ländern, der Manövrierraum ist erdrückend eng.

Sekrétar hielt ein beschriebenes Stück Papier in der Hand und sah über die Brille hinweg in die Runde.

The Chief, ein wenig überrascht, fragte: „Haben wir Freiwillige?"

Ich sah Dario, wie er auf dem Stuhl hin und her rutschte, ich sah, dass er sich anschickte, sich zu Wort zu melden, er wusste nur nicht, ob die anderen Vorfahrt hatten. Er wusste, dass es eine große Ehre war, das Anti-GEP-Thema zu übernehmen. Am Ende hob er zwei Finger und hatte Erfolg.

Auch ich bin vermutlich einmal so gewesen, dachte ich. Bis ich kapiert habe ... In Wahrheit, bis uns der jetzige Eigentümer gekauft hat. Dieser ausgebrannte Tennisspieler ... der in der Kriegszeit Rekreationstennis mit dem ehemaligen Präsidenten gespielt und ihm die Punkte überlassen hatte, wofür der ihn mit billigen Anteilen an mehreren Staatsfirmen belohnt hatte.

Ja, zu der Zeit hatte der Präsident persönlich die TV-Tagesschau redigiert, wobei er uns dazu anhielt, Kämpfer für die Wahrheit zu sein, so dass bei den freien Medien die Auflage stieg. Aber als wir uns die Demokratie erkämpft hatten, wurde die Wahrheit zugänglicher ... Die Auflage sank, und der kurz zuvor mit Vollmachten versehene Tennisspieler stockte das Kapital auf. Ich war davon naiv überrascht, das war für mich nicht logisch, vermutlich mehr aufgrund einer

Gefühlslogik, denn ich hatte gedacht, wir kämpften gegen ... gegen etwas ... Aber ökonomisch gesehen, war die Sache klar: Wir hatten keine Kohle, und er hatte sie.

Jetzt arbeite ich hier endlich nur fürs Gehalt.

Ich beantrage den Kredit.

Die demokratischen Prozesse haben die Zinssätze sinken lassen.

* * *

Drei irakische Scuda waren den amerikanisch-englischen Konvois Richtung Grenze zugedacht gewesen. Sie fielen nacheinander am Nachmittag, 20 Minuten bevor ich an den Ort des Fehlschlags kam. Bitte, kündige mich an – Boris Gale, direkt vom Ort des Fehlschlags ... Ort des Geschehens ist etwas anderes, aber im Krieg kannst du dich nur vom Ort des Fehlschlags melden. Ich meine, wenn es dich trifft, meldest du dich nicht. Das müsste man dem Publikum erklären ... Also: Vom Ort des Fehlschlags meldet sich ... Hör mal, setz ein, was du willst, das ist dein Job.

Mit mir zusammen waren noch zwei am Ort des Fehlschlags, Italiener, ich hatte mich zu ihnen in den Jeep geschmissen als armer Journalist.

Wie gesagt, wir waren gerade angekommen. Aber sofort hat man uns zurückgeschickt. Alle waren in kompletter ABC-Montur mit Gasmasken, Gummihandschuhen und Gummistiefeln.

Gummi, Gummi, Gummi. Das ist mein Bericht.

Nichts, ein Fehlschlag.

Gummistiefel auf Sand, riesiger Himmel.

Da gibt es nichts zu sagen.

Soldaten in Gummi haben uns zurückgeschickt.

Wir sind zurückgedüst in die Wüste, bye bye.

* * *

Wir gingen die Themen durch für die nächste Nummer. Ich meldete ein Interview an mit Altökonom Olenić. „Der Typ ist Zeitzeuge unserer ökonomischen Reformen", sagte ich.

Schweigen.

„Der Alte hat eine Menge Anekdoten", schob ich nach.

Auf das hin mit den Anekdoten nickte Pero The Chief mit dem Kopf.

Und am Schluss das Schwerste ...

Als die Sitzung zu Ende war, während die anderen hinausgingen, fragte mich The Chief: „Und unser Mann vor Ort?"

„Ja?", sah ich ihn an und wartete, bis alle draußen waren.

„Dieser Bursche im Irak, ist er noch dort?"

„Ja, ja", sagte ich.

Lange hatte ich das verdrängt. Es ist Zeit, alles zuzugeben.

Ich sah The Chief an: Ich wartete, dass er loslegen würde ... Was würde ich ihm sagen?

Ich wusste nicht, wo anfangen ... Dieser Typ, den wir in den Irak geschickt hatten, war bar jeder journalistischen Erfahrung – aber er hatte Arabisch studiert und war bereits im Krieg gewesen ... Ich hatte ihn angepriesen, zuerst bei Sekrétar. „Wo hast du dir denn den *erfunden?*", fragte er mich, fasziniert davon, dass der Typ Arabisch konnte ...

„Du kennst mich", sagte ich. Ich war bekannt dafür, dass ich Leute *erfand.*

Dann überbrachte Sekrétar die Sache Pero. Es war das wohl das Erste, was er als The Chief genehmigte. Er hatte es kaum erwarten können, etwas zu genehmigen. Und das Engagieren ambitionierter Amateure fügte sich perfekt in die Redaktionspolitik des Kostensenkens. Mit Stolz betonten wir, dass wir als Korporation offen waren für junge Leute.

Der Typ, den wir in den Irak geschickt haben, heißt Boris, aber die Sache hat einen Haken. Dieser Boris ist ein Verwandter von mir ... Das hatte ich niemandem gesagt. Ich meine, ein Mensch mit Arabischstudium im CV ist schon an sich geschaffen für diese Aufgabe.

Aber jetzt begannen mich die Familienbande zu drücken. Nicht nur, dass ich einen Menschen empfohlen hatte, der verrückt spielte, anstatt normale Reportagen zu schreiben, sondern ... Es erweckte den Eindruck, als würde ich meine dummen Verwandten auf Betrugsbasis beschäftigen. Hier mime ich den europäischen Intellektuellen, und heimlich markiere ich vor dem Stamm.

Ich sah mich bereits auf frischer Tat gefasst.

Ich sah The Chief an.

Ich wollte ihm sagen: An allem ist meine Mutter schuld!

Denn meine Mutter gibt meine Nummer jedem!

Das ist, wenn du genau hinsiehst, wirklich nicht normal: Die Leute kommen in die Hauptstadt wie Blinde, die Stadt wächst ohne jeden Plan, und alle haben vermutlich meine Nummer in der Tasche.

Als Boris nach Zagreb kam, hatte er natürlich meine Nummer in der Tasche, das heißt im Handy.

Sie hatte sie ihm gegeben. Als würde sie mir eine vergessene Schuld servieren, ist sie vor der versammelten Ortsgemeinde als Vertreterin meines sogenannten Erfolges draußen in der Welt aufgetreten, denn sie rühmt sich, sobald ich es nicht hören kann, damit, was für eine wichtige Person ich in Zagreb sei, und natürlich nehmen die Leute sie beim Wort, und so hat sie praktisch ein Büro im eigenen Haus eröffnet, hat Parteienverkehr, gibt meine Nummer weiter, und dann rufen mich Leute an, von denen ich vergessen habe, dass sie existieren, rufen mich wegen unglaublicher Sachen an (irgendwessen Pension, irgendwessen Operation, die lokale Wasserleitung, der Jahrestag ihrer Kriegsbrigade, ein Pädophile am Strand usw.), und wenn ich mich am Telefon melde, kommt die obligate Frage: „Weißt du, wer hier spricht?"

Es interessiert sie, ob ich ihre Stimme wiedererkenne. Sie fragen das, um zu sehen, ob ich noch immer der Alte bin oder ob ich vergessen habe ...

Wenn ich das höre, weiß ich, das sind *sie*, denn niemand sonst spielt dieses Ratespiel.

Wenn ich das höre, werde ich leicht desorientiert, wie ein aus dem Schlaf Gerissener, ich gehe rasch alle vergessenen Stimmen durch, denn wenn ich höre „Weißt du, wer hier spricht", kehrt auch der ganze Rest zurück, und sehr oft – das muss ich sagen – errate ich, wer es ist.

Und jedes Mal sage ich, *ich werde sehen,* und denke mit Schrecken an den Moment, in dem er wieder anrufen wird ... Und sie rufen wieder an, solange bis in mir eine Art Schuldgefühl dafür zu wirken beginnt, dass ich abtrünnig geworden bin, dass ich mich individualisiert habe, und ich verspreche, dass ich tun werde, *was in meiner Macht steht ...* Klar, ohne all das hätte ich Boris nie für den Irak empfohlen, denn ich hatte sofort gesehen, dass er verrückt ist. Ich meine, verrückt ... Jetzt ist mir klar, dass ich das sofort gesehen habe, aber damals wollte ich, in gewisser Weise, dass alles anders sein würde ... Uff, es würde nicht einfach sein, Pero The Chief das zu erklären.

Mit diesem ganzen Passus im Kopf stand ich vor ihm.

Er sah mich an, als grübelte er über etwas Unfassbares. Dann sagte er: „Der Typ hat das total abgedeckt, obwohl er ein bisschen zerstreut ist ... Aber gut. Wann kommt er zurück?“

Ha, ha. Ein bisschen zerstreut? Nein, nicht im Traum wäre mir eingefallen, The Chief zu zeigen, wie diese Texte im Original aussehen. Zum Glück kommen sie nur an meine Mail. Ich redigiere wie nie im Leben, kompiliere die Berichte ausländischer Reporter, klaue Passagen aus dem Internet, glotze ins CNN und schreibe alles neu. Es ist unglaublich, dass es trotzdem funktioniert. Jetzt muss ich den Verrückten nur noch irgendwie aus dem Irak zurückholen.

* * *

Die Amis haben irgendwelche Engländer runtergeholt. Haben die friends im Hubschrauber abgeknallt. Schlechte Koordination, „who are you“, „who are you“, und schon gibts friendly fire!

Aber das ist alles logisch.

Wir kämpfen für die Iraker, für ihre Demokratie, für ihr Wohl. Wir alle lieben uns. Jedes Opfer ist ein Unglücksfall. Alles das ist friendly fire.

Seit der Begriff Menschheit erfunden wurde, gibt es das friendly fire. Auch das Christentum, klarerweise, auch das Christentum im Vormarsch, das Christentum in seiner Mission bei den gottlosen Stämmen, wenn sie die Hälfte umbringen, damit die Übrigen begreifen, alles das ist friendly, baby, begreif das, nur wir auf dem Balkan bringen uns noch aus Hass um, ohne echte Ambitionen. Der Rest ist friendly fire.

Die Engländer sind böse, bräuchten es aber nicht zu sein. Auch die Amis haben es nicht leicht. Alles das ist dasselbe. Engländer,

Iraker, Zivile, wo du auch hinschießt, hast du einen Freund getroffen. Mehr kann ich dazu nicht sagen.

Buchhaltung

Ich rief Sanja an, und es stellte sich heraus, dass sie nicht wegkonnte, um die Wohnung zu besichtigen.

Ich ging mit Charlie auf einen Kaffee, und er erzählte mir von einer Frau, die er „gevögelt hatte, weil er betrunken gewesen war".

Er hat ein fliehendes Kinn, und ein Auge driftet ein wenig zur Seite. So ausgestattet sagte er: „Die Frau ist hässlich" ... Außerdem sagte er: „Sie glaubt, da wäre *etwas* gewesen."

Die Arme, dachte ich, sie weiß nicht, dass Charlie alle Frauen verachtet, mit denen *er* im Bett landen kann, und dass er sich nur in Blondinen verliebt, bei denen er keine Chancen hat ...

Aber er ist hartnäckig: Er wurde mit diesen Blondinen *beste Freunde,* ging masochistisch mit ihnen aus und versuchte, zumindest in der Öffentlichkeit, den Eindruck zu erwecken, dass sie etwas miteinander hätten. Silva ist eine von diesen Blondinen; nachdem sie das Leben als Mannequin mit einem unehelichen Söhnchen im Arm verlassen hatte, war sie über Charlie in die Redaktion gekommen.

Wäre sie dabei gewesen, hätte er sicher nicht von dieser Frau erzählt ... Obwohl es Silva nicht gestört hätte. Sie spricht quasi im Scherz öfters von Tussies, die auf ihn stünden. Es ist klar, dass sie seine erotische Aufmerksamkeit umzulenken und sich zu befreien versucht.

„Aber als am Morgen das erste Licht durch die Jalousien kam ...", beschrieb Charlie den furchtbaren Augenblick.

Ich hörte ihm zu. Er kann nur *etwas vögeln,* wenn er seine hohen Kriterien außer Acht lässt ... Aber wenn er am Morgen aufwacht und begreift, dass die Tussies in den Pornos viel besser sind, erlebt er einen Schock.

„Und jetzt lädt mich die Frau ständig auf einen Kaffee ein ..."

Dann geh auf den Kaffee, du hast dich genug mit Mannequins in freundschaftlichem Masochismus herumgequält, wollte ich zu ihm sagen. Aber das entspricht nicht dem Bild, das er von sich selbst gemalt hat.

Charlie wunderte sich über sich selbst: „Was das Blödeste ist, ich habe mich bei ihr total verausgabt ... Wir haben an die zwanzig Cocktails getrunken und ich bin tief im Minus auf dem Giro ..."

Klar, dachte ich, denn Charlie hat alle Ersparnisse in seinen achtzehn Jahre alten Jaguar gesteckt und verwendet jetzt jeden Groschen für Reparaturen ... Und von dem, was ihm bleibt, kauft er heimisches Olivenöl für dreihundert Kuna irgendwo von istrischen Bauern, „denn nur das taugt was" ... Was wahr ist, ist wahr – er litt an hohen Kriterien in jeder Hinsicht. Er machte daraus sogar eine Art Karriere; er begann, gastronomische Kolumnen zu schreiben, er empfahl die teuersten Weine, rezensierte Restaurants und hatte sich ein mondänes Transitionsimage zugelegt, indem er in diesem volljährigen Jaguar herumfuhr. Von Charlie kann man immer erfahren, was im Trend ist und bei was man nicht ironisch sein darf; in der letzten Zeit genießen folgende Themen Immunität: Segeln, Tauchen, Headhunter, asiatische Filme, Hortikultur, Slowfood und wer weiß was noch ... Ich bin nicht ganz auf dem Laufenden.

„Aber was wahr ist, ist wahr, die Frau vögelt gut ..."

„Ach ja?"

„Na ja, die Verrückte", sagte Charlie. „Sie macht alles."

„Aha?"

„Wewewe perversionen dot com."

Er lachte. Ich denke, er sieht in diesen Frauen sich selbst, aber für jemanden, der ihm ähnlich ist, hat er kein Gefühl.

„Und was jetzt", seufzte Charlie. „So was kommt vor ..."

Ich sah mich um und wartete, dass alles das vorbeigehen würde.

„Um es genau zu sagen, du kennst sie", sagte Charlie.

„Bitte? Wen?"

„Diese Frau. Sie kennt dich."

„Wie heißt sie?"

„Ella", sagte er.

Ich fuhr zusammen. „Scheiße, du bist wirklich ein Dreckskerl!"

Charlie lachte dümmlich und nickte mit dem Kopf.

„Guck sich den einer an." Ich sah mich um, als würde ich mich an eine Geschworenenbank wenden. „Was ist da für dich komisch? Das ist eine Freundin meiner Freundin."

Irgendetwas bereitete ihm Behagen, ich weiß nicht genau was.

„Na okay", sagte er. „Es ist nicht deine Freundin!"

Ja, technisch gesehen hatte ich nicht das Recht, Einwände zu machen. „Sie ist nicht hässlich", sagte ich. „Wenn sie ein bisschen abnähme, wäre sie cool."

„Na ja, ein bisschen ... Ja", stimmte Charlie zu, als würde er auf einmal ernst werden.

„Das Mädchen ist okay!", sagte ich.

„Ja, sie ist okay, ich sag ja nichts", sagte er. „Was regst du dich auf?!"

„Ich reg mich nicht auf", sagte ich. „Worüber soll ich mich aufregen?!"

In dem Augenblick erschien Silva.

Ich fuhr fort: „Aber es ist vielleicht nicht in Ordnung, dass du so herumredest, verstehst du ..."

Ich war absichtlich nicht still geblieben, als sich Silva setzte, aber er tat bereits so, als suchte er etwas in dem Haufen Zeitungen, die er mitgebracht hatte.

Ich fuhr fort: „Das Mädchen ist okay, ich kenne sie gut …“

Es lag mir auf der Zunge, hinzuzusetzen, dass er so nicht mit Ella umgehen dürfe, dass sie wegen Depression in Behandlung sei, aber ich verzichtete. Sollte Ella glauben, dass sie irgendwelche Chancen bei diesem Flegel hat, würde sie mich umbringen, wenn ich so etwas sagte.

„He, habt ihr das hier gesehen …“, Charlie wechselte das Thema. „In Solin gibt es acht Wettbüros im Umkreis von dreißig Metern.“

„Aha?“, nickte Silva.

„Schau!“, breitete er die Zeitung aus. „Sagt der Typ: ‚Sie müssen sonntags nach der Messe kommen, da ist das größte Gedränge.‘ Kapierst du, alle gehen zur Messe, dann ins Wettbüro …“

Silva fragte: „Und von wem habt ihr gerade gesprochen?“

Ich blies nur den Rauch von mir.

„Ach, von einer Kleinen aus der Buchhaltung“, sagte Charlie. „Sie hat bei mir falsch abgerechnet. Ich behaupte, sie ist ein dummes Huhn, und Tin nimmt sie in Schutz.“

Nicht nur, dass er sich verhielt, als seien sie ein richtiges Paar, sondern er hatte auch diesen bedingten Reflex: Er konnte sich im Augenblick eine Lüge ausdenken. Ich sah ihn fast bewundernd an. Wenn wir die Tatsache außer Acht lassen, dass alles zusammen keinen Sinn ergab, ging es ihm wirklich gut von der Hand.

„Aha?“, zog Silva in die Länge. Dann sah sie mich an: „Und warum verteidigst du sie?“

Ich zögerte einen Moment, und Charlie sah mich mit diesem Blick an: Von wegen, wir sind Kumpel, du wirst mich doch jetzt nicht verraten …

„Einfach so“, sagte ich zu Silva, die Luft hochziehend, „das Mädchen ist okay.“

„Aus der Buchhaltung?“, sagte sie. „Was du nicht sagst. Das ist was Neues?“

Jetzt war ich mir nicht mehr sicher, was sie meinte. Dass ich verberge, worüber wir vorher gesprochen haben, oder dass ich quer durch die Buchhaltung vögele, erschlag mich, wenn ich das weiß?!

„Und was geht den Mädchen aus der Redaktion ab?“, fragte sie anzüglich.

Jao, beug mir jetzt nicht dein Dekolleté herüber, dachte ich …

„Pass auf: von der Messe kollektiv ins Wettbüro?!“, Charlie kämpfte um Aufmerksamkeit. „Das, das ist spitze … Das gibt es nirgends“, wollte er die Groteske unseres religiöspostkommunistischen Augenblicks betonen.

Silva fiel lakonisch ein: „Aber die meisten Menschen gehen in die Kirche, um ihren Koeffizienten zu verbessern.“

Charlie lachte donnernd. Man sah, dass er sie für die geistreichste Person in Europa hielt.

Wenn der Mensch ein treues Publikum hat, dachte ich, fällt er immer als geistreich aus.

Ich hatte das Gefühl, dass ich mich am besten vom Acker machte. Charlie hatte ein eifersüchtiges Auge, und ihr Dekolleté bereitete mir, nach der Irak-Krise, zusätzlichen Stress …

„Ist hier frei?“, meldete sich Jungspund Dario zur Stelle.

Der schmiss sich bei uns immer öfter an den Tisch. Wahrscheinlich sah er im Umgang mit uns etwas wie eine Beförderung.

Ich sah ihn an: Er war gerade recht gekommen, um das Gespräch abzuwürgen.

„Ja, ja“, sagte ich.

Kaum hatte er sich gesetzt, flüsterte Dario besorgt: „Was meint ihr? Habt ihr The Chief gehört?" Er hatte große Angst, aber er genoss es.

Silva betrachtete ihn ironisch, und Charlie wartete auf ihre Replik, um zu lachen. Dario spürte das und drehte sich zu mir um auf der Suche nach einem Verbündeten: „Übrigens, diese Reportagen aus dem Irak, ich finde das super!"

Ein wenig zuckte ich zusammen. Ich wollte nicht, dass irgendeine Geschichte darüber anfing. Vor allem nicht, dass der Kleine das lobt. Sobald irgendwer etwas lobt, findet sich auch jemand, der darauf spuckt.

Ich sagte: „Standardtext ... Man muss aber auch daran arbeiten."

„Gut, aber ich finde ihn super", sagte Dario.

Hör auf, Scheiß zu reden, dachte ich.

„Ich weiß nicht, mir reichen diese ganzen Kriege ...", brachte sich auch Silva ein.

Mir auch, dachte ich, mir auch.

„Ich finde das genial, denn ich denke ...", fuhr Dario fort.

„Hör auf, dich einzuschleimen!", schnitt ich ihm das Wort ab.

Ich verliere die Nerven, dies ist eine übertriebene Reaktion, das wusste ich sofort. Er sah mich verwundert an und wurde rot.

Ich versuchte, es in einen Scherz umzubiegen. „Ein Spaß, sorry", sagte ich. „He, ich mache Spaß."

Sein Blick wurde unstet.

Ich sagte: „He, das ist nicht deinetwegen. Der Typ macht mich verrückt ..."

„Aha", murmelte Dario.

„Wer macht dich verrückt?", fragte Charlie.

Das hier läuft absolut in die falsche Richtung, dachte ich. Ich stand auf.

„Ich gehe!", sagte ich.

Sie sahen mir nach wie einem Bus, der ihnen gerade weggefahren war.

Dort ist das Feuer

Ich parkte in der Nähe meines Wohnblocks, vor dem Schaufenster der Last-minute-Agentur, wo mit Großbuchstaben stand: THAILAND, NEW YORK, KUBA, TIBET, MALAGA, KENIA ... Jeden Tag kannst du dich im letzten Moment entschließen.

Wäre nicht schlecht, dachte ich.

Ich sah in das Schaufenster, während ich das Auto abschloss. Sollte man nach Kuba gehen? Oder nach New York, dem Zentrum von allem? Sollte man nach Tibet gehen? Etwas erkennen und verändert zurückkehren?

Ich fuhr dennoch hinauf in die Wohnung, sah die Mails durch, sah, dass sich Boris nicht gemeldet, geschweige denn geschrieben hatte, wann er zurückkomme. Und las wieder seine alten Mails und versuchte, in diese Psyche einzudringen ...

* * *

Saddam ist ein junger Bauer aus der Umgebung von Basra, er hat seinen Namen nach seinem Präsidenten bekommen, was kann man da machen, er breitet die Arme, breitet die Arme, breitet die Arme, wie eine Vogelscheuche, und so breite auch ich sie, breite auch ich sie, breite auch ich sie, und wir sprechen miteinander wie zwei Vogelscheuchen auf dem Feld, aber es gibt keine Anpflanzungen, es gibt keine Pflanze, es gibt kein Gras, es gibt keine Vögel zu vertreiben, nur Sand und stählerne Ungetüme, und sein Dorf hat eine schlechte Lage, sagt er, dort ist Feuer, sagt er, viel Feuer, deshalb hat er seine Ziegen auf den verrückten Film-LKW geladen und sich on the road gemacht wie Kerouac, aber es gibt keine Literatur, es gibt keinen Neal Cassady, es gibt keine Poesie, ohne Schweiß kein Preis, wie der Volksmund sagt, und ein Reifen ist ihm, dem Bauern Saddam, geplatzt, mitten auf der Autobahn Basra-Bagdad, Reifen geplatzt, keinen Reservereifen, jooj, Saddam flickt seinen Reifen, die Ziegen meckern aus dem Lastwagen, eine Idylle, die Abrams Panzer rollen vorüber, alle sehen nach vorn, eine Anhäufung von Kräften um Saddams Ziegen, ich hocke neben ihm, sehe auf den Reifen, du kennst das, als wollte ich helfen, aber ich helfe nicht.

* * *

Ich las das, sah ihn argwöhnisch an, so wie man beim Militär Simulanten prüft, aber zum Teufel, er dringt mehr zu mir durch als ich zu ihm. Diese seine Folklore-Phrasen gehen mir im Kopf herum, als würde man ein Lied hören, etwas Triviales, und die Melodie bleibt einem im Ohr ... *Ohne Schweiß kein Preis*, stell dir vor.

Das macht er absichtlich, das fühle ich. Ich habe gleich gesehen, wie er mich ansah, als wir uns vor sechs Monaten in Zagreb trafen, nach langen schönen Jahren des Nicht-Treffens.

An dem Tag war dem Grafiker Zlatko eine Tochter geboren worden, und er gab einen aus, und dann hatte ich mich in der Nähe der Firma vor ein Lokal gesetzt ... Mein Vetter kam über eine halbe Stunde zu spät zur Verabredung ... Ich hatte damit gerechnet, dass er sich verlaufen würde. Dann sah ich ihn, wie er die Straße herunter kam und sich neugierig umsah.

Ich winkte.

Ich sehe ihn, wie er näher kommt: Sein Gang bringt mich in jene Zeit zurück, als wir uns, als Teenager, lärmend begrüßten, uns gegenseitig auf die Schultern klopften und einer zum anderen *Alter* sagten. Damals lernten wir, wie die Großkotze zu gehen: die Beine ein wenig breiter zu werfen und die Hände in die Taschen zu stecken, als wäre es frisch draußen. Wir zeigten übertriebene Begeisterung, wenn wir uns in Lokalen und Klubs trafen, weil wir, würde ich sagen, im Falle einer Schlägerei einer auf den anderen zählten.

Ich sehe ihn: Er geht noch immer so.

Ich habe mich erhoben. „He, Alter, wie geht's?", klopfe ich ihm auf die Schulter.

„Ja, soso ... Und dir?", reicht er mir schlaff die Hand.

Er setzt sich.

Er trägt eine Brille in Orange und lächelt wie ein Mafioso, der auf Buddhist macht; De Niro hat diese Maske drauf, und seitdem wird sie unter Straßengurus gern getragen.

Sehnig, längliches Gesicht ... Seit jeher sind wir uns ähnlich, denke ich. Siehe da, er hat das Haar, hinterm Ohr, mit irgendwas Gelblichem gefärbt. Sein Anblick ist, wie man so sagt, urban ... Es ist zu sehen, dass er nicht in unserem Dorf lebt, das nebenbei gesagt stark gewachsen ist, aber trotzdem keine Stadt geworden ist, weshalb wir es „Ortschaft" nennen ... So, ganz unbestimmt ... Ortschaft ... Ansiedlung, was weiß ich ... Riesenhäuser, Appartements, alles an der Straße ...

Aber Boris lebt in Split, und der Vetter ist urban, urban, alle Achtung, ich werde mich seiner nicht schämen müssen, wenn jemand vorbeikommt.

Als er sich verzögert auf dem Stuhl zurechtsetzt, denke ich, dass er was genommen hat. Aber ... Er sagt, er habe vor

Langem damit aufgehört. Er sagt, er sei in die Metropole gekommen, „weil er da unten keine Perspektive hat", mit einem Grinsen, als wolle er sich über das Wort *Perspektive* lustig machen.

Er trägt sein Losertum auf eine ein wenig hochmütige Weise, wie das die Opfer des Systems gern tun. Rasch zieht er ein paar Blätter hervor und reicht sie mir mit den Worten: „Da kannst du sehen, wie ich schreibe."

Dicht beschriebene Blätter auf einer Maschine mit ausgebleichtem Farbband – es ist kaum etwas zu sehen, aber ich lese – ... ein wenig länger, als ich eigentlich vorgehabt habe. Er sieht vor sich hin und lächelt seinen Fruchtsaft an, den er bestellt hat ... Ronhill rauchend und Ringe blasend.

Das was er mir gegeben hat, sind irgendwelche Gedichte in Prosa von unbestimmbarer Thematik.

Nun gut, denke ich, in seinem Viertel muss er unverstanden sein ... Schreiben kann er, sehe ich. Das ist schon etwas. Aber sein Filmlächeln, das mich nervös macht, das ist eine Verteidigungshaltung, im Falle, dass ich zu ihm sage, was das für Kindereien seien.

Ich sage: „Das hier solltest du zu einer Literaturzeitschrift bringen, lass die das mal sehen."

„Nicht wichtig. Ich würde egal was schreiben", sagt er. Er beginnt, mit dem Fuß aufzuklopfen. Das Lächeln ist verblichen.

„Hör zu", sage ich vorsichtig, „das hier ist eine Art Literatur, das ist etwas anderes ... Für die Zeitung muss man übersichtlich schreiben ..."

„Das ist noch leichter", fällt er ein. Ich hätte sofort sehen müssen, dass der Auftritt keiner ist, der etwas verspricht. Und genau genommen habe ich es gesehen.

„Momentan weiß ich wirklich nicht ...", sage ich. „Wenn sich irgendwo was auftut, melde ich es dir ..."

„Gut“, sagt er mit diesem fallenden Ton, als hätte ich ihn fallen lassen, Mamas Hundebaby.

Und wieder diese Gewissensbisse. Was ist das: Schuldgefühl wegen Entfremdung, Angst davor, als eingebildet zu gelten?! Als er mich fragt, was meine Freundin mache, und ich ihm sage, dass sie schauspielere, sieht es so aus, als wollte ich mich brüsten ... Soll ich etwa sagen: Sie sitzt an der Autobahn in einem Mauthäuschen?

Was immer ich sage, alles sieht aus wie ein Sichbrüsten vor Provinzpublikum; die Gastarbeiter haben dieses Genre definiert ... Und so spreche ich in einem Ton, als sei das alles nicht wichtig, was vermutlich so klingt, als wäre ich müde vor lauter Wichtigkeit ...

Komisch, wenn so einer zu dir kommt, angeblich ein Nahestehender, der dich nicht verstehen kann, sondern dich ansieht wie eine TV-Reklame ... Ich sehe: Boris kann sich mein Leben als tatsächliches Geschehen nicht vorstellen. Ich weiß, woher er kommt, und ich kann mir sein Leben vorstellen, aber er sich meines nicht; deshalb sieht er mich an wie einen Blender, der aus dem sommerlichen Badehöschen, durch ein Wunder, von der seichten Stelle, wo wir immer *picigin*[1] gespielt haben – in den Jetset der Schauspieler gesprungen und dann direkt in eine Redaktionsstube voller Kohle gehüpft ist und dort die unglaublichsten Dinge macht.

Vor langer Zeit einmal haben wir dieselben Platten gehört, haben uns gleich angezogen, die verstorbene Oma Lucia hat uns kaum auseinanderhalten können, und jetzt, sieh dir das an ... Wäre ich nicht weggegangen, wäre ich wie er hängen geblieben, denke ich bei mir. Ich erkenne mich in ihm wieder, wie in einer parallelen Wirklichkeit, und er, auf der anderen Seite, misst mich mit dem Blick, als fragte

---

1 Exkl. in Split: Ballspiel im seichten Meer, bei dem der Ball die Wasseroberfläche nicht berühren darf.

er sich, worin ich denn jetzt besser sei ... Ich habe den Eindruck, dass ich ihn an ein Unrecht erinnere.

„Ich könnte das schreiben, was keiner will“, sagt Boris und lacht ohne Grund. „Ich habe damit kein Problem.“

„Hm ... Wollen wir noch was trinken?“, frage ich, nicht wissend, was ich sonst sagen soll.

„Ich habe zwanzig Kuna bei mir“, macht er einen dezenten Hinweis.

„Ich zahle“, sage ich. Damit es ihm nicht unangenehm ist, setze ich hinzu: „Du bist mein Gast ...“

„Gut“, sagt er nach einem Seufzer, als hätte ich ihn überreden müssen.

Ich nehme noch ein Bier, und er – ich kann es nicht glauben – bestellt wieder Fruchtsaft, und da begreife ich, dass das Gespräch mit der Zeit nicht flüssiger werden wird. Langsam habe ich es eilig.

„Du trinkst nicht?“, frage ich.

„Hin und wieder“, sagt er und verstummt.

Dann fange ich an, etwas herunterzubeten, von wegen, wann, wie und wie viel ich trinke – eine dumme, verlogene, zusammenhanglose Geschichte, die mir auf die Nerven geht, aber ich muss etwas sagen, damit wir nicht wie zwei Leichname dasitzen, denn er hat offensichtlich kein Talent zum Smalltalk entwickelt.

Wir bleiben noch ein bisschen sitzen, und dann erwähnt er endlich sein Studium, das er nicht abgeschlossen hat. Ich sehe, dass er vorgehabt hat, das einfließen zu lassen, dass er es sich so zurechtgelegt hat.

Er glaubt offenbar, dass ich weiß, was er studiert hat.

Wir haben uns zu benehmen, als stünden wir uns unheimlich nahe, und so nicke ich.

Trotzdem sage ich nach einer Pause: „Ah ... Das was du studiert hast? Etwas Komisches war es, ich weiß.“

Da schlägt er sich mit den Handflächen auf die Knie. „Arabisch“, sagt er und lacht. Er lacht über sich selbst, denke ich. Vermutlich deshalb, weil er Arabisch studiert hat, und nicht etwas Normales.

Aber. Da schießt es mir ein. Ich bin wohl auch schon ein bisschen betrunken, und so richte ich den Finger auf ihn wie Uncle Sam ... Und sage: „Irak!“

Rabar, der einzig wahre Avantourist der Redaktion, ist vor einem Monat zur GEP übergelaufen und ist jetzt schon in Kuwait, berichtet für die Konkurrenz, so dass ... Unglaublich, aber so ist es ... Ein Job! Am Horizont!

Boris lächelt traurig und sagt: „Marokko.“

„Was Marokko?“

„Wir waren in Marokko, nicht im Irak.“

„Aha.“ Ich ziehe die Verbindung: „Das weiß ich.“

„Sechs Jahre ... Du weißt ja, er war Chefingenieur, wir hatten Hausmädchen und einen Pool. Dann traf meinen Alten ein Infarkt ... Neben dem Pool.“

„Ja ja. Ich weiß.“

Jetzt hat er endlich sein Thema gefunden. Er ist, sagt er, in die Schule für Ausländer gegangen, aber da haben sie auch Arabisch gelernt. Später, als sie zurück waren, hatte er „diese Sprache im Kopf“. Jedes Mal, wenn er sich an etwas auf Arabisch erinnerte, hat er sich an seinen Vater erinnert. Aber er hatte niemanden, mit dem er arabisch reden konnte, und vergaß es allmählich. Einmal hörte er, sagt er, auf der Straße zwei Araber und ging ihnen nach bis zu einem Café und hörte ihnen dort vom Nachbartisch aus zu. „Sie hatten mitgekriegt, dass ich ihnen nachgehe, und stellten Vermutungen an, ob ich ein Polizist oder ein Schwuler sei. Ich habe alles verstanden“, erzählt er und grinst. Später hat er Arabisch in Sarajevo inskribiert. Aber er hat die Uni nicht zu Ende gemacht, der Krieg hatte begonnen.

„Okay, und jetzt überleg gut!“, sage ich. „Würdest du in den Irak gehen? Die Amis werden jeden Moment losschlagen.“

„Warum nicht!“, sagt er.

Ich denke, dass es ihn interessiert, noch mehr darüber zu erfahren.

Ich sehe ihn an: „Pass auf ... Unser Typ, der auf Kriegsschauplätze abfuhr ... Er hatte sein Schema, ich habe keine Ahnung, er hat sich zurechtgefunden. Er hat mir die Sachen per Mail geschickt, Fotos und Texte. Es gibt auch Satellitentelefon ...“

„Kein Problem, das kapier ich schon.“

„Überleg es dir gut, das ist Krieg.“

„Kein Problem mit dem Krieg.“

„Glaubst du?“

„Für mich ist der Friede ein Problem geworden.“

Hm, von Anfang an habe ich gerochen, dass er sich langsam auf das Vietnam-Syndrom einschleift. Das war in der Nachkriegssaison *in* bei Typen, die keinen Job hatten. Diese Haltung: scheinbar phlegmatisches Gesicht, wortkarg, manchmal ein verlorener Blick in den Augen ...

Ich weiß nicht, wie mich dem gegenüber positionieren. Ich und Markatović haben diese Attitüde noch auf der Uni perfektioniert, hier in Zagreb kann ich wenn nötig Rambo doubeln, aber Boris weiß, dass mein Kriegspielen aus einem Hocken auf irgendeinem Berg besteht, neben einem Flakgeschütz ... Bei uns kam nichts vorbeigeflogen, und dann hat mich nach anderthalb Monaten mein Alter rausgeholt.

Vielleicht benimmt sich Boris auch deshalb so, als wäre ich ihm etwas schuldig, denn er hat keinen Papa gehabt, der ihn herausgeholt hätte, sondern er ist Arabern auf der Straße nachgegangen.

„Na gut“, sage ich. „Wenn der Friede für dich ein Problem ist, dann wirst du es super haben im Irak.“

Jetzt sieht er mich von unten her an. „Für mich ist das genial“, entgegnet er.

Jetzt hätte mir alles klar sein müssen ... Aber es ist, als ob ich ihm helfen, eine irrationale Schuld zurückzahlen muss.

Aber als er anfing, diese Psychodelien zu schicken, rief ich ihn am Satellitentelefon an ... Er tat so, als hörte er nicht gut. Die Verbindungen gestört, kann man sich denken ... Seither meldet er sich nicht am Telefon, er schreibt, dass das zu gefährlich sei, dass man sie orten könne, aber die Mails schickt er weiterhin, jeden Tag – was kümmert es ihn, dass wir eine Wochenzeitung sind. Dann habe ich ihm in einer Mail geschrieben, er solle zurückkommen, ich habe es ihm ganz deutlich zu verstehen gegeben, zum Schluss habe ich ihn gründlich zur Sau gemacht ... Aber nichts!

Und da ist er noch immer, schon einen Monat, vermutlich geht es ihm super, auf Mails antwortet er nicht.

Alles das erzähle ich jemandem, in Gedanken.

Manchmal plane ich so, was ich sagen werde, wie ein Anwalt, der sich selbst verteidigt.

* * *

Ich versuchte, mich mit etwas anderem zu beschäftigen. In den Händen hielt ich Hendrix' Biografie, ich versuchte zu lesen, als Sanja zur Tür hereinkam.

Vielleicht machte ich ein grimmiges Gesicht.

„Bist du auf was böse? Hör mal, ich konnte wirklich nicht mir diese Wohnung ansehen gehen“, sagte sie sofort. „Bei mir ist da eine Journalistin hereingeschneit ... Vom *Dnevnik*.“

„Echt? Eine GEPlerin? Und wie lange habt ihr geredet?“

„Vielleicht eine Stunde ... Plus Fotos.“

„Warte“, ich sah sie an. „Das ist keine Erklärung. Das ist ein richtiges Interview?“

„Wir werden sehen“, sagte sie, als glaubte sie nicht daran. Es war das erste Interview in ihrem Leben.

Es kam mir vor, als würde das alles mir passieren. Ich wollte zumindest mit eingeschlossen sein.

Ich hielt inne. „Haben sie dich auch persönliche Sachen gefragt?“

„Keine Angst, ich habe aufgepasst, dass ich nicht mit was rausplatze“, lachte sie.

Sie sah auf die Reste des Getränks auf dem Tisch.

„Ich habe gegessen, ich konnte nicht länger warten“, sagte ich.

„Macht nichts, ich habe auch gegessen“, sagte sie. „Wir haben einen Haufen Tschewaptschitschi bestellt.“

Sie kam näher.

„Ich rieche, nicht wahr“, fragte sie und blies mir ihren Zwiebelatem entgegen. In der Ausführung glich es einem Überfall.

„Uch, weg mit dir“, sagte ich.

„Ist mir doch egaaal“, benahm sie sich wie ein ungezogenes Kind.

Offenbar wollte sie mich in Stimmung bringen. Aber ich fing an, mich theatralisch zu entrüsten: „O Jesus, welche Schande, draußen die große Schauspielerin und stinkt mir hier zu Hause rum wie der Teufel!“

„Ist miiir doch egaaal!“ Sie grinste und blies mich mit ihrem Zwiebelatem an und versuchte mich zu küssen, während ich auszuweichen versuchte.

Schließlich erlaubte ich ihr, mich zu küssen, und da hörte es auf, interessant zu sein.

Ich überlegte, ob ich ihr das sagen sollte mit Charlie und Ella …

„Haben Jerman und Doc ihren Text gebüffelt?“, schaltete ich auf die Vorstellung um.

Sie verdrehte die Augen: „Ingo hat die Generalprobe auf elf Uhr abends verlegt! Vorher muss er mit ihnen arbeiten. Aber was das Verrückteste ist, am meisten scheißt er mir auf den Kopf. Ich meine, normal, dass sie mich auch aus dem Takt bringen. Und dann trainiert er an mir seine Autorität ..."

„Sieh dir den an, so progressiv, und dann lässt er sich an kleinen Mädchen aus?!"

„Und das Einzige, was er mir sagen kann, ist, ich soll auf Punkerin machen. Sein ständiger Satz ist ‚Du musst dich dagegen auflehnen, wie andere die Rolle sehen'", machte sie den Regisseur und die Art und Weise nach, wie er die Zigarette raucht, ständig den Blick nach oben gerichtet.

„Hm, vielleicht ..."

Jetzt wurde sie nervös: „Okay, ich soll rebellisch sein, aber er reibt sich den ganzen Tag an mir ..."

Ich wusste nicht, was ich sagen sollte: „Was fällt dem ein ..."

Dann setzte ich vorsichtig nach: „Offensichtlich hat er die Panik gekriegt. Hörst mal, euch hat alle die Panik ..."

Ich denke, dass sie wusste, was ich da sagte. Sie wusste, dass sie es war, die die Panik hatte. Aber sie wollte es rauslassen: „Ich weiß selbst ... Aber heute hat wenig gefehlt, und ich hätte ihn ... *fuck your mother*! Von wegen ... Wenn du Punk willst, kriegst du ihn!"

Sanja ist gern mutig, sie bezieht gern Position ... Hätte sie irgendetwas von einem Mann an sich, würde es vielleicht anders aussehen, aber so, ihre Streitsucht, ihre Unabhängigkeit, ihr Sichbeweisenmüssen ... Ich liebe alles das. Du bist mein Held, sage ich manchmal zärtlich zu ihr.

Aber jetzt sah ich, wie sie weinerlich seufzte, zur Seite sah, eine Zigarette nahm ... Sie machte zwei Züge, dann sah sie mich verstohlen an, um zu sehen, ob ich diesen Moment der Krise bemerkt hatte.

„Dann schick ihn doch hin, wo der Pfeffer wächst!", sagte ich.

„Ha?“

„Soll er mal nachdenken! Jetzt ist es zu spät, dich rauszuwerfen.“

Ich wollte, dass sie meine Unterstützung spürte. Sie musste mit der Überzeugung auftreten, sich wehren zu dürfen. Sie brauchte den Regisseur nicht zu beschimpfen und zu verfluchen, es genügte, wenn sie spürte, dass sie das darf. Das würde sie wieder auf die Beine bringen, ihr das Gefühl nehmen, dass alle nur auf sie einschlagen.

Sie sah mir in die Augen, als sähe sie etwas Herrliches, und küsste mich.

„Uh, du riechst wirklich“, sagte ich.

„Dann gehe ich mir die Zähne putzen!“, rief sie heiter.

Als sie zurückkam, setzten wir uns auf die Couch, sie streichelte mir den Kopf, den Hals, den Bauch, als hätte sie heimliche Absichten, aber vermutlich kam ich ihr hölzern vor, und sie fragte mich, ob ich ihretwegen so sei ... Sie erklärte mir, dass ich mir keine Sorgen machen müsse, dass sie das alles meistern werde.

Da holte ich tief Luft. Jetzt war ich an der Reihe.

* * *

Sanja war dagegen gewesen, dass Boris in den Irak ging, sie war gegen den Krieg, dagegen, dass man darüber schrieb wie über ein Spektakel, sie war gegen das *Infotainment*, sie war gegen verschiedene Dinge, und auch von meiner Verwandtschaft, vermute ich, war sie nicht begeistert. Gut, das bin auch ich nicht unbedingt, aber ich habe sie, der Teufel mag wissen weshalb, immer verteidigt, vermutlich deshalb, damit es nicht so aussah, als wäre sie genetisch die Bessere.

Ich erinnere mich, wie sie die Augen verdrehte, als ich ihr sagte, dass Boris es machen würde, und ich sie davon zu überzeugen suchte, dass das nicht deswegen sei, weil er mein Verwandter sei, sondern weil er der richtige Mann für diese

Aufgabe sei, er könne Arabisch, könne schreiben, der Krieg sei für ihn kein Problem ... Deshalb habe ich später diese Dinge ihr gegenüber nicht mehr erwähnt, aber jetzt musste ich sie, verdammt noch mal, mit irgendwem teilen ...

Ich führte sie ein wenig in das Thema ein, und natürlich klang alles wie eine Bestätigung dafür, dass sie recht gehabt hatte.

Ich kam zum Ende: „... Ich habe einen furchtbaren Fehler gemacht, als ich ihn empfohlen habe."

„Du wolltest ihm helfen", sagte Sanja. Und dann fast mütterlich: „Du bist zu sentimental ... Diese deine Verwandten, die nutzen dich aus."

Ich hatte keine Lust, wieder davon anzufangen.

„Lass das jetzt", sagte ich.

„Ich hatte so ein Vorgefühl ...", sagte sie, als wäre sie selbst im Dilemma. „Aber du warst so begeistert von ihm."

„*Ich* war begeistert?"

„Du erinnerst dich doch? Dein Verwandter, er kann Arabisch. Du hast gesagt, ich müsse ihn kennenlernen ..."

„Ich erinnere mich nicht", sagte ich.

Ich hatte nicht die Absicht, mich darüber zu unterhalten. Zum Schluss kommt es noch so, dass mein Gedächtnis unzuverlässig ist ...

„Gut, sei mir nicht böse", sagte sie. „Du bist ein wenig zu naiv, du schätzt die Menschen falsch ein ..."

Ach komm, wollte ich zu ihr sagen, ich sehe sofort, wer aus welchem Film ist ... Dann kapierte ich, dass jetzt nicht die Gelegenheit dafür war. Ich war in einem Dilemma.

Sie wartete, dass ich etwas sagen würde.

Auch ich wartete ...

Dann winkte ich mit der Hand ab.

Daraufhin fuhr Sanja in sanftem Tone fort: „Ich wollte dir nur das mit deinen Verwandten sagen. Du lässt ihnen alles Mögliche durchgehen ... Aber du interessierst sie nicht. Und ständig ziehen sie dich irgendwohin zurück ..."

„Gut, Sanja, deine sind auch nicht gerade die Avantgarde“, sagte ich.

Wand, Garage

Lange hatten wir es aufgeschoben und sozusagen in der Fiktion gelebt. Erst im dritten Sommer gingen wir auf feierliche Vorstellungstour ... Ein paar Tage bei ihren, ein paar Tage bei meinen Leuten.

Es sah aus wie eine Art Schauspieltraining. Wir sahen einander zu, wie wir unseren Auftritt abstimmten, sorgten dafür, dass der andere sich nicht verquatschte, setzten uns sehr respektabel zu Tisch und spießten Repliken auf im jeweiligen Provinzslang. Ich konnte meinen Text nicht besonders gut ... Aber ich redete von Teuerung, Krankheiten und Verkehrsunfällen, mehr nach der Erinnerung, vielleicht ein wenig unnatürlich, wie ein Amateurschauspieler.

Nach unserem Leben in Zagreb fragten sie uns in wohlwollend besorgtem Ton, vermutend, dass wir auf die falsche Weise lebten, und wir versuchten, die Sache auf die Tatsachen zu reduzieren, uns irgendwie herauszuwinden, denn wir konnten nicht offen zugeben, dass es unser Ziel war, genau umgekehrt zu leben wie sie ...

Interessant ist, dass wir aus unserem Leben nichts so wiedergeben konnten, wie es ablief ... Wenn man genauer hinsah, gab es fast gar nichts zu sagen ... Unser Leben schien kaum zu existieren, schien in einer illegalen Sprache geblieben zu sein, dort wo auch mein reales Wesen geblieben war, während dieser Typ hier am Tisch sitzt, legale Tatsachen aufzählt, herumfaselt, wie zuverlässig ihm sein Auto dient, und sich ihren Eltern vorstellt als ... Und den Blick durch die Wohnung schweifen lässt ... Denn bei Sanjas Leuten wusste man nicht, wohin gucken, es gab keinen leeren Platz. Ihre Mutter litt an Angst vor der Leere. Jede Ecke der Wohnung war ausgefüllt, man konnte kaum atmen vor praktischen kleinen Tischchen ...

Dann schlug Sanja, bereits am nächsten Morgen, ihrer Mutter vor, die Wand zwischen Küche und Wohnzimmer durchzustemmen, wodurch sie viel Raum gewinnen würden, worin ich sie unvorsichtigerweise unterstützte ... Als mich ihre Mutter daraufhin mit einem Blick streifte, begriff ich, dass sie daran gewöhnt war, von ihrer Tochter komische Ideen zu hören zu kriegen, dass sie aber enttäuscht war, dass sie ganz den gleichen Stenz gefunden hatte. Sofort zog sie mit mediterranem Temperament diese Idee durch den Schmutz. Sie richtete ihren Wortschwall aber ausschließlich an Sanja – es war klar, dass sie mit mir über ein so intimes Thema wie das Einreißen einer Wand nicht diskutieren konnte ... Wahrscheinlich wollte sich Sanja vor mir als erwachsene Person zeigen, denn sie fuhr fort, der Mutter zu widersprechen, an allen diesen Tagen, nicht nur wegen der Wand. Das konnte man nicht Streiten nennen, mehr ein gegenseitiges Nicht-zur-Kenntnis-Nehmen, dass sie, schien mir, in gewisser Weise sogar fröhlich stimmte, als eine besondere Art von Nähe ... Ich glaube, dass sie mir mit diesem Hauen und Stechen in Wirklichkeit zeigen wollten, wie sehr sie *daheim* waren.

Ich konnte mit ihrer Mutter nicht so reden – ich respektierte sie – und schwieg. So schüttete auch die zukünftige Schwiegermutter ihre kritischen Weisheiten aus, wobei sie Sanja ansah, nicht mich – weil sie mich respektierte.

Da ich mir Schweigen gelobt hatte wegen der Wand, fiel es mir schwer zu sprechen ... Ich überlegte bei mir ... Unsere Leute sind so: Immer würden sie lieber eine Wand aufziehen, als sie einreißen. Immer gefielen ihnen zwei Zimmer mehr als eines. Sie sind ganz wild darauf, Zimmer zu zählen. Wo hatte ich nur meinen Verstand gehabt?!

Mit Sanjas Vater sprach ich natürlich sehr vorsichtig. Er war in erster Linie enttäuscht. Besonders *von der Politik*, von *allen* Parteien. Er sah alle Nachrichtensendungen, las

Zeitung und war ständig aufs Neue enttäuscht. Es sah aus, als wäre das seine *Hauptbeschäftigung.* Er wollte wissen, ob wir Journalisten auch enttäuscht seien. „O ja!", sagte ich und zitierte Beispiele aus der Praxis. Ich verspürte sozusagen das Bedürfnis, mich ihm in der Enttäuschung anzunähern, aber er dachte vielleicht, dass ich ihn darin womöglich sogar zu übertreffen suchte, denn ich bin ja ein Journalist und habe die Gelegenheit, aus der Nähe enttäuscht zu sein, so dass er mir gewissermaßen nicht zuhören wollte, sondern mir jedes Mal, wenn ich ansetzte, anfing zu erklären, wie wenig Zagreb mit der Situation hier draußen gemein habe, was eines der Dinge sei, die ihn am meisten enttäuscht hätten ...

Ich süppelte mein Bier, langsam, mit dem Blick auf die Nachrichten ... Und sie häufen sich, diese Bierdosen, und scheppern im Mülleimer, während du sie zerdrückst, damit der Haufen kleiner aussieht.

Nachdem wir ihnen, aus dem Auto, frenetisch zum Abschied gewunken hatten, sagte ich heiter: „Bei meinen Leuten haben wir einen Garten und einen hübschen Hof, du wirst sehen ..." Ich wollte sagen, dass der Mensch dort, wenn er ein bisschen was trinkt, nicht so deplaciert aussieht wie zwischen den ach so praktischen kleinen Tischchen ...

Dann kamen wir an, und ich sah die Garage.

Ich meine, sie hatten mir *gesagt,* sie hätten eine Garage angebaut, *sie hatten sich ihrer gerühmt,* nach ihren Worten passte sich die Garage perfekt in den Hof ein ... Aber ich sah sofort: Den Hof gab es nicht mehr. Es gab noch etwas freie Fläche, aber man sah genau: Das war nur *ungenutzter Raum.*

Sie machten sie uns auf, die Garage, mit der Fernbedienung, stolz, als setzten sie ein neues Förderband in Betrieb, und ich fuhr hinein.

„Was solls, wir sind da", sagte ich zu Sanja.

Ja, meine Leute waren sozusagen bürgerlich geworden, und wir saßen in der Wohnung ... Und auf dem Hof hatte sich dieses Bauwerk niedergelassen. Das ließ sich nicht verrücken. Dagegen konnte man nichts sagen. Schon beim kleinsten Muckser meinerseits hielten sie dagegen: dass ich nicht einfach aus Zagreb kommen und hier gescheit daherreden kann, aus Zagreb kommen, aus Zagreb, aus Zagreb, das ihnen auf die Nerven ging mit seinen *snobistischen Vorträgen* ... Und sie brauchten die Garage, *my garage my castle* ...

Bei dem Anlass erklärte meine Mutter Sanja flüsternd wie in einem Weiberkomplott, dass sie nicht in allem auf mich hören müsse, denn die Männer seien schwer von Begriff, die hätten so ihre Mucken ... Mein Vater verfolgte ihre Ausführungen übrigens mit einem Lächeln und gab meiner Mutter hier und da, auf humorvolle Weise, kontra, worauf Sanja ein gequältes Lachen hören ließ. Ich versuchte, diese Gespräche so weit wie möglich zu moderieren und die Aufmerksamkeit auf mich zu lenken, aber sie hatten nur Augen für die *Braut,* denn für sie war, nachdem ich sie schon dahergebracht hatte, selbstredend klar, dass ich sie heiraten würde ...

Und jetzt sind wir hier, in unserer Untermieterwohnung. Die Dinge haben aufgehört, sich von allein zu entwickeln, und ich weiß nicht genau, was wir uns ausdenken werden, welche Lebensform, nur dürfen wir nicht, sage ich zu Sanja, die alten Muster wiederholen ... Wir müssen eine neue Richtung einschlagen, einen Tunnel, ein Viadukt, egal was ...

Aber jetzt war dieser Boris dazwischengekommen, aus dem Boden gewachsen wie jene Garage.

Ich konnte ihr einfach nicht die Tiefe des Problems klarmachen, und so drehte ich ihr den Laptop zu und sagte: „Lies mal was von dem hier und sag mir, was du davon hältst ..."

Fragend sah sie mich an.

Ich sagte: „Mach eine von diesen Mails auf, egal welche."

* * *

Ich vergaß, dir zu sagen Kriegszustand, Gewehre rattern, Helden schluchzen, Metall glänzt, Blut fließt, den Krieg verliert der finstere Araber, Widerstände werden beseitigt wie Warzen durch Laser, wie du siehst erwartet, nach Plan, nach Drehbuch, will sagen, dass all das im Fernsehen filmisch aussehen muss, die Wüste ist dankbar dafür, als würdest du den Mars erobern, du hast nicht den leisesten Schimmer, ob es hier Leben gibt, du suchst es, du gehst weiter, es muss etwas geben, zumindest irgendeine Bakterie, irgendwelche Reste, Fossilien, fossile Brennstoffe, wer weiß was noch alles, du weißt nie, ob die Außerirdischen Massenvernichtungsmittel haben, auf welchem technologischen Stand sie sind, es gibt hier einen embedded Journalisten, Bush-Fan, Tuđman-Fan, Milošević-Fan, Schlachtenbummler, kreuze die richtige Antwort an, und der fragt mich, was ich vermute bezüglich Massenvernichtungsmittel, ob sie sie haben, ob sie sie einsetzen werden dort vor Bagdad City, aber er provoziert mich nur, denn alle haben spitzgekriegt, dass ich Amateur bin, ich habe keine Ahnung, wie sie das spitzgekriegt haben, ich habe keine Ahnung, wie diese Profis denken, aber klar ist doch, dass die hier keine Massenvernichtungsmittel haben, denn wenn sie welche hätten, dann hättet ihr sie bestimmt nicht angegriffen, so dass es keinen Grund zur Angst gibt, wir können ganz ruhig sein, sage ich optimistisch, und so haben wir mit alkoholfreiem Bier angestoßen, die Leute mögen mich, was soll ich dir sagen, und ich fühle mich akzeptiert, aber dann setzt der

Sturm ein, der Südwind bringt Staubwirbel und feinen, feinen Sand, der füllt einem Mund, Nase und Augen, und wir flüchten ins Auto, wir sitzen den ganzen Tag im geschlossenen Auto, schwitzen, man sieht nichts, man darf das Fenster nicht öffnen, nicht im Traum, nicht im Traum, denn der Sand dringt hinein, ins Hirn, drinnen ist es unerträglich heiß, Hirnströme, Frequenzen, ach Bruderherz, am liebsten würde ich dich anrufen, um zu sehen, wie bei euch das Wetter ist, aber sie haben uns gesagt, dass wir mit dem Thuraya aufpassen sollen, denn die anderen können uns orten, mit Raketen auf uns schießen, und ich fände es idiotisch, wegen dem Wetter umzukommen.

* * *

Sanja lächelte und schüttelte den Kopf, während sie las.

„Das hast du mir nicht gesagt ...“, sagte sie. „Der macht sich lustig über uns.“

Hm, kratzte ich mich am Wirbel am Hinterkopf ... Ich sagte: „Ich weiß nicht, ob das Absicht ist. Es gibt da alles Mögliche ... Ich weiß nicht, ob er durchgeknallt ist!“

Sie sagte: „Ich denke, dass er das schreibt und sich dabei einen abgrinst.“

„Aber warum kommt er nicht zurück, wenn ich es ihm sage?!“

„Ich weiß nicht ... Wahrscheinlich stellt er sich blöd ...“

„Er will mich verarschen, das Windei!“, sagte ich. „Wenn jemand Objekt dieses Humors ist, dann bin das ich.“

Mit den Zähnen berührte sie den Fingernagel, gedankenschwer.

Dann hatte sie einen Rettung bringenden Gedanken: „Vielleicht kann er nicht wie ein normaler Journalist schreiben ..."

„Das kann doch so ungefähr jeder", sagte ich.

Sie überlegte eine Weile, dann sagte sie: „Ach weißt du, er kommt mir gar nicht so komisch vor ... Er ist nur nicht trainiert in eurer Sprache. Ich denke, wenn mich jemand da hinschickt, damit ich hinter den Amis herlatsche, als würde ich ein Fußballspiel übertragen ... Also, dann würde ich mich auch lieber darüber lustig machen."

„Gut, ich weiß, dass du gegen diesen Krieg bist." Ich wollte ihr sagen, dass das nicht das Thema ist.

„Warum sollte ich es nicht sein?", sah sie mich an. „Dieser Typ sagt immerhin etwas ... Aber deine Redaktion hat dazu überhaupt keinen Standpunkt."

Ich sah sie an. Was glaubt sie denn: Dass ich die Welt verändern kann? Ein Mann würde das von einer Frau nie verlangen, aber sie wendet sich manchmal an mich wie an Superman.

Vielleicht sollte ich ihr sagen, dass ich in den hiesigen Kriegen schon alle Illusionen verloren habe. Aber irgendwie sagt man das nicht zu dem Mädchen, das mit einem die Zukunft planen soll.

„Genau genommen willst du sagen: Er ist quasi subversiv?"

„Bewusst oder nicht."

Ich wollte die Wut nicht zeigen, die in mir tobte ... Die sind quasi subversiv, und ich vertrete das System; die sind die Freiheitlichen, und ich bin der Repressive ... Warte: Sanja lacht, er ist geistreich, aber ich habe keinen Sinn für Humor? Sondern ich schwitze über seinem Geschwafel, flickschustere zusammen ... Ich verheimliche das als Hausgeheimnis, beiße mir vor Wut in den Arsch, bin paranoisch, während die Jungen marschieren ...

Ich stand auf. „Aber wen verarscht er denn?! Auf wessen Rechnung geht das?! Ich muss das jedes Mal ganz neu ..."

Sie unterbrach mich: „He, nicht schreien, hörst du?! Ich bin daran völlig unschuldig."

Ich setzte mich.

Wieder warf sie einen Blick auf den Text.

„Ich würde das so bringen!", sagte sie.

Mit wem rede ich da eigentlich ... Was für pubertäre Dummheiten, dachte ich.

„Aber ich kann das nicht bringen! Wir sind eine normale Zeitung! Wir sind kein Fanzine für Verrückte!"

„Ja, ihr schreibt vor, was normal ist", sagte meine Punkerin, genau wie es Ingo verlangt. Und setzte hinzu: „Du schreist wieder."

Was ist das hier: Übt sie ihre Rolle mit mir?

„Sag das Ingo", sagte ich. „Ich habe den Eindruck, als wärest du zu Hause ein größerer Punker als auf der Bühne ..."

Sanja schnaubte beleidigt.

„Das war tief", sagte sie.

Ich weiß, dachte ich ... Aber mir ging die Position furchtbar auf die Nerven, in der ich das System gegen sie und Boris, die beiden mutigen Antiglobalisten, in Schutz nehmen musste. Wie komme ich dazu?

Aus mir quoll die Ironie: „Ich weiß: Die Zeitungen bestimmen den Standard, die Medien machen Menschen zum Standard! Sie bestimmen den Typ der Rede, sie bestimmen, wie eine Verarsche auszusehen hat – eine *leichte Verarsche,* aber nicht diese Psychodelie ... Sie bestimmen, worüber man sich aufregen soll, wo man Standpunkt beziehen soll. Jeden Tag muss man Standpunkt beziehen ..."

„Was gehst du jetzt auf mich los?", unterbrach sie mich.

„Komm, komm", stotterte ich, „du hältst mir hier einen Vortrag, als hätte ich heute angefangen, mir darüber Gedanken zu machen! Ich weiß das alles! Aber dort bezahlen sie mich, und ich muss diesen Scheißkredit beantragen! Ich weiß, was geht und was nicht!“

„Ich halte dir einen Vortrag? Du bist doch dauernd am Reden ... Das heißt Schreien“, sagte sie und sah mich von unten her an.

Sie saß auf der Couch, beleidigt ... Und ich gegenüber, im Sessel.

Jeder atmete für sich.

Im CD-Player lief der Soundtrack zum Film *Buena Vista Social Club*.

Ich hatte den Film gesehen und begriffen, dass etwas mit diesen Kubanern nicht stimmte. Es war so offensichtlich, dass sie besser waren als wir.

„Der hat mich schön in die Scheiße geritten!“, stieß ich mehr für mich zwischen den Zähnen hervor.

„Gut, das ist ja nichts Neues“, sagte sie.

„Was willst du damit sagen?“

„Nichts. Ich sage nur so“, sagte sie.

Dann sah sie dem Rauch nach, der aus ihrem Mund kam.

„Was heißt das, *du sagst nur so?*“

„Nichts.“

Ich sah sie an: Diese Rauchwolken blies sie aus, als ob es nichts anderes gäbe. Sie *sagt nur so ...*

Sie sagt nicht was.

Sie sagt nicht, dass ich ein Versager bin? Eine Flasche, eine Niete, ein Blindgänger, Blödian, Kürbisschädel, ein Loser, in der Entwicklung zurückgeblieben?

Ich hatte den Eindruck, als würde sie etwas davon zu mir sagen, das heißt, nicht sagen! ...

Denn das war auch klar, Boris war nicht der Einzige. Auch vorher war es mir passiert, dass ich Leute empfohlen hatte ... Im Unterschied zu Boris war das Problem mit ihnen, dass sie schneller vorankamen als ich. Sie waren merkwürdig fähig, diese Leute.

Junge Talente

Ich hatte einen Riecher für Talente, für Talentchen, für relativ begabte Einzelne, die es nach breiterer Anerkennung dürstete ... Vielleicht lag es daran, dass ich jahrelang zu viel Zeit in Cafés verbracht hatte und jeden Schwachkopf kannte. Jedenfalls konnte man sagen, dass ich in der *corporation* als Mann für menschliche Ressourcen volontierte, denn wann immer sie einen Jungen voller Enthusiasmus brauchten, fragten sie mich: Kennst du wen?

Ja, es gibt da einen Typen, der arbeitet als Kellner im *Limited* ...

Kellner?

Ja, aber er hat studiert, er kann sich ausdrücken ...

Okay, schick ihn her.

So waren Leute von frischem Blut zum Journalismus gekommen, darunter auch Pero The Chief. Es klingt seltsam, aber auch ihn habe ich, in der Morgendämmerung der demokratischen Veränderungen, direkt vom Tresen weggeholt. Und ihn am Händchen in die Redaktion geführt und ... Sein Erfolg flog, poetisch gesagt, schneller als der Wind ... Denn unsere Gesellschaft besitzt große vertikale Durchlässigkeit. Wir haben keine stabile Elite ... Der Sozialismus hat die alte Elite vernichtet – das bisschen Bourgeoisie und Provinzaristokratie –, dann haben der Krieg und der Nationalismus der Neunzigerjahre die sozialistische Elite vernichtet, und dann hat sich auch noch die Demokratie ereignet, und es galt, sich auch der nationalistischen Elite zu entledigen.

Die besiegten Eliten konnten im Windschatten überleben ... O ja, sie konnten auch aus dem Schatten heraus ihr

Business betreiben und die Fäden ziehen, aber bei Tageslicht, in unseren repräsentativen Medien, wie unser *Objektiv* eines ist, die in jedem Augenblick ein *Spiegel der neuen Zeit*, mehr noch, *des Augenblicks* zu sein haben – brauchen wir ständig neue Leute! Neue Kolumnisten und Meinungsmacher, neue Gesichter, neue Fotos. In gut zehn Jahren wechselten wir so, in beschleunigtem Tempo, drei mediale Paradigmen – das sozialistische, das der Kriegszeit und das demokratische – was heißen soll: Es wurden mehrere Generationen Klugscheißer verschlissen, so dass unsere jetzige Medienelite außergewöhnlich jung ist.

Es herrschte Mangel an Leuten, die sich nicht kompromittiert hatten. Wenn du bis vor Kurzem Lou Reed gehört, als Kellner gearbeitet oder Weinbau studiert hattest, war jetzt die Gelegenheit, sich für neue Werte einzusetzen ... Demokratie, Popkultur, Slowfood ... Ohne natürlich den Kapitalismus in Frage zu stellen – wir sind schließlich keine Kommunisten –, so dass wir gegen die Privatisierung, die in den Neunzigern von Auserwählten des Glücks und des nationalen Führers durchgeführt wurde, nichts machen konnten. Die Kohle zog sich in den Windschatten zurück, und junge Medienkräfte kamen, um die Kulissen des europäischen Weges und der Normalisierung auszumalen ... Was soll man im Übrigen auch anderes tun, nachdem die Revolution durchgeführt und die Kohle abgeräumt war? Jetzt brauchen wir Harmonie, Sicherheit, den Konsumenten, den freien Individualisten, der seine Kredite abbezahlt; wir können auch ein bisschen Hedonismus promovieren, sollen die Leute genießen, natürlich in Grenzen, so viel, dass die Kirche nicht böse wird.

Da ist für jeden etwas dabei. Man kann nicht sagen, dass es nicht dynamisch ist: Wir sind eine neue Gesellschaft, eine Gesellschaft ständig neuer Kulissen und neuer Illusionen. Aber uns gibt es praktisch erst seit gestern ... Hier gibt es kein House of Lords, keine alte Bourgeoisie, sondern nur ein ehemaliges sozialistisches Arbeitervolk, das sich auszieht und umzieht und scharenweise in karnevalistischer Manier zu den Sternen aufschwingt. Alle versuchen sich zu lancieren: Etliche fallen dabei auf den Kopf, aber ... Die Transitionsvariante des amerikanischen Traums gibt es tatsächlich, allerdings mit der Einschränkung, dass beim allgemeinen Durcheinander und raschen Positionswechsel der Erfolg vom Zufall abhängt. Alles ist wie bei Big Brother. Einer von den Durchschnittlichen wird lanciert, aber wer? Dies ist die Zeit des offenen Himmels. Alle spüren wir, dass es nicht mehr lange so bleiben wird. Der Himmel wird sich schließen. Die Gesellschaft wird sich destabilisieren, die Transition wird vorübergehen, dann werden wir wissen, wer mit hineingekommen ist und wer nicht. Einmal werden auch wir unser House of Lords haben, natürlich falscher Lords, aber egal ... Jetzt gilt es, so lange es noch geht, auf den Zug aufzuspringen. Pero The Chief hat mich überholt, daran besteht kein Zweifel. Er ist der große Schriftleiter geworden, und ich sammle auf der Straße Loser auf. Er, Pero, ist bekanntlich nicht mehr derselbe Mensch. Und ich habe die ganze Zeit derselbe bleiben wollen, als wäre das eine Leistung ... Ein Rocker bleiben, alles das vermeiden.

Ist es das, wenn man sagt, dass jemand nicht erwachsen werden will ... Oder ist es wegen Sanja? Sie ist jünger, für sie ist es ganz natürlich, dass ich keine Krawatte trage wie Pero, so sind ihre Werte, in einen solchen Typen hat sie sich verliebt. Aber auch sie macht Fortschritte. Verdammt rasche Fortschritte.

Ich erinnere mich genau, wie Peros Aufstieg begann; eine Zeit lang wich er meinem Blick aus, grüßte mich hastig, vermied es, sich an meinen Tisch zu setzen, er hatte vergessen, wer ihn in die Redaktion gebracht hatte.

Es war immer derselbe Fehler, den ich machte: Unwillkürlich erinnerte ich die Leute an das, was sie einmal waren.

Später habe ich ihn als neuen Menschen akzeptiert, der nichts zu tun hat mit dem Kellner aus dem *Limited.* Da hat er auch mich wieder akzeptiert.

Logisch gesehen muss auch ich mich, trotz aller gegenteiligen Mühe, auf bestimmte Weise verändert haben. Wenn Pero mein Chef geworden ist, dann ist einfach nichts mehr so wie früher.

Alles das habe ich, auf bestimmte Weise, vor Sanja verheimlicht. Ich meine, ich habe diese Dinge erwähnt, aber unter Lachen und Scherzen, als schwebte ich in einem höheren Universum, sicher vor sogenannten gesellschaftlichen Werten. Die Dinge aus der Welt der Karriere interessierten sie ohnehin nicht ... Sie sah nur die Liebe. Unsere Liebe und die Liebe in der Welt. Ökologie. Aufrichtigkeit. Unsere Besonderheit und der romantische Starrsinn des Provinzlers. Sie liebte mich *genau so, wie ich bin.* Erst vor Kurzem hat sie begonnen, im Horoskop die Rubrik *Arbeit* zu verfolgen.

Jetzt kamen wir also über nervöse Gespräche allmählich dazu, zum Kontext – wie in *Alien,* als nach anfänglicher Arroganz der Mannschaft die Größe des Problems aufgeht, dort in dieser Höhle, in der anderen Galaxie ...

Jetzt, nach Boris, ist völlig klar, dass mein Volontariat in Fragen menschlicher Ressourcen eine extrem idiotische Aktivität ist.

Seit Kurzem hat Sanja begonnen, das mit ihrer Volontärzeit in der alternativen Theatergruppe *Zero* zu vergleichen. Dort hatte sich mit vollem Enthusiasmus ihr Freundeskreis von der Akademie zusammengefunden, um sich letzten Winter unter voller Verbitterung wieder zu trennen, jeder mit dem Eindruck, von einem Haufen Undankbarer ausgenutzt worden zu sein.

Es gab keine Kohle, und so kam es zum Wirrwarr der Gefühle. Denn, wer weiß warum, die Auflösung finanzieller Konten führt obligatorisch zum Anlegen emotiver Konten … Ich volontiere, daher weiß ich das. Wann immer es keine Kohle gibt, eröffnest du ein emotives Konto: Du suchst irgendwie *Dankbarkeit.* Aber … Es gibt keine genaue Kontoführung … Am Ende hat jeder das Gefühl, dass ihm alle etwas schuldig sind. So zerfiel die Gruppe *Zero*, deren Experimente von der jungen Kritik gefeiert worden waren. Untereinander waren sie zerstritten wie Hund und Katz, Sanja fühlte sich ausgenutzt und beschloss, in Hinkunft nur noch dort zu schauspielern, wo gezahlt wurde.

Zugegeben, sie hatte Gewissensbisse, dass sie so rasch die jugendlichen Ideale aufgegeben hatte.

Sie war schrecklich böse auf die einstigen Freunde und ließ diese Wut lange aus sich heraus. Es war das, soweit ich kapiere, ein psychologisches Distanzieren vom *underground,* der manchmal die jungen Alternativen erfasst, wenn man ihnen das Taschengeld streicht. Du musst irgendwo Kohle machen, und da hörst du plötzlich auf, dich an randständigen Projekten zu begeistern. Dann drehst du dich um dich selbst, desorientiert, und bist furchtbar böse auf jemanden. Du brauchst dir nur auszusuchen, auf wen.

Als ich mich von der Dramaturgie verabschiedete, fühlte ich mich ähnlich. Ich arbeitete bei der Zeitung und hörte parallel dazu auf der Uni den Schmalsprech der Kollegen mit Taschengeld. Je länger ich arbeitete, desto avantgardistischer wurden sie. Ich versuchte, mit den Trends Schritt zu halten: Zu hören war, dass man die Psychologie aus dem Theater vertreiben müsse, also vertraten wir das. Wir lasen die Dekonstruktivisten und versuchten, sie im Theaterbereich zu applizieren … Wir führten reichlich schizophrene Gespräche mit viel flexibler Terminologie. Immer mehr verlor ich an Kraft. Ich lief von der Redaktion zur Uni wie weiland Langstreckenläufer Paul Radcliffe.

Ich war böse auf meine Eltern, diese Bauernschädel, die mir das Taschengeld gestrichen und damit die Dekonstruktion gegen die Wand gefahren hatten. Ich war böse auf die Zagreber alternativen Gecken, die früher oder später Teil des lokalen Glamours sein und mit gelangweiltem Gesicht, als hätte sie dieses banale Schicksal gegen ihren Willen ereilt, Erklärungen für *Red Carpet* abgeben würden. Ich war zornig auf Bauern und Elite, auf Arbeit und Kunst, irgendwo dazwischen stecken geblieben, wie jemand, dem es nicht gelingt, sich durch den Nebel hindurchzuschlagen, zwischen all diesen kulturellen Klassen, all diesen so verdammt davon überzeugt seienden Leuten, *Autoritäten* zu sein. Ich wusste nicht, wem ich das alles sagen sollte. Ich war böse auf mich. Ich konnte mich nicht ausdrücken. Das war es.

Ich gab Sanja recht, dass sie mit dem Dilettieren aufgehört hatte; was sonst hätte ich ihr sagen sollen?

Nein, es gab keine andere Option, wiederholte sie.

Es gab keine andere Option, wiederholte ihre ganze Generation, wie so viele vor ihr. Es gab keine andere Option, und wenn es eine gab, musste sie geheim bleiben wie das Masturbieren im *corporation*-WC ... Wie das Hineinstecken meiner Volontärsnase in menschliche Ressourcen.

Dahin hatte ich meine anarchischen Instinkte gelenkt und der Firma unerwartete Gäste wie Boris zugeführt, die niemand von den Krawattenträgern jemals ausgesucht hätte. Das war, Tatsache, der Rest meiner subversiven Neigungen aus der Zeit, als ich zusammen mit Johnny gesungen hatte: *„Und auf der Straße auf beiden Seiten / Filialen, Büros / Aus ihnen kriechen die Bürokraten / Ach Leute! ich kriegs schon mit der Angst...“*

Es war das reinste Wichsen im *corporation*-WC.

Wie Bakterien, die sich den Antibiotika anpassen, so mutierte meine Rebellion und suchte Genuss im Kapitalismus. Finde dein Loch im System ... Pflege deine Phantasien und lebe von ihnen ... Hege und pflege sie, wie man sein bisschen Gras an geheimem Orte hegt und pflegt.

Das ist ja nichts Neues, hatte Sanja gesagt.

Ist es auch nicht.

Die ganze Geschichte mit Boris ist der Kronbeweis, dass ich Subversives nur auf eigene Kosten mache.

Aber momentan möchte ich mit ihr nicht darüber sprechen.

Ich sehe keinen Weg, ihr das alles zu sagen ohne größere Folgen. Ich habe den Eindruck, es könnte verheerend wirken auf ihr Bild von mir, von uns. Sie hat immer geglaubt, wir wären etwas Besonderes. Wir stünden über der Gesellschaft. Dass alle diese Banalitäten auf uns keinen Einfluss hätten.

Sie stellt sich unsere Zukunft vor wie ein freies Feld.

Sie sieht es anders, sie ist noch sehr jung, sie ist Schauspielerin, sie kann sich in alles Mögliche einleben, ging mir durch den Kopf ... Ihre Identität ist dynamisch. Ich hingegen konnte nicht alle Augenblicke die Rollen wechseln. Ich spürte, wie alles definiert war. Der Manövrierraum war eng, und ich schuf mir meine eigene Vision von der Zukunft ... O ja! Ich schuf mir diese Vision der Zukunft, die mich verfolgte. Auf den ersten Blick nichts Schreckliches, alles solide ... Aber ich sah ein morsches Leben in einer morschen Atmosphäre mit Leuten, die schon halb morsch waren. Ich sah mich mit ihnen auf irgendwelchen Geschäftspartys und Kindergeburtstagen, wie wir Bier süppelten und gegen etwas anstänkerten, gegen unsere Regierung und gegen die amerikanische, und dann, dann redeten wir über verschiedene tiefer positionierte Idioten, denen wir in unserem Job begegneten, und dann freuten wir uns plötzlich ein bisschen, denn jemand sagte, he, he, ihr seid wirklich langweilig ... Ich sah mich, wie ich unter dem Vermorschen litt; ich erwähnte es niemandem gegenüber, und niemand erwähnte es mir gegenüber. Ich sah Leute neue Waschmaschinen kaufen, ganze Küchen und Hi-Fi-Anlagen, über die sie Rock hören würden, ich sah sie Regale kaufen und auf ihnen CDs stapeln. Ich sah sie Slowfood kochen, exotische Rezepte austauschen, Fotos vom Sommerurlaub herumzeigen und über istrische Steinhäuser sprechen. Ich sah Leute, vor denen ich mich fürchtete, Trauer zu zeigen, ich sah, wie das Glück zur Pflicht wurde, und wie alle sagten, das ist super, super ist das, super. Ich sah, wie sie ihr Auto parkten, wie sie parkten, wie sie vor dem eingefriedeten Wochenendhaus parkten, wo der Kindergeburtstag gefeiert wurde, und wie dann jemand sagte: *Wo steckst du denn die ganze Zeit, dich hat man ja schon lange nicht mehr gesehen!* Ich sah mich unter ihnen, wie ich mit irgendwelchen schalen Witzen um mich warf und dabei darauf achtete, niemanden zu verletzen, vor allem uns alle zusammen nicht zu verletzen. Ich sah, dass ich trainiert sein würde für diese kleinen Geistreicheleien, ich würde schrecklich viel Erfahrung haben, denn schon heute hatte ich sie, aber es war abzusehen, dass ich Fortschritte darin machen würde, einen leisen, melancholischen Stil zu entwickeln.

Ich sah diese Zukunft. Ich hatte diese Scheiße im Kopf wie einen eingebauten Chip. Die Sache sah abgefahren aus wie ein ewig altes Touristenpaket.

* * *

Ich fuhr fort, über Boris zu sprechen.

„Die Sache ist die“, sagte ich, „dass er diese idiotischen Mails jeden Tag geschickt hat. Ihn kümmert es einen Dreck, dass wir eine Wochenzeitung sind ... Aber jetzt gibt es auch das nicht mehr.“

Wir stritten uns nicht, aber sie behielt etwas von dem bei, was in der Luft geblieben ist. Eine gewisse Distanz, die sich verwandelt in ... Einen Gesichtsausdruck an der Schwelle zum Kopfschmerz.

„Katastrophe“, seufzte sie.

Dann fügte sie hinzu: „Ich muss das loswerden!“

„Was?“

„Dieses ‚Katastrophe‘ ist bei mir zur Manie geworden ...“

„Aha?“

„Ich sage ständig ‚Katastrophe‘, hast du es nicht bemerkt? Doc zieht mich schon damit auf, wenn er mich sieht, sagt er ‚Katastrophe‘.“

Von was redet sie? Hat sie mich überhaupt verstanden?

Sie ist ein bisschen zu viel bei ihrer Vorstellung ... Von Anfang an denke ich, dass es sie eigentlich stört, dass auch ich ein Problem habe.

„Jetzt schickt er nichts mehr“, wiederholte ich.

„Was, er meldet sich überhaupt nicht?“, sah sie mich an.

„Seit ich ihn in der Mail beleidigt habe ... Schon drei Tage“, sagte ich. „Ich meine, der Typ meldet sich drei Tage nicht, sollte sich allerdings alle sieben Tage melden ...“

Tatsächlich, der Typ meldet sich drei Tage nicht, sollte sich aber alle sieben Tage melden. Wo gibt es da Grund zur Panik?

„Real gesehen ...“, begann ich und überlegte: wohin diesen Satz weiterführen.

Sie wartete ein wenig ab, dann sagte sie: „Warte ... Von wo hat er sich das letzte Mal gemeldet?“

„Er ist ganz bis Bagdad gekommen“, sagte ich. „Er hat sich aus Saddams Palast gemeldet.“

Sie holte tief Luft und sah irgendwohin nach oben. „Und was willst du jetzt machen?“

„Ich weiß nicht ... Ich fürchte ... Wenn er sich morgen nicht meldet, dann ... Etwas werde ich tun müssen ... Obwohl, real gesehen ...“

Meine Gedanken waren am Rotieren.

Zum Teufel, dieser Satz mit „real gesehen“ führte nirgendwohin ... Ich ließ ihn fallen: „Kapierst du, sie bezahlen einen Menschen, den ich empfohlen habe, und wissen nicht, dass er ein Verwandter von mir ist und ... Und dass sie seit Wochen meine Texte aus Zagreb veröffentlichen.“

„Hm, ich kapiere“, sagte sie.

Vielleicht hatte sie kapiert, aber ich wollte, dass sie es endlich begriff.

Ich fuhr fort: „Sieh es mal so: Wenn ich eine Nachforschung lostrete, muss ich ihnen seine Mails zeigen. Sonst werden sie nicht kapieren, weshalb ich in Panik mache. Und wenn ich ihnen die zeige, habe ich sofort alles zugegeben …"

Ich sah sie an: „Sag jetzt nicht ‚Katastrophe' …"

Sie schluckte es runter. Und sagte nichts.

Endlich sah sie so aus, als würde sie über meine Position nachdenken. „Hm … Sorry, ich habe es nicht sofort kapiert …"

Sie senkte den Kopf und sah mich von unten her an.

„Sorry, ich bin zu sehr in meinem eigenen Stress …"

Sie streichelte mir über die Hand.

„Ist schon okay", seufzte ich.

Sie hatte noch etwas zu sagen. „Morgen meldet er sich, wirst sehen", sagte sie. „Ich werde dir zur Seite stehen, was auch geschieht."

Die Zärtlichkeit in ihrer Stimme macht die Welt leichter.

Sie streicht mir übers Haar.

Es ist schön, nicht allein zu sein.

Wir berühren uns mit den Lippen.

„In jedem Fall, wenn er zurückkommt, musst du uns nicht miteinander bekannt machen", sagte sie. Ich sah, sie wollte meine Stimmung heben.

Ich holte tief Luft.

„Was, du hast etwas gegen meine Verwandten?!", nahm ich den Scherz auf.

„Aber woher denn", sagte Sanja. „Ohne sie wäre das Leben die reinste Limonade."

Ich streckte mich auf der Couch aus und sah an die Decke. Ich spürte, wie sich mein Körper endlich entspannte. Ich schloss die Augen und öffnete sie erst sehr viel später.

TV-Nachrichten

Um neunzehn Uhr neunundzwanzig erscheint eine riesige Uhr auf dem Bildschirm. Das geschieht jeden Tag. Ich weiß nicht, ob die TV-Nachrichten überall so anfangen, oder nur in den ehemaligen sozialistischen Ländern.

Ich reibe mir die Augen. Die Uhr bringt mich in die Wirklichkeit zurück. Wir leben in einer Wirklichkeit, die am Laufen gehalten werden muss wie jeder andere Betrieb. Das Fernsehen hält die Zeit im Zaum: Es begründet die Gegenwart, es schafft das ruhmreiche Heute.

Das was heute geschieht, das ist der absolute Hit. Das was gestern geschehen ist, ist ohne jede Bedeutung.

Die Uhr zählt die Sekunden. Fünf, vier, drei, zwei, und ... die Welt tut sich auf: der Vorspann hypnotisch, die Musik dramatisch.

Sanja bewegte sich neben mir, aber als ich zu ihr schaute, sah ich, dass sie schlief.

Dann zeigten sie den Eingang zur Rijeka Bank AG. Über dem Eingang im Zoom das Logo: RIBAG.

Etwas stimmte nicht mit der Bank, das war klar, wenn sie sie so ins Bild rückten. Gleich darauf konnte man hören, dass in der Bank, auf wundersame Weise, Geld verschwunden war. Uch, morgen werden sie mir dieses Thema zuschieben, dachte ich im Stillen. Sie werden mir vorwerfen, warum wir nicht die Ersten gewesen sind. Was tun meine Quellen?

Erst danach kam Bagdad an die Reihe. Dort *normalisiere* sich die Situation, sagte der Mensch, der mir in die Augen sah.

Sanja schmiegte sich im Halbschlaf an mich.

Ich schaltete um aufs bosnische Fernsehen. Die Bosnier zu sehen, fällt mir leichter. Bei ihnen ist im Wesentlichen alles gleich, nur viel schlimmer, so dass mich ihr Blick auf die Dinge in gewisser Weise beruhigt.

Sie kündigten einen Beitrag über einen Mann an, dem, wie der Sprecher sagte, „der schmeichelhafte Titel ‚Polizist des Jahres' zuerkannt" wurde.

Dann erklang *Satisfaction* in der elektronischen Bearbeitung meines Handys. Ich sah auf das Display: *MARKATOVIĆ*.

Momentan hatte ich nicht den Willen, mich seiner Ideen zu erwehren.

„Wer ist das?", fragte Sanja mit erhobenem Kopf.

„Nicht wichtig", sagte ich. „Einer von vielen ..."

Sie seufzte nur ironisch.

„Markatović", sagte ich. „Ich werde ihn später anrufen."

„Der, der mit dem Handy auf die Welt kam."

„Das macht er geschäftlich."

„Glaubst du."

* * *

Der Trend des Vormarsches liegt jetzt bei 30 bis 40 Kilometer täglich, Widerstände werden aus der Luft beseitigt, und ich esse immer noch diese Kekse, die ich aus Kuwait mitschleppe, längst sind sie mir zuwider, sie zerbröseln wie süßer Sand, bleiben in der Kehle stecken, ich bettele ringsum um Wasser, ansonsten trinke ich ständig Coca-Cola, davon gibt es zum Wegschmeißen, als wären sie die Sponsoren dieser Rallye, ich bin cocacolisiert, ich habe Bläschen.

* * *

Sie nahm die Fernbedienung und wechselte die Programme. Bei einer Polizeiserie blieb sie stehen.

Ich berührte sie am Nacken, als würde ich sie leicht massieren. Ich zwängte mich hinter sie und küsste ihren freien Rücken, und sie wand sich vor Behagen. Sie drehte sich um, küsste mich auf den Mund und strich mir übers Haar. Ihr Blick kehrte zurück zu der Polizeiserie, und sie atmete tief.

Dann lehnte sie sich an mich und sah mich flehend an, als wollte sie sich ausruhen. Alles das durchschaue ich. Wenn du mit jemandem genügend Zeit verbracht hast, liest du jede Bewegung, alles wird Sprache.

Ich lag hinter ihr, als würde ich mich ausruhen.

In diesem Moment deutet eine Gerichtsmedizinerin, die nebenbei auch Psychiaterin ist, das Psychoprofil eines sexuellen Triebtäters und behauptet, insgeheim habe er den Wunsch, gefasst zu werden, und hinterlasse deshalb Spuren und sei zugleich äußerst intelligent, was Drehbuchschreibern Raum für wilde Kombinatorik eröffne. Es gebe immer mehr solche Serien. Die ganze Zivilisation lebe in Angst vor sexuellen Triebtätern, denn die Zivilisation selbst sei ein sexueller Triebtäter.

Ich streichelte ihren Rücken, dann wanderte meine Hand tiefer.

„Hmm ... weißt du, ich muss mich fertig machen, die Generalprobe ist um elf", sagte sie.

Unterdessen kommt die Gerichtsmedizinerin, auf der Suche nach Mikrospuren, dem Triebtäter so nahe, dass er sie angreift. Trotzdem kommt sie mit nur einer kleinen Schnittwunde an der Stirn davon, er hingegen wird zu lebenslangem Zuchthaus verurteilt, wenn nicht sogar zum Tode.

Dann läutete das Telefon, das Festnetz.

Sanja stand auf und meldete sich. Sie hörte zu, dann hob sie die Augenbrauen und sagte: „Eine Frau will was."

Ich nahm den Hörer.

„Hallo?"

„Alo ... *Weißt du, wer hier ist?*"

Ich scheiß mich an ... Ich stelle mir eine kräftige korpulente Frau in der Attitüde der Mamma einer großen italienischen Familie vor, die an die jungen Angehörigen der Mafia Ohrfeigen verteilt. Sie trägt die vier Pfosten des Hauses, so fühlt sie sich zumindest. Ansonsten ist ihre Hauptverpflichtung die Erhaltung einer Frisur aus der Zeit, als der Mensch den Mond betreten hat.

Meine Angst verbergend sagte ich: „Milka?"

„Na siehst, und wiest mi kennst."

„Wie ... Wie sollte ich Euch nicht erkennen", sagte ich.

Ich war mir nicht sicher, ob ich *Du* oder *Sie* sagen sollte. Sie ist die ältere Schwester meiner Mutter und kommt zu ihr auf Besuch als spezifische Familienautorität, aber ich habe sie nicht mehr gesehen, seit sie sich mit meiner Mutter zerstritten hat im Gerangel um ein verwandtschaftliches Erbteil, wo es nichts zu erben gab, nur dass sie für verschiedene Lager optierten, was sie dazu brachte, dass eine gegen die andere auf dem Gemeindegericht aussagte ...

Es ist schon eine Reihe von Jahren her, dass ich Milka zuletzt gesehen habe.

Besser, dass ich *Sie* zu ihr sage, so kann ich vielleicht Distanz bewahren ... „Wie geht es Ihnen", fragte ich.

„Soso", sagte sie. „Und dir?"

„Gut", sagte ich.

„Weißt, warum ich dich anruf?"

Wieder galt es zu raten. Aber leider ist es nicht schwer. Milka ist Borisens Mutter.

„Hm, wird wegen Boris sein?", murmelte ich.

„Wo steckt er denn?", fragte sie. „Was is mit ihm?"

„Was mit ihm ist ... Ja ... Was ist mit ihm?“ Ich war total blockiert.

Ich sah Sanja an, Hilfe suchend.

„Wo is er denn?“, fragte Milka.

„Ja, hören Sie, er ist im Irak.“

„Eh. Das weiß ich. Aber er meld’t sich überhaupt net bei mir“, sagte sie, als entschuldigte sie sich in seinem Namen. Dann schluchzte sie laut auf. In diesem Ton fuhr sie fort, als gäbe sie eine Schande preis: „Er is so ein Rotzbua. Ich weiß net, was soll ich mit ihm machen.“

„Aha?“, sagte ich. Ich habe nicht gewusst, dass Milka und ich so viel Gemeinsames haben.

„Meld’t er sich bei dir?“, fragte sie.

„Ja, er meldet sich“, ich spürte, dass es besser wäre, sie zu trösten. „Er hat sich vor ein paar Tagen gemeldet.“

Sie glaubt, dass er mir Briefe schreibt wie aus der Armee, und fragte: „Hat er gschrieben, dass ihm gut geht?“

„Hat er, ja, alles normal“, ich wusste nicht, was sonst sagen.

„Und wo is er jetzt?“

„In Bagdad“, sagte ich.

„Ich hätt ihn net solln da hinlassen“, sagte sie reuevoll und schluchzte wieder.

„Ach, hören Sie ...“, sagte ich.

Ich war schon völlig verkrampft.

„Mei armer Bua“, fuhr Milka schluchzend fort ... Ich hatte die leise Ahnung, dass dieses Schluchzen eine taktische Tarnung war, hinter der der Angriff erfolgte. „Du hättst ihn net da hinschicken dürfen ...“

„Nein, bitte nicht, Tante Milka!“, sagte ich. Ich begann, schwer zu atmen beim Versuch, die letzte Verteidigungslinie zu halten. „Er hat mich gebeten, ich habe ihn weder eingeladen noch gedrängt ...“

„Ich weiß, ich weiß“, sagte Milka und trat den Rückzug an.

Meine Rückenmuskeln waren gespannt. Es galt, ihrem neuen Ansturm zuvorzukommen.

„... Außerdem hatte ich Probleme seinetwegen“, sagte ich warnend. „Er schreibt nicht gerade ... wie es sein sollte.“

„Er is damisch!“, rief Milka aus.

Das überraschte mich von ihr. Dann ging sie zu einem vertraulichen Ton über. „Glaub mir, er is net normal!“

„Aha?“

Voll Bitterkeit fuhr sie fort: „Ich schäm mich so. Die Leute fragen mi ... Er meld’t sich überhaupt net bei mir.“

Dann verstummte sie. Ich verspürte den großen Wunsch, sie zu trösten, und fing an, den Schurken in Schutz zu nehmen.

„Vielleicht kann er sich bei Ihnen nicht melden. Haben Sie E-Mail?“, stieß ich hervor.

„Was?“

„E-Mail.“

Jetzt dachte sie bestimmt, dass ich auch *damisch* war.

„Na, woher denn“, sagte sie. „Aber er hätt sich am Telefon melden können. Er hat doch ein Handy.“

„Das funktioniert dort nicht“, meine Stimme zitterte beim Lügen. „Vielleicht kann er sich wirklich nicht melden, dort herrscht ein ziemliches Chaos.“

„Du glaubst also, dass all’s in Ordnung is?“, sagte sie müde.

Ziemliches Chaos und alles in Ordnung, wieso nicht, dachte ich. Trotzdem sagte ich: „Aber ja, es sollte alles in Ordnung sein. Das ist ganz normal.“

Sie holte noch einmal tief Luft, als höbe sie die Hände von allem, und sagte: „Gut. Dann ... Entschuldige. Weißt, eine Mutter is eine Mutter, sie macht sich Sorgen.“

„Ich weiß, Tante Milka, was wollen Sie da machen ... Gut ... wir hören voneinander.“

Verflucht, warum habe ich dieses *wir hören voneinander* gesagt, dachte ich, als ich den Hörer auflegte. Was habe ich damit sagen wollen? Dass es eine Fortsetzung gibt? Im selben Augenblick fühlte ich mich im Netz einer düster-tragischen Seifenoper gefangen. Ich sah einen Haufen idiotischer Episoden auf mich zukommen.

Sanja sah mich an.

„Der hat sich zu Hause nicht gemeldet? Auch nicht aus Bagdad?"

Ich holte tief Luft. „Vielleicht hat er das Gedächtnis verloren, das kommt oft vor in Seifenopern."

„Katastrophe", sagte sie.

„Milka", sagte ich.

* * *

Ich kann nichts behaupten, alles kann man widerlegen, und deshalb vertrete ich keinerlei Meinung, ich rede nur, gehe weiter über den Fluss, mit großer Mühe folge ich dem Militär, die geben nur Gas und weiter, du kannst sie nicht fassen, du siehst mal kurz nicht hin, schon sind sie weiter.

* * *

„Siehst, es gibt Leute, die sind cool, und andere, die sind hot! Coole Leute lassen dich dein Leben in Ruhe leben, Leute, die hot sind, tun das nicht ... Mit ihnen läuft es immer auf etwas Gemeinsames hinaus! Du öffnest die Tür einen Spalt, und eine Million von ihnen kommt herein ..."

„Gut, jetzt denk nicht mehr darüber nach", sagte Sanja. Sie zog sich an fürs Weggehen. „Morgen meldet er sich vielleicht."

„Zuerst kommt dieser Boris, und jetzt auch noch seine Mutter. Bestimmt kommen noch welche. Wir sind coole

Leute, die in einem hotten Land leben, das ist unser Problem."

„Das ist wahr", sagte sie und besah sich im Spiegel.

„Du hast dich nicht einmal umgedreht ... Und gerätst in ein kollektives Drama!"

Immer wenn ich mit den Nerven am Rande bin, fange ich, statt durchzudrehen, an zu philosophieren. Das ist eine besondere Art des Abschüttelns.

„Dieser Verrückte hat sich überhaupt nicht bei seiner Alten gemeldet, wer weiß, was das für eine Geschichte ist zwischen ihnen, und jetzt ... Weißt du, was sie sagt? ‚Du hättest ihn nicht hinschicken dürfen', sagt sie. Kapierst du? Als hätte ich ihn einberufen!" Ich drehte mich um mich selbst wie auf der Suche nach einem Doppelgänger: „So ein Scheiß, als wäre ich der beschissene George Bush?!"

„Das hat sie gesagt, als würde sie dich beschuldigen oder ..."

„Das hat sie so nebenbei eingeworfen. Ich meine, sie weiß ... Sie weiß, dass er zu mir gekommen ist, mich zu bitten."

„Tu doch so, als hättest du es nicht gehört. Das sagt sie nur so. Du weißt doch, wie Mütter ticken. ‚Ja, wenn das damals nicht gewesen wäre, sondern' ... ‚Ja, wenn du damals auf mich gehört hättest' ... Immer wollen sie die Zeit zurückdrehen. So hätte auch meine Mutter geredet."

„Davor habe ich ja gerade Angst", sagte ich.

Ich steckte mir eine Zigarette an.

„Du kennst Milka nicht", setzte ich hinzu.

Sanja sah auf die Uhr und sagte: „He, du darfst dir das nicht so zu Herzen nehmen. Noch ist nichts passiert, nicht wahr?"

„Nein", sagte ich. „Außer dass sie mich in ihre Scheiße hineinziehen ... Jetzt muss ich ein Teil ihrer Verrücktheit werden."

„Musst du nicht."

„Einen Scheiß muss ich nicht! Du siehst doch, dass ich schon verrückt bin!"

Sie zog eine missbilligende Miene.

Ich lief auf und ab und zog den Rauch ein, als würde ich ihn schlucken.

Wütend blies ich ihn aus und schüttelte den Kopf. Ich blieb vor dem geschlossenen Fenster stehen wie vor einer Rednerbühne und hob die Arme: „Warum gelingt mir nichts im Leben, warum?!"

„Komm, beruhige dich ..."

„Nichts, nichts!!! Mein Leben ist nichts wert!" Ich wurde vom Pessimismus getragen. Genussvoll schüttete ich die Sätze aus mir heraus. „Alles ist beschissen! Alles bekackt, man sollte alle auf den Mond schießen! Alle! Alle! Das hier ist eine Scheiße, aber kein Leben!" Das war einer der Augenblicke, wo man nicht möchte, dass einen einer umstimmt, aber sie sagte – „Nein, ist es nicht ..." –, und so sah ich sie trotzig an und sagte „Ach ja?! Und warum gehen wir dann nicht diese Wohnung besichtigen? Kannst du mir das erklären?"

Sie sah mich überrascht an. „Was hat das damit zu tun ..."

„Hat es! Es hat was damit zu tun! Alles hat was damit zu tun!", ließ ich meine Wut rhythmisch raus.

„Ich bin nicht dazugekommen", sagte sie. Und holte Luft, als hätte sie den Atemrhythmus verloren. „Denkst du, ich möchte nicht ..."

„Ich denke gar nichts!", sagte ich.

Ich ging zurück und setzte mich hin. Ich sah zur Seite, aber ich spürte ihren Blick.

Ich drehte mich zu ihr um. Jetzt sah sie irgendwohin zur Seite, als würde sie den Lack auf dem Parkett analysieren.

„Sorry", sagte ich.

Sie sah mir über die Schulter.

Ich fuhr mit den Armen durch die Luft wie ein schlechter Dirigent. „Alles das macht mich wahnsinnig, entschuldige."

„Jetzt lass dich nicht länger an mir aus“, sagte sie, als verstünde sie, zöge aber einen Strich.

„Tu ich nicht“, sagte ich. Und setzte hinzu: „Es war wirklich nicht in Ordnung. Du hast Generalprobe und alles ...“

Ich küsste sie auf die Schulter.

„Gut“, sagte sie, ignorierte meine Berührung jedoch. „Ich muss los.“

Sie ging zur Tür. Ich sagte: „Entschuldige wirklich, jetzt ist nicht der Augenblick, dich aus dem Takt zu bringen ...“

Sie stand vor der Tür, unentschlossen. Ich trat zu ihr.

„Es wird alles okay ... Nur langsam. Du kannst das“, sagte ich.

Sie umarmte mich. Fest.

Dann sah sie mich an wie jemanden, der aus der Ferne zurückgekommen ist ... Glücklich, dass ich überhaupt da war.

„Das mit ihm wird gut werden, glaub mir“, sagte sie, strich mir übers Gesicht und ging hinaus.

Ich nahm mir ein Bier aus dem Kühlschrank.

Öffnete die Dose, stellte mir ein Glas dazu.

Milka, Boris, diese ganze verfluchte Verwicklung weitete sich aus, erfasste mich und Sanja. Du kannst nicht cool bleiben, dachte ich. Verwicklungen, Netze. Wahnsinn. Hotte Leute.

Warum habe ich sie angeschrien? So reden wir nicht miteinander ... Sie hat mir nichts getan.

Ich muss cool bleiben ... Während der Bierschaum an der Wand des Glases emporstieg, versuchte ich daran zu denken, was für ein schönes Bild das ist, ein Anblick der Zufriedenheit, wie aus der Werbung.

Ich sah dieses Bier vor mir. Ich fasste das Glas wie der Typ aus der Werbung, trank zwei Schluck und holte tief Luft.

* * *

Sie sind exzellent, exzellent, exzellent! Eingeführt zur Zeit des Ersten Golfkrieges sind die Tomahawk-Raketen immer noch ein exzellentes Wunder der Technik, das fliegt, fliegt und fliegt, etwas unterhalb der Schallgeschwindigkeit, es reagiert auf das Terrain und trifft mit seinem Sprengkopf von 450 kg ins 1600 km entfernte einprogrammierte Ziel! Wie schön schreibt sich das hin, es tut überhaupt nicht weh! Die Kriegsmarine der USA hat an die 1000 Tomahawks, und jede Tomahawk kostet 600.000 Dollar, und so ziehe ich die Summe, es ist ganz einfach: Um damit auf jemanden zu schießen, musst du einen verdammt guten Grund haben, will sagen, um auf jemanden mit einem Koffer von 600.000 Dollar zu schießen, musst du, Vetter, einen starken finanziellen Grund haben, denn sonst, Bruderherz, zahlt es sich nicht aus. Denn es ist unangenehm, wenn die Rakete mehr wert ist als das, was sie trifft. Das habe ich begriffen, verdammt noch mal, das ist das Hauptproblem des amerikanischen Engagements in der Welt! Du kannst nicht auf jeden Idioten schießen! Du kannst nur dort Krieg führen, wo es sich auszahlt! Also in Afrika zum Beispiel zahlt es sich nicht aus! Was immer du triffst – zu billig! Das Zerstörte rechtfertigt den Preis der Rakete in keinster Weise! Das ist das Problem mit dem Kriegführen in der Dritten Welt! Niedrige Immobilienpreise! Man würde sagen: Du produzierst Verluste!

Genau! Verluste! Siehst du, wohin das gekommen ist! Die in Afrika müssten sich ein wenig entwickeln, man müsste sie etwas anschieben und sie erst dann beschießen! So ist es sinnlos! Es hat keinen Sinn, der Sinn aber ist das Allerwichtigste!

Aber einmal, wenn die Tomahawk billiger wird, wird sich die Welt verändern! Wenn eine Spitzenwaffe zu einem annehmbaren Preis zu haben ist, wird die Welt eine andere sein! Dann werden die Amis auch dort intervenieren können, wo es keine Kohle zu machen gibt! Die Frage ist nur, wann das sein wird! Und ob! Ich glaube, dass Spitzenwaffen teuer bleiben werden! Einfach deshalb, damit nicht jeder auf jeden schießt! Wenn sich irgendein armer Hund einer Tomahawk bemächtigte, würde alles in den Arsch gehen! Der Reiche besichtigt zumindest seine Besitzungen und stellt Kalkulationen an, aber wenn der Arme Waffen hat ... Ich meine, so, wenn du nichts hast, nur Waffen! Eine beschissene psychologische Situation!

Es kommt einfach über dich, damit zu schießen, damit die anderen sehen, dass du auch was hast!

Du kannst es einfach nicht aushalten, du musst ein bisschen schießen! Das ist das Problem mit den Kriegen der Armen! (Sieh zu, was du hieraus machst, aber ich muss ein bisschen philosophieren, ich habe hier sonst nichts zu tun!) Nehmen wir zum Beispiel die Serben, die Armen, durch die ganzen Neunziger führen sie Krieg, aber sie haben überhaupt keinen Finanzplan! Sie führen Krieg und immer wieder Krieg und sind immer mehr im Arsch! Das kann den fortschrittlichen Völkern nicht passieren! Unsere Brüder hingegen, die Serben, die verausgaben sich im Schießen, machen riesige Verluste, und dann wissen sie nicht, wie weiter! Sie besetzen halb Bosnien, und dann sitzen sie da ohne Sinn und Verstand! Ohne Kohle!

Weißt du, alles das verbraucht die Leute auch psychisch! Nach dem Krieg und nach diesem beschissenen Stress möchte sich der Mensch auch mal ein wenig erholen! Und nicht jetzt von wegen, scheiß drauf, das Verlorene ersetzen und malochen! Wer bringt einen Krieger zum Arbeiten - das ist die alte Indianerfrage! Du kannst ihn jetzt nicht in ein Reservat stecken, damit er Kukuruz pflanzt. Geronimo fault dort ebenso vor sich hin wie seine Mitgenossen! Sobald der fight vorüber ist, gehen sie - zum Psychiater! Aber solange die Scheiße andauert, solange du Kote um Kote, Geröllhaufen um Geröllhaufen, Graben um Graben, Dornbusch um Dornbusch eroberst, solange du die Grenzen verschiebst, sieht für dich alles so aus, als ginge es irgendwo hin, als würde sich etwas entwickeln, als gäbe es, wie sie sagen, eine Perspektive!

Das ist ein schweres Problem für uns Armenkrieger! Wie du siehst, rechne ich mich dazu! Ich weiß es, frage mich! Seit der Krieg zum Stehen gekommen ist, seit ich gesehen habe, dass es kein Weiter gibt und dass es das ist (wie weit du gekommen bist, bist du gekommen), fühle ich mich so, genau so!!! Ich habe keine Idee, womit ich mich jetzt beschäftigen könnte! Soll ich Philosoph werden? Oder Pope?! Was?! Was?!

* * *

„Ich sehe, dass du angerufen hast“, sagte ich zu Markatović statt eines Grußes.

„Hast du Zeit für einen Kaffee?“, fragte er. Und fügte sofort hinzu: „Es ist wichtig.“

Er geht mir auf die Nerven mit diesem „es ist wichtig“. Warum kann er mich nicht normal auf ein Bier einladen? Warum kommen wir ununterbrochen zusammen wie zwei Wahnsinnsbusinessmen?

„Bist du allein, oder willst du mich wieder in irgendwelche Kombinationen hineinziehen?“, fragte ich.

„Ich bin allein, Garantie. Mach schon, komm“, sagte er. Dann fügte er hinzu: „Eh, Diana ruft mich an, ich muss mich melden ... Ich rufe in einer Minute zurück.“

Ich wartete. Ich rutschte auf der Couch hin und her. Es reicht, dass mir jemand einen Floh ins Ohr setzt, und ich kann nicht mehr ruhig in der Wohnung sitzen. Vor allem nicht mit solcher Wut im Bauch.

Ich hatte schon die Jacke angezogen, als das Telefon klingelte. Aber das Festnetz.

Das ist nicht Markatović, er ruft mich am Handy an.

Ich stand über das Telefon gebeugt und sah hinunter. Ich habe nicht diesen verdammten Nummernanzeiger.

Es klingelte lange.

Und noch einmal.

Nicht schon wieder Milka, dachte ich.

Wieder klingelte es.

Als ich aus der Wohnung ging, läutete es noch immer – ich knallte die Tür hinter mir zu, als hätte ich mich mit jemandem gestritten.

Als ich auf die Straße hinaustrat, wusste ich nicht, wohin ich kommen sollte. Hat Markatović gesagt, wo er ist? Zum Teufel ... Egal ... Auch besser, dass nicht! Mir reichen diese geschäftlichen Treffen an Orten mit leichter Musik, teurem Bier und Zigarrenrauch. Wenn wir in diesen elitären Löchern trinken, muss ich meistens viel früher kotzen als sonst.

Ich fuhr zum *Limited.*

Markatović hatte sein Gespräch mit Diana wohl endlich beendet und rief wieder an:

„Ich bin schon unterwegs", sagte ich. „Ins *Limited*."

„Ach, das ist für mich nicht gerade auf dem Weg", sagte er.

„Hör mal, ich bin schon da ... Und ich habe einen Platz zum Parken", sagte ich.

„Mensch, ich bin doch im Anzug, und mit Krawatte", sagte er.

„Nimm sie ab", sagte ich.

Er wollte noch etwas einwerfen, aber ich unterbrach ihn: „He, ich muss parken, wenn es für dich wichtig ist, komm ..."

Das *Limited* konnte sich wahrlich keiner geschäftsmäßigen Atmosphäre rühmen: Ich konnte mich kaum bis zur Theke durchkämpfen. Ein bisschen drehte ich mich um, verrenkte den Hals, sah herum, ob es jemand Bekannten gäbe. Hierher kommen gern die alten Kämpfer; Abend für Abend kann man hier die Überlebenden unseres Jahrgangs abzählen. Es gibt keinen Zweifel, wir haben große Verluste erlitten. Das Lokal war voll, aber wenn mich jemand von der alten Garde angerufen und gefragt hätte, wer da ist, hätte ich gesagt: „Gestopft voll, aber keiner da."

Es blieb nichts anderes übrig, als unbekannte Mädchen zu begutachten, auf Markatović zu warten und zu raten, was ihm Neues eingefallen war nach Dolinas Image und dem Börsenhandbuch ... Ich hatte keine Ahnung, warum er so inventiv geworden war. Es sah so aus, als erfände er Geschäfte, nur um die Leute länger am Tisch zu halten. Er hatte diesen fiebrigen Blick. Ich hatte den Eindruck, als würde er sich diese Geschäfte ausdenken, um nicht nach Hause gehen zu müssen. Wir sprachen nicht darüber, aber es schien, als wäre ihm Diana auf gewisse Weise langweilig geworden. Wenn er mit ihr zusammen war, verhielt er sich so, als wäre er überhaupt nicht da. Selbst wenn er von ihr sprach, überkam ihn ein so kummervoller Ton. Er sagte, dass er sie liebe, aber den Weg nach Haus fand er dennoch nicht. Er hatte sich eine Wohnung gekauft, aber es war offensichtlich, dass er nicht gern in ihr war. Er ähnelte ein wenig einem Obdachlosen. Er zog den Arbeitstag bis zum Wahnsinn in die Länge und zog mit dieser Krawatte durch die Stadt. Richtige Geschäftspartner konnte er nicht zu abendlichen Kaffees bestellen, und so benutzte er mich dafür. Er erfand Ideen, so dass es aussah, als würden wir etwas arbeiten. Er führte mich in Lokalitäten ohne Atmosphäre, damit es nicht so aussah, als würden wir dem Vergnügen frönen. Er versuchte so zu trinken, dass es auf keinen Fall nach Lustbarkeit aussah. Er verbarg das ganze Problem vor sich selbst. Unsere Besäufnisse mussten nach Überstundenarbeit aussehen, denn – würde er nicht arbeiten, könnte er ja schließlich auch nach Hause gehen.

Er erschien an der Tür und trotz allem freute ich mich, als er eintrat.

Das war der alte Darker, er hatte die Krawatte abgenommen, den obersten Hemdkragen geöffnet, vielleicht hatte er sogar versucht, vor dem Eintreten das Sakko zu zerknautschen ... Und sagte: „Wartest du lange?"

„Nein, alles okay ..."

„Was gibt's?", nickte er mir zu, nachdem er sich umgesehen hatte.

„Na ja, wir erleiden große Verluste ..."

Er kannte diese meine Phrase und lächelte wehmütig und klopfte mir auf die Schulter: „Du hast keine Ahnung, wie recht du hast ..."

Er bestellte einen doppelten Whiskey mit viel Eis.

„Den ganzen Tag saufe ich diesen Kaffee", klagte er. „Aber jetzt reicht es. Ich werde noch krank davon", sagte er sich rechtfertigend.

Alles war deutlich zu sehen, und so nickte ich mit dem Kopf.

Als er seinen Drink hatte, sagte er: „Da ist ein Tisch frei in der Loge, gehen wir dahin, hier kann man nicht reden."

„Aber hier ist mehr los", sagte ich.

„Mir tut das Kreuz weh, ich war heute zur Massage, ich kann nicht stehen", sagte er.

„Na gut dann", sagte ich.

Mich ärgerte, dass wir uns in die Ecke verkriechen mussten, zwischen die Tische in der Loge. Ich mochte keine statische Aussicht; ich wollte, dass sich vor mir etwas bewegt. Das ist das Mediterrane in mir. Überall im mediterranen Raum – von Nordafrika über Venedig bis Istanbul – hat das Meer die Menschen daran gewöhnt, auf das Herankommen der Wellen zu schauen, auf den Rhythmus selbst ... Dort kannst du egal wo sitzen, auf einer Treppe, auf einem Mäuerchen, auf dem Boden, ziellos, und auf das Gewoge des Meeres oder der Straße schauen. Markatović war ein Kontinentaler und hatte davon keine Ahnung, ihm war der Tisch wichtig und nicht der Blick aufs Meer, und ihm tat das Kreuz weh, und so setzten wir uns an dieses Tischchen, und er fragte mich: „Und, was macht man so?"

Ich überlegte ein wenig, dann sagte ich: „In der Hauptsache warte ich, was passieren wird."

Sein Blick lag auf mir, als wäre ihm etwas Bedeutendes eingefallen. Ich wollte nicht, dass er von dem Börsenhandbuch oder etwas Ähnlichem anfing, und so kam ich ihm zuvor: „Und du? Wie entwickelt sich der Roman?"

Markatović sah mich aus dem Augenwinkel an. „Langsam. Ich arbeite, wenn ich dazu komme ...", sagte er. Und fuhr fort, übergangslos, wie ein schlechter DJ: „Hast du heute an der Börse gesehen ..."

„Bitte nicht über die Börse", unterbrach ich ihn. „Geht das?"

Markatović sah mich verletzt an, und mir kam der Gedanke, ihm zu sagen, dass es das beste sei, wenn er nach Hause ginge ... Oder sich anständig volllaufen ließe ... Es reichte mir schon, ihn so sehen zu müssen, wie er zum Überstunden-Workaholic mutierte, während er vor seiner Frau flüchtete und ununterbrochen von etwas Drittem redete.

„Was hast du?“, fragte er.

„Auch nicht über Dolina!“, fuhr ich fort. „Erwähne ihn bitte nicht mehr.“

„Sorry ... Kein Problem ...“, hob er die Hände.

„Entweder gehen wir nach Hause oder wir trinken wie normale Menschen!“, sagte ich.

Verwirrt sah er mich an.

„Ich weiß nicht ... habe ich dich mit etwas verletzt?“, fragte er fast erschrocken.

Er war ganz geknickt. Auf einmal sah er aus, als wäre er sich all dessen bewusst, und die Falten um die Augen legten sich zu einem besiegten Gesichtsausdruck, der um Gnade bettelt. Ich sah ihn an und nahm Abstand vom vorbereiteten Referat.

Fast war ich von Trauer ergriffen. Ich war nicht mehr im Geringsten scharf auf Streit.

Ich sagte: „He ... Ich steh ein bisschen unter Spannung, das ist alles. Sorry.“

Markatović entsorgte seinen Whiskey und versuchte, gleich eine weitere Runde zu ordern. So gewannen wir Zeit.

Endlich hatte er Erfolg.

Er holte tief Luft, wusste aber nicht, wo anfangen.

„Beschissen ist das alles“, sagte er.

„Aber nicht doch“, sagte ich. „Ich habe Probleme beim Job.“

„Was?“

„Irgend so eine Dumpfbacke treibt mich zum Wahnsinn“, sagte ich. „Ich habe ihn als Reporter im Irak empfohlen, er ist hin, aber jetzt meldet er sich nicht.“

„Uh, unangenehm!“, sagte Markatović. „Was machst du jetzt?“

„Ich warte“, sagte ich. „Noch ist es nicht zu spät, dass er sich meldet.“

„Er meldet sich sicher“, sagte er. Dann setzte er hinzu: „Man soll sich nicht im Voraus in psychischen Stress begeben. Schau, vor ein paar Tagen ist da ein Typ zurückgekehrt, so ein Kameramann, und hör zu: Der Typ hat goldene Wasserhähne aus Saddams Haus in Tikrit geschmuggelt! Das habe ich von einem Typen, der sich mit Antiquitäten beschäftigt, mit …“

Er wollte fortfahren, aber sein Handy läutete. Diana rief an, und er sagte zu ihr, er sitze mit mir zusammen und wir hätten noch einige Dinge zu besprechen.

Wenn ich unbedingt seine Stimme beschreiben muss, würde ich sagen, dass er versuchte, einschläfernd zu wirken. Schon früher hatte ich diesen schwermütigen Ton bemerkt, den er im Gespräch mit ihr anschlug. Alles klang wie eine Ballade über ferne Meeresweiten: Man könnte sagen, Markatović meldet sich direkt in den Äther vom „Seemannsabend“ von der SMS *Trpanj*, die vor Singapur kreuzt, und grüßt seine Frau und seine zwei Söhnchen. Er kann es kaum erwarten, sie zu sehen, aber zwischen ihnen liegt das weite graue Meer.

„Also wirklich, ich sitze mit Tin … im *Limited*, wir haben etwas zu erledigen“, sagte Markatović. Von drinnen hörte man Musik, die den erwünschten Eindruck einer Geschäftsbesprechung zunichte machte: *You gotta fight, for your right, to paaarty …* Diana musste den Eindruck haben, dass wir uns gut amüsierten. Siehst du, dachte ich, Markatović hat recht, wenn er stille, unauffällige Orte vorzieht.

Jetzt starrte er auf das Handy. Sie schien die Verbindung unterbrochen zu haben.

Müde ließ er die Luft aus.

„Sie ist so nervös in letzter Zeit“, sagte er.

„Du arbeitest zu viel“, versuchte ich einen diskreten Hinweis.

„Aber ich muss“, seufzte er und wurde nachdenklich. Dann fragte er unvermittelt: „Hast du das von der Rijeka Bank gehört? Heute an der Börse ...“

Ich sah ihn an. Das ist wirklich eine Krankheit, dachte ich.

„Markatović, ich bitte dich inständig, hör auf, dich so zu benehmen, als würden wir hier etwas arbeiten!“, wurde ich ungehalten.

Er sah mich an, als hätte ich jetzt wirklich das Maß überschritten.

Ich sah, er fühlte sich beleidigt. Auch seine Toleranz kannte Grenzen.

Und so sagte er: „Was ist in dich gefahren, ich frage dich das Allernormalste!“

Ich wollte nicht, dass wir uns wegen eines totalen Missverständnisses zerstritten, und sagte beschwichtigend: „Ich habe es gehört. Es war in den Abendnachrichten. Ich hätte es auch früher hören müssen, habe ich aber nicht.“

„Aha.“

„Eh, Markatović, es ist Nacht, tiefe Nacht, es ist zu spät für Geschäfte. Dort drinnen wackeln die Girls mit dem Hintern“, sagte ich.

„Das mit der Rijeka ist eine ernste Sache“, murmelte er.

Ich sah irgendwohin nach oben ... „Das Schönste ist“, sagte ich, „wenn der Mensch vor sich flüchten kann dank irgendwelcher Medienereignisse! Alle diese Affären klingen so wichtig, und niemand kann dich hindern, darüber zu reden, obwohl du aus einem völlig anderen Grunde im Arsch bist.“

Markatović sah mich beleidigt an, mit extremem Unverständnis.

Ich habe keinen mehr, mit dem ich verkehren kann, denke ich. Es ist vorbei. Ich muss irgendwelche anderen Leute finden. Wegziehen.

„Jemand hat es vor den Übrigen gewusst und hat verkauft. Sicher jemand aus der Bank", informierte mich Markatović.

„Und? Was jetzt? Willst du, dass ich darüber ein Buch schreibe?"

„Die Aktie wird in den Sturzflug gehen", sagte er.

„Ja", grinste ich. „Wahrscheinlich bis Null."

Ich grinste grundlos, hob das Glas und stieß damit gegen seines, aber Markatović sah mich von unten her an.

„Glaubst du?", fragte er.

„Ach Quatsch", sagte ich. „Das ist nicht meine Sorge. Kannst du das verstehen, zum Teufel?!"

Er seufzte wie der einsamste Mensch auf der Welt.

Wir nahmen jeder einen Schluck, dann sagte er: „Ich bin drin."

Ich sah ihn an. Er war todernst.

„Warte, du hast Aktien?", fragte ich. „Von der Rijeka Bank, von der RIBAG?"

„Aha", nickte er. „Und das einen ganzen Haufen."

Ich wusste nicht, was ich darauf sagen sollte. Ich war irgendwie auf dem falschen Fuß aufgestanden.

„Und wann bist du eingestiegen?", fragte ich.

„Du wirst es nicht glauben, heute Morgen", sagte er und sah in sein Glas, als überlegte er, ob er es sich am Kopf zerschlagen soll.

„Menschenskind, dann bist du seit gestern auf Coke ... Hast du überhaupt geschlafen?"

„Ach was, ich bin völlig rational eingestiegen", sagte er finster. „Das ist eine Bank, die von den Deutschen gekauft wurde, verdammte Scheiße!"

Ich nickte mitfühlend. Ja, auch die Deutschen sind nicht mehr das, was sie einmal waren. Kaum kommen sie zu uns, kippen sie.

Er fuhr fort: „Ich habe da einen Haufen Kohle reingesteckt, auch das, was heute Morgen von Dolina eingegangen ist ... Ich beobachte diese Aktie, sie oszilliert ... Ich habe einen Onlineticker am Computer, ich habe alles mitverfolgt: Der Ankauf war stark ... Ich dachte, ich erwische die Welle und steige aus, wenn sie ein bisschen raufgegangen ist, so habe ich vor zwei Monaten mein Geld gemacht, aber eine kleinere Summe. Jetzt wollte ich den Moment ausnützen, wo ich mal Bares auf dem Konto habe ..."

Mir war nichts klar. „Warte, heute Morgen ist sie gestiegen?"

„Ja, aber später habe ich kapiert, dass die Manager der Bank die Nachfrage künstlich hochgetrieben haben ... Um dann ihre Anteile abzustoßen. Offensichtlich hat die Bank die eigenen Aktien gekauft, und wir anderen haben uns angeschlossen ... Die Scheißkerle haben von den Verlusten gewusst. Und ein Manöver gestartet wie Tito an der Neretva."

„Typisch über den Tisch gezogen!", schüttelte ich den Kopf.

„Jetzt kann ich versuchen, sie morgen früh zu verkaufen, aber das wird ein solcher Verlust, dass … dass … dass ich fertig bin ... Ich werde meine vereinbarten Geschäfte nicht abwickeln können", stammelte er.

Da geht er hin, mein Bürge, dachte ich.

„Die andere *solution* ist warten", fuhr er fort. „Dass sie die Sache sanieren. Die Bayerische Landesbank ist eine angesehene ..."

„Stimmt. In Deutschland", sagte ich nüchtern. „Aber ich habe den Eindruck, als spielten sie hier anderes. Sie können nur den Rückzug antreten."

„Dann muss der Staat eingreifen, jemand muss!", Markatović breitete die Arme aus.

Ich sah ihn an mit einer Spur von Gewissensbissen wegen des Spottens von vorher.

„Aber das ist keine staatliche Bank mehr", sagte ich.

„Ja, aber ich kann rechnen, pass auf." Hier hielt er kurz inne und begleitete mit abwesendem Blick die Hinterpartie eines Mädchens, das hinausging ... Dann fuhr er fort, als sagte er etwas Vertrauliches: „Pass auf, eine Menge Firmen in der Region Rijeka sind von der Bank abhängig, und da rechne ich damit, dass die Regierung nicht zulässt, dass alles zusammen mit mir zum Teufel geht ..."

„Hat Logik", sagte ich mitfühlend.

„Soll ich warten oder nicht?", fragte er.

Ich hatte keine Ahnung.

„Sag, was denkst du?", flehte er. Sein Gesicht hatte sich verändert. Mit einem Mal sah er mich an wie ein großer Junge. Ich musste an die Figur denken, die zusammen mit mir an der Uni inskribiert hatte. Ich sehe, er verlässt sich auf mich als Menschen aus den Medien. Er möchte glauben, dass ich informiert bin.

„Und?", fragte er.

Ich sehe, dass er ganz schrecklich an mich glaubt.

„Ich weiß nicht", sagte ich.

Er beugte sich vor und fragte mich heiser flüsternd: „Was sagt dir dein *Instinkt*?"

Ich rückte ein wenig zurück und sah in sein gezeichnetes Gesicht, dann setzte ich hinzu: „Ich weiß nicht. Es ist schwer, so viel zu verlieren. Ich weiß nicht, ich würde vielleicht warten. Aber das ist nur so ein Feeling."

„Du würdest warten, ha?", der Glanz kehrte in seine Augen zurück.

„Ich meine, ich habe keine Ahnung ... Ich versuche nur, mich in deine Situation zu versetzen", grenzte ich mich ab.

Trotzdem hellte sich Markatovićs Gesicht auf, als hätte er endlich eine gute Nachricht erfahren.

Er suchte etwas in den Taschen.

„Hast du das Coke probiert?", fragte er.

„Das lass ich für morgen", sagte ich.

„Ich gehe mich etwas frisch machen“, sagte Markatović und ging Richtung WC.

* * *

`Hier gibt es nichts zu kaufen, habe die letzten zwei Zigaretten aufgeraucht, nirgends ein Kiosk, nur Panzerfahrzeuge und Wüste, niemand verkauft Eis am Stiel, es gibt auch diese Mutter Courage nicht, die den Wagen zieht, ich weiß nicht, was du da erwähnt hast, was dein Mädchen spielt, ich habe es nicht richtig verstanden, ich könnte dich anrufen, um dich zu fragen, das interessiert mich sehr, aber sie haben uns gesagt, wir sollen mit dem Thuraya aufpassen, denn sie können uns orten, und es wäre totaler Blödsinn, wegen des Theaters draufzugehen, obwohl ich es schätze, sehr schätze ...`

* * *

Als Markatović aus dem WC zurückkam, machte er ein Gesicht, als versuchte er, sich an etwas zu erinnern. „Und was sagst du? Der Typ meldet sich nicht aus dem Irak?“

„Aha. Und dann ist der Kerl noch ein Verwandter von mir“, sagte ich.

„Uh“, holte er tief Luft, als wäre ihm jetzt alles klar. Er verzog das Gesicht, blies den Rauch aus: „So bin ich mit meinem eigenen Vater auf den Arsch gefallen ...“

Ich war ein wenig enttäuscht, dass Markatović das Gespräch sofort auf sich lenkte, aber er fuhr fort: „Seine Firma war von so einem windigen Burschen gekauft worden, von wegen, er wolle investieren, aber er hat nur die Immobilien weiterverscherbelt ... Und ab und weg!“

„Klar doch“, sagte ich. Hundertmal hatte ich über dieses Szenarium geschrieben ... Die Meute hatte mir ein paarmal gedroht.

„Und hör zu, ich wollte den Alten einstellen, damit er nicht in Depression fällt ... Aber er hat mich total wahnsinnig gemacht! Keine Ahnung haben, aber sich in alles einmischen, ständig ruft er an, gibt Ratschläge, wie ein Vater eben ... Es macht ihn fertig, dass ich nicht auf ihn höre! Und er hat angefangen, ernsthaft zu trinken ... Ich lasse ihn nichts mehr für mich machen. Aber ...“ Er grinste und sah irgendwohin auf den Boden ... „Irgendwie kann ich ihm nicht kündigen.“

„Und was willst du mit ihm machen ...“, sagte ich.

„Ich warte dringend darauf, dass er in Pension geht“, sah er mich an, als sagte er die komischste Sache von der Welt. „Er hat noch zwei Jahre.“

TAG DREI

Red Bull-Blues

Um mich herum lauter Eskimos.

Sie begraben mich im Eis, und ich finde, sie tun mir etwas Gutes – denn so wird mich jemand eines Tages gut erhalten wieder ausgraben können, wenn man gegen meine Krankheit eine Arznei gefunden haben wird.

Dann gehen die Eskimos wieder weg, singend.

Danach kommt, schwerfällig, ein großer Polarbär, der, der immer Coca-Cola trinkt.

Hinter ihm kommt eine ganze Familie weißer Bären und setzt sich auf mein Grab.

„Hm, vielleicht bin ich ja nicht ganz tot", denke ich, während ich zu ihren Hintern emporsehe.

Die aber – werden größer und größer.

Ihre Hintern sind warm, und das Eis darunter schmilzt.

Und so sehe ich ihnen entgegen.

An dieser Stelle klingelte zum Glück mein Wecker.

Noch vor dem Zähneputzen und dem Morgenkaffee schaltete ich den Laptop ein. Ich loggte mich ein, die Mails sprudelten nur so, ich war noch halb im Schlaf ... *A big penis is not an illusion anymore*, informierte mich jemand mit besten Absichten. Man bot mir Viagra und die Mitgliedschaft in einem Kontaktklub an, über den bereits fünfundsiebzig Prozent der Mitglieder erfolgreich zum Vögeln gekommen war. Mir wurde eröffnet, ich hätte zweihundertsechstausend Pfund in der britischen Nationallotterie gewonnen, aber ich konnte dem nicht ganz glauben, denn ich hatte, welch ein

Zufall, gleichzeitig sechshundertsiebenundsechzigtausend Euro in der spanischen Lotería Nacional gewonnen. Jeden Tag gewann ich in der Lotterie und hatte die Chance, mit einem großen Penis zu vögeln, aber ich konnte mich nicht mehr daran freuen – das ist es, was man mit Sättigung bezeichnet ... Da war auch eine Mail von Kofi Edwards, Direktor der Fidelity Bank in Nigeria, wo aufgrund besonderer Umstände zwanzig Millionen amerikanische Dollar auf einem Konto festlagen und mich nun der alte Kofi um die Gefälligkeit bat, sie für ihn zu beheben. Was soll ich sagen, lauter gute Nachrichten. Aber von Boris nichts.

Sanja kam herein, als mir der Schaum von der Zahnpasta übers Kinn rann. Sie lacht immer über mich, von wegen, ich könne mir nicht die Zähne putzen, aber jetzt – konnte man sehen, dass sie nicht lachen *wollte*. Es war ein Lächeln auf der Flucht. Sie hatte die Zeitung bei sich, und mir war sofort klar: Sie ist drin. Ich denke, sie hatte vom Kiosk bis zur Wohnung diesen *Nichts-Besonderes*-Gesichtsausdruck geübt, ihn aber nicht durchgehalten.

Nachdem ich den Schaum ausgespuckt hatte, sagte ich: „Wow! Da ist doch nicht etwa das erste Interview mit unserer Kleinen erschienen?!"

Sie musste über ihr Unbehagen lachen. Das Aufdecken der Eitelkeit, das ist Intimität, dachte ich. Vor den anderen wird sie die Maske der jungen Dame aufsetzen, die all das *gewohnt* ist, aber vor mir ... Ein paar Mal hüpfte sie wie ein kleines Mädchen und machte Geräusche, als imitiere sie eine Polizeisirene. Ich küsste sie auf die Nase. Vielleicht übertrieben wir auch ein bisschen, aber das erste Interview ist das erste Interview!

Und da sitzen wir am Tisch, schubsen uns mit der Schulter, und im Kulturteil des *Dnevnik*, bei der bösen Konkurrenz, diese Schlagzeile: *DIE CHEMIE AUF DER BÜHNE*

HAT GEFUNKT. Darunter ein Foto von ihr und Jerman, im Feuer des Spiels, auf der Probe ... Er hält sie um die Taille gefasst ... Hm ... Gut, beruhige ich mich, halte du sie nur um die Taille gefasst ... Aber diese Schlagzeile haben die GEP-Leute gebastelt, und mein Herz röhrt wie ein Diesel am Wintermorgen, da muss ich doch einmal fragen: „Warte, was bedeutet diese Schlagzeile?"

„Was?"

„Es klingt so, als hätte die Chemie zwischen dir und Jerman gefunkt ..."

„Bist du verrückt?", sah sie mich von unten herauf an.

Soll mir diese Antwort genügen, fragte ich mich.

Ich konnte das Gespräch nicht im revialen Ton fortsetzen.

„Es ist doch wohl nicht so ... dass du in deiner Begeisterung ... die Zweideutigkeit dieser Schlagzeile nicht bemerkt hättest", sagte ich.

„Jetzt komm aber ...", sagte sie. „Ich habe sie sehr wohl bemerkt, aber ... Das hat nichts zu sagen."

„Sag mir: Betrügst du mich?", fragte ich rasch.

„Nein", sagte sie und sah mich mit festem Blick an, setzte aber sofort dagegen: „Und du mich?"

Ein wenig war ich überrascht. Wieso jetzt ich?

„Nein", sagte ich.

„Findest du andere Frauen attraktiv?", fragte sie.

„Woher jetzt das?" Was für ein Gegenangriff, dachte ich.

„Findest du sie attraktiv?"

„Ich denke ... nein", sagte ich.

Dann fragte ich und fühlte, dass alles falsch läuft: „Und du andere Männer?"

Sie sah mich ein wenig feindlich an und sagte: „Nein."

„Sorry", sagte ich.

„Okay", sagte sie. Nach einer Pause setzte sie hinzu: „Ochse!"

Mich beruhigte, dass sie wütend geworden war.

Besser, wir lassen das Thema, dachte ich. Besser nichts wissen. Mich ziehen, verdammt noch mal, andere Frauen an, warum sollten sie mich nicht anziehen? Die ideale Disziplin in der Liebe, dachte ich, gibt es nicht ... Völlig unmöglich, dass mich andere Frauen nicht anziehen. Aber ich halte mich zurück.

Ist das so auch bei ihr?

Besser nicht darüber nachdenken, dachte ich. Das hier ist nur ein Schmierblatt. Sobald es sich um ein Mädchen handelt, muss die Überschrift zweideutig sein, und wenn du dich auf den Kopf stellst. Der Männerchauvinismus der Medien ist mich noch nie so angegangen.

Da gab es noch zwei Fotos, auf denen sie allein ist; Posen, Studien. Ich betrachtete diese Fotos ... Früher ist sie mal direkt mager gewesen. In diesen vier Jahren hat sie, das ist schön zu sehen, hübsche Rundungen bekommen. Sie hat – steht unter dem Foto – alle Voraussetzungen für einen Star. Das assoziiert man offenbar mit Sexsymbol und Vamp.

All das kommt mir seltsam vor.

Im alltäglichen Aussehen hat sich Sanja gegen ein solches Bild von sich gewehrt. Sie hat jugendlichen Unisex, Jeans und Tennisschuhe forciert. Aber ich sehe gerade, wie dieses Verteidigungsimage aufs Altenteil geht.

Ich sah diese Fotos ... Sie haben sie im Kostüm aus der Vorstellung aufgenommen, es ist billig und aufreizend. So ist ihre Rolle, was kann man da machen. Aber dieser katzenhafte Blick, diese nackte Taille, diese vorwitzige Brust unter der leichten Bluse, dieser Schenkel, in Farbe ... Und schon verschwamm alles, ich verspürte den Schauer einer Erektion und startete zu den legendären Handlungen: Ich fasste sie an den Po ... Ich küsste sie in den Nacken ...

Aber sie schob mich weg: „He, ich sehe, dass dir die Fotos das einzige Wichtige sind!“

Ich gaffte wie ein in die Schranken gewiesener Kretin.

„Komm, wirf mal einen Blick auf das, was da steht ..."
„Ja, ja", sagte ich und nickte.
„Ach, so werden alle Reaktionen sein, das weiß ich jetzt schon", jammerte sie.
„Nein nein", sagte ich. „Das ist es nicht, sondern ..."
Jetzt sah ich also wieder auf das Interview. Mit traurigem Gesicht und dem Rest der Erektion.

In dem Interview spricht Sanja über die Inszenierung. Eh ... Genauer, sie glaubt, darüber zu sprechen. Aber mit jungen Schauspielerinnen hat noch nie jemand über das Theater gesprochen. Es ist sofort klar: Das ist der offizielle Anlass, aber niemanden interessieren ihre Ansichten zur Kunst. Die Fotos sind tatsächlich wichtiger. In der Einleitung haben sie zwar gezwungenermaßen Brecht erwähnt, und der Schauspielerei haben sie höflichkeitshalber die erste Frage gewidmet ... Und so hat sie das mit der *Chemie auf der Bühne* angebracht. Dann sind sie langsam, fast unmerklich, zu den persönlichen Dingen übergegangen und haben sie *reihenweise* mit Fragen bombardiert: *„Wie vertragen Sie sich schauspielerisch mit Leo Jerman, ihrem Hauptpartner?"* Sie sagt, dass sie sich ausgezeichnet vertrügen, und so weiter, und sie fragen sie: *„In dem Stück haben sie eine Nacktszene und eine Reihe ziemlich ‚hautnaher' Situationen. Wie schwer fällt es Ihnen, das zu spielen?"* Sie sagt, dass sei ihr Job und sie habe dazu einen professionellen Zugang, und sie haken sofort nach: *„Auf welche Weise und wie oft studieren Sie diese Liebesszenen ein?"* Hm, *„wie oft"*, verdammt hinterfotzig ... Hier driftet das Gespräch zur Soft-Erotik ab und kehrt nicht mehr zur Kunst zurück. Dann fragen sie nach ihren Verbindungen, um herauszukriegen, *„wie sehr ihr die persönliche Erfahrung bei der Interpretation der Figur entgegengekommen ist"*. Irgendwie kommen sie zu ihrer *„gegenwärtigen Verbindung"* – das bin ich, denke ich –, aber sie sagt, dass sie ihr Privatleben für sich behalten möchte, worin ich sie völlig unterstütze, so dass mir nicht klar ist, weshalb ich eine Spur enttäuscht bin, dass sie mich nicht erwähnt hat. Dann fragen sie sie, ob sie sich, falls sie ein Angebot bekäme, *„für die Notwendigkeiten des Films"* ganz ausziehen würde *(„Für einen guten Film, eine gute Rolle und gutes Geld – ja")*, dann fragen sie, wie wichtig ihr der Sex im Leben sei und ... *„Haben die anstrengenden Proben einen Einfluss auf Ihr Sexualleben?" („Ha, ha, ha, ein wenig schon.")*

Und alles so: nichts über Antiglobalismus, nichts über George Bush, nichts darüber, worüber sie zu Hause philosophiert. Sie hat es gar nicht mitgekriegt.

Ich weiß, ich weiß, wie das läuft: Die Journalistin tritt kumpelhaft auf, sie lullt dich ein, von wegen ein kleines harmloses Gespräch beim Kaffee, nicht zu anspruchsvoll ... Und schon hängst du am Haken. Sanjalein hat überhaupt nicht bemerkt, dass sie in das Genre Interview mit einer Blondine hineingerutscht ist; man wird ein bisschen reden, aber das ist unwichtig, verglichen mit den Fotos. Verdammt, sie ist da hineingelatscht wie eine Osteuropäerin in den Kapitalismus! Hat sie mir nicht erst gestern einen Vortrag über die Medien gehalten, darüber wie wir bestimmen, was normal ist ... Und dann kopfüber ins Stereotyp! Ich schäume, wenn ich so etwas lese. Jetzt wird sie wenigstens begreifen, dass es bei der Zeitung etwas schwerer ist, seinen eigenen Film zu spielen. Du stehst dort, wohin man dich stellt! Sie geben dir ein Formular, und du füllst es aus wie eine Steuererklärung! Wenn du eine junge Schauspielerin bist, die in einem renommierten Sprechtheater an der Peripherie Europas die Titten zeigen soll – zieht dich auch kein Brecht aus der Scheiße!

Ich hatte sie vorher auf all das hingewiesen, aber wohl nicht genügend. Sie hatte es eingesehen und gesagt, ihr sei alles klar. Aber ich sah, wie diese Gespräche sie deprimierten. Ich hatte Angst, sie könnte denken, ich wollte ihre Karriere kontrollieren. Ich hatte Angst, mit dieser Besorgtheit zu übertreiben. Ich hatte letzten Endes Angst vor meiner Eifersucht, meinem Wunsch nach Moralisieren und Herrschen. Früher einmal hatte ich all diesen patriarchalen Dreck im Kopf. Ich schien ihn in den Genen zu haben. Er schwimmt einfach auf. Es gab Kombinationen, in denen ich mir überhaupt nicht gefiel. Jetzt passe ich auf. Ich passe auf, dass es mir nicht kommt.

Und sie hatte gesagt, sie würde aufpassen bei diesen Interviews ... Und da siehst du es.

„Habe ich etwas Falsches gesagt?", fragte sie.

„Aber nein", sagte ich. „Sondern das ganze Konzept, dieses ..."

Sie wartete, dass ich fortfuhr, aber ich tat, als könnte ich nicht das richtige Wort finden.

Ich sagte: „Das ganze Konzept ist so, ich weiß nicht, so ... Verstehst du, ein bisschen so ..."

Ein Glück, dass die Jungen so reden, da kann man hier und da den Dummsprech auch für diplomatische Zwecke verwenden.

* * *

Seien wir real, ich weiß ja selbst nicht, wie sie darauf hätte achten sollen, außer dass sie keine Interviews gibt. Schauspielerinnen sind den Klatschjournalistinnen ausgeliefert – wollte sie darauf warten, von einem Theaterkritiker interviewt zu werden, könnte sie bis zur Pension warten. Kritiker haben noch nie Schauspielerinnen interviewt, denn sie wissen nichts über das Schauspielen. Niemand weiß etwas über das Schauspielen, obwohl es so allgegenwärtig ist ...

Vielleicht gerade deshalb, dachte ich. Schauspielen ist das Paradigma der Epoche; alle leben sich in etwas ein. Schauspielen ist der Extrakt der *Wahlfreiheit.* Niemand ist mehr verpflichtet, das Erbe einer Identität anzutreten, jeder kann sich selbst erfinden, einen auf Kurt Cobain, Madonna oder Bill Gates machen. Früher wurdest du als Fronbauer geboren und bist als Fronbauer gestorben. Da hat man gewusst, wohin man gehört. Heute kann theoretisch jeder egal wer werden, jeder ist verpflichtet, seine Persönlichkeit zu suchen und, wie es so schön heißt, „sich selbst zu finden". Selbst Prinzessin Diana war auf der Suche nach sich selbst ... Aber das war, dachte ich, eben das Unverzeihliche, denn *the Royal Family* ist ein Relikt der Vorschauspielzeit, ein Symbol der Identität ... Und muss genau das sein, was sie ist. Ihnen ist als Einzigen untersagt, „sich selbst zu suchen".

Diana hat sich selbst gesucht, und darin zeigte sie Nähe zu den sogenannten gewöhnlichen Bürgern, die in Wirklichkeit ungewöhnlich sind.

Gestern habe ich das über Hendrix gelesen. Wie er auf der Suche nach sich selbst war, wie er sich in andere hineingelebt hat ... Hendrix wollte noch im Sommer 1966, als er im New Yorker *Cafe WHA?* spielte, aussehen wie Dylan! Ständig hatte er Lockenwickler im Koffer mit, er glättete sein Haar, um seine Dylan-Frisur zu erhalten! Das war überhaupt nicht Hendrix!

Er war auf der Suche nach sich selbst, er wusste nicht, wer er war. Allen in Amerika war klar, dass ein Farbiger kein Rocker sein kann ... In Wahrheit gab es Hendrix überhaupt nicht, bis er aufgrund besonderer Umstände nach London kam, wo sie in ihm so etwas sahen wie ein Wunder, eine Exotengattung, und da warf er die Dylan-Wickler in die Ecke, er wollte so verrückt wie möglich aussehen, er verpasste sich diese Afro-Frisur und fing an, sich diese abgedrehten Sachen in den Second-Hand-Boutiquen *Granny Takes A Trip* und *I Was Lord Kitchener's Valet* zu kaufen. Er wollte aussehen, als wäre er gerade vom Mars gekommen. Er flippte leicht aus und wurde Jimi Hendrix.

Aber sein Vater, daran musste ich denken, hatte keine Ahnung mehr, wer er war.

Das war die Revolution. Er hatte sich selbst erfunden: Vor Hendrix hatte es niemanden gegeben wie Hendrix. Wenn du eine neue Rolle erfindest, eine neue Figur, veränderst du die Kultur. Die Suche nach der eigenen Rolle, die Wahl der persönlichen Fiktionen, das Sicheinleben, das verändert am Ende sogar die Welt ... Schauspielen ist der Zustand der Welt, ist kulturelle Praxis, ist das Produkt der Freiheit! Alle sind wir Schauspieler auf der Suche nach unserer Rolle. Alle imitieren jemanden, und wenn bei dir die Komponenten zusammenpassen, funktionierst du vielleicht wirklich wie Hendrix.

Es gibt kein Beerben. Vorbilder werden nicht mehr nach dem Prinzip der Nähe gewählt. Der Sohn möchte nicht dem Vater gleichen, nicht einmal auf dem Dorf. Die Tochter möchte nicht ihrer Mutter gleichen, sondern Madonna. Das ist der Kampf der Einflüsse, der Kampf der Bilder. Wenn die Tochter, in einigen Jahren, begreift, dass sie sich verhält wie ihre Mutter und nicht wie Madonna, ist die Schlacht verloren. Aber ein Teil der Persönlichkeit akzeptiert die Niederlage lange, sehr lang nicht. Die Bilder bleiben in einem Paralleluniversum, in einer Parallelidentität, in den Träumen.

Schauspielen ist das Grundwerkzeug zum Überleben. In Wahrheit ist es seit jeher so gewesen, war mein Gedanke. Das Sicheinleben ist die Basis der Persönlichkeitsentwicklung, das war immer so. Wenn es heißt „sei ambitiös“, bedeutet das: Wähle eine starke Rolle. Und lebe dich ein.

Aber jetzt ist die Auswahl der Rollen größer. Demokratisch. Groß ist das Angebot auf dem Markt der Identitäten. Deshalb ist der Sozialismus gescheitert. Er bot nicht genügend Optionen, nicht genügend Masken, nicht genügend Subkultur, nicht genügend Filmchen. Es gab zu wenig Rollen, zu wenig Images, zu wenig Tennistypen. Das Angebot war fast mittelalterlich. Es gab sogar zu wenig Nationen. Zu wenig Staaten. Zu wenig Variationen, zu wenig winzige, narzistische Unterschiede. Zu wenig Medien.

Jetzt sind wir alle Schauspieler, dachte ich weiter. Wir tragen unsere Kostüme, treten auf in der Welt. Was haben sich die Theaterkritiker darin einzumischen? Schauspieler gehören in die Rubrik „Leben", denn Schauspielen ist in Wahrheit nicht Schauspielen, sondern Leben. Der Schauspieler ist das Idol dieser Zeit, das Symbol der Freiheit, der Freiheit der Wahl. Aber jedes Idol muss dafür bezahlen, dass es ein Idol ist ... Worüber wundere ich mich dann? Schauspielerinnen fallen den Tratsch-Journalisten zu, so wie der Infanterie die Kriegsbeute zufällt.

* * *

„Was bist du so in Gedanken?"

„Ich weiß nicht, da hat sich wohl mein *stream of consciousness* eingeschaltet ... Mir ist komisch dabei, dieses Interview zu lesen und die Fotos zu sehen … Aber ich werde mich daran gewöhnen."

Das war es nicht, was sie eigentlich hatte hören wollen.

„Du denkst, es ist eine Katastrophe, oder?", fragte sie so ängstlich, dass sie mir leid tat.

Ich sollte sie nicht in Depressionen stürzen, dachte ich. Sie ist erst am Anfang, beeindruckt von der Aufmerksamkeit der Medien, fasziniert von dieser Umschichtung der eigenen Identität. Ich sehe sie: Sie sieht diese Seiten und fühlt, dass sie nicht mehr gewöhnlich ist. Es erregt sie dieses luftig flatternde Bild von sich selbst. Wenn dir jemand, fast gewaltsam, den Charakter nimmt, bietet sich dir die Gelegenheit, ohne jedes Schuldgefühl leicht zu sein wie ein aufsteigender Ballon.

„Ist ja keine Katastrophe", sagte ich. „Du hast nichts Falsches gesagt. Das ist das Genre des leichten Interviews. Und so ... Das ist es. Wir wollen es nicht dramatisieren."

„Wir wollen es nicht dramatisieren“, sagte sie. „Aber wir sind nicht gerade glücklich.“

„Bist du glücklich?“

„Ich weiß es jetzt nicht. Ich dachte, dass du dich freuen würdest ...“

Ich habe genau das getan, was ich nicht hätte tun dürfen, dachte ich. Ich habe ihr die Freude verdorben.

„Es ist alles okay“, sagte ich. „Ich bin nur ein wenig verwundert, das ist alles …“

„Ich auch“, sagte Sanja.

„Ja ... Du gewöhnst dich daran“, sagte ich.

„Zwei Seiten“, sagte sie, als würde sie sich wundern.

„Nicht schlecht für den Anfang“, sagte ich, am Tischrand schmachtend.

Sie las es erneut. Mal hatte sie ein Gesicht wie ein strahlendes Kind, mal wie eine besorgte Mutter.

„Ich muss Interviews geben“, sagte sie. „Sonst hört niemand von mir.“

„Du brauchst dich nicht zu rechtfertigen“, sagte ich.

Sie sah mich schräg an, als wollte sie mich einschätzen.

Ich muss das positiv sehen, sagte ich zu mir. Ich weiß, wer sie ist, und ... und was kümmert mich, wie es die Öffentlichkeit aufnehmen wird, was die Wirtshauskommentatoren sagen werden und wer weiß wer? Würde sie sich mit all dem belasten, würde sie die Lust verlieren, und alles würde unfertig bleiben, wie meine dramaturgischen Schöpfungen.

„Komm, das ist alles super“, sagte ich. „Ich bin ein wenig verkatert von gestern Abend, das ist es.“

„Lass mich den kleinen Teufel spüren ... Tu Zucker in den Kaffee rühren“, summte sie.

„Lass dich vom Hyazinthenduft verführen“, setzte ich nach, wo wir schon beim Blödeln waren.

* * *

In diesem Irak werde ich nichts vors Rohr kriegen. Es gab da eine Libanesin, eine Journalistin, die mich zweier, dreier weiblicher Blicke teilhaftig werden ließ, was mir schon lange nicht mehr widerfahren ist, sie ist dann aber schnell mit ihrer Crew verschwunden, als hätte ihre Mutter sie zum Essen gerufen ... Diese Libanesinnen sind meine einzige Hoffnung, sie sind für Wüstenbedingungen relativ liberal, die Fatamorgana hat mich getroffen, als sich der Jeep entfernte, eine schwere Fatamorgana für meine Seele im Außeneinsatz, als ich Ärmster sie schaute ...

* * *

„Heute werden wir uns die Wohnung nicht ansehen?“, sagte ich, fragte ich.

„Wir haben doch Premiere“, sagte sie.

„Gut, deshalb sage ich es ja.“ Und setzte hinzu: „Nein ... Nein, bereite du dich nur vor ...“

Sie lächelte mich flehend an, als wollte sie meine Heiterkeit beschwören.

„Ist alles okay“, setzte ich hinzu. „Ein wenig tut mir der Kopf weh ... Gestern hat mir Markatović mit seinem Gerede den Rest gegeben.“

„Was ist mit ihm?“

„Seine ewigen Geschäfte ...“

Sie verzog den Hals und meinte an Scherzes statt: „Gut jetzt, du brauchst mir nicht mit der Geschäftsgeschichte zu kommen. Ihr habt euch betrunken, das ist es.“

Ich weiß. Trotzdem, ich stelle mir vor, wie Diana dasselbe zu Markatović sagt.

„Okay“, sagte ich. „Wenn du das sagst.“

Auf einmal klang ich beleidigt.

„Ich mach dir doch keinen Vorwurf!“, sagte Sanja. „Ein Scherz.“

„Dann ist es ja gut.“

Ich trat die halb gerauchte Zigarette aus und betrat die Redaktion mit einem widerlichen Geschmack im Mund.

* * *

Ich kam an dieser *Last-minute-travel*-Agentur vorbei. An Thailand, Kenia, Kuba ... Im zweiten Gang, bevor ich Schwung holte. Vielleicht sollte ich eine weite Reise buchen und untertauchen wie Boris, dachte ich. Schon immer stand bei mir, in meinen Träumen, die Tür sperrangelweit offen ... Aber nein, nein! Da hatte ich doch gerade beschlossen, mich zu behausen, eine Wohnung zu kaufen, Wurzeln zu schlagen! Das ist das, was ich möchte, nicht wahr?

Keiner weiß mehr, wie man leben sollte, dachte ich.

Keiner weiß mehr, ob sein Leben das wahre ist ... Oder ob es grundlegend geändert gehört ... Vielleicht schon morgen.

Diese ganze Wahlfreiheit bringt Unsicherheit mit sich, dachte ich. Ehrlich gesagt, bin ich nicht unbedingt offene Horizonte gewöhnt.

Da war der Kommunismus, dann der Krieg, dann die Diktatur ... Konstant ins Hirn geschissen. Wenn du in solchen Systemen lebst, fügt sich die Situation wie durch ein Wunder so, dass du kein Geld hast für große Experimente. Dein Leben verengt sich, du gehst den schmalen Pfad. Du hältst dich an deine lokale Position und wartest, dass alles das vorübergeht.

Gut, in den Neunzigern, in den Kriegsjahren, habe ich es mit Amsterdam, London und Rom versucht. Aber nirgends habe ich es länger als anderthalb Monate ausgehalten ... Ich hatte keine Lust zu kellnern, in Restaurants Teller zu waschen, in Schuppen zu schlafen und ihre Sprachen zu lernen, in denen ich nicht geistreich zu sein verstand. Nicht nur dass du am Boden bist, sondern du kannst nicht einmal darüber lachen. Keiner kapiert deinen Text, und du fühlst dich, als gäbe es dich gar nicht. Es war mir einfach nicht gelungen, ich zu sein. Du musst dir ihren Blick zu eigen machen – Illusion, ihnen erklären zu wollen, wer du bist.

Hier kann ich wenigstens in den Zeitungen schreiben, wie immer sie auch sind. Dort hätte ich nicht einmal ein beschissener Journalist werden können. Es sind nur wenige Leute aus meiner Generation, die hinausgegangen sind und etwas daraus gemacht haben. Vermutlich haben sie sich fürchterlich anstrengen müssen. Ich wusste, dass ich nicht dazugehöre. Aus dieser inferioren Position heraus hatte ich auch keine Lust, es zu versuchen. Aus diesen Weltmetropolen ging ich nach Kroatien zurück und war furchtbar glücklich, in mein Land zurückzukehren. Als ich ankam, kaufte ich auf dem Bahnhof sofort eine Zeitung und war geschockt von den Schlagzeilen. Aus der Zeitung sprangen mir die Armseligkeit, die unglaubliche Dummheit, aber auch das Böse entgegen. Gleich auf dem Bahnhof befiel mich die Depression. Wo mich verstecken? Wohin verschwinden? Der Manövrierraum war entsetzlich eng.

Ich blieb hier, eingekeilt und verrammelt, und wartete auf bessere Zeiten. Schon zehn Tage später hatte ich völlig vergessen, dass ich jemals draußen gewesen war, denn unsere Realität war aufdringlich: so viele Leidenschaften, so viele Feindschaften, so viele Schmerzen, so viele Opfer. Es schien nichts anderes auf der Welt zu geben. Alles andere sah aus wie ein Märchen.

Ich lebte dieses lokale Leben und hatte meine undeutlichen Illusionen.

Ich träumte und war außerstande, so zu leben, *wie ich es wollte.* Mein Leben wurde von Verrückten unterschiedlichster Art bestimmt ... Stets war ich in irgendwessen Händen, wie weggerissen von meinem Weg.

Ich wusste, dass *die da oben* schuld sind an allem. Sie hatten sozusagen *die Verantwortung übernommen.* Wie eine Terrororganisation, wenn sie ein Flugzeug kapern und Geiseln nehmen. Das war für mich so etwas wie ein Alibi. Ich konnte wirklich nicht verantwortlich sein für die Scheiße, die sie produzierten. In diesen Scheißverhältnissen spielte sich mein Leben ab, und so war ich auch nur zur Hälfte dafür verantwortlich.

Ich hatte immer gedacht, oh, was würde ich alles machen, wie würde ich leben, gäbe es nicht diese Kretins, die mir auf dem Kopf herumtanzen! Ich saß vor dem Fernseher und verfluchte sie alle der Reihe nach. Alle diese Jahre nur Bellen an kurzer Leine ...

Aber die war jetzt gefährlich locker geworden!

Endlich war die Zeit gekommen. Die, wie sie sagen, *Normalisierung.* Die Demokratie. Individualisierung der Schuld. Ich kann so tun, als wären *die da oben* noch immer schuld an allem, aber das Gefühl ist nicht mehr so überzeugend. Der Terror hat gefährlich nachgelassen. Das ist in Wirklichkeit ein großer Schock.

Ich bin nicht daran gewöhnt.

In bestimmter Weise war es leichter gewesen, solange die Kriege und die ganze Scheiße andauerten. Ich war nicht allein mit mir. Zumindest konnte ich jemandem die Schuld geben, aber jetzt übernimmt niemand die Verantwortung. Wo sind die Terroristen von oben geblieben? Terroristen, wo seid ihr? Ich fühle mich irgendwie vereinsamt ... in meinen Entscheidungen.

Ich erinnere mich, als Tuđman starb – endete ich sechs Monate später beim Psychiater. Eine Krise hatte mich gepackt. Angstgefühle.

Er war der Letzte gewesen, der auf uns eingebrüllt hatte, der Letzte, auf dessen Abtreten ich gewartet hatte.

Danach kam die große Leere.

Dann nahm ich einige Zeit lang Xanax. Mir ging etwas ab, was mich angriff. Ich hatte Angst, mich noch selbst anzugreifen.

Ich befand mich in Transition. Ich fragte mich, was geschieht da mit mir. Scheiße, durchfuhr es mich, da müsste ja jetzt ich das *Subjekt* sein! Zu spät, mich auf jemanden herauszureden, sagte ich mir wieder und wieder. Ich müsste in Wahrheit die *Verantwortung* übernehmen. Tätig werden, eine Wahl treffen.

Aber in meinem Kopf waren ätzende Stimmen zu hören. Das waren die Geister der alten Terroristen. *Vielleicht bist du unfähig. Vielleicht hast du keinen Mumm. Vielleicht bist du nichts und niemand. Lass doch mal sehen, wie du jetzt leben willst – nach eigener Fasson.*

Ich brachte sie zum Schweigen.

Also – Freiheit der Wahl, Baby ... sagen die ätzenden Stimmen ... Lass mal sehen – wähle!

Ehe, Kinder, Wohnung?

Drogen, Alkohol, Makrobiotik?

Christentum, Meditation, Kleinbürgertum? Aktivismus, Antiglobalismus, Hedonismus? Thailand, Malaga, Pornografie? Gruppensex, Glamour? Aktien, Wettbüros, Bausparen? Kuba, Kenia? Oder alles wie gehabt?

Alle diese Optionen machten mich fertig.

Es gab so viele Optionen, dass ich sie größtenteils auslassen musste.

Ich hatte das Gefühl, so viel von dem nachholen zu müssen. Alle diese beschissenen Jahre der Jugend. Ich wusste nicht, wie man das macht. Wie holt man Jahre nach?

Ständig scheine ich etwas zu versäumen. Ein blödes Gefühl. Ich gehe an allem vorüber. Jeden Tag dieses Thailand.

Dieses Thailand geht mir schon leicht auf die Eier. Ich sehe es, wenn ich zur Arbeit fahre, jeden Tag, und da kommt es mir natürlich, dass ich durchdrehe, dass ich auf der Autobahn an der Redaktion vorbeirase, den Wind in den Haaren, und irgendein optimistisches Liedchen brülle, mit dem ich die Geister vertreibe, die mich an diesen Ort gefesselt halten, aus dem ich mich herauszuwinden suche. Ich habe die Bilder all dieser Meere und Oasen im Kopf. Dieser idealen Orte, an denen man langsam und in Frieden sein Getränk süppelt, unter einer Markise und einem Strohhut, und wo es keinerlei Spuren dieser Existenz gibt, so dass der Mensch so tun kann, als wäre er jemand anders ... Ich zuckte zusammen. Was für Bilder gingen mir da durch den Kopf? Hatte ich das nicht im Fernsehen gesehen? War das nicht aus der Werbung? Auweia, das sah aber stark nach Werbung aus!

* * *

Ich betrat die Redaktion und setzte mich an meinen Tisch voller Zeitungen. Wir beziehen alle im Abonnement, nichts kann uns entgehen.

Ich überflog die Schlagzeilen: „Vor der Million scheitert Student an Fischnamen", „Wer sind die ‚glorreichen Zehn', die Kroatien in die EU führen?", „Journalisten verlassen den Irak", „Wieder ein Boot mit afrikanischen Immigranten gesunken", „Generation P – wie Pepsi die sowjetischen Kinder erobert hat" ...

Ich linste ein wenig in den Computer, ins Internet. In Momenten der Entspannung besuche ich meine Homepage. Auf ihr zeigt eine Kamera nonstop den Vulkan Popocatépetl in Mexiko.

Dieser Kater will und will einfach nicht vergehen ... Ich muss mich aktivieren, ich brauche etwas, das mich auf die Beine bringt. Ich stand auf, ging vorbei am Lift, bestellte mir ein Red Bull im Internetcafé; das ist ein kleines, an die Treppe gedrängtes Pult, etwas wie das Vorzimmer der Redaktion.

Während ich meine Bestellung aufgab, bemerkte ich aus dem Augenwinkel eine korpulente Dame, der man am Gesicht ansah, dass sie wartete. Sie hatte diesen geduldigen, in sich gekehrten Gesichtsausdruck, den man in Ambulanzen sehen kann. Irgendwie erinnert sie mich an Milka, aber ich bin rasch mit den Gedanken woanders.

Noch ein Abrufen der Mails. Aber ich sah sofort: vom Vetterli nichts. Dieser Mensch hält mich im Leerlauf. Ich fluche in mich hinein wie einer in der Kolonne.

Vielleicht fehlt es mir an Geduld. Ich muss an die Frau denken, die hartnäckig wie eine Rentnerin in der Ambulanz wartet. Jedes Mal denke ich: Das sind die Menschen, die den Sozialismus durchgestanden haben. So ist die Generation. Sie warteten auf Wohnungslisten, und dann gab ihnen der Staat eine Wohnung. Warten war eine Tätigkeit, die sich auszahlte. Das war ihnen ins Blut übergegangen.

Aber auf diesem beschissenen Markt gibt es dieses Warten auf sein Recht nicht mehr. Das ist ein anderes Erleben der Zeit. Die Zeit läuft einfach aus. Und wie viel haben wir uns davon versprochen. Wir sind ungeduldig. Nervös. Getunt. Die Werbung fürs Leben hat man uns in dieser abgedrehten Corrida ins Gesicht geworfen wie ein rotes Tuch. Wir hecheln. Nehmen neuen Anlauf. Trinken Red Bull, damit wir Flügel kriegen. So ist die Generation.

Die Zeitung lag aufgeschlagen da – bei dem Artikel „Generation P – wie Pepsi die sowjetischen Kinder erobert hat", und da quellen die Gedanken nur so.

Da lässt sich ein Russe darüber aus, wie Pepsi in den Siebzigerjahren Zugang zum Sowjetmarkt gefunden und die Kinderseelen erobert hat. *Generation P*, so heißt sein Roman, nach Pepsi. Ein Hit. Aber – sage ich mir – scheiß auf Pepsi und Kindheit! Wir sind erwachsen. Wir vertragen mehr Koffein. Dies ist die Red Bull-Generation. Wir rennen wie die Stiere, und irgendetwas weicht nonstop vor uns zurück.

Gestern hat The Chief von uns *Kreation* verlangt. Das zieht immer, wenn man einer neuen Generation einen

Namen gibt, denke ich mir ... Ich könnte einen Text über die Red Bull-Generation schreiben! Um mich dieses unattraktiven Ökonomie-Quälkrams zu entledigen und mich selbst unter die Essayisten zu befördern ... Sanja gibt Interviews; es ist Zeit, dass ich ein wenig mehr Ambition zeige, zum Teufel auch! Aber ja – zuerst muss ich diese irakische Krise lösen.

Und ich versuchte es noch einmal. Ich wählte die Nummer von Boris' Thuraya. Und wurde über London verbunden. Und eine arabische Stimme vom Band schaltete sich ein, bevor es klingelte.

Ich versuchte es erneut. Dieses Mal klingelte es.

Es klingelte. Es klingelte.

„Melde dich, Arschloch!"

Nichts.

Ein Stürmen ins Leere. Das macht er absichtlich, dachte ich. Er zieht mich auf, wie ein klassisches Rind aus der Red Bull-Generation, damit ich mich im Anstürmen erschöpfe.

Wieder öffnete ich die Mailbox. Ich tippte ein: „Melde dich, dringend. Ich weiß, dass du beleidigt bist, aber ... ich bin einfach geplatzt. Du kannst dir nicht vorstellen, welche Probleme ich deinetwegen habe. Melde dich schleunigst, oder ich starte eine Suchaktion nach dir ... Spiel nicht verrückt, es reicht jetzt, die Sache ist ernst." Das geht so raus.

Dann hatte ich das Gefühl, das daraus nichts würde. Etwas fehlte. Die Entschuldigung. Ich schluckte die Kröte und schrieb diesem Muli: „Hör mal, ich entschuldige mich wirklich wegen der Beleidigungen in den letzten Mails ... Ich fühlte mich provoziert. Entschuldige. Nimm das zur Kenntnis und melde dich ..."

Mit angeekeltem Gesicht sah ich zu, wie die Mail rausging.

* * *

HERO of the PEACE steht auf dem Plakat mit dem Foto von Bush Junior. Ein junger Iraki in Jeansjacke, weißem Rolli, mit Gel im Haar – so sieht ein irakischer Yuppie aus, dachte ich –, er küsst das Foto von Bush.

Aber leider war das alles erst auf der zehnten Seite der GEP-Zeitung ... Die Sache rutschte gefährlich aus dem Fokus. Aber da war auch die besorgniserregende Schlagzeile, zu der ich zurückblättern musste: *JOURNALISTEN VERLASSEN IRAK.*

Also, der ehemalige Kollege Rabar berichtet: Der *Krieg im Irak, 28.* ... So beginnt er, alles sehr schön, übersichtlich ... *Die Hotels leeren sich zunehmend* ... Schreibt er ... *Manche der Kollegen spitzen schon auf den nächsten Krieg und rätseln: „Was glaubst du, werden die Amerikaner Syrien oder den Iran angreifen? Und Nordkorea?"* So schreibt Rabar, durchaus auch mit Ironie, aber leicht, nicht wie mein Verrückter ... Nebenbei kündigt er seine Schritte an, was der gewöhnliche Leser nicht sieht, aber der Insider sieht hier die Kunst, denn die Schlagzeile *JOURNALISTEN VERLASSEN IRAK* bedeutet vor allem, dass er, Rabar, den Irak verlässt. Die GEPler sind Profis: Zuerst schreiben sie *JOURNALISTEN VERLASSEN IRAK*, sagen, dass alles langweilig geworden ist, und dann ist es normal, dass sie morgen keinen Text aus diesem Land mehr bringen; wohingegen wir – wir haben die Schlagzeile *JOURNALISTEN VERLASSEN IRAK* nicht, wir haben auch keine Reportage, aber dafür haben wir noch immer einen Journalisten dort, meinen Privatkretin ... Außerdem habe ich einen fürchterlichen Kater ... Wir haben alle Voraussetzungen für eine Schlappe ... Was sagen sie: Zwischen uns hat die Chemie auf der Bühne gefunkt.

Ich schluckte die Kopfschmerztablette eines bekannten Erzeugers.

Ich rief Sanja an. Sie war noch zu Haus.

„Der hat sich nicht gemeldet", sagte ich.

„Was sagst du?"

Ich hatte leise gesprochen, aus Vorsicht.

„Keine Neuigkeiten von Boris."

„Aha", sagte sie. „Nichts, ha?"

„Null Punkte."

„Hm", sie wusste nicht, was sie sagen sollte; ihre Gedanken schienen irgendwo anders zu sein.

„Was würdest du machen?"

„Ich weiß echt nicht ... Ich bin nicht so klug", sagte sie. Dann setzte sie hinzu: „Und wenn du jemanden konsultierst?"

Tu ich doch, ich konsultiere dich, dachte ich. Sind wir nicht irgendwie ein Paar?

„Ich könnte", sagte ich mit belegter Stimme. „Ich werde sehen."

„Gut dann, wir hören uns, ich muss jetzt los."

„Gut, machs gut!", sagte ich. Sie ist an gar nichts schuld, dachte ich. Sie hat ihr Premierenproblem. Das ist für sie Sein oder Nichtsein. Und lass sie ... Du musst jemanden konsultieren, wirklich, es ist höchste Zeit. Sekrétar, für den Anfang? Wie anfangen? Damit, dass der Typ ein Verwandter von mir ist? Davon, dass ich in seinem Namen den Krieg im Irak gefälscht habe? Das ist ein sehr guter Satz als Einleitung: „Hören Sie, ich habe das Weltereignis Nummer eins gefälscht ..."

* * *

Ich machte mich trotzdem auf zu Sekrétars Zimmer. Ich hatte den vagen Plan, mit unbestimmtem Lamentieren zu beginnen und so sein Interesse zu erwecken ... Er würde schon etwas aus mir herauskitzeln.

Ein glänzender Plan.

Ich trat ein, und er erwartete mich wie einen Getränkeausträger, auf den er überlange gewartet hatte. „Ach da bist du ja?", sagte er. „Ich wollte dich gerade anrufen."

„Da bin ich“, sagte ich. „Das trifft sich ja gut.“

„Wir gehen zu The Chief!“, sagte er, am Plan vorbei. Und schon marschierte er los. Nun mal langsam, dachte ich.

Ich versuchte, mir etwas einfallen zu lassen, wie ich ihn aufhalten könnte.

Wo ist mein Plan B, fragte ich mich.

„Hören Sie“, sagte ich, „ich wollte Sie zuerst etwas fragen ...“

„Hör mal, das mit der Rijeka Bank“, sagte er, „wäre nicht schlecht gewesen, wenn wir das früher erfahren hätten.“

Das war, durch ein Wunder, außerhalb meines Gedankenstromes. Das File mit der Rijeka Bank war irgendwo in meinem Kopf verloren gegangen. Dann erinnerte ich mich, dass das ja mein Hauptjob hätte sein sollen. Sekrétar öffnete die Tür und sah mich an: „Du bist nicht gerade auf dem Laufenden, ha?“

Ich spürte den Stich und dachte, wie soll ich ihm jetzt alles erklären, so muss ich ihn auch angesehen haben, und als ich gerade ansetzen wollte, etwas zu sagen, war mir klar, dass ich keine Erklärung hatte, und sagte nur: „Hören Sie ... Also ... Das mit der Rijeka Bank, das hat alle überrascht.“

Wir standen da, an der Schwelle seiner Tür. Das heißt, ich hatte mich dort eingegraben, und Sekrétar versuchte, an mir vorbeizukommen. „Wir gehen zu The Chief!“, wiederholte er.

Dann gab ich mir doch einen Ruck und sagte: „Aber ich habe ein Problem mit dem im Irak.“

„Mit wem?“, fragte Sekrétar und versuchte, mich aus dem Zimmer zu drängen. Ich gab nicht auf.

„Sie wissen doch, mit wem“, sagte ich. Noch stand ich, technisch gesehen, in seinem Zimmer, unmittelbar vor der Schwelle, er hingegen war schon hinausgetreten.

„Gut, lass das jetzt!“, sagte er mit einer solchen Leichtigkeit, dass es mich überraschte.

Es half nichts, ich musste hinter ihm her, und schon waren wir draußen, im freien Gelände der Redaktion.

Er klopfte an die Tür von Pero The Chief. Zuerst spähte er ein wenig mit dem Kopf ins Zimmer, dann ging er hinein.

Und ich hinterher.

Das Gespräch über die Rijeka Bank war belastet mit filmischer Erfahrung ... Pero The Chief wollte etwas wie einen Thriller über einen Bankraub, Sekrétar suchte die lebendige Geschichte und Personen, und ich versuchte ihnen zu erklären, dass ihr Typ ganz einfach schlecht investiert hatte ... Dann hatte er versucht sich herauszuwinden und war ein Risiko eingegangen ... Der Typ hatte niemanden informiert, bis er sich völlig eingegraben hatte. Dasselbe wie ich mit Boris, dachte ich.

„Dann haben sie eine Zeit lang die Verluste vertuscht, vermutlich bis das Management seine Aktien verkauft hat ... Hier kann man sie kriegen, das ist Betrug ...“

„Aha“, nickte The Chief, „aha.“

„Sie verfügten über privilegierte Informationen und nutzten sie an der Börse – in Amerika geht man dafür ins Gefängnis, aber bei uns ist das gesetzmäßig nicht geregelt ...“

„Wieso nicht?“, fiel The Chief ein.

„Es gibt kein Gesetz, der Sabor hat keines erlassen“, sagte ich.

„Ach ja? Wie das?“

„Ich weiß nicht“, sagte ich. „Sie haben zu viel über Nationalstolz geredet, da haben sie sich nicht erinnert.“

„Hör auf zu philosophieren“, sagte The Chief. „Wichtig ist, wer die Kohle eingesteckt hat.“

„Der Kerl hat einfach falsch investiert ... Diebstahl ist da schwer nachzuweisen.“

„Eh, es ist kein Diebstahl ...“, sagte Sekrétar und sah vor sich hin.

„Jetzt komm aber?!“, sagte Pero The Chief.

Vielleicht war es nicht der richtige Zeitpunkt, aber ich fing an, über die *Verantwortung der Medien* zu reden. Ich sagte, dass Sensationalismus in der Wirtschaft gefährlich sei. Wir müssen an die übrigen Aktionäre denken, an die Menschen, die zu Gott beten, dass alles ein gutes Ende nimmt, sagte ich und dachte an Markatović. In der Ökonomie darf man nicht schadenfroh sein, das ist keine Ausscheidung im Schlagersingen, wenn das Kapital erst einmal flüchtet, wenn die Sparer die Schalter stürmen, dann ist es aus ... Bei uns wurden die Banken auf die Weise ruiniert, sogar absichtlich, sagte ich.

Sekrétar verdrehte die Augen, als hätte er es eilig und ich würde ihn aufhalten.

The Chief sagte: „Zuerst mach dies hier, und dann wirst du darüber schreiben, wer die Banken absichtlich ruiniert hat. Und erzähl mir nichts von Verantwortung, sondern sei in Zukunft schneller!"

„Nein", sagte ich und holte tief Luft. Ich gedachte alles, was ich schon gesagt hatte, noch einmal zu wiederholen, nur mit anderen Worten, aber da stand Pero The Chief auf.

„Besprochen", sagte er. „Wir brauchen nur ein Foto des Typen."

Dann warf er einen Blick aus dem Fenster, wie um einzuschätzen, ob es Regen geben werde.

„Der Himmel hat sich richtig ekelhaft zusammengezogen ...", sagte Sekrétar.

Pero nickte: „Wie würde der Serbe sagen ... *Als wollte es Scheiße regnen*."

Sie lachten.

Ich sagte: „Kovačević."

„Bitte?", sah mich The Chief an.

„Der Serbe", sagte ich. „Kovačević, der Dramatiker."

„Aha", nickte The Chief finster.

In diesem Moment erinnerte er sich wohl, das Zitat von mir gehört zu haben. Das gefiel ihm nicht.

Aber jetzt wird er Autor und Zitat im Gedächtnis behalten und das nächste Mal wird er sagen „wie der Dramatiker Kovačević sagen würde“ … Jedenfalls bot ich Pero Weiterbildung nebenberuflich. Aber irgendwie, wer weiß warum, schien er damit nicht zufrieden.

Er sah mich ernst an: „Lass jetzt die Dramatiker! Wo ist die Kohle? Wer ist mit diesem Typen liiert, das liefere mir.“

Er nahm seinen Mantel, zog die Ärmel glatt, schüttelte ihn mit den Schultern zurecht.

Es war höchste Zeit, dass ich sagte: „Ich habe da noch ein Thema.“

„Was?“

„Die Red Bull-Generation“, sage ich. „Das ist die phänomenologische Geschichte unserer …“

„Lass das jetzt“, sagte er, ohne nachzudenken.

Sekrétar setzte hinzu: „Das ist für die Kolumne. Dafür haben wir Kolumnisten.“

Ihnen kam offensichtlich nicht in den Sinn, dass ich der Kolumnist sein könnte.

The Chief wandte sich zur Tür.

Ich überholte Sekrétar, der ihm nach wollte. Vielleicht habe ich ihn sogar ein wenig weggedrängt.

„Aber gestern war da die Sache mit dem Kreativen“, drang ich aggressiv in The Chief, als er nach dem Türgriff fasste. „Dass wir uns etwas ausdenken sollen … Die Politik ist nicht mehr in der Politik … Wohin hat sich die Hysterie verzogen?“, beschwor ich seine Thesen, und er verharrte im Wiedererkennen. „Red Bull ist … ist Aufpulvern … ist Panik auf dem Markt, alles das … Red Bull deckt das ab. Ich meine symbolisch …“

„Aha?“, nickte er an der Tür stehend.

„Ich denke, das wäre etwas für die Kolumne … Aber ich kann es auch probieren!“

Er sah mich verwundert an. Noch nie hatte ich mich vorgedrängt. Zum Teufel, ich hatte immer gedacht: Du darfst nicht zu aggressiv sein, nicht wie ein Bauerntölpel auftreten. Du musst *relativ uninteressiert* wirken. Schon in der Schule haben wir die Streber verachtet, die sich vordrängen, und dieser Zugang ist mir geblieben, wie ein Anhänger.

Lange Zeit habe ich *relativ uninteressiert* gewirkt, aber vielleicht habe ich damit übertrieben, dachte ich. Sie rechnen überhaupt nicht mit mir. Jetzt, wo ich die Idee ausgebreitet habe, wird er einem deklarierten Guru den Auftrag geben, das zu schreiben.

„Gemma, gemma", murmelte Sekrétar, dem ich wohl im Weg stand.

Aber Pero The Chief sagte: „Weißt du was ... probier du es ... Wenn du glaubst, dass du das kannst."

Das hat er schön gesagt, dachte ich.

„Okay", sagte ich.

„Aber nächste Woche", sagte er. „Jetzt beschäftige dich mit der Bank, bitte sehr."

„Besprochen", sagte ich.

Uch, ich hatte nicht gewusst, dass es mir so viel bedeuten würde. Ich blieb stehen, und The Chief ging hinaus. Mir einen ätzenden Blick zuwerfend, marschierte Sekrétar hinterher.

Dann ging auch ich hinaus – was sollte ich da drinnen?

* * *

Ich dachte daran, noch einmal zu versuchen, mit Sekrétar über Boris zu reden, aber er fegte den Gang hinunter, The Chief hinterher.

Jetzt fiel mir ein, worum es ging. Sekrétar hatte man vor Kurzem die Business-Karte der *corporation* abgenommen, mit der er in Restaurants bezahlen konnte, und jetzt rannte er jedes Mal hinter The Chief hinterher, wenn der Anstalten machte, zum Essen zu gehen. Ein kostenloses Mittagessen sah er einfach als sein Recht an. Besser, ich störe ihn nicht dabei, dachte ich.

Ich sah, wie er, hinter The Chief hermarschierend, redete, als hätte er gerade etwas Wichtiges beizusteuern.

Ich hatte schon gehört, dass Sekrétar unmittelbar vor dem Essen Themen erfindet, Tachinierer und Versager aufdeckt, Verschwörungstheorien in die Welt setzt – nur damit The Chief die Aufmerksamkeit von der Tatsache abwendet, dass er sich angehängt hat. Silva hat von ihrer Freundin, die von Pero The Chief zeitweilig gevögelt wird, erfahren, dass Sekrétar bei Pero über Charlie hergezogen hat. Angeblich erzählt Charlie überall herum, dass der ein unfähiger Idiot ist ...

Angeblich wird The Chief jetzt Charlies gastronomische Kolumne einstellen. Wenn Sekrétar im Spiel ist, dachte ich, reduziert sich alles immer irgendwie aufs Essen.

Ja, die Folgen der Rationalisierung des Systems sind unabsehbar. Ein typisches Beispiel der postkommunistischen Chaostheorie. Als sie Sekrétar aus Einsparungsgründen die Karte wegnahmen, wer konnte da vorhersehen, dass das die zwischenmenschlichen Beziehungen in der Firma gründlich bedrohen würde. Aber siehst du, er muss jetzt einfach Pero mit seiner Geschichte volllabern, damit der nicht auf die Idee kommt, er könnte allein essen gehen ... Vermutlich findet Pero das alles unterhaltsam. Es ist zu einem kleinen Ritual der beiden geworden.

Ich hoffte, dass Sekrétar heute nicht über mich fabulierte. Das mit der Rijeka hatte ich verbockt, und ich wollte die Kolumne ... „Es gibt keine echten Journalisten mehr, alle wollen Schriftsteller und Philosophen sein“, sagte Sekrétar oft mit Abscheu. Und ich halte ihnen noch einen Vortrag über die Verantwortung der Medien. Und schubse ihn im Vorbeigehen noch zur Seite. Ich habe seinen Blick beim Hinausgehen gesehen. Wenn man alles zusammenzählt, hat er womöglich den Schluss gezogen, dass ich ein arroganter fauler Sack bin.

Hm, jetzt konnte ich die Feindschaft mit Sekrétar nicht gebrauchen. Zum Teufel, dachte ich, warum verwandelt sich jeder Job in einen Psychokrieg? Wo steht im Vertrag, dass ich ständig alle diese verrückten Verwicklungen im Kopf haben muss?! Der Job ist im Grunde leicht, aber die Leute ... Ich drehte mein Handy in der Hand.

Sollte ich Sekrétar anrufen und alles auszubügeln versuchen?

Ich fühlte mich als kleines Arschloch bei diesem Gedanken. Ja, dachte ich, wohin haben mich der Ehrgeiz und diese Scheiße mit Boris gebracht ... Alles zusammen genommen – bin ich unter den Arschlöcher gelandet.

Nein, ich werde ihn nicht anrufen, dachte ich.

Alles das wird sich lösen, von allein, sobald sich Boris meldet, sagte ich mir. Schon nächste Woche ist die Welt eine andere. Jetzt ist alles am Tanzen, driftet alles auseinander, öffnen sich Spalten und Klüfte, aber ... Alles wird an seinen Platz zurückkehren.

Ich brauchte dringend einen Drink.

* * *

Im Redaktionscafé wartete die Frau noch immer.

Ich weiß nicht, was mir da einfiel, ich fragte sie: „Warten Sie auf jemanden?“

„Ich bin Anka Brkić, die Mutter des Fußballstars Niko Brkić, der in Nantes spielen soll!“, schoss sie heraus, als sie begriffen hatte, dass sie jetzt dran war.

Ich zuckte zusammen, als hätte man mich soeben erst eingeschaltet.

„Wie meinen Sie das, ‚in Nantes spielen soll‘“?, fragte ich. Da sie „Nantes“ so ausgesprochen hatte, wie man es schreibt, hielt ich mich an diese Regel.

„Er hätte in Nantes spielen sollen, aber ... er hat nicht gespielt.“

„Aha, ich begreife", sagte ich, „aber das ist doch meistens so, oder?"

Sie holte tief Luft: „Das ist nicht so ... Er hätte in Nantes spielen sollen ... Sie haben ihn haben wollen. Aber der Manager Čatko hat ihn in die Emirate verkauft, nach Arabien! Da gibt es angeblich mehr Geld ... Aber er hat das ganze Geld selber genommen, er sagt, dass es so unterschrieben wurde, dass er ihm gehört ... Dass mein Sohn ihm gehört?!"

„Ja, ja, was wollen Sie machen", nickte ich, „wenn es so unterschrieben ist ..." Ich nahm den Red Bull-Wodka und wollte gehen.

Aber diese Frau hatte den Blick, von dem man sich nicht lösen kann, ohne grob zu sein: „Da wollte mein Niko aus Trotz nicht in die Emirate. Er hat gesagt: ‚Lieber werde ich zu Hause ackern!' Und jetzt drohen ihm Marko Čatko und seine Leute, dass sie ihm die Beine brechen werden, und da bin ich gekommen, das zu melden!"

„Ja? Waren Sie auf der Polizei?", fragte ich.

„Was soll ich auf der Polizei? Ikan Čatko, der Bruder von Marko, er hat bei der Polizei einen hohen Posten! Was soll ich machen, ich muss in die Zeitung!"

Ich sagte zu ihr, sie müsse auf Vladić warten, der schreibt über Sport.

„Ja, das haben sie mir gesagt, aber ...", sie stockte, am Rande der Tränen.

(... *„Aber mir haben sie gesagt, ich soll mich an Tin wenden ... Er ist unser Mann in Zagreb."* Ich hatte befürchtet, dass sie das sagen könnte.)

Schließlich fuhr sie fort: „... Aber sie haben gesagt, dass sie nicht wissen, ob er kommt, und dass ich nicht reingehen soll ... Seit heute Morgen bin ich hier. Ich kann mich auch nirgends, entschuldigen Sie, erleichtern."

Ich atmete auf.

„Vladić wird sicher auf einen Drink kommen ... Er ist so ein Dicker, rot im Gesicht, mit Zwicker. Man sieht sofort, dass er sich mit Sport beschäftigt. Und Sie, gehen Sie ruhig zur Toilette, ich bringe Sie hin."

Ich geleitete die Mutter des Fußballstars Niko Brkić zum Redaktions-WC und hielt Wache, denn ich sah, dass sie Angst hatte. Sie bedankte sich vielmals und ging weiter warten.

* * *

Ich kehrte an meinen Schreibtisch zurück, vors Internet, vor den Popocatépetl. Die Seite wird betrieben vom Centro Nacional de Prevención de Desastres.

Schwächlicher Rauch quillt aus dem Popocatépetl in den heiteren mexikanischen Himmel.

Das Centro Nacional de Prevención de Desastres kennzeichnet die momentane Gefahr auf einer animierten Ampel mit Gelb.

Die Leute um mich herum telefonieren, schreiben Texte, wühlen im Abfall, konstruieren die Realität, fahnden nach Ereignissen ... Ich beobachte sie: Sie versuchen, sich mit dem Job zu identifizieren.

In diesem Zustand existenzialistischer Meditation musste ich an die goldenen Wasserhähne aus Saddams Haus in Tikrit denken.

Saddams goldene Wasserhähne ... Markatović sagt, ein Kameramann, der für Ausländer arbeite, habe sie herausgeschmuggelt.

Vielleicht ist auch Boris an so ein Business geraten, dachte ich, und hat die Journalistenkarriere ein wenig hintangestellt. Vielleicht hat er sich einer mehrere tausend Jahre alten mesopotamischen Skulptur bemächtigt und schleppt sie jetzt durch die Wüste ... Wer weiß? Lokale Banden da unten versuchen, den Ausländern verschiedene Waren und Kulturdenkmäler aufzudrängen. Wenn man einen Journalisten sucht, der aussieht wie ein Krimineller, wird man sicher auf ihn stoßen! Wenn dort ein Kameramann in der Lage ist, Saddams Wasserhähne zu schmuggeln, frag dich mal, was der jetzt anbringt. Wahrscheinlich etwas Wertloses, aber Großes.

Warte mal ... dieser Kameramann, wer könnte das sein? Einer von unseren Leuten, die für die Ausländer gedreht haben, solange hier Krieg war. Jetzt sind das Veteranen, Profis, wie sie in normalen Ländern schwerer zu finden sind. He – durchfuhr es mich –, die habe ich ja total vergessen! Von denen gibt es da unten sicher noch welche! Wie habe ich die nur vergessen können! Unsere Leute riechen sich gegenseitig. Bei denen muss man sich erkundigen! Alle Journalisten sind in Bagdad im Zentrum, in Hotels, auf den Pressekonferenzen. Die Landsleute kennen sich sicher alle untereinander.

Ich müsste Rabar fragen, wer von unseren Leuten noch da unten ist ... „Journalisten verlassen Irak" ... Er ist sicher auf dem Weg oder schon eingetroffen. Wir hatten nie Streit miteinander, dachte ich, was kümmert es mich, dass er zu den GEPlern übergelaufen ist.

Schon hatte ich seine Nummer im Adressenverzeichnis des Handys gedrückt und einen Anschluss bekommen, als ich merkte, dass das die Nummer der Redaktion war. Wir hatten dieselben Anfangsbuchstaben.

Ich brach ab.

Ich brauchte sein neues, das GEP-Handy. Ich müsste seine Frau anrufen und fragen ... Aber ich hatte nicht seine Telefonnummer zu Hause, auch nicht die Adresse. Ich habe von niemandem mehr Adressen. Ich rufe die Leute am Handy an, schreibe ihnen Mails – alle leben, was mich betrifft, irgendwo in der Luft.

Ich ging zu unserer Sekretärin.

Ich sagte leise: „Sorry, ich brauche etwas privat ..."

Sie war etwas erschrocken.

„Was schleichst du so herum?“, fragte sie.

Sie machte mich richtig verwirrt.

„Ach, ich würde die Nummer von Rabar zu Hause brauchen oder wenigsten die Adresse ...“, sagte ich.

„Von Rabar?“, sah sie mich besorgt an.

„Also, ich brauche etwas privat. Ich habe ihm einige Sachen geliehen ... Hast du die Nummer von ihm zu Hause in der Kartei?“

Sie sah mich verschwörerisch an.

Sie schrieb die Nummer auf, schweigend, als würde sie mir die Nummer eines Dealers geben.

Ich zwinkerte ihr zu.

„Iraki pipl“, sagte ich.

Ich sah, dass sie mich nicht verstand, und sagte wie zum Spaß: „Das ist so etwas wie eine Losung.“

„Was muss ich sagen?“, fragte sie.

„Aim sori“, sagte ich. Und setzte hinzu: „Danke für das hier.“

„Aim sori“, sagte sie.

Rabars Frau gab mir seine Handynummer, und dann erwischte ich ihn, zwischen zwei Flügen, auf dem Flughafen Frankfurt.

„He, woher du auf einmal“, rief Rabar aus. Er klang wie ein alter Kumpel, den ich ein wenig vernachlässigt hatte. Es fehlte nur, dass er gefragt hätte: „Warum meldest du dich nicht.“

„Weißt du“, sagte ich viel leiser als er, „ich habe mich gerade an dich erinnert ...“

„Alle Achtung!“, sagte er. „Wie siehts zu Haus aus? Gibts Regen?“

„Also, könnte was werden“, sage ich.

„Das liebe ich!“, dröhnte Rabar. „Nieselregen, Landregen, Platzregen, Wolkenbruch ... Das gib mir!“

Ich dachte, wie seltsam doch der Aufenthalt im Irak auf ihn gewirkt hat.

„Ich lechze nach Regen, Mann ... Aber hier in Frankfurt – nichts", sagte er enttäuscht.

Nach dem Gespräch über das Wetter konnte ich ihn endlich fragen, wer von den Unseren noch im Irak war. Er zählte ein paar Namen auf: Matko Kokanović, du kennst Matko, er ist Field Producer bei irgendwelchen Niederländern, dann Vito Čuveljak, Fotograf, er hat früher für uns gearbeitet ... das heißt, für euch, er arbeitet jetzt für Reuters ... Und dann ein gewisser Čadež, ich weiß nicht, ob du ihn kennst, er ist Kameramann bei ATPN, das ist ein englisches Haus ... Er erwähnte noch zwei, einen gewissen Zidarić und einen Šovagović, die ich beide nicht kannte.

Boris erwähnte er nicht, aber auch ich tat es nicht.

Ich sagte, wir würde gerade ein blödes Thema machen: Wir zählen alle von uns auf, die im Irak sind, damit man sieht, dass auch wir, wenn man so will, an den globalen Geschehnissen beteiligt sind ... Und setzte hinzu: „Das Thema interessiert mich so sehr nicht, so dass es mich überhaupt nicht stören würde, wenn ihr es klaut ..."

„Hör mal", sagte Rabar, „ich muss dich was fragen ... Haben sich GEP und PEG etwa versöhnt, seit ich nicht mehr da bin?"

„I woher denn", sagte ich.

„Waffenstillstand?", fragte er.

„Keine Spur. Alles beim Alten."

„Ach, scheiß drauf ... Gut, ich habe dir alles gesagt ... Wir hören uns!", beendete Rabar das Gespräch, weil ihm im Verlauf des Gesprächs eingefallen war, in was für einer Konstellation wir standen. In diesen paar Wochen hatte er die lokalen Konflikte offensichtlich total aus dem Gedächtnis gestrichen. Wenn der Mensch etwas länger draußen ist, kommen ihm alle unsere Konflikte und Gehässigkeiten bald unsinnig, ja unglaubhaft vor. So ging es auch mir während des Krieges, als ich draußen war. Aber sobald du nach Haus kommst, gewöhnst du dich schnell wieder daran.

Ich googelte ein bisschen und fand die Mail-Adressen der Leute, die Rabar aufgezählt hatte.

In einer Mail bat ich sie, Boris zu übermitteln, er solle sich schleunigst in der Redaktion melden. Ich fügte, wie nebenbei, auch eines seiner irakischen Fotos bei. Sie würden schon antworten, ob sie ihn gesehen hatten ... Ich war richtig zufrieden, dass ich mich vom toten Punkt wegbewegt hatte. Irgendeine Information würde ich schon bekommen. Da klingelte mein Handy. Da stand: *RABAR.*

Ich meldete mich: „He, Rabar, sag ..."

Aber sieh an, es war Dario. Er sagte: „Ja, hm ... du hast angerufen?"

Verdammt, Dario hatte als Neuer vermutlich Rabars Nummer in der Redaktion geerbt, die, die ich vorher angerufen hatte.

„Nein, ich wollte ... Ich habe falsch gedrückt", sagte ich zu dem Kleinen.

Aber plötzlich kriegte er irgendwie Oberwasser und sagte: „Mmmm, wenn du Rabar brauchst, der ist zur GEP gegangen."

„Nein", sagte ich. „Ein Irrtum."

„Kein Problem, Alter ...", sagte er wie ein junger Polizist, der endlich etwas rausgekriegt hat.

„Also, machs gut!", schnitt ich ihm den Faden ab.

* * *

„Being a Marine is not something I do. It's what I am", sagt jemand.

Dann zitiert er Rommel: „When in doubt, attack."

* * *

Markatović rief an.

„Hast du was Neues über die Bank? Glaubst du, dass sie sie retten werden?", war er sofort am Jammern.

„Ich meine, dass sie den eigenen Arsch retten werden", sagte ich.

„Meinst du? Soll ich warten?"

„Woher soll ich das wissen?! Du hast nicht verkauft?"

„Nein", sagte er. „So haben wir es abgemacht."

Ich schüttelte den Kopf und holte tief Luft. Mein erster Gedanke war, ihn anzubrüllen und ihm zu sagen, dass *wir* einen Scheiß abgemacht hätten. Dann fiel mir ein, dass ich ihn auch gestern angeschrien hatte ... Ich sagte: „Jetzt schieb die Verantwortung nicht auf mich. Ich habe nichts damit zu tun. Das ist dein Geld."

„Ich werde trotzdem noch warten", sagte er leise.

„Was willst du machen, auch ich warte auf den Verrückten, dass er sich meldet ...", sagte ich. Und fügte hinzu: „Früher haben die Menschen gewartet und auf diese Weise Wohnungen gekriegt."

Irgendwie hatte er mich wohl falsch verstanden, jedenfalls sagte er nur: „Vielen Dank."

Ich klickte auf die Seite „www.meine-knete.com", wo eine Equipe von der Börse ihre Foren hat. Sie verfügen über Informationen, aber man braucht ihnen nicht aufs Wort zu glauben. Wenn einer von ihnen Aktien der RIBAG hatte, würde er Argumente finden, um die Lawine zum Stoppen zu bringen ... So besaß einer mit dem nationalen Pseudonym „Krawatte" die zuverlässige Information, dass der Staat die Bank sanieren werde, sonst werde er in der Region Rijeka ein politisches Problem haben ... Vielleicht war das Markatović. Eine zweite Partie bespuckte ihn. Unterstützung fand er lediglich bei Forumsmitglied Radex. Aber vielleicht war das auch Markatović. Kämpfer in der Minderheit wussten mitunter mehrere Pseudonyme anzunehmen und so öffentliche Meinung zu schaffen. Auch ich loggte mich ein, unter meinem Kampfnamen Gjuro Pucar Stari, und übermittelte Krawatte und Radex maßvoll meine Unterstützung.

Ich beschloss, die Großkopferten anzurufen ... Den Wirtschaftsminister hatte ich zwei Mal interviewt, als er noch in der Opposition war, da gehörte es sich, dass er sich bei mir meldete. Tat es aber nicht. Seine Pressesprecherin erschlug mich mit ihrer Höflichkeit und vermittelte mich in das Büro des Stellvertretenden Regierungschefs, wo ich aggressiver auftrat – ich sagte, dass es besser für sie sei, wenn sie etwas sagten, worauf die Pressesprecherin meinte, sie könne sich mit dem erpresserischen Ton des Gesprächs nicht einverstanden erklären ...

„Nein, nein, besser, Sie sagen etwas, als dass ich ..."

„Was? Etwas erfinde?", fragte sie. Und setzte hinzu: „Wir haben auf der Pressekonferenz bereits alles gesagt."

„Nichts haben Sie gesagt. Wird sich der Staat hinter die Bank stellen oder nicht?", fragte ich mit gerechtigkeitsliebender Stimme, im Namen der kleinen Leute und Kleinaktionäre.

„Die Bank ist nicht der Staat."

„Es wird erzählt, dass sie sie Ihnen zurückgeben. Davon haben Sie nichts gesagt", stieß ich nach.

„Das, was wir nicht gesagt haben, das kann man nicht sagen."

„Aber Sie haben auch nicht nein gesagt ..."

„Wir haben gar nichts gesagt ..."

„Sehen Sie!", triumphierte ich.

„Sie werden mich nicht provozieren. Ich lasse Sie es wissen, wenn der Herr Vizepräsident ..."

„Gut", sagte ich.

Ich hatte meine journalistische Aggressivität ausgeschöpft. Ich weiß nicht, wie andere Erfolg haben. Ich bin für diesen Scheiß nicht geboren.

Ich stützte das Kinn in die Hände und sah hinaus, in den Himmel, der sich noch immer zusammenballte, und dachte an die Red Bull-Generation, an Hörner und Flügel.

Dann kam Charlie in die Redaktion gestürzt.

Er trat mit seinem Standardtext auf: „Den ganzen Tag bin ich nur am Rotieren …" Damit ihm nicht irgendwer einen Job aufhalste, musste er andauernd Signale der Überbeschäftigung und entsetzlichen Nervosität emittieren. Es gelang ihm, mir zuzuzwinkern und zu sagen: „Ich habe das Interview gesehen … Ich habe die Karten genommen, die an die Redaktion gekommen sind, und werde hingehen und es mir ansehen."

Dann stürzte er sich auf seinen Computer und begann wie wild zu tippen.

Endlich tauchte auch Silva auf. Sie erzählte, sie habe mit einer Frau gesprochen, die draußen warte …

„Du meinst die Mutter von Niko Brkić, der in Nantes spielen sollte?", fragte ich.

Sie sagte, dass sie darüber schreiben werde, was mich überraschte. Sie sagte, es reiche ihr, immer nur Estrade, sie würde gern etwas Ernsteres, und was ich darüber dächte.

Silva wollte das Image eines ehemaligen Mannequins loswerden, das war klar. Sie hatte unlängst Soziologie inskribiert, neben dem Job … Von wegen, jeder Max an die Philofax.

„Unter welche Ägide würdest du das einschieben?"

„Missbrauch im Sport", sagte sie fachfraulich.

Rasch erläuterte sie mir ihre These: dass es beim Sport in Wirklichkeit nichts Positives gibt.

Ich nickte.

Silva fuhr fort: „Im Sport ist es wie im Mannequin-Beruf, sie nehmen dich, solange du ein Grünschnabel bist und nichts kapierst. Und nonstop ist irgendeine Mafia um dich herum … Er ist doch noch minderjährig. Du weißt nicht, wie das ist …"

Langsam ging mir auf, weshalb sie auf dieses Thema abgefahren war. Wahrscheinlich hatte sie auch einmal in Nantes spielen sollen.

Es ist alles das Gleiche: Verkauf der Beine. Ich weiß, dass man sie nach Mailand geschickt hat, als sie siebzehn war, sie war einige Zeit dort, hat sich aber nicht ins erste Team durchgeboxt. Sie ist zurückgekehrt. Dann hat sie überrissen, dass sie hier vorspielen kann, draußen wahnsinnige Erfolge gehabt zu haben, und figurierte hier als Mannequin, ging mit irgendwelchen obskuren Typen, war öfters in der Rubrik „Was macht die Prominenz", verdiente sich ein Taschengeld bei unseren Zeitschriften, wurde bei Glamourveranstaltungen gesehen, war auf Kokain und nicht weit weg von Edelprostitution. Sie kriegte wieder Boden unter die Füße, als sie schwanger wurde von einem Typen, der anonym zu bleiben wünschte.

Im Namen all dessen akzeptierte ich auch ihre Geschichte gegen den Sport: „Es gibt absolut nichts Positives im Sport ... Sagen wir, im Sport ist Kinderarbeit eine normale Sache. Wo es das gibt? Nimm diese Kindfrauen, diese Gymnastinnen. Kinderquälen ist im Sport normal! Und einen Sportler kannst du den ganzen Tag quälen, denn Sport ist der einzige Job, wo es keine feste Arbeitszeit gibt! Das ist alles illegal. Außerdem geht es im Sport um gar nichts. Sport führt nirgendwohin. Das ist Showbusiness für Männer und nichts anderes."

„Sport ist das Letzte", sagte Silva. „Ich werde das Thema nehmen", setzte sie entschlossen hinzu, als zöge sie in den Kampf.

„Nimm!", sagte ich, als würde ich einen Stempel in ihr Mannequin-Arbeitsbuch klopfen.

* * *

Ich fuhr zum Interview mit Olenić, dem Zeitzeugen aller unserer Reformen. Ich hätte mich gar nicht an ihn erinnert, hätte er nicht eine Annonce aufgegeben für eine Wohnung im Zentrum ... Vor zehn Tagen war ich mir die Wohnung ansehen gegangen, aber sie war zu teuer, dafür hatte ich das Interview ausgehandelt.

Ich sammelte den Fotografen ein, Tošo.

„Fahren wir mit meinem Auto?", fragte er.

„Okay."

Frau Anka Brkić saß noch an ihrer Position. Jetzt wartete sie wohl auf Silva. Ich grüßte sie.

„Wer ist die?", fragte mich Tošo vor dem Lift.

„Das ist die Mutter von Niko Brkić, der in Nantes spielen sollte."

„Aha ... Nie von ihm gehört", sagte er nachdenklich, als wäre das sein Fehler.

Als wir im Auto saßen, bot mir Tošo einen Joint an.

„Ich weiß nicht", sagte ich, „ich bin verkatert."

Trotzdem machte ich zwei Züge, Tošo erledigte den Rest. Wir zwängten uns durch das Gewühl. Wenn jemand hupte, holte Tošo nur laut Luft: „Eh ..." Die Anzahl der Autos hat in Zagreb enorm zugenommen; nach dem Krieg und der Isolation waren Kreditlinien aufgemacht worden, und so war nach einem Jahrzehnt der Entsagung eine Periode der Kompensation eingetreten. Eh ... Da kaufte jeder, was er konnte, die Shoppingzentren schossen aus dem Boden wie die Pilze nach dem Regen, das Land trat genau in dem Moment der WTO und ähnlichen Organisationen bei, als Naomi Klein ihr „No Logo" herausbrachte mit dem Ziel, uns die Freude zu verderben.

Aber die Straßen waren dieselben geblieben. Eh ... Die Stadt befand sich in der Implosionsphase ... Als ein Fahrer hinter uns sich auf die Hupe legte, sagte Tošo: „Eh, ja ..."

Ich sagte: „Das ist gut, bei wem besorgst du das?"

Er, als hätte er es sich überlegt: „Weißt du … das ist ein bisschen, also … schwerer zu erklären …"

„Schon okay. Ich frag nur so …", sagte ich.

„Nein, das ist kein Geheimnis!", sagte Tošo. „Sondern ich besorg das bei mir im Viertel von einem Burschen namens Joe … Aber eines Tages, verstehst du, sehe ich diesen Burschen, wie er in ein Café geht, und da sitzt noch so eine Truppe davor … Ich rufe: ‚Joe!', und Scheiße, die drehen sich alle um!"

„Echt?", sagte ich abwesend.

Tošo starrte auf die Kolonne vor sich: „Hör zu … Er hat es mir später erklärt … Verstehst du, wenn sie am Handy etwas bereden, nennt jeder jeden Joe, einfach so, wegen der Bullen. Und so begrüßen sie sich: Servas, Joe, gibts was? Kein Problem, Joe, es gibt alles …"

„Aha … Alle sind Joe", sagte ich.

„Und jetzt, verstehst du, wenn die Bullen Joe suchen würden, könnten die brausen gehen, denn in jedem Viertel gibt es fünfzig Typen, die sich Joe nennen. Aber jetzt kommt's, als ich ‚Joe' rief, wusste die Squadra sofort Bescheid. Und jetzt, jetzt kennen die mich. Und wenn ich in das Lokal komme, sagt der Kellner zu mir: ‚Servas Joe'."

„Uch, ich habe nicht gewusst, dass du auch Joe bist?!", drehte ich mich zu ihm um.

„Ich doch auch nicht!", rief Tošo aus.

Dann wurde er leiser und setzte hinzu: „Eh, ja …"

Irgendwie schafften wir es ins Zentrum, in der Zwischenzeit hatte es zu nieseln begonnen, und so standen wir vor der Tür ein wenig nassgeregnet und außer Atem.

Der alte Ökonomist erwartete uns in seiner kühlen, dunklen Wohnung, rasiert, in schwarzem Anzug, in weißem Hemd, mit bordeauxfarbener Krawatte. Er war über achtzig, aber hielt sich wie ein rüstiger pensionierter Dirigent. Ich war gewohnt, dass sich die Leute wichtig fühlten, wenn ich kam; nonstop interviewe ich so jemanden, widme mich ihm intensiv und vergesse ihn dann vollständig.

Wir setzten uns an ein Tischchen im Wohnzimmer.

Er erzählte von der Ökonomie im Sozialismus. „... Die ökonomische Öffnung zur Welt hat immer die politische Demokratisierung im Lande zur Folge gehabt ... Das Erstarken des Marktes führt zur Dezentralisierung im Entscheidungsprozess ... Reformen wurden von der politischen Bürokratie zum Stehen gebracht, die um den Verlust ihrer Macht fürchtete ..."

Ich betrachtete Herrn Olenić, wie er mit sanft erhobenem Kinn über die verwehte Zeit sprach, so als säße er alten Meistern. Ich schenkte mir vom Qualitätswhiskey ein, der liebenswürdigerweise angeboten auf dem Tisch stand. Der alte Ökonomist ist ohne Kohle, er verkauft seine Wohnung, aber Geld für Whiskey bringt er auf ... Alle Achtung, dachte ich.

Tošo ging umher, ging in die Hocke, kam wieder hoch. Zwischen zwei Aufnahmen signalisierte er mir mit einer Grimasse, ich solle Herrn Olenić ein wenig in Stimmung bringen. Ich weiß, er wollte eine Frage, die den Alten nervös machen würde, so dass er die Arme heben und dem Gesicht einen Ausdruck geben würde, aber nicht, dass er redete wie ein russischer Nachrichtensprecher.

„Sie haben an der jugoslawischen Reform von 1965 mitgewirkt. Warum ist sie gescheitert?", fragte ich.

Sein Ausdruck veränderte sich, mit einem Aufblitzen der Augen. „Diese Reform hat Kiro Gligorov geleitet, der damalige Finanzminister ..." Dann kamen die Hände. „Aber man kann nicht sagen, dass sie gescheitert ist." Er schüttelte den Kopf, hob den Finger. „Die Welt hat sie als eine wesentliche Veränderung in einem kommunistischen Land bewertet ..." Er senkte den Finger, als würde er auf einen genau bestimmten Punkt auf dem Tisch zeigen. „... Das war das Ende der direktiven Planwirtschaft. Damit sind wir weiter gegangen als andere kommunistische Länder ..." Er zeigte die Handflächen, als würde er fragen: Was wollen Sie? ... „Der Einfluss des Marktes brachte die Dezentralisierung mit sich, aber dann wurden im Gegenstoß in Kroatien und Serbien die Führungen ausgetauscht ... Verstehen Sie, das Jahr 71 in Kroatien ist der Reflex der Reform von 1965."

„Ja, ja", nickte ich, und Tošo schoss seine Fotos.

„Aber das alles hat dann doch 74 zu einer konföderativen Verfassung geführt ..." Er wurde ein wenig böse. „... Dahinter stand die Ökonomie ..." Er nickte mit dem Kopf. „Der Reform haben sich viele in der alten politischen Struktur widersetzt, und die Abrechnung mit Aleksander Ranković ...", als würde er mit der Hand eine Figur vom Tisch fegen, „... war der Versuch, diese Widerstände zu beseitigen."

Tošo kam aus der Hocke hoch; seine Stirn war schweißnass.

„Glänzend!", sagte er zu mir. Er musste eine gute Serie im Kasten haben.

„Bitte?", sagte Herr Olenić.

Tošo war etwas verwirrt und sagte: „Eh, ja ... Dieser Ranković, Geheimpolizei und so ... Gut haben Sie den entfernt."

Ich sah die beiden über mein Glas hinweg an, ein wenig mich verschluckt habend.

Der alte Ökonomist sah mich an wie einen, der versteht: „Ich habe niemanden entfernt. Das sind Prozesse."

„Prozesse, natürlich", sagte ich. Und Herr Olenić fügte hinzu, indem er die Arme ausbreitete: „Du nimmst hier ein Steinchen weg, und dort stürzt es ein."

„Gut. Ich habe meine Sachen. Ich verabschiede mich", sagte Tošo.

„Servas, Joe", sagte ich.

„Auf Wiedersehen, Herr Joe", sagte der alte Ökonomist.

Meine Kehle war trocken, und so genehmigte ich mir noch einen Whiskey. Und ein Glas Wasser.

Olenić hatte bei zwei weiteren jugoslawischen Reformen mitgewirkt. Jetzt erzählte er von der Arbeit der Krajger-Kommission. „Wir schlossen die Arbeit 1983 ab“, sagte er, „aber da Tito gestorben war, gab es niemanden, der mit seiner Autorität die Reform durchgesetzt hätte.“

Zum Schluss hatte er bei Markovićs Versuch mitgewirkt, westliche Marktwirtschaft einzuführen: „Wir wollten eine humane Privatisierung“, sagte er, „das was die Slowenen haben, sozialdemokratisch, und nicht das, was bei uns herausgekommen ist ... Aber Marković wurde von Milošević gestoppt. Wieder war es die politische Bürokratie, dieses Mal in nationalistischem Gewand, die um den Verlust der Macht fürchtete. So ist Jugoslawien untergegangen“, rezitierte Herr Olenić seine Kurzversion der neueren Geschichte.

„Nur einen Augenblick“, sagte ich zu Olenić.

Mein Handy läutete, eine unbekannte Nummer. Ich hoffte auf den Anruf aus dem Ministerium, in Verbindung mit der Rijeka Bank. Ich meldete mich und hörte: „Ich bins, Milka.“

„Wer?“

„Ich, die Tante Milka, hörst mich?“, fragte sie.

Ich hörte sie.

„Hm, ja, können wir später, ich habe jetzt ein Interview ...“

„Sag, wo er is!“, schrie sie. „Tu mir das net an, er is mein Einziger!“

„Jetzt bin ich bei einem Interview.“

Ich unterbrach.

Ich legte das Handy auf den Tisch, dann schob ich es weiter weg von mir, als ob es nicht mir gehörte. Der Schweiß brach mir aus.

Wieder meldete sich das Handy.

Herr Olenić, der lebendige Zeuge des Scheiterns, saß da und sah mich an.

Das Handy dröhnte *Satisfaction,* dort, auf seiner Seite des Tisches.

Fieberhaft suchte ich nach einem Ausweg: etwas, was irgendwessen Pressesprecher sagen würde. Was sagen? Dass ich nicht da bin? Schon gestern hatte ich das Gefühl, dass sie in mir einen Schuldigen für alles finden will. Das Handy tanzte und schrillte. Milka. Ich wusste, dass ich Milka keine Faxen vormachen kann. Sie ist die Mutter, ich bin nur ein Zeitungsmensch. Ich starrte auf das Handy. Mein Gedanke war, dass ich mich doch melden müsste. Sie würde sofort schnallen, dass etwas nicht stimmte, wenn ich mich nicht meldete. Ich beschloss, einen kühlen Kopf zu bewahren, räusperte mich und dachte mir meine Stimme mit tiefen beruhigenden Resonanzen.

Ich streckte die Hand zum Gerät aus, zog sie dann aber zurück. Ich hatte es im Gefühl, dass es mir nicht gelingen würde.

Ich kenne Milka gut: Sie fährt dazwischen ... Vor allem im heimischen Bereich.

Frauen in der Provinz kennen ihr Wirkungsfeld: Das sind die Dinge der Familie und der Verwandtschaft. Politik und äußere Angelegenheiten überlassen sie den Männern, aber was familiäre Fragen angeht – wenn es sich als notwendig erweist, jemanden zu beobachten, ihn auszuspionieren, ihm das Gehirn zu waschen, ein Geständnis und entsprechende Reue herauszukitzeln –, da sind sie zur Stelle.

Milka ist – das war mir seit jeher klar – die informelle Chefin des Familienressorts für innere Angelegenheiten. Sie geht zu allen zu Besuch, lädt regelmäßig ein, fragt aus. Sie hält sogar entfernte Verwandte auf anderen Kontinenten an der Leine.

Schon immer habe ich vor Milka meinen Diener gemacht. Sie wirkte unsichtbar, sie breitete sich aus wie etwas in der Atmosphäre. Wenn sie zu uns kam, jammerte sie immer wegen ihres Sohnes und provozierte meine Mutter, auch über mich zu jammern ... Und so jammerten sie gemeinsam, in meiner Gegenwart, über meine nicht abgeschlossene Uni, darüber dass ich nicht verheiratet bin, dass ich keine Kinder habe, dass ich keine Wohnung habe und dass ich fünf Bier trinke, sobald ich sie höre. Ihr Medium war das Jammern und damit verheerte sie alles um sich herum. Neben Milka fühlte ich mich selbst dann als Unglücklicher, wenn ich dachte, es ginge mir glänzend. Ich bin glücklich, dass ich Milka nicht gesehen habe, seit sie mit meiner Mutter in jenem Streit um das Familienerbe auseinandergegangen war, wo es nichts zu erben gegeben hatte, sondern nur zu verschiedenen Lagern gehalten wurde.

Da war es zum Konflikt gekommen. Milka war die Ältere, sie trat als Autorität auf und konnte meiner Mutter nicht verzeihen, dass sie an allen Konsultationen vorbei Stellung bezogen hatte; das war in etwa so, als würde sich der Polizeidirektor taub stellen gegenüber dem Befehl des Ministers. Aber meine Mutter verharrte in der Auflehnung, tapfer ...

Und deshalb habe sie, sagt meine Mutter, an den langfristigen Folgen zu tragen ... Denn Milka hat durch gründliche Außenarbeit die gesamte Familie gegen sie aufgebracht und aus meiner Mutter eine Art Stammesdissidentin gemacht.

Meine Mutter ist verbittert, jetzt kritisiert sie Milka, wo immer sie dazu Gelegenheit hat, bissig wie ein russischer Dissident, dem der KGB auf den Fersen ist, aber sie findet nur laue Unterstützung, und es ist ganz offensichtlich, dass Milka noch an der Macht ist.

Milka ist es so ziemlich gelungen, unsere Familie vom Rest der Verwandtschaft zu isolieren, und dafür bin ich ihr, unter uns gesagt, dankbar.

Da wir über nichts anderes zu sprechen hatten, unterrichtete mich meine Mutter kontinuierlich über die Entwicklung der Auseinandersetzung, die von hier, von Zagreb aus, wie eine Seifenoper nach einer wahren Begebenheit anmutete. Diese pittoreske mediterrane Verwicklung gab ich manchmal unter Lächeln auf Partys zum Besten. Aber einerlei, Mutter führte ihren Dissidentenkrieg, und das erhielt sie am Leben; wäre das nicht gewesen, hätte die Pension sie umgebracht. Besser sie führt ihren Krieg, als dass sie in Lethargie verfällt – dachte ich.

Ich hatte nicht so tiefgehend darüber nachgedacht wie Olenić über die Ökonomie. Von hier, von Zagreb aus, kam es mir so vor, als wäre die ganze Sache unter der Ebene des Realen und hätte überhaupt nichts mit mir zu tun. Hätte ich diesen Konflikt etwa ernsthaft analysieren sollen?!

O ja, das hätte ich!

Denn wenn ich etwas besser überlege – in dieser ganzen Kampagne hatte meine Mutter ein As im Ärmel ... Mich!

Deshalb gibt sie allen meine Nummer – um ihnen zu zeigen, dass auch unsere Fraktion mächtig ist. Auf dem flachen Land haben wir vielleicht nicht die wahre Unterstützung, aber wir halten die Hauptstadt und die Medien ... Der Westen ist auf unserer Seite, wie auch die liberalen Intellektuellen.

Jetzt erst begreife ich, was es in dieser Verwicklung zu bedeuten hat, wenn meine Mutter Boris zu mir schickt ... Sie hatte ihm meine Handynummer gegeben und ihn hergeschickt wie einen armen Schlucker, der um einen Gefallen bettelt – als würde er Asyl suchen. Sie wollte damit vor allem Milka demütigen! Und natürlich hörte Milka deshalb nichts von Boris! Er hatte Hilfe von der Dissidentin angenommen und seine Mutter verraten, er war auf die andere Seite übergewechselt wie ein Balletttänzer des Bolschoi-Theaters, der seine homosexuelle Seele verkauft hat.

Allmählich begriff ich, wie sehr ich darin verwickelt bin, und habe nicht die Kraft, in dieses Magma einzutauchen ... Und jetzt noch Milka etwas vorzumachen um Boris. Denn klarerweise glaubt sie jetzt, ich sei ein Teil der Verschwörung ... Und das bin ich ja auch. Verdammt noch mal, was Milka anging, war ich das oberste Vollzugsorgan im Dienste meiner Mutter. Das ist einfach Tatsache. Meine Mutter hatte ein Komplott ersonnen, und ich hatte es ins Werk gesetzt. Nicht nur, dass wir Milka gedemütigt hatten, wir hatten ihren eigenen Sohn dazu gebracht, sie zu verraten, wir hatten dort zugeschlagen, wo es am meisten weh tat ... Wir waren noch weiter gegangen! Wir hatten ihren Sohn in den Irak geschickt, damit er dort in der Wüste verschwinden sollte ...

Das Handy wanderte vibrierend über den Tisch.

Olenić sah mich an, dann das Handy vor sich. Er machte ein grimmiges Gesicht, als würde eine Kakerlake durch seine Küche spazieren. Er schien das ganze Schauspiel dem historischen Kontext, über den wir sprachen, für unangemessen zu halten.

Das Handy vibrierte, und ich spürte, wie mich alles das einholte, vor dem ich seit Jahrzehnten flüchtete. In meinem Kopf erscheinen Bilder ... Milka wandelt sich zur obersten Repräsentantin eines früheren Lebens ... Ich sehe, wie mich die Provinz verfolgt, alles das ... Die Vergangenheit, die Geister des vormodernen Lebens, das Magma, von dem ich mich hatte emanzipieren wollen. Ich sehe mich selbst, wie ich über das urbane Brachland (so etwas wie die Elysischen Gefilde) flüchte und die Bauern mit aufgepflanzten Mistgabeln und allem Möglichen (was jeder gerade hat greifen können) wie weiland im Bauernaufstand gegen mich vorrücken, und Milka führt sie an wie die Delacroix'sche Marianne, die Heroin mit dem zerrissenen Hemd, heroisch hebt sie den Arm und dräut mit alten Brüsten ... O Gott!

Woher das alles plötzlich?! Es stimmt, ich bin nach Zagreb geflüchtet, bin urban geworden, war in Tausenden Konzerten, lebe mit einer Schauspielerin zusammen, die in Avantgardestücken auftritt, habe mich für cool gehalten, habe alles nach Vorschrift gemacht ... Vielleicht habe ich sogar übertrieben ... Denn: Die Angst davor, dass jemand denken könnte, ich sei ein Bauer – hat mich dazu getrieben, mir völlig unverständliche postmodernistische Bücher zu lesen, unerträgliche Avantgardevorstellungen zu besuchen, selbst solche, deren Grundidee das Malträtieren des Publikums ist, progressive Musik selbst dann zu hören, wenn das nicht meiner Stimmung entsprach ... Ich hasste alles Oberflächliche, alles Populistische! Wenn etwas allzu populär wurde, konnte ich es nicht mehr ertragen ... Selbst in Augenblicken schwerer Alkoholisierung, wenn es mich ankam, die Hände zu einem populären Refrain zu heben, ließ ich sie wieder sinken ... Vielleicht war ich ein bisschen verkrampft. Aber ich hielt Disziplin! Ich ARBEITETE daran! Aber vergebens ... Plötzlich habe ich *die* wieder am Hals. Sie hatten sich tot gestellt. Ich hatte den Eindruck gehabt, ich wäre ihnen entkommen, aber jetzt haben sie mich über Boris eingekesselt und ziehen den Ring enger. Das Handy vibrierte auf dem Tisch und alles wurde *hot.* Mir brach der Schweiß aus.

Ich stöhnte wie ein Kranker.

„Sie sind langsam ... aber sie verfolgen mich“, sagte ich zu Olenić.

Er sah mich, milde gesagt, fragend an.

„Was sagen Sie?“

„Ach, ich zitiere Admiral Mahić“, sagte ich.

„Aha“, sagte er und sah mich prüfend an wie ein Psychiater. „Das ist wohl ein Heerführer?“

„Nein, tut nichts zu Sache“, sagte ich.

Ich griff nach dem Handy und schaltete es aus.

Hier lächelte Olenić unerwartet und sah irgendwohin vor sich hin.

Ich fragte mich, wie das Interview am besten fortzusetzen und Milka zu vergessen sei, aber mir fiel keine einzige Frage mehr ein.

Ich schenkte mir noch einen Whiskey ein.

„Was glauben Sie wird mit der Rijeka Bank?“, fragte ich unvermittelt.

Herr Olenić stützte die Arme auf. Sein Lächeln war augenblicklich verschwunden. Ich glaubte schon, ich wäre ihm mit meinem neurotischen Benehmen auf die Nerven gegangen. Er sah mich scharf an. Er hob den Finger: „Zur Zeit des heftigsten Nationalismus ..."

Hier hielt er inne, und ich murmelte: „Bitte?"

„Zur Zeit des heftigsten Nationalismus! In den Neunzigern! Damals durfte man nicht sagen Ökonomie ..."

Er blies hörbar die Luft aus. Wieder hielt er inne, aber ich traute mich nicht, irgendetwas zu fragen. „... Man durfte nicht Ökonomie sagen, denn das ist kein reines Kroatisch. Man musste Wirtschaft sagen! Aber ja – zu der Zeit wurden alle unsere Banken ans Ausland verkauft!"

„Ja, ja", nickte ich in dem Versuch ihn zu beruhigen.

„Ich denke, das war die *Funktion* des Nationalismus ... in Osteuropa. Verstehen Sie, die Nationalisten sind die, die alles verkaufen dürfen, denn das versteht jeder, dass sie deshalb leiden!"

„Interessant formuliert", sagte ich.

„Und nun sollen sich die mal etwas einfallen lassen!", sagte er resolut.

Sag das Markatović, dachte ich.

„Aber die Deutschen wollen die Banken loswerden. Der Staat kann sie zurückkriegen!", sagte ich.

Olenić zeigte einen leicht angewiderten Gesichtsausdruck. Er hob das Kinn.

„Hören Sie, Jugoslawien war die Summe kleiner Nationalismen, die sich zusammengeschlossen hatten im Kampf gegen die großen. So haben wir uns der Italiener an der Küste und der Deutschen auf dem Kontinent entledigt. Das konnten wir nicht alleine durchführen. Als wir das erledigt hatten, haben wir uns Jugoslawiens entledigt, das heißt, der Serben, und jetzt machen wir auf selbstständig. Aber sehen Sie, jetzt sind wir wieder im Spiel mit den Großen, mit den Italienern und den Deutschen. Das ist die ganze Geschichte."

Hm, kurz und bündig, dachte ich.

„Aber alles das ist voller Leid unschuldiger Menschen", sagte ich und nahm etwas vom Whiskey.

Olenić sah mich an, als wäre ich aus dem Kontext gefallen. Dann, als hätte er etwas vergessen, fügte er hinzu: „Die Italiener und die Deutschen haben jetzt alle unsere Banken übernommen. Natürlich rechne ich zu den Deutschen auch die Österreicher. Und von der Seite kommen auch die Ungarn. Sie sind nicht so wichtig, aber die INA ..."

„Gut", versuchte ich ihn zu unterbrechen, „aber kehren wir zu unserer Bank zurück ... Die Deutschen bieten sie uns an. Was meinen Sie, wird der Staat sie zurücknehmen?"

Olenić stand gereizt auf und ging ans Fenster. Er schob die Vorhänge zur Seite und sah hinaus. Draußen goss es.

„Alles das ist, wenn man es tiefer betrachtet, sinnlos. Ich habe den Sozialismus aufgebaut. Das war im Wesentlichen Widerstand gegen das globale Kapital", sagte er von dort. Er sah resigniert aus dem Fenster, als würde er betrachten, was von alledem übrig geblieben war. „Wir drehen uns nur im Kreis. Um uns der Deutschen zu erwehren, müssten wir auf die Serben setzen. Und umgekehrt."

Na gut, dachte ich, und wo ist da die Prognose?

„Vielleicht", sagte ich. „Aber mich interessiert mehr das Kurzfristige ..."

„Mich nicht!", sagte Olenić. „In meinem Alter habe ich dazu nicht die Zeit. Wenn Sie schon ein Interview mit mir machen, hören Sie auf, mich mit Kleinigkeiten anzuöden. Ich weiß, was eine Zeitung ist. Wenn ich zu Ihnen über die Rijeka Bank spreche, werden Sie das als Schlagzeile setzen und alles Wesentliche unter den Tisch fallen lassen."

Ich blieb weiter sitzen, schweigend. Ich sah Olenić vor dem Fenster, im Gegenlicht. Dieser Alte kommt aus ernsten Zeiten, dachte ich. Noch immer ist er hier, durch ein Wunder; vielleicht der Letzte, den ich von ihnen kennenlernen werde ... Alte Modernisten, dachte ich. Wir ernst sie waren, wie gerade sie auf ihr Ziel zugeschritten sind ... Würde ich heute Tito von 1937 begegnen, würde er auf einer Zeitreise ins *Limited* einfallen, um mir zu sagen, was und wie er denkt, würde er mir gerade in die Augen sehen, würde ich bestimmt vor ihm zurückschrecken und glauben, er wäre verrückt.

Ich schenkte mir noch vom Whiskey ein.

Der Alte stand da und sah aus dem Fenster. Draußen blitzte es, er drehte sich um, irgendwie versuchte er mich einzuschätzen ...

Ich glaube, er hielt mich für einen Betrunkenen. Er schien darauf zu warten, dass ich ging.

Aber ich konnte nicht gehen, mir fehlte noch eine Anekdote.

Es war mir peinlich, Olenić um eine Anekdote zu bitten. Er könnte mich, dachte ich, rauswerfen in diese Sintflut, wenn ich sagte „Erzählen Sie bitte eine Anekdote“, deshalb begann ich verblümt von Kiro Gligorov zu sprechen, weil ich fand, dass er seinen Namen in einem freundlichen Ton erwähnt hatte. Einfach um ihn mehr aufs Private zu bringen.

Jetzt setzte sich Olenić wieder. Er schenkte sich etwas Whiskey ein, was ein gutes Zeichen war.

„Interessant“, sagte er, „Sie haben mich für einen Moment direkt an Kiro erinnert.“

„Ach wirklich!“, sagte ich mit unangebrachtem Feuer. „Wie?“

Seine Miene heiterte sich ein wenig auf: „Ich war vor ein paar Jahren unten in Mazedonien, auf einem Symposion. Jemand hatte sich an mich erinnert, und man hatte mich eingeladen ...“

Irgendwie schien er sentimental zu werden, die Härte war aus seinem Gesicht verschwunden, und jetzt erzählte er mir, bei einigen Zwischenfragen – die ich auslassen werde – die ungewöhnliche Geschichte vom Zerfall Jugoslawiens.

Kann so was Präsident sein?

Hier also die Geschichte, die mir Olenić erzählt hat:

„... Und wenn ich schon mal da unten bin, sagte ich mir, will ich kurz bei Kiro reinschauen, ich meine, wenn du in ein Land kommst und du kennst den Präsidenten, da wäre es doch schade, ihn nicht zu besuchen ... Kiro war gerade gegen Ende seiner zweiten Amtsperiode, und ich ging davon aus, dass er nicht mehr so viel zu tun hatte ... Und so sitzen wir in seinem Büro, sein Handy läutet nonstop; er hatte es gerade erst bekommen und wusste nicht, wie man es abschaltet.

Und ich wusste es auch nicht.

Das war genauso wie hier jetzt, als wir uns unterhielten, nur bei ihm hat es nonstop geklingelt, denn er war der Präsident. Aber er konnte es nicht abschalten, so wie Sie vorhin, sondern wir beiden alten Knaben sitzen vor diesem Handy und starren es an. Und das Handy quält uns wie ein kleines Kind, das weint ... Ja, daran hat es mich erinnert.

Aber gut ... Das Handy klingelt also, ich klage ein bisschen über unsere Pensionen, und er sagt: ‚Ole ...‘ So nannte er mich: Ole ... Er sagt: ‚Ole, sieh mal, ich habe ein Gehalt von siebenhundert Mark und ich bin der Präsident, und ich denke die ganze Zeit, dass ich mehr haben sollte, aber irgendwie ist es mir peinlich, ihnen zu sagen, dass sie es erhöhen sollen.‘

Ja, so war er, unser Kiro. Wir kommen ins Reden, obwohl sein Handy nonstop klingelt und stört. Und da fragt er mich in einem Moment, was ich denn meine – wer ihm auf dem Posten des Präsidenten nachfolgen könnte. Denn seine zweite Amtsperiode war gerade am Ablaufen und er konnte nicht mehr kandidieren. Und jetzt sollte er jemanden finden, den er persönlich unterstützen würde, aber er wusste selbst nicht, wen von den Jungen er unterstützen sollte ...

Und da sage ich zu ihm: ‚Also, ich weiß nicht, ich verfolge das zu wenig, vielleicht Vasil Tupurkovski' ... Dieser Tupurkovski, Sie wissen welcher? Der Dicke mit dem Schnauzer, der immer irgendwelche Wollpullis trug. Aber dumm war der nicht. Und er hatte Erfahrung, politische, noch aus Jugoslawien, und war Sozialist, und da konnte ich mir vorstellen, dass er es gut sein könnte ...

Sagt Kiro zu mir: ‚Ja, Vasil, an den denke ich auch ... Nicht, dass es keinen Besseren gäbe, aber ich weiß selber nicht ...'

Kiro sieht nachdenklich vor sich hin ... Und fragt mich plötzlich: ‚Erinnerst du dich, Ole, wie Jugoslawien zerfallen ist?'

‚Ja', sage ich.

Meint Kiro: ‚Es war damals auf dem letzten Parteikongress ...' Verstehen Sie, Kiro erzählt mir von der letzten Sitzung, auf der alles zum Teufel gegangen ist, denn zuerst sind die Slowenen raus, dann hat Račan auch die Kroaten hinausgeführt ... Aber bevor sie raus sind, erzählt Kiro, hat das den ganzen langen Tag gedauert, denn Diskussion folgte auf Diskussion, Streit auf Streit, und nonstop war es ein Drama, die Spannung dauerte stundenlang, es wurde Nacht, aber die Sitzung wollte einfach kein Ende nehmen, und Vasil, der neben ihm saß, erzählt Kiro, flüstert ihm ständig ins Ohr, dass er Hunger hat und dass er es nicht mehr aushalten kann, dass er jetzt rausgeht ...

Aber Kiro sagt zu ihm, warte, du siehst doch, dass alle raus wollen, die Slowenen, die Kroaten, wenn du jetzt gehst, sieht es so aus, als wären wir Mazedonier als Erste rausgegangen ...

Du darfst nicht rausgehen, sagt Kiro zu ihm, und der hört gerade noch auf ihn ...

Und dann, als die Slowenen rausgegangen sind, flüstert Vasil zu Kiro: ‚So, jetzt geh ich auch …'

Aber Kiro lässt ihn nicht.

‚Aber ich sterbe vor Hunger', sagt Vasil. Und Kiro versucht, ihn zu beruhigen, und sagt, nimm dich zusammen, du siehst doch, dass das Land zerfällt, verdammt noch mal … Ich will nicht, dass es so aussieht, als hätten wir Jugoslawien zusammenbrechen lassen, nur weil du so großen Hunger hast, sagt Kiro, sondern warte die Pause ab, sonst spricht die Geschichte das Urteil über dich …

Nur gut, sagt Kiro, dass zum Glück auch die anderen Hunger kriegen und dass sie da so ein schwedisches Buffet gemacht haben, da hat es sich Vasil dann gut gehen lassen, ich habe nur zwei Kanapees genommen, sagt Kiro, ich hatte auf nichts Appetit, verstehst du, mir war nach überhaupt nichts, denn ich habe gesehen, was kommt … Ich konnte schon die Toten zählen, glaub mir, ich habe Erfahrung … Also, das hier erzähle ich Ihnen auf Serbisch, so wie es mir Kiro erzählt hat, verstehen Sie …

Und dann, erzählt Kiro, kommen wir nach diesem schwedischen Buffet zurück in die Sitzung, aber die ist dann schnell zu Ende gewesen, denn weder die Slowenen noch die Kroaten sind in den Saal zurückgekehrt … Jetzt kann ich mich nicht mehr an alles im Detail erinnern, was Kiro mir erzählt hat … Aber begreifen Sie die Situation … Und Kiro sagt, was machen wir jetzt: Ich sage zu Vasil, fahren wir nach Skopje, wir haben keine Wahl, hier gibt es nichts mehr.

Den Kiro hat das alles sehr getroffen, denn er hat dieses Jugoslawien mit aufgebaut und die Reformen gemacht, Sie verstehen das …

Und Kiro sagt, wir packen unsere Sachen zusammen und gehen zum Auto, und ich sag zum Fahrer: ‚Fahr zum Flughafen!' Und denke im Stillen: Da ist gerade Jugoslawien zerfallen, eine historische Epoche ist vorüber, ich bin jetzt hier, und wer weiß wann, vielleicht komme ich nie mehr in dieses Belgrad zurück, und es geht so ein Nieselregen, dass einer überhaupt nicht weiß, was er mit sich anfangen soll ...

In diesem Moment fällt ihm Vasil ins Wort und sagt zu ihm: ‚Kiro, in Karaburma gibt es ein sehr schönes Lokal, das hat die ganze Nacht offen und hat immer frischen Braten' ... Kiro sieht ihn an und sagt: Hast du nicht gerade eben gegessen? Ich kann jetzt nicht essen, Vasil, ich habe keinen Appetit, mir ist ganz schlecht ... Aber du, wenn du willst, geh ruhig, ich warte im Auto auf dich und döse ein bisschen, sagt Kiro. Und er sagt, sie sind hingefahren, und Vasil ist ins Lokal rein, aber es war ihm wohl unangenehm, dass ich warte, sagt Kiro, und er kommt nach zehn Minuten zurück und hat den Braten in einer Plastiktüte bei sich. Und so fahren wir zum Flughafen, ich den Kopf ans Fenster gelehnt, um die Nerven zu beruhigen und ein bisschen zu dösen, aber ständig dieses Zellophangeknister im Ohr, weil er in der Tüte herumsucht ...

Wir steigen in die Maschine und erheben uns über Belgrad, und ich sehe hinunter in die Nacht ... Die ganze Zeit will ich schlafen, ich schließe die Augen, aber ständig geht mir im Kopf herum: Was kommt jetzt? Und ich lasse mein ganzes Leben rückwärts laufen und denke: Jugoslawien untergegangen, ich kann es nicht glauben ... Und was wird jetzt aus Mazedonien, wenn es losgeht und jeder an sich rafft, was er kriegen kann ... Und dann dieser Abgrund tief unter uns, und ich kann nicht einschlafen, sondern höre ständig dieses Zellophangeräusch, ich höre, wie er in der Tüte herumfummelt, das Geräusch hat mich wirklich gestört, und ich war auch mit den Nerven fertig, und ich mache die Augen auf und sehe Vasil an und will gerade etwas zu ihm sagen ... Aber ich stocke, ich kann es irgendwie nicht glauben und sehe zu, wie er das Fleisch vertilgt.

Und er, als er sieht, dass ich ihn ansehe ... sagt: ‚Kiro ... es gibt nichts Besseres als ein kaltes Kotelett!'

Das erzählt mir Kiro und sein Handy läutet ständig auf dem Tisch, und ich wusste nicht, ob er sich jetzt deswegen aufregt oder wegen der Geschichte.

Und dann breitet Kiro die Arme aus und sagt: ‚Und jetzt sag du mir, Ole – kann so was Präsident sein?'"

* * *

Das ist zu lang für eine Zeitungsanekdote, kalkulierte ich beim Verlassen des Hauses, in dem Olenić wohnte ... Der Platzregen ließ nach, und ich war hungrig, fast so wie Vasil, deshalb betrat ich sofort ein Design der Siebziger, das heißt ein muffiges Sozial-Restaurant, das aus dem Sozialismus übrig geblieben ist, wo in der Windstille eine alte Kellnerin in Gesundheitstretern überlebt hat.

Heute, wo in jeder Boutique so eine überkandidelte Göre arbeitet, die um sich herum Wettkampfatmosphäre verbreitet, wirken solche Froschwiesen entspannend. Ich aß eine Portion Kuttelfleck und stellte mich dann, leicht angetrunken, an den Tresen. Ich versuchte, mit der alten Kellnerin ein Gespräch anzubahnen über den Krieg im Irak, alles im Stil „war nun der Krieg bei uns schlimmer, oder ist es der dort".

Ich wollte mich irgendwie überzeugen, dass Boris, nachdem er hier als Soldat überlebt hatte, dort wohl auch als Zivilist überleben würde. Die alte Kellnerin ignorierte mich leicht; in der Hohen Schule ihrer Schank-Diplomatie hatte sie gelernt, dass man mit Typen meines Alters besser nicht über den Krieg redet, denn es ist schwierig zu bestimmen, wer von denen PTSS hat und wer einen Vetter im Irak. Sie sagte nur: „Ich könnte das nicht noch einmal durchmachen ..."

Ich verließ die Lokalität – gar nicht unwert, im Stadtzentrum – mit meinen Gedanken bei der unausbleiblichen Privatisierung, die die alte Kellnerin in Borosana-Tretern, zusammen mit den Kuttelfleck, von hier vertreiben wird wie die Pest.

Unterwegs rief ich Sanja an, sie sagte, sie gehe nach Haus, um sich ein wenig hinzulegen und sich vor der Premiere zu konzentrieren, und ich beschloss, in die Redaktion zurückzukehren und ihr Ruhe zu geben. Dort checkte ich meine Mails. Ich war aufgeregt, als ich eine Nachricht von Vito Čuveljak vorfand, der im Irak für Reuters dreht …

Čuveljak antwortete mir, er wisse nichts über Boris, aber er werde sich noch erkundigen …

Die folgende Nachricht war wieder ein Angebot zur Penisvergrößerung, aber egal, meine Erregung war abgeklungen.

Ich versuchte, am Interview mit Olenić zu arbeiten, aber das Handy fing wieder an zu quengeln. Wieder diese Nummer. Ich hatte sie unter *MILKA* gespeichert.

Ich meldete mich nicht, und jetzt musste sie mitgekriegt haben, dass ich Schiss hatte. Ich schaltete den Ton weg und ließ nur das Vibrieren. Alle Augenblick zitterte das Handy auf dem Tisch. Auf dem Display stand wie eingemeißelt: *MILKA*.

Allmählich fand ich mich mit meiner Lage ab. Ich sah auf das verfluchte Gerät und dachte: Ich bin schuld … Ich hätte ihn nicht hinschicken dürfen. Das ist das Einzige, was ich Milka sagen kann. Was sonst? Wie ihren Mutterinstinkt betrügen? Ich bin schuld, und das ist es …

Aber ich meldete mich nicht; ich verteidigte mich mit Schweigen wie ein richtiges Monstrum.

Dann hörte es endlich auf. Das Handy hatte sich beruhigt.

Ich versuchte, zum Interview zurückzukehren. Die Sätze tanzten auf dem Bildschirm, als wollten sie mich verhöhnen. Ich bestellte einen Kaffee im Redaktionscafé; Anka Brkić war nicht mehr da – offenbar hatte Silva ihre Mission übernommen.

Rasch trank ich den Kaffee aus.

Dann fühlte ich plötzlich Schmerzen in Hals und Schultern. Der Schmerz bewegte sich kopfwärts. Und da drinnen war auch so ein Pochen.

Dann rief mich meine Mutter an.

Da sie Gespräche übers Handy für entsetzlich teuer hält, war es wahrscheinlich etwas Wichtiges. Ihr gegenüber hatte ich das Problem mit Boris bisher nicht erwähnt, denn mit ihr wurde jedes Problem nur größer.

Aber sie fragte nicht nach Boris. Sondern sie habe, sagte sie, Sanjas Interview gelesen. Und sagte, dass das, wie sie über Sex rede, also, dass sie sich schäme.

Ich musste kurz überlegen.

„Sie redet und du schämst dich?", fragte ich.

„Ich schäm mich", sagte sie beleidigt.

„Was hat sie denn gesagt, dass du so heiß läufst?"

„Heiß läufst? Komm, rede normal mit mir ... Ich bitt dich ... Was sie gsagt hat? Sie hat gsagt, dass sie sich nackt auszieht beim Film ... Anstatt dass ihr heiratet und Kinder habt, will sie sich ausziehen beim Film! Ihr seid ... Ihr seid nicht normal!"

„Nein", sagte ich. „Was kann man machen."

Sonst hatte sie die Fähigkeit, mich aus dem Takt zu bringen, aber jetzt war ich wohl schon draußen.

Es verletzte sie schrecklich, dass ich so cool blieb. Sie schwieg, ich spürte ihre Wut. Dann presste sie hervor: „Und das ist alles, was du mir zu sagen hast?"

„Ich habe zu tun", sagte ich. „Ich kann jetzt nicht darüber reden."

„Ich weiß net ... Ich weiß net ... Wo ihr herkommt und wer euch gmacht hat und erzogen und wie ihr so geraten habt können, ich weiß net!", sagte sie und legte auf.

Ich überlegte, wie wir so geraten sein mochten.

Wenn ich in irgendetwas meiner Mutter nachgekommen wäre – hätte ich das Gefühl gehabt, nicht zu existieren.

Darin liegt das Problem unserer Beziehung. Ich dachte, dass ich vielleicht zu alt sei, mich so zu fühlen. Aber zumindest existiere ich.

* * *

Dieses Handy ist eine unglaubliche Sache. Du sitzt irgendwo, egal wo, und ständig passiert dir etwas. Markatović rief an. Er war leise. Er sagte, er rufe aus dem Badezimmer an. Er sagte, seine Frau packe die Koffer.

„Wessen Koffer?“, fragte ich.

„Ihre“, heulte er.

„Aha ... Ich hatte geglaubt, deine ...“

„Ihre, sie packt ihre! Wenn jemand irgendwo hingeht, dann packt er seine Koffer, und keine fremden“, zischte Markatović.

Ich weiß wirklich nicht, warum ich geglaubt hatte, sie würde seine Koffer packen.

„Und wo will sie hin?“, fragte ich ihn.

„Weiß ich nicht“, flüsterte er. „Sie ist verrückt geworden.“

„Was war los?“

„Ich habe ihr gesagt, ich hätte Aktien der Rijeka Bank, dass ich noch warte ... Das hat das Fass zum Überlaufen gebracht.“

Ich seufzte. Würde ihn die Frau lieben, würde sie es mit ihm aushalten in Gut und Böse, dachte ich.

„Und wo will sie hin?“, fragte ich wieder; ich weiß nicht, warum ich mich daran festhakte.

„Ich sage doch, ich weiß es nicht“, zischte er.

„Dann frag sie, Menschenskind!“

„Sie ist verrückt“, sagte er eingeschüchtert.

„Na und?!“, rief ich.

„Gut. Ich geh sie fragen“, sagte Markatović und legte auf.

Schließlich rief auch Sanja an. Sie sagte, sie hätte sich ein bisschen hingelegt und dann hätte sie das Telefon geweckt, das heißt Milka, die mich zu Hause gesucht habe und nicht habe glauben wollen, dass ich nicht da bin, und als sie, Sanja, ihr auf die Feine gesagt habe, sie solle sie in Ruhe lassen, sie habe Vorstellung, habe Milka ihr zur Antwort gegeben, wir würden schon sehen, was eine Vorstellung sei, worauf Sanja das Telefon ausgeschaltet habe und ans Meditieren gegangen sei ... Jetzt sei es schon besser, sagte sie. Jetzt gehe sie ins Theater, wir würden uns nach der Premiere sehen, ich solle ihr die Daumen drücken.

Mach ich, sagte ich. Toi toi toi, sagte ich.

Es geht schon alles gut, sagte ich.

Ich rief Markatović an und sagte: „Ich habe Kopfschmerzen."

„Ach ja? A ... Warum sagst du mir das?", fragte er.

„Deshalb weil ich das Handy ausschalten, eine populäre Tablette nehmen und nach Hause gehen werde, um eine Runde zu pennen", sagte ich. „Du musst nicht glauben, dass ich mich bei dir nicht melden will. Während dein Drama am Laufen ist ..."

„Aha", murmelte er abwesend.

„Gut, was war jetzt? Ist Diana gegangen?", erinnerte ich ihn.

Er zuckte zusammen und referierte: „Sie hat sich ins Zimmer eingeschlossen. Ich habe durchs Schlüsselloch gesehen. Sie schreibt etwas. Ich glaube, sie schreibt mir einen Brief."

„Gut, dann melde dich, wenn du ihn bekommen hast", sagte ich.

* * *

Trotz allem muss ich zu dieser Premiere gehen und mich an der Kunst emporranken. Ich habe keine andere Wahl.

Nach dem Duschen betrachte ich mich im Spiegel.

Ich sehe diese halblange Frisur. Ich werfe das Haar durcheinander. Ein bisschen Gel? Hm, ich weiß nicht, wie ich genau auszusehen habe bei dieser Premiere.

Schon seit ein paar Jahren suche ich nach einer Schablone für einen alten Rocker, den es noch nicht verschlissen hat. Ich weiß nicht mehr, in welchem Film ich bin. Früher habe ich mit meinem Aussehen etwas auszusagen versucht, jetzt ist es, als wollte ich vor etwas ausweichen.

Ich sehe mir aus dem Spiegel entgegen, nervös. Das wird Sanjas großer Test, in einem renommierten Theater. Ich sollte relativ ernst aussehen.

Aber nicht zu sehr, denke ich. Ich müsste das eine und das andere irgendwie kombinieren ...

Dann probiere ich mehrere Varianten.

Es ist nicht zu glauben, wie müde das Umziehen macht. Irgendwas ist dabei, das mich furchtbar erschöpft macht.

Ich hätte sie fragen sollen, was ich anziehen soll. Ich sehe auf die Uhr. Es ist blöd, sie jetzt anzurufen. Daraus könnte sich eine Anekdote entwickeln, einmal in einer Gesellschaft könnte sie erzählen: „Es war meine erste große Rolle. Ich konzentrierte mich in der Schaupielergarderobe, von wegen schweres Problem ... Als mein Handy läutet und er, der Ärmste, mich fragt: ‚Was soll ich anziehen?'"

Ich beäuge mich im Spiegel ... Welche *Form* soll ich annehmen?

Soll ich doch den Anzug anlegen?

Brüste.

Dunkel.

Es ist aus.

Uch, sie hat es überstanden, dachte ich. Meine Handflächen waren schweißnass.

Jetzt kam der Applaus.

Großer Applaus.

Man hörte auch manches „BRAVO“. Allerdings war auch ich einer von denen, die das riefen, als ich Sanjas Gesicht sah, aus dem die Verkrampfung gewichen war, nachdem sie zum dritten Mal zum Verbeugen herausgekommen war.

Aber alles das hatte noch nichts zu bedeuten.

Das Premierenpublikum setzte sich aus der sich in Heuchelei badenden lokalen Elite zusammen, die einen besonderen Rhythmus bei der Ausformung von Standpunkten hat. Noch in der Schlange vor der Garderobe, nach der Vorstellung, ist es schwer, kritische Stimmen zu hören, vielleicht mal eine Miene, ein Gesicht, das mit seinem fragenden Ausdruck nach Konsultation zu verlangen scheint, aber nur eine halbe Stunde später, wenn man bei einem Gläschen und Kanapees die ersten Konsultationen hinter sich bringt, sieht die Sache schon anders aus. Es gibt Menschen, deren Sendung es ist, als Erste ein negatives Urteil auszusprechen. Das sind ihre Momente, und sie sind sich dessen bewusst, während sie die ersten ironischen Bemerkungen ersinnen. Das sind Menschen, die alle Kulturereignisse besuchen, obwohl ihnen nichts davon gefällt. Aber wir brauchen sie.

Charlie ist einer von ihnen. Ich sehe, wie er mit einem rätselhaften Lächeln im Gesicht auf mich zusteuert, als wollte er mich erinnern, dass auch ich einer von ihnen bin.

„Der Regisseur ... Da hat er wohl ein bisschen daneben

geschossen", sagte Charlie, der schon immer Regie inskribieren wollte.

So wie ich gehört auch Charlie zu den Menschen, die etwas machen, was sie nicht mögen, denn das, was wir mögen, das machen irgendwelche anderen Leute, und so sind wir ihnen gegenüber besonders kritisch eingestellt.

„Das würde ich nicht unbedingt sagen", sagte ich.

„Die Schauspieler sind gut, aber, verstehst du, er hat es verhaut", sagte Charlie.

Ich konnte ihm nichts dagegenhalten. In seiner Stimme hörte ich das Echo meiner eigenen. Ich konnte jetzt bei Charlie die Kriterien, die wir gemeinsam in unzähligen Kommentaren fremder Vorstellungen, Bücher und Filme selbst definiert hatten, nicht niedriger ansetzen. Wir hatten unheimlich hohe Kriterien, und jetzt hatte mich Charlie mit diesen Kriterien in der Hand.

Ich seufzte vernehmlich, dann fragte ich: „Wir fandest du Sanja?"

„Sie war ausgezeichnet. Aber Tatsache ist, er hat es verhaut ... Er hätte anders müssen ... mehr ..."

„Wie?"

Wieso nahm er gerade Ingo aufs Korn? Ich hatte erwartet, dass alle von der „präzisen deutschen Regie" sprechen würden.

Aber da siehst du es, Ingo Grinschgl ist Ostdeutscher, und was das Schlimmste ist, er sieht auch aus wie ein Ostdeutscher. Taufrisches Gesicht und Hippiefrisur, also er wirkt nicht gerade wie ein Westler, der uns zeigt, was im Trend liegt. Vor allem die Snobs hatten ihn abgeschrieben.

„Gut jetzt, sei mir nicht böse", sagte Charlie. „Gib zu, er hat es ein bisschen verhaut."

Hier machte er ein Grimasse, als würde vielleicht auch ich zugeben, dass Ingo schuld war. Da Charlie Sanja gelobt hatte, musste man sich auf den Kompromiss einlassen, sonst würde er aus Trotz alles in Frage stellen, Text, Beleuchtung und Sanjas Darstellung. Wenn der Druck zu stark wird, musst du hin und wieder eine Figur opfern.

In diesem Augenblick erschien Ella. Charlie hatte vermutlich vergessen, dass sie hier auftauchen könnte; er erstarrte, als hätte ihn plötzlich eine Nadel gestochen. Ella bedachte Charlie mit einem Gruß, mich hingegen küsste sie, als wollte sie mir gratulieren. Sie sagte, Sanja sei phänomenal.

Sie blieb bei uns stehen.

„Wie geht es dir?“, sagte sie leise zu Charlie. Sie wandte sich auf eine besondere Weise an ihn, ein wenig mütterlich.

Wer weiß, was für eine Geschichte er ihr über sich erzählt hat, dachte ich bei mir.

Ich wich zwei Schritt zurück. Ella sagte etwas zu Charlie in einem Ton, als brauchte er Hilfe. Das war natürlich richtig. Aber er war noch nicht bereit für die Therapie. Ich sah, dass er am liebsten geflüchtet wäre und mich mit Ella allein gelassen hätte. Hinter ihnen sah ich Silva näher kommen, jetzt würde es Komplikationen geben, und so sagte ich, ich müsse aufs WC, und verschwand, bevor sich Charlie zurechtgefunden hatte.

Ich ging aus dem Vestibül Richtung WC und verlängerte dann zum Schauspielercafé, wo sich nach der Premiere alle möglichen Kiebitze drängelten.

Es herrschte schon ziemliches Gedränge.

* * *

Dort, am Tresen, stieß Sanja zu mir. Sie hatte sich nicht umgezogen.

„Uch“, entfuhr es mir. Dieses billige Kostüm war in der Tat sexy. Zum Teufel, ich hatte den Anzug angezogen, den ich auf Hochzeiten und Beerdigungen trage! Wo war unsere Koordination?

Ich küsste sie. Sie tätschelte mich am Hintern, so dass ich mich automatisch umdrehte, um zu sehen, ob uns jemand beobachtete.

„Komisch bist du in diesem Anzug“, sagte sie.

„Ach, ich dachte, ich muss, als ...“

„Aber er steht dir gut.“

Sie beobachteten uns. Sie hatten allen Grund, uns zu beobachten, denn sie hatte ja heute Abend die Hauptrolle gespielt, und da verbargen sich die Blicke nicht. Ich hatte allerdings den Eindruck, als würden alle auf ihren Po in dem weißen Mini sehen, der aus etwas Plastikähnlichem war. Da drüber hatte sie den Bauchnabel frei, und dann die Andeutung einer Bluse auf einen weißen Push-up genäht, der ihre Brüste vergrößerte. Unten glitzernde weiße Stiefelchen. Auf dem Kopf trug sie einen weißen Cowboyhut, und alles in allem sah sie aus wie eine vom Strich. Eine Rolle kann einen Schauspieler davontragen. Sanja schien, wie man so sagt, noch nicht aus der Rolle geschlüpft zu sein.

Selbst ich konnte mich nicht enthalten – als sie mich fragte: „Wie war ich?“ –, anstatt ihr in die Augen, auf ihre Brüste zu sehen.

Sie bemerkte es und lächelte kokett.

Ich fühlte eine Mischung aus Leidenschaft und Eifersucht, als ich mich jener Szenen aus der Aufführung erinnerte, in denen ich, im Publikum sitzend, Nadelstiche des Unbehagens empfunden hatte. Sie hatten sie im Vorbeigehen begrapscht, ihr an den Hintern gegriffen, und dann noch dieses Ausziehen am Schluss ...

„Du warst hinreißend“, flüsterte ich ihr ins Ohr. Und setzte hinzu: „Du machst mich heiß.“

„Und du mich“, flüsterte sie.

Sie vibrierte am ganzen Körper, so schien es mir.

„Hast du was genommen?“, fragte ich.

„Doc hat ein bisschen Coke mitgebracht. Wir haben gerade eine *line* gezogen", sagte sie. Und sofort hinterher: „Verziehen wir uns ein bisschen."

Ich ging ihr durch das Gedränge nach. Sie blieb vor dem Männer-WC stehen.

„Sieh nach, ob jemand drinnen ist!", flüsterte sie mir ins Ohr.

Ich spähte hinein. Ein Typ wusch sich die Hände.

Als der Typ draußen war, stürzten wir hinein. Dort gibt es nur eine Kabine, das Übrige sind Pissoirs.

Wir gingen in die Kabine, und ich schloss ab.

Ich küsste sie und griff ihr kräftig an den Hintern. Mir war, als sollte ich gleich explodieren. Sie klappte den Deckel runter, setzte sich auf die Muschel und begann mich aufzuknöpfen. Mein Schwanz schnellte heraus wie gespannt. Sie sah mir von unten in die Augen mit einem Gesichtsausdruck, als sagte sie unhörbar „uuuuuu" ... Dann nahm sie ihn in den Mund.

Sie lutschte sanft.

Ihr Hut störte mich beim Zusehen, also nahm ich ihn ihr ab. Ich wusste nicht, wohin mit ihm, also setzte ich ihn mir auf. Sie ließ den Schwanz für einen Augenblick aus dem Mund, spielte die Naive und sagte: „Sie sind wohl ein Cowboy?"

„Ja, ich bin gerade auf der Durchreise", sagte ich heiser, dann hörte ich das Knarren der Tür: Jemand betrat den Raum mit den Pissoirs. Sie machte sich wieder ans Blasen, und ich war starr vor Angst, dass er uns entdecken, uns stören könnte.

Wieder knarrte die Tür. Dieses Mal griff jemand an den Türgriff und versuchte, unsere Kabine zu betreten. Ich hörte fast auf zu atmen, aber sie blies einfach weiter. Auf der anderen Seite der Tür war ein Murmeln zu hören.

Während sie unten schelmisch grinsend den Schwanz beleckte, machte ich ein Gesicht, das um Erbarmen flehte.

„Und, was sagst du, so, ich meine fachlich?", brummte jemand in ironischem Tonfall im Pissoirraum. Mir kam es vor wie Docs Stimme.

„Die Kleine hat gute Titten", sagte ein anderer.

Diese Theaterkritik in der Männertoilette machte Sanja offensichtlich Spaß, und sie nickte beim Saugen mit dem Kopf, produzierte ein paar Geräusche des Gutheißens, als spielte sie damit, dass sie uns entdeckten.

Sie ist verrückt, dachte ich in Panik, aber das tat meiner Erregung nicht den geringsten Abbruch, ich dachte sogar parallel dazu, wie Coke interessant auf sie wirkt, und kämpfte nebenbei darum, nicht fertig zu werden, irgendwie dachte ich, dass wir vögeln sollten, aber sie hörte nicht auf, und ich sah ihr zu, konzentriert, wie sie den Rhythmus wechselte, wie sie keine Anzeichen erkennen ließ aufzuhören, wie sie ihn tief nahm, wie sie leise murmelte, was man dort hoffentlich nicht hörte, obwohl ich auch das nicht mehr als wichtig empfand, denn es war offensichtlich, dass die Situation sie zusätzlich erregte, und ich kam gerade noch dazu zu denken, dass es zu spät war, dass ich es sowieso nicht würde aushalten können, ja, das war offensichtlich, denn es schüttelte mich, und das Sperma schoss heraus. Sie wartete bis zum Ende und lächelte mich dann an.

Meine Knie zitterten, und ich musste achtgeben, nicht zu fallen oder ein Geräusch zu machen.

Ich küsste sie aufs Haar.

Jemand ging anscheinend hinaus. Der andere wusch sich vermutlich die Hände, ich hörte nur das Rauschen des Wassers.

Ich küsste ihr Gesicht und ihren Hals.

„Gut, gut, lass uns raus hier", flüsterte sie, als sie hörte, dass draußen die Tür zufiel.

„Nicht umsehen", sagte sie, als wir aus der Toilette kamen, denn ich hatte angefangen, mich umzusehen wie ein Guerillero im Häuserkampf.

Ich sah Doc, der auf dem Gang stehen geblieben war, um mit einem Mädchen zu sprechen, und der uns zurief: „Was macht ihr denn hier?“

„Wir schnupfen“, sagte Sanja kreischend, den Kinderschreck machend, und Doc brach in Lachen aus. Er trug ein grell oranges T-Shirt, auf dem mit Großbuchstaben ANTI-DROGEN-TELEFON stand. Darunter die Nummer eines Vereins.

Zu dem Mädchen neben sich sagte Doc: „Sieh sie dir an, sieh sie dir genau an, werde nie wie sie – das sind die Schlimmsten!“

Das Mädchen neben ihm wusste nicht, ob es ernst werden oder lachen sollte.

Doc machte auf Widerling, und das ging ihm gut von der Hand. Mit ihm konnte man nicht anders kommunizieren als über Beleidigungen. Er war eine wahre Erfrischung nach dem anstrengenden Diplomatentag.

Ich sagte zu dem Mädchen: „Einzig wenn ich ihn sehe, denke ich, dass es noch Hoffnung gibt für uns ... Uns allen wird es leichter, wenn wir ihn sehen!“

Das Mädchen zeigte ein schwaches Lächeln, um niemanden zu beleidigen.

Wir gingen zurück ins Vestibül.

Wir kamen zu den Tischen mit dem Buffet, ich nahm ein Glas Weißwein, trank einen Schluck und griff nach einem Kanapee mit Salatblättchen und Hundekringeln oben drauf, so sah es jedenfalls aus, aber der Geschmack war nicht schlecht.

In diesem Moment beleuchtete mich ein Blitz, und Sanja hakte sich bei mir ein. Sie sah direkt in den Blitz und bemerkte nicht, dass ich den Mund voll hatte und aussehen würde wie ein Affe, so dass ich mich von ihr freizumachen suchte, was den nächsten Blitz zur Folge hatte. Nachdem ich mich endlich erfolgreich losgemacht hatte, was den nächsten Blitz auslöste, schob ich jemanden ein wenig zur Seite und fand mich im Kreis einiger älterer Herrschaften wieder, die mich tadelnd ansahen, und sagte, nachdem ich endlich dieses verfluchte Kanapee hinuntergebracht hatte, zu der ältesten Dame in der Runde: „Verzeihung ..." Das kam mir unzureichend vor, deshalb setzte ich nach: „So ist es, wenn man mit der Hauptrolle liiert ist."

Ich lächelte über meinen geistreichen Einfall, und die Dame lächelte mitfühlend zurück.

Ich sah zu Sanja hinüber: Um sie herum blitzte es noch immer. Ich dachte, ob ich mich jetzt zu ihr stellen solle, aber dann wurde ich unsicher – vielleicht würde es so aussehen, als dränge ich mich vor die Linse, als Freund des Stars, der aus der Anonymität heraustreten will.

Ich blieb an der Seite stehen. Andere Schauspieler gesellten sich zu ihr, dann kam auch der Regisseur ... Und alle lachten.

Ich trank meinen Wein. Ich fing mehrere auf mich gerichtete Blicke auf. Dann begriff ich, dass ich noch immer den weißen Cowboyhut auf dem Kopf hatte, und das zum schwarzen Anzug (allerdings mit weißen Streifen), und es war mir für einen Moment unangenehm, so als hätte man mich nachträglich in der Szene auf der Toilette erwischt, aber dann musste ich über mich lachen, mir war etwas Unerwartetes eingefallen: Ich werde diese Fotos von ihr, wenn sie in der Zeitung erscheinen, ausschneiden, dachte ich, denn wenn sie ein großer Star wird und mich verlässt, werde ich immer diese Fotos betrachten können, diese Augen, dieses Lächeln, diesen Mund, in dem noch immer mein Sperma ist, und ich werde immer, wenn sie mich verlässt, auf diese Fotos wichsen können.

Der Gedanke war für mich anfangs pervers erheiternd, aber dann verwarf ich ihn als depressiv. Sie wird mich nicht verlassen; woher habe ich das? Es gibt doch Schauspieler, die Stars geworden sind und die ihre Ehen und Vor-Star-Verbindungen bewahrt haben, das heißt, wahrscheinlich hat es solche Schauspieler gegeben, sicher hat es solche Schauspielerinnen gegeben, obwohl ich mich jetzt, in diesem Moment, nicht erinnern konnte, welche das waren.

Nein, nein, das ist depressiv, dachte ich. Das hier ist nicht Hollywood, tröstete ich mich.

Zum Glück tauchte jetzt Sanja neben mir auf, küsste und umarmte mich; wieder flammte ein Blitz auf, und ich – ich konnte mir nicht helfen – dachte, dass ich auf dem Foto aussehen werde wie jemand, dem eine Gnade zuteilwurde.

Ich konnte nicht glauben, dass mir das tatsächlich widerfuhr.

Ich hatte mich vorbereitet, ich hatte im Voraus über alles nachgedacht, ich hatte schon Paare gesehen, die einander nicht im Erfolg begleiten konnten; ich hatte Typen gesehen, die den Erfolg ihrer Frauen nicht verkrafteten; das konnte man ihnen ansehen: dass sie sich selbst verloren hatten und dass sich ihre Rolle, die Rolle des Männchens, in stummer Krise befand. Das hatte ich gesehen und war mir sicher gewesen, dass mir das nicht passieren würde, wenn es bei Sanja losging, aber was soll ich sagen? ... Schon auf der ersten Stufe nagte an mir das Gefühl der Inferiorität. Bin ich ein solcher Tölpel? Kann ich ihren Erfolg nicht ertragen, kann ich mich nicht einfach mitfreuen? Die Rolle des Mannes, die Rolle des Führers durchs Leben, die Rolle des verfluchten Beschützers, die Rolle des Philosophen vom Dienst, denn die Männer tun nichts anderes als nonstop im Dienst zu sein, diese ganze Scheiße war – das fühlte ich deutlich – im Augenblick suspendiert, aber ich wusste nicht, wie ich mich anders verhalten konnte. Das Im-Dienst-Sein hat aufgehört, sagte ich mir, schick dein Hirn auf die Weide und lächle endlich einmal.

Es gelang mir nur mit Mühe.

Ich dachte einen Augenblick lang, dass sie das alles vorausgefühlt, dass sie das von irgendwoher gewusst und dass dieses Blasen auf dem WC so etwas wie eine Kompensation gewesen war, nein, dachte ich, das ist ein hässliches Wort, nein, das war ein Beweis der Liebe, ein Beweis, dass sich nichts ändern würde. Es war das ein Beweis, denn auch sie brauchte einen Beweis, auch sie wollte, dass wir einer des anderen sicher waren, auch sie musste sich selbst vergewissern.

Ich stand unter diesem weißen Hut neben Sanja, unter der unsichtbaren Last fühlte ich mich ein wenig vereinsamt, die Blitze zuckten über mich hin, ich lächelte dazu, wie der Ruhm, nur eine kleine Berührung des Ruhms, die Gedanken beschleunigt und wie sich ein neuer Raum öffnet, in dem sich der Mensch auch verlieren kann.

Ich hatte den Wein zu schnell getrunken, mein Glas war bereits leer, und ich sah mich um, wie ich am schnellsten zu einem neuen kommen könnte.

Ella hatte vermutlich dasselbe Problem, und so fanden wir uns im selben Moment am Buffet wieder. Wir nahmen jeder ein Glas.

Charlie und Silva waren nirgends zu sehen. Ellas unsicheres Lächeln sagte mir, dass sie keinen Anschluss gefunden hatte.

„Hat dich Sanja nicht gesehen?“, fragte ich.

„Du siehst ja das Getümmel“, sagte sie. „Es hat Zeit.“

Ich nahm einen Schluck aus meinem Glas.

„Wie geht es sonst?“, fragte ich.

„Super“, sagte Ella.

Es geht super, es geht super, aha, dachte ich. Worüber jetzt reden? Soll ich auch sagen, dass alles super ist, und sollen wir dann die Sendung abkündigen?

„Und bei dir?“, fragte sie.

„Katastrophe“, sagte ich.

Das nahm sie als allzu tragische Nachricht auf: „Ach wirklich? Was ist denn?“

„Kataklysmus“, setzte ich hinzu.

Sie sah mich nur an.

„Komm, Ella ... Wir können durchaus mal im Arsch sein. Das ist nicht strafbar“, sagte ich.

Ich glaubte, das könnte auflockernd wirken, tat es aber nicht.

„Was willst du damit sagen?“, fragte sie mit einem Anflug von Panik in den Augen.

„Nichts, Menschenskind ...“ Ich war fast böse geworden. „Jetzt müssen du und ich doch nicht auch unbedingt diesen Supersprech fahren ... Und ... Und einer vor dem anderen auf erfolgreich machen. Wir kennen uns doch aus der Zeit, als ich noch keine Maschine hatte!“

Hier lächelte sie zum Glück.

Dann kam Sanja zu uns. Sie und Ella tauschten Küsse und wechselten ein paar halb gekreischte Repliken. Aber ich sah: Nach der anfänglichen Begeisterung schien Sanja nicht zu wissen, was mit ihr anfangen. Sie war einfach viel lebhafter gestimmt als Ella, die Ärmste, die – bei ihrem Kind – nicht dazu kam, sich zu drogieren.

Ich sah, dass mich Sanja mit Ella allein lassen konnte, und dachte, ich müsse ihr zuvorkommen und wieder Richtung WC verschwinden. Aber mein Gewissen sagte mir: Es ist nicht in okay, dass ich ständig vor Ella flüchte.

Ich verhielt kurz. Warum will ich vor Ella flüchten? Ich kannte die Antwort. Ich habe Angst vor diesem Bild: Ich und Ella stehen hier wie zwei Outsider ... Ich sah Sanja an, und mir schien, als sähe sie durch uns hindurch.

In dem Moment tauchte Jerman auf. Er sagte etwas. Wir kennen uns aus meiner Zeit der Dramaturgie, wir waren eine Crew an der Uni. Ich sollte ihm zu der Rolle gratulieren, denke ich, und ich gratulierte ihm auch, fühlte aber, dass mein Gesicht gespannt war.

Er war herzlich, ich verstand, dass es ihm unangenehm war wegen der Schlagzeile. „Zwischen uns hat die Chemie auf der Bühne gefunkt“, ging mir wieder im Kopf herum.

„Gehen wir was trinken", sagte er, fragte er. Er würde sich gern vergewissern, dass zwischen uns alles in Ordnung ist.

„Was? Gehen wir was trinken, ha?", wiederholte er unsicher.

Es gab vermutlich einiges an Scheiße, das sich in mir angesammelt hatte – und plötzlich kriegte ich kaum mehr Luft.

„Du siehst doch, dass wir was trinken", presste ich hervor.

„Aha", nickte Jerman. „Aber hier gibt es kein Bier. Ich gehe zum Tresen, mir ein Bier holen."

Und ging.

„Der ist genauso ein Chaote", lachte Ella über den bekannten Schauspieler.

„Ja, ja, verrückt wie ein Kohlkopf", sagte Sanja kennerisch.

Ich stand da, als befände ich mich im Zentrum widerstreitender Kräfte.

„Ich gehe ein wenig an die Luft", sagte ich.

„Was? Ist dir schlecht?", zuckte Sanja zusammen.

„Nein, alles ist okay."

Den Hut ließ ich ihr da.

„Bist du sicher okay?"

„Alles ist okay", sagte ich. „Mir ist es hier nur ein bisschen stickig."

Sie sandte mir einen nachdenklichen Blick.

Ich ging hinaus.

Wirklich, ich brauchte nur Luft, nicht mehr.

Nur Luft, die gewöhnliche Stadtnacht, das Geräusch der Autos von der Ilica ... Die Jungen, die zur Straßenbahn rennen, weil sie den erlaubten Ausgang bis zur letzten Sekunde ausgenützt haben ... Ich brauchte den feuchten Gehsteig, das

Paar, das durch das Fensterchen des Fastfoods den Hotdog entgegennimmt und abwechselnd hineinbeißt; ich brauchte gar nichts, nur Luft.

Ich sah alles das wie jemand, der sich vorm Regen untergestellt hat, nahe der Straßenbahnhaltestelle stehend, neben einem Schaufenster, aus dem einem die trendy Tennisschuhe entgegendrängten, als könnten sie es kaum erwarten, hinauszurennen.

Ich setzte meinen Weg fort und war schon in der Ilica, planlos, bis zum Hauptplatz ... Hier fühlte ich mich verloren, wie ein Mensch, der aus seiner eigenen Geschichte herausgefallen ist, und so ging ich langsam zurück durch die Bogovićeva, wo die Menge völlig dahingeschmolzen war, und über den Cvjetni trg, und langsam kam ich zu mir, als hätte ich eine gewisse Vertrautheit eingeatmet, auf diesen Straßen; und mir ging auf, dass ich schon lange nicht mehr ziellos durch die Stadt geschlendert war.

* * *

Als ich zurück war, zog ich endlich dieses famose Kokain aus der Tasche, ein Vorschuss von Dolina, genannt Der Kyklop.

Sanja sagte unversehens: „Hoppla, deshalb musstest du an die Luft!“ Ich fand auch Ella, die sagte: „Nein, nein, ich möchte nicht.“ Aber sie kam doch mit, als ich sagte, ich würde auch Charlie einladen, und er seinerseits sagte: „Ich könnte eine Kleinigkeit vertragen.“ Bei ihm war Silva, die gerade nach Hause entfleuchen wollte und die meinte: „Uch, ausgerechnet jetzt!“

Sanja schleppte uns hinter die Kulissen, dort irgendwo durch das Labyrinth der Theatergänge, in ein Probenzimmer, und wir zogen eine *line*.

Wir kehrten zurück durch die Labyrinthe als scharfgemachte Formation und landeten auf der Kleinen Bühne, wo es eine improvisierte Disko gab und wo mitten auf dem Podium niemand anderer tanzte als – Markatović.

Seine schwarze Krawatte flatterte, und er tanzte, als wollte er einen Hund vertreiben, der nach seinen Socken schnappt. Aber er fiel nicht besonders auf, zumindest nicht, nachdem wir gekommen waren: Silva und Sanja warfen sich auf einen sexy *dance*, Ella in ein meditatives Rollen von Hüften und Hals, und Charlie hüpfte mechanisch mit technoiden Armbewegungen, in der Meinung, er hätte den Rhythmus erwischt. Ich hob die Arme, als hätte ich gerade ein Tor erzielt, und grinste Markatović an und brüllte ihm ins Ohr: „Was war mit Diana?!"

„Das kann man nicht ...", brüllte Markatović mit gebrochener Stimme: „Das kann man nicht ..."

Dann sagte er, er sei hergekommen wegen Sanja und mir – alles das in pathetischem Ton ... Ihm sei es unseretwegen lieb, dass wir glücklich seien.

* * *

Die Fete war in ihrer Eingangsphase.

Die Leute wanderten vom Café durchs Vestibül zu dieser improvisierten Disko auf der Kleinen Bühne.

Wir gingen jede gute Stunde durch das Gängelabyrinth, und die Gespräche wurden immer ehrlicher und dümmer.

Markatović erklärte mir, dort an der Tür zur Kleinen Bühne, dass ich und Sanja ein ideales Paar seien, er sprach von ihr als von einer Weltfrau, an deren Seite mir das Leben nie langweilig werden würde, während er, tief erschüttert, von Diana behauptete, sie sei eine „Hausfrau" geworden, aber was hätte sie auch anderes werden können mit Zwillingen am Hals, versuchte ich ihm zu sagen ...

Aber er hörte nicht, er sagte, dass sie immer mehr ihrer Mutter ähnele und dass ihn das entsetze, denn so habe er sich das Leben nicht vorgestellt, mit all diesen Krediten und diesem Scheiß, mit Dolina und den faulen Aktien am Hals und einer

Frau, die ihn an seine Schwiegermutter erinnere, und noch dazu, erzählte er, habe sie nach der Geburt aufgehört, Spaß am Sex zu finden, etwas habe man bei ihr unten wegschneiden müssen, und es tue ihr weh, sagte er, und alles das erzählte er, obwohl ich ihn nicht danach gefragt hatte, denn ich hatte in diesem Zustand keine Lust, das zu hören, er aber legte seine Beichte ab, in einem fürchterlich vertraulichen Ton, mit dem Gesichtsausdruck eines Ertrinkenden ... Und er sagte, dass Diana weggegangen sei, dass sie die Zwillinge mitgenommen habe, dass sie ihm einen Abschiedsbrief von vierzehn Seiten geschrieben habe, aber dass er noch nicht dazu gekommen sei, ihn zu lesen ... denn er habe einfach aus dem Haus müssen ... und so sei er hierher gekommen, weil er gewusst habe, dass ich hier sei ... Hier bin ich, sagte ich, hier bin ich, verdammt noch mal, dafür sind Freunde doch da, nicht wahr?, fragte ich, und Markatović war am Rande der Tränen, er nickte stumm und zündete sich eine neue Zigarette an und holte tief Luft ...

Während er so pausierte, kam Silva zu mir und sagte mir ins Ohr, dass The Chief nicht davon begeistert sei, dass sie das Thema Niko Brkić bearbeite, dass er ihr gesagt habe, sie solle sich an die Schlagersternchen halten, die lägen ihr am besten, und legte mir den Kopf an die Schulter und sagte traurig, dass alle sie für dumm hielten, und ich sagte zu ihr, dass dem nicht so sei ... Ich drehte mich um, ich wollte sehen, ob das bei Sanja Eifersucht hervorrief, aber sie tanzte mit abgekehrtem Rücken. Ich sah nur Charlies besorgten Blick von der anderen Seite. Ihn drückte indessen Ella fast an die Wand, sie wand sich sensual vor ihm, und unter diesem Druck gab er, wie es schien, langsam nach.

Dann sagte Silva: „Ich gehe nach Haus. Wenn ich bleibe, kann ich nur Schaden anrichten ...“

„Ach komm“, sagte ich. „Wo willst du denn auf einmal hin?“

* * *

Charlie kam etwas später zu mir: „Wo ist Silva?“

„Ich glaube, sie ist gegangen“, sagte ich.

Er blieb bei mir stehen, nachdenklich. Er fingerte an seinem Handy herum.

Die Kriterien waren im Sinkflug.

Što sam ja, što si ti, moj živooote[2] ... Jemand hatte dieses heimische Produkt der schmachtenden Volksmusik aufgelegt, und Charlie sah mich fragend an und setzte einen Ausdruck des Ekels auf. Auf der anderen Seite reckte Markatović die Arme in die Luft.

„Što sam ja, što si ti, moj živooote ...“, brüllte er und strebte zum Podium.

„Dein Freund scheint etwas unglücklich zu sein“, sagte Charlie von Markatović, so als wüsste er nicht seinen Namen.

„Ja, weißt du ...“, sagte ich.

Es waren unser einst mehr, dachte ich. Aber wir achteten darauf, das Unglück nicht einzugestehen. Das ist einer der Codes der Zagreber Gesellschaft. Darin sind wir ziemlich diszipliniert. Irgendwie fühlen wir, dass uns das von der Plebs und vom Balkan unterscheidet. Die dort glauben deshalb, dass wir kühl sind, sollen sie es ruhig glauben ... Solange es uns nicht zermalmt wie Markatović, geben wir es nicht zu ... Nein, nein und wieder nein! Ein Unglück durftest du in der Gesellschaft nicht zeigen, aber dafür konnten seine Nebeneffekte wuchern: böser Wille, Neid, Klatsch ... „Was ist mit ihm los?“, fragte Charlie nach Markatović.

„Ach nichts“, sagte ich.

Schon waren wir auf dem halben Weg zum Tratsch. Charlie war an Markatovićs Unglück *interessiert.*

„Što sam ja, što si ti, moj živooote ...“, brüllte Markatović dort wie in einer Katharsis. Von einem Tisch in der Ecke griff er sich eine Flasche Mineralwasser und fing an, sie sich über

2 „Was bin ich, was bist du, mein Leben ...“

den Kopf zu gießen. Um ihn bildete sich ein Kreis. Mit von der Partie waren auch Sanja und Ella, die vor Lachen sterben wollten. Auch auf Markatovićs Gesicht war so etwas wie ein Anflug von Glück zu sehen. Als hätte er allem entsagt und so alle Probleme gelöst.

„Systemabsturz!“, sagte ich zu Charlie und grinste.

„Ich scheiß mich an, was ist das hier, ein kroatisches Theater oder ein serbisches Kaffeehaus?!“, sagte Charlie.

„Tut nichts zur Sache“, sagte ich. „Du siehst doch, dass es ihnen taugt.“

„Ich ertrage das nicht!“, sagte Charlie gereizt.

Uch, wieder sind wir bei diesem ewigen Thema, dachte ich.

Was darf für uns Spaß sein, und was nicht? Welche Musik gehört zu unserer Gesellschaft, und welche nicht? Was wird aus uns, wenn wir aufhören, uns von den Bauerntölpeln zu unterscheiden? Büßen wir dann Intellekt, Image und Dignität ein? Wer sind wir? Oh, diese schweren Fragen! Mein Gehirn arbeitete unter dem Kokain mit hundert die Stunde und ich scannte dieses Kultur-Unterhaltungs-Trauma in allen Einzelheiten.

Nein, nein, wir dürfen *bestimmte Kriterien* nicht unterschreiten, dachte ich ... Sonst landen wir auf dem Balkan.

Zum Glück ist Charlie da und bewahrt uns vor dem Untergang. Ich sehe ihn, wie er über unsere urbane Kultur wacht. Da steht er, praktisch allein, an der letzten Verteidigungslinie. Werde ich ihm beispringen, oder werde ich zum Verräter an unserer Sache, das ist jetzt die Frage. Er sieht mich so an. Er sieht, dass ich mir nicht sicher bin. Er kann nicht glauben, dass ich das alles toleriere, dass ich jede Kampfbereitschaft verloren habe. Genauso sieht mich Charlie an zu dieser späten Stunde.

„Für dich ist das sozusagen okay?“, fragte er mich.

Ein bisschen ärgerte es mich, dass ich um drei Uhr morgens über kulturelle Standards diskutieren muss.

„Es hat was Komisches“, sagte ich zu Charlie. „Alles das ist komisch!“

„Einen Scheiß kapier ich dich“, sagte Charlie enttäuscht. „Ich kann das nicht ertragen.“

Wieder dröhnte dieser ontologisch naive Refrain: *Što sam ja, što si ti, moj živooote …* Aber würden das irgendwelche Folk-Iren singen, dachte ich, würde Charlie das sehr wohl tolerieren.

Wir verabscheuen unsere eigene Sprache im Lied, dachte ich. Denn immer besteht die Gefahr, dass einen die Sprache mitreißt.

Ich sagte zu Charlie: „Übersetz den Text ins Englische, dann fällt es dir leichter …“

„Gut, nicht wichtig“, unterbrach er mich.

„Komm, ärgere dich nicht“, sagte ich.

„Du stehst echt auf dem Schlauch“, sagte er.

„Hör mal, du führst hier Disziplin durch, und das um drei Uhr morgens“, entgegnete ich.

„Gut, nicht wichtig!“, fiel er mir ins Wort.

Er war böse geworden. Das ist es, was uns beschäftigt, wenn die Party losgeht. Wir achten darauf, dass die Sache nicht *außer Kontrolle* gerät. Hier am rutschigen Rand des Balkans ist das immer möglich. Hier kreuzen wir immer die Klingen um die Frage, woran dürfen wir Spaß haben und woran nicht. Das ist Teil unserer Kultur. Wir haben hohe Kriterien, um uns von den Primitiven abzugrenzen. Wir sind nur wenige, die wir diese Kriterien hochhalten, und wir fühlen uns bedroht. Wir halten fest zusammen. Wir halten innere Disziplin. Der blanke Genuss ist unter unserem Niveau. Wir verstecken ihn, wie auch das Unglück. Solange bis wir zerbrechen wie Markatović.

Dann stürzt alles zusammen. Auf einmal: Alarm, die Tataren kommen!

Jetzt war auch ich böse. Charlie hatte mich in diese Scheißdiskussion hineingezogen, und typisch mitteleuropäisch hatte ich begonnen, zu denken, statt mich zu amüsieren. Aber dieses Coke trieb mich unpassenderweise zur Ehrlichkeit. Es war ein Genuss, direkt zu sein. Das ist das Mediterrane in mir. Nimm mir die Musik und ich erschlag dich mit Worten.

„Weißt du was", fing ich an, „schon seit Langem will ich dir sagen, dass dich deine Kriterien nur vernichten. Du bist schon aufgeheizt hergekommen, nur wegen Ella!"

„Wovon redest du, was hat sie damit zu tun?", fragte Charlie aufgebracht.

„Du siehst, dass das Mädchen auf dich abfährt, aber du kannst nicht ... Du bist blockiert durch deine beschissenen hohen Kriterien. Denn du stehst auf Silva ... Du quälst dich andauernd mit irgendwelchem Standard, der dir nicht zukommt. Du fährst einen volljährigen Jaguar, fährst ab auf heimisches Olivenöl und glaubst, du kannst damit jemanden täuschen!"

Sein Miene wurde finster, aber ich fuhr fort: „Jetzt bin ich am Sand, und es kümmert mich nicht, aber ich sage dir eines ... Hör auf mit diesen Fiktionen! Verdammt, ich sehe dich. Du hast kein Leben. Du fährst da eine Imitation. Glaubst du, das sieht man nicht? Menschenskind, lass die Leute tanzen, geh hin zu Ella und gieß dir Mineralwasser über den Kopf ... Sonst geht dein Leben vorbei in Schauspielerei."

„Oho!", sagte Charlie. „Das war grob."

Doc ging vorbei und sagte: „So, jetzt werde ich mal was ablassen."

„Lass ab!", rief ich ihm zu. „Die Leute hier meutern bereits!"

„Sorry", kehrte ich zu Charlie zurück. „Aber ich musste dir das einmal sagen."

„Gut. Danke. Und du glaubst, dass ich dich nicht sehe?", fragte Charlie. Auch er hatte reichlich vom Coke gezogen, seine Augen glänzten selbstbewusst, er sah mich an wie bei einem TV-Duell vor der Wahl: „Für dich gilt: Wasch mir den Pelz, aber mach mich nicht nass! Du spielst in der Redaktion den Coolen, von wegen, du drängst dich nirgendwo rein ... Du darfst in Wirklichkeit keine Ambitionen zeigen, denn dann könnte es so aussehen, als ob du gar kein Punker bist. Du hast einfach zu viele Songs gehört, in denen das System verteufelt wird, und du hast zu viele Bücher über Loser gelesen. Und jetzt hat dich die Panik. Die Kleine ist plötzlich wer, und da müsstest du auch etwas machen, ha? Stimmts? Klar doch, gib zu, dass du schon längst kein Rocker mehr bist, du bist schon lange drinnen, im System, Bruderherz. Es wird dir leichter ums Herz. Gesteh es dir ein, sonst geht dein Leben, wie du sagst, vorüber in Schauspielerei.“

Ich sah ihn an. Auch das war grob, dachte ich. Was brauche ich das?

Stop d wor in d nejm of lav ... Stop d wor in d nejm of gad ... Stop d wor in d nejm of tschildrn ... Stop d wor in Kroeejscha ...

Das war der Song, den Doc abgelassen hatte.

„Der ist verrückt“, sagte Charlie.

„Was, das gefällt dir auch nicht?“

Let Kroeejscha be uan of Jurop stars ... Jurop ju ken stop d woor ...

* * *

Anwesenheit, augenblickliche Anwesenheit.

Nur jetzt und hier, nur das habe ich im Sinn.

Wenn mir jemand aus dem Blickfeld gerät, vergesse ich ihn. Ich muss schon ziemlich zerstört sein.

Dialoge.

„Bist du cool?“, fragt Sanja.

„Cool und hot“, sage ich. „Ich bin glücklich deinetwegen!“

Ich küsse sie, greife ihr an den Hintern, aber sie entzieht sich mir: „He, pass auf, vielleicht laufen hier noch diese Fotoreporter rum ...“

„Und wenn? Wir gehören zusammen.“

„Hör mal, das würde ekelig aussehen.“

„Du hast recht, sorry.“

Später sage ich zu ihr: „Weißt du, dass ich vielleicht eine eigene Kolumne kriege?“

„Ach wirklich?“, sagt sie. „Das ist doch super, oder?“

„Habe ich heute ausgemacht ... Die Red Bull-Generation“, sage ich.

„Was ist das?“

„Das Leben ... das volle Programm ... Sichausleben bis zum Äußersten ...“

„Super, super“, sagt sie und küsst mich.

Markatović. Er geht immer schwerer. Er erleidet große Verluste.

Jetzt steht er vor mir und überlegt, mühsam.

Sanja tanzt zwei Meter neben uns.

„Ich liebe die Menschen, aber nicht allzu sehr“, sagt Markatović.

Ich lache.

„Ich gehe aufs WC“, sagt er. „Du bleib hier“, sagt er.

„Ich bleibe hier, ich laufe nicht weg“, sage ich.

Da ist Jerman. Er schwankt so komisch.

„Gehen wir was trinken?“

„Gehen wir!“

Wir gehen durch das Vestibül, zum Café, an den Tresen.

„Eh, verstehst du ... Ich hoffe, dass du verstehst ... Das, was in der Zeitung steht, das, verdammt, das hat normalerweise, verstehst, das hat nichts zu tun mit der Realität, verstehst du ..."

„Ich verstehe."

„Aber das sage ich nur, dass du weißt, verstehst du ..."

„Kein Problem, wir brauchen nicht mehr darüber ... Ich verstehe."

„Okay, was nimmst du?", fragt, sagt, bestellt er. Und fährt fort: „He, soll ich dich bekannt machen ... Ingo."

Ich gebe ihm die Hand.

Ingo Grinschgl. Der Deutsche mit dem Bart, den Jerman und Doc gelehrt haben, auf dem Balkan niemandem zu glauben. Er fristet sein Leben hinterm Tresen.

Er lobt Sanja. „Schi hes a grejt fjutschr", sagt er. Er ist angetrunken, aber ein wenig zu ernst, sehr wohlerzogen, außerhalb des ganzen *movings*. Ihn quält die sprachliche Barriere. Außerdem gelingt es keinem zu dieser nachtschlafenden Stunde, sich ans Thema zu halten. Alles entgleitet, aber er hat einen Blick, als würde er Dingen im Fliegen nachsehen. Ich sehe ihn, gern würde er über irgendein Thema sprechen.

Ich sage ihm, womit ich mich beschäftige. „Ou", sagt Ingo und nickt mit dem Kopf. Ich sehe, er würde sich sogar über Ökonomie unterhalten. Oder über Journalismus, was auch immer.

Nebenbei erfasst mein Blick Markatović, wie sein Blick dekonzentriert herumsucht. „Hier bin ich!", rufe ich. Und sage zu Ingo: „Mai frend, lost in spejs!"

„End, wot ju sej ebaut ekonomik sitjuejschn hier?", fragt Ingo.

Jesus, dafür bin ich wirklich zu kaputt. Ich sage: „Ou, its tu difiklt tu eksplejn, bat ..."

„Was murmelst du?", fällt Markatović ein.

„Ich spreche Englisch“, sage ich. „Ich erkläre dem Deutschen die ökonomische Situation.“

„KATASTROFA!“, sagt Markatović. Er setzt den pathetischsten Gesichtsausdruck auf, seufzt und fixiert Ingo ganz aus der Nähe. „KA-TA-STRO-FA!“

„Ou“, nickt Ingo mit Verständnis. „Dec bed.“

„Dschörmans ... Doitsch, andrstend? Doitsch pipl boht benk. Maj benk“, sagt Markatović, die Dinge ein wenig vereinfachend. „End nau, katastrofa! Niks benk! Kajne gelt! KA-TA-STRO-FA!“

„Ou, aim so sori“, sagt Ingo.

Tru lav stori

„Also, die Sache war so: Da kam diese Kleine, sie stammt, verstehst du, aus diesen Gegenden unter besonderer staatlicher Betreuung, unwichtig jetzt genau aus welcher Stadt, aber ich will betonen, dass sie aus diesen Gegenden stammt, denn das ist eine soziale Geschichte. Und verstehst du, ihr Alter ist irgend so ein Funktionär da unten, und da haben sie ihr ein Stipendium gerichtet, obwohl sie keine, sagen wir mal, super Schülerin war, ich meine, sie wird es schwerlich gewesen sein, denn ich habe sie kennengelernt – weder hatte sie eine natürliche Intelligenz, noch hatte sie Lust zum Lernen –, aber tut nichts zur Sache, der Alte hat über die Partei alle Verbindungen spielen lassen, um sie an der Uni einzuschreiben, und zwar für Medizin, denn du kennst das ja, in diesen Gegenden träumt jede Frau, die zum Frisör geht, davon, dass ihr Kind ein Doktor wird und dass es sie kuriert ... Also, verstehst du, diese Kleine hat mich gesehen, in einer Werbesendung, vermutlich in der für Fenster. Und nichts, ich war da im *Gjuro*, und sie kam, um Zigaretten zu schnorren, und entschuldigt sich vielmals, dass sie keine hat, und so haben wir uns kennengelernt ... Sie hatte keine

Ahnung, dass ich Schauspieler bin, sie hatte mich nur in der Werbung gesehen ... Ja genau, ich habe ihr gefallen in der Fensterwerbung, verstehst du. Und nichts, wir haben die ganze Nacht gevögelt, was solls ... Und nichts weiter. Ich meine, ich habe ihr keinen blauen Dunst vorgemacht, von wegen, dass wir weiß Gott was machen werden, obwohl mir die Kleine gefallen hat. Na ja, da ist mit ihr kein besonderer Sprech, aber sie hat Titten und ist verrückt, also frech, das glaubt man gar nicht, denn alles was man ihr dort beigebracht hat, unter der besonderen Betreuung, davon macht sie genau das Gegenteil. Und verstehst du, dann ist sie morgens direkt zur Uni, und ich habe sie nie mehr gesehen. Und ... Nein, nein, ich bin nicht fertig ... Verstehst du, die Geschichte geht weiter.

Verstehst du jetzt, da hatten die oben auf Šalata an dem Morgen irgendwelche Übungen mit Mikroskop, das hat mir eine Freundin von ihr erzählt, die das eine Mal mit ihr im *Gjuro* war und die ich dort kennengelernt habe ... Und verstehst du, das jetzt hat sie mir gestern erzählt, aber alles das ist noch im Herbst passiert ... Nee, die Freundin habe ich nicht. Sie erzählt mir bloß, verstehst du, von der Kleinen, das was ihr an dem Morgen passiert ist. Und da sagt sie zu mir, dass sie dort oben diese Übungen mit dem Mikroskop gehabt haben und dass jeder seine Spucke im Mikroskop besehen hat, was weiß ich, wie das geht, alle haben da diese kleinen Mikroorganismen gesehen, nur meine Kleine, die hat etwas Besonderes gesehen. Und hat ihre Freundin gerufen, die, die mir das erzählt, und die guckt auch, und tatsächlich, etwas Großes, verstehst du, so dass die Meine ruft: ‚Herr Professor, Herr Professor, können Sie mal kommen!' Verstehst du, und da kommt der Professor und guckt. Und pass jetzt auf, wer der Hauptbösewicht in der Geschichte ist – nicht ich, sondern der Professor!

Weißt du, was er zu ihr sagt? Er sagt zu ihr: ‚Frau Kollegin, das in Ihrem Speichel, das ist nichts Besonderes. Das sind gewöhnliche Spermatozoide.' Verstehst du ... Der Professor, der Herr im weißen Mantel, der Primarius ... Alles das höre ich gestern, aber passiert ist es noch im Herbst ... Und ich denke mir, was, bin ich schuld?

Ich meine, sie ist selbst zu mir gekommen, und sie hat selbst den Professor gerufen, das ist einfach eine Laune des Schicksals, eine Tragödie ... Hör, was mir die erzählt, was später mit ihr war: Verstehst du, sie hat aufgehört, auf die Uni zu gehen, sie hat sofort angefangen mit Drogen, gleich auf Heroin, zoom, und als die Alten das schnallen, haben sie sie runtergeholt, ich meine, das war der Zerfall aller familiären Erwartungen, gescheiterte Perspektive, da ist es dann auch zu einer Art Unordnung in der Familie gekommen, ich weiß nicht, jedenfalls hat der Alte durchgedreht und hat die Frau mit der Pistole umgebracht, vermutlich wollte er die Kleine umbringen, hat aber die Frau getroffen, das weiß nicht einmal die Polizei, jedenfalls ist er jetzt in Untersuchungshaft, und die Kleine ist irgendwo abgehauen, und keiner weiß, wo sie ist. Und ich jetzt ... Ich fühle eine gewisse Schuld bei dem Ganzen, verstehst du ... Ist das nicht was für einen Roman, das wär doch ein Hit? Da gibt es Sex, Blut und dazu ist das Ganze noch eine soziale Geschichte", sagte Doc.

„Hör auf, Doc, du bist widerlich", machte Sanja ein angeekeltes Gesicht.

„Na bitte!", Doc breitete die Arme aus. „Ich habe gewusst, dass ich als der Schuldige dastehen werde!"

Wir hatten uns alle am Tresen eingefunden. Auch die Musik hatten sie uns abgedreht. Die beste Zeit für die schlimmsten Geschichten.

„Außerdem glaube ich, dass ein Spermatozoid nicht überleben kann ...", setzte Sanja nach.

„Hör auf, red keinen Scheiß, alles erfunden", sagte Markatović zu Doc, heiser, nach langsamem Überlegen.

„Er ist widerlich", gab ich hinzu und sah Doc an.

„Ein Scheiß hab ich mir das ausgedacht!“, sagte Doc selbstgerecht. „Wer denkt sich so etwas aus?!“

„Kud ju translejt it?“, fragte Ingo.

„Ou, is tu difiklt“, sagte ich zu Ingo.

„It wos maj lav stori. Veri difiklt“, setzte Doc hinzu.

Ingo glaubte ihm nicht so ganz, sagte aber trotzdem: „Ou, aim so sori.“

TAG VIER

Dabei sein ist alles

Das Telefon läutete und läutete ... Und hörte nicht auf ... Irgendwo in den Weiten des Traums.

„Jetzt sieh schon nach, was los ist ...“, flehte Sanja hinter mir und stieß mich mit dem Ellbogen, und ich wollte ihr das sagen … was ich immer im schlaftrunkenen Zustand sagen möchte: dass man mich nicht stören soll, ich habe Wichtiges zu tun ...

„Geh schon, sieh nach ...“, wiederholte sie.

Ich öffnete die Augen. Ich sah auf die Uhr: Sieben Uhr dreißig am Morgen ... und jetzt sollte ich nachsehen, was los war ... Obwohl ich es wusste. Das war Milka, es konnte nichts anderes sein.

„Es ist nichts ... es hört gleich auf“, flüsterte ich Sanja zu, als würde uns jemand belauschen.

Tatsächlich, es läutete, läutete und hörte auf.

Ich sank wieder zurück in den Traum, wenn auch irgendwie gesträubt, wie eine Katze, die einen Angriff erwartet.

Dann, kaum war ich versunken, wieder Geläute ... Klar, als Chefin der Familienpolizei wusste Milka, dass man einen Häftling psychisch fertigmachen kann, wenn man ihm ständig den Schlaf raubt.

„Mach es aus, bitte ...“, flehte Sanja, das Kollateralopfer.

Ich musste aufstehen, um ans Telefon zu kommen. Ich ging los, in guter Absicht, kam aber ins Wanken und prallte gegen den Türrahmen. Ich hatte völlig vergessen, dass ich von der letzten Nacht noch betrunken war. Ich prallte gegen den Rahmen, mit voller Wucht, und fiel zur Seite und warf die Bücher und Zeitungen, die auf der Plastikschachtel lagen, in der ich meine Dokumente aufbewahre, auf den Boden, so dass Sanja aufschrie: „Was ist passiert?"

Ich stöhnte nur und hielt mir den Kopf.

„Mein Gott", sie stieg aus dem Bett und hockte sich neben mich. „Geht es dir gut? Lass mal sehen!"

Sie besah meinen Kopf von allen Seiten, wie ein Kind, das einen neuen Ball bekommen hat.

„Lass ...", versuchte ich mich zu entwinden.

„Mein Gott, wie hast du dich gestoßen!"

Das Telefon und seine gesamte Umgebung läuteten jetzt noch stärker. Da auch sie aufgestanden war und ich vor Milka Bammel hatte, sagte ich flehend: „Sieh du nach, wer es ist ..."

Ich sah die Plastikschachtel an, in der ich meine Dokumente aufbewahre, den Heimatschein und alles das, und sah, dass sie auf der einen Seite etwas geschmolzen war, da sie das Rohr der Zentralheizung berührte. Dann sah ich zu Sanja – sie schwankte auch ein wenig – und schob die Schachtel unters Bett, wo Staub lag, der mir irgendwie in die Nasenlöcher gelangte.

„Sag, dass ich nicht da bin!", rief ich panisch Sanja zu und nieste aus aller Kraft. Sie griff nach dem Hörer. „Das ist Milka", setzte ich flehend nach. „Sag ihr ... dass ich gegen Mittag anrufen werde und alles ..." Ich nieste noch einmal. „... erklären werde."

Ich torkelte zum Bett und ließ mich in die Laken fallen. Ich musste nur Kraft sammeln, dann würde ich ... schon etwas machen ... Aber Sanja rief aus dem Wohnzimmer: „Tin! Dein Redakteur braucht dich!"

Pero, um sieben Uhr dreißig? Ich kreuzte mich mit Sanja am verfluchten Türrahmen und schleppte mich zum Telefon.

„Komm sofort in die Redaktion!", sagte er.

„Was ist los?"

„Setz dich augenblicklich in Bewegung!“, knurrte er und legte auf.

„Der ist aber nicht gut gelaunt“, sagte ich zu Sanja, als ich zurück im Zimmer war, das, wie ich nun spürte, nach Alkohol stank.

Sie sah mich aus dem Bett an wie eine Mondsüchtige.

„Ich habe geträumt, dass ich eine Schildkröte untersuche“, sagte sie unvermittelt.

„Wie bitte?“

Als würde sie mir eine Entdeckung eröffnen, fuhr sie fort: „Gerade eben. Ich habe geträumt, dass ich eine Schildkröte untersuche und überhaupt nicht dazu komme ... Denn sie zieht den Kopf, die Beine, die Arme ein ...“

„Eine Schildkröte hat keine Arme“, sagte ich mechanisch.

„Hat sie!“, sagte sie überzeugt.

Ich blickte ins Leere.

„*Was bedeutet das?*“, fragte sie.

Bin ich überhaupt aufgewacht?, dachte ich.

„Was ist diese Schildkröte?“, fragte sie. „Wer ist sie?“

„Ich muss in die Redaktion“, sagte ich, und sie schloss die Augen.

Ich stellte das Wasser für den Nescafé in die Mikrowelle und durch meinen Kopf schwirrten verkaterte Ahnungen, von denen meine Hände zitterten, wenn nicht von etwas anderem.

Ich habe eine Stunde geschlafen, schätze ich ... Ist doch klar, dass ich noch devastiert bin, konstatiere ich ... zufrieden mit meiner Analysefähigkeit.

„Sieh nach, ob etwas in den Zeitungen über die Premiere steht, und gib mir Bescheid“, rief sie plötzlich aus dem Zimmer. „Weck mich ruhig!“

Ihre Stimme war voll guter Hoffnungen. Das traf mich

irgendwie. Ich musste daran denken, dass wir nicht mehr in derselben Welt lebten. Ich hatte nichts Gutes zu erhoffen. Ich schloss die Augen.

„Okay“, rief ich ... wie ein Dachs aus seinem Loch. Aber da drinnen: Diese verkaterten Ahnungen, und es roch nach Erde, nach dunkler Krume ... Ich bin echt betrunken, dachte ich ... und öffnete die Augen, denn die Mikrowelle piepste, oben, über der Erde.

Den Teufel auch, mach dich fertig!

Trink den Kaffee!

Steck dir eine Zigarette an! Sei der Mensch, den du kennst! – gab ich mir Befehl. Und setzte mich. Ich fühlte mich wie jemand, der Material sammelt, „Material sammelt“ ... Und saß so da, bis ich es gesammelt und zusammengesetzt hatte, Teil um Teil, alles so, wie es in meinem Prospekt stand.

* * *

Als ich in die Redaktion kam, wusste ich irgendwoher, dass ich mächtig zu spät war, ich klopfte an und stürmte ins Büro des Redakteurs.

Ich sagte: „Guten Morgen!“

Drinnen saßen The Chief und Sekrétar. Sekrétar sah mich an, ohne etwas zu sagen, und Pero The Chief ließ seinen Blick über Decke und Wände kreisen, als verfolgte er, wo die Mücke landen würde, die zu erschlagen er die Absicht hatte.

Real gesehen war es Frühling, und es gab noch keine Mücken.

Schließlich machte sein Blick auf mir halt.

„Hm“ ... Als hätte ich etwas sagen wollen ... Ich war bereits konzentriert, und ich fühlte mich bereit, egal was zu sagen, sogar einen komplizierten Satz ... Aber ich stockte. Mein Gehirn war wohl überdreht, so dass ich glaubte, dass der Mensch alles Mögliche sagen kann, was sich aber für mich als großes Problem erwies. Woher wissen wir, was genau zu sagen ist? Das ist wahrscheinlich ein Reflex, und ich habe ihn gerade verloren.

Sie sahen mich an.

Sekrétar hatte schon mit den Augenlidern geklappt, The Chief noch nicht.

Dann blinzelte The Chief und sagte: „Guten Morgen? Wirklich, ein glänzender Morgen!"

Er stand auf, nahm die Zeitung vom Tisch wie ein Toreador und hielt sie mir vors Gesicht, jedoch zu nahe, so dass ich nicht sehen konnte, was da stand.

„Vorsicht. Sie ist noch heiß", sagte The Chief.

Ich fuhr zurück. Da. Es war das Wochenblatt *Monitor* der GEP. Da ... Auf der Titelseite stand in großen Lettern: *KROATISCHER JOURNALIST IM IRAK VERSCHOLLEN.*

Das kann nicht sein, dachte ich.

Ich sah noch einmal hin und da stand wieder: *KROATISCHER JOURNALIST IM IRAK VERSCHOLLEN.*

Das kann nicht sein, aber da steht es.

Da.

Verfluchte GEPs!

Nur das fiel mir ein ... „verfluchte GEPs" ... und „da".

Und „ich habe es gewusst" ...

„Setz dich!", sagte Pero The Chief.

Ich setzte mich. *Ich habe es gewusst,* wiederholte ich in mir, als würde ich mich bei jemandem beschweren ...

„Du weißt nichts davon, wie ich sehe", sagte The Chief ätzend, während Sekrétar was weiß ich wohin sah.

„Ich habe es nicht gelesen. Ihr habt mich aus dem Bett geholt", sagte ich.

Daraufhin nickte Sekrétar wichtigtuerisch und sah auf meine Schuhe.

„Sie nutzen jede Gelegenheit. Sie gehen über Leichen", sagte Sekrétar und meinte die GEP. „Sie kennen keine Grenzen."

Ich habe den Text noch nicht gesehen, aber er klingt fürchterlich ... Ich streckte die Hand nach der Zeitung aus, doch Pero wich aus – er hielt die Zeitung in der Hand – und fing an, zwischen seinem Tisch und dem Fenster auf und ab zu gehen – dort gab es Platz, man hatte ihm in der Tat ein geräumiges Büro eingerichtet –, und sagte schließlich: „Wahnsinn!"

„Ein noch nie dagewesenes Pack!", sagte ich.

Am besten ist es, dachte ich, die Emotionen auf die GEPler zu richten, bis mir etwas eingefallen war: Das hatte früher mit den Serben funktioniert, man konnte immer über sie den Fokus verändern ... „So was gibt es nirgends in Europa ...", setzte ich an, als mich The Chief ansah, wie mit dem Säbel, und fragte: „Und du weißt vielleicht auch, um welchen Journalisten es sich hier auf dieser ... Titelseite handelt?"

Ich stockte. Eine schwere Frage! Ich hatte schon gesagt, dass ich keine Zeitung gelesen hatte.

„Ich habe keine Ahnung, um welchen Journalisten es sich handelt. Aber ...", ich stockte wieder.

„Aber? Aber was?", sagte The Chief und steckte sich eine Zigarette an und erinnerte mich damit an einen Gestapo-Schnüffler in einem Partisanenfilm, in dem ich der Gute war.

„Aber", sagte ich, „da ihr mich hergerufen habt, ist es offensichtlich, es könnte unser Mann im Irak sein ..."

„Offensichtlich, was?"

„Es könnte er sein", sagte ich rational.

Er sah mich an, als würde er sich über etwas an mir wundern, und fragte mich: „Was bist du eigentlich für ein Mensch?"

Es klang so, als wäre ich nicht derselbe wie, sagen wir, gestern. Ich schwieg. Illusorisch, mich zu beschreiben.

„Ja ... Ja warum warst du nicht wenigstens anständig zu dieser Frau?"

„Zu wem?"

Er sah mich stumpf an, als hätte er mich im Schwitzkasten. Ich dachte, dass es am besten wäre, von hier zu verschwinden ... Aber etwas hielt mich: der Wunsch, in meiner Haut zu bleiben.

„JA, MIT DER MUTTER UNSERES JOURNALISTEN!“, rief The Chief.

Ich atmete auf.

Da war es.

Unglaublich!

Die verfluchte Milka hatte mich fertiggemacht! So rasch? Welch ein Schlag! Ich musste an die erste Nacht der Bombardierungen Bagdads denken ... Sie hatte mich aus meiner Verankerung gerissen!

Aber wie? Woher der Tagedieb Boris auf der Titelseite? Ausgerechnet auf der Titelseite? Seit wann war er so wichtig?

The Chief wedelte mit der Zeitung herum.

KROATISCHER JOURNALIST IM IRAK VERSCHOLLEN.

Ich sah auf dieses *„IM IRAK“*.

Das ist es, dachte ich ... Wir sind im Irak ... Es geht ums *Mitwirken*, dachte ich. Aha. Wir wirken mit!

Auch wir haben unsere Opfer. Im Irak.

Aber ja, strömte es durch meine Erinnerung – als dieser Angriff auf die Twins stattfand, kamen unsere Leute heraus mit Schlagzeilen, wo stand, wie viele Kroaten umgekommen waren. Wir suchten sie ... Hätte es keinen von uns in den Twins gegeben, wären wir enttäuscht gewesen. Denn wir wollten ein Teil der Weltnachrichten sein! Wir drängten uns hinein, mit dem gleichen Feuer, mit dem sich Itcho Kamera bei Autounfällen in die erste Reihe drängte, um sich selbst in der Zeitung zu sehen. Und das mit Boris auf der Titelseite, das musste man zugeben, war die logische Fortsetzung. Wäre er irgendwo anders verschwunden, hätte er verrotten und auf die Forensiker aus der Serie *Cold Case* warten können. Keiner kümmerte sich einen Dreck um ihn, nur ich Idiot musste für ihn einen Job finden ...

Aber jetzt war ein „kroatischer Journalist" im berüchtigten Katastrophen-Irak verschwunden.

War das „das erste kroatische Opfer im Irak"?

Das war ja das absolute Turbo-Thema, verdammt noch mal!

The Chief wartete darauf, dass ich etwas sagte.

Amerikaner fallen, aber es fallen auch unsere Leute, war das Einzige, was mir einfiel.

„Was ist jetzt?", sah mich The Chief an.

Ich brauchte ein wenig Zeit.

„Bist du bei dir?", fragte The Chief.

Das erinnerte mich an die Tatsache, dass ich noch betrunken war von der letzen Nacht. Das vergesse ich ständig ... Jetzt hatten sie mich entlarvt, Milka und die GEPs, sie hatten den richtigen Augenblick gefunden ... Aber langsam. Ich sammelte meine Konzentration, ich setzte mich zusammen, Stück für Stück ...

„Das ist ein Fake", sagte ich nüchtern, analytisch. „Sie suchen das erste kroatische Opfer im Irak. Versteht ihr, das ist quasi so wie ‚wir partizipieren am globalen Drama' ..."

The Chief sah mich dumpf an, während ich fortsetzte: „Mensch, würden wir aufgrund irgendeines Zufalls an diesem Krieg mitwirken, würden sie feiern!"

„Dreh nicht weiter daran herum!", knurrte The Chief. „Warum hast du dich nicht bei der Frau gemeldet?"

Ich breitete die Arme aus. „Meine Batterie war ausgelaufen", sagte ich.

The Chief stieß einen stillen Schrei aus, kniff die Augen zusammen und formte eine Faust. Er machte ein Gesicht, als würde es ihm wehtun, mich nicht schlagen zu können ... Sekrétar sah vor sich hin, als wäre ihm das Ganze peinlich.

„Sie ist verrückt", sagte ich. „Vorgestern habe ich mit ihr geredet, alles normal. Und gestern ist meine Batterie ausgelaufen."

The Chief sandte mir einen kühlen Blick und schlug den *Monitor* auf. Noch wusste ich nicht, was da drinnen stand, und das behinderte meine Verteidigung entscheidend.

Er wollte mir die Zeitung nicht in die Hand geben, was ich als erniedrigend empfand, also beschloss ich, mich so zu verhalten, als würde sie mich nicht interessieren.

Ich saß vor seinem Tisch, auf dem Stuhl, wie jemand Abwesender.

The Chief las den Passus über *„den gefühllosen PEG-Redakteur"* vor, der einen unerfahrenen Journalisten in den Irak geschickt habe und sich dann *„tagelang nicht auf die Anrufe der besorgten Mutter des Journalisten am Telefon melden wollte"*.

„Tagelang?", sagte ich. „Nur gestern!"

„Warte", rief Pero mit erhobenem Finger und las weiter: „Als es ihr das letzte Mal gelungen war, mit ihm in Kontakt zu treten, beschied sie der Redakteur des *Objektiv* sogar brüsk, ‚dass er Vernünftigeres zu tun habe', als sich über ihren Sohn zu unterhalten."

„Habe ich nicht", sagte ich, aber The Chief fuhr fort: *„Ihr wurde klar, dass ihrem Sohn etwas zugestoßen war, da er sich bei ihnen zu Hause schon eine Woche lang nicht gemeldet hatte."*

Sein Blick bohrte sich in mich.

„Er hat sich überhaupt nicht gemeldet", sagte ich.

Das brachte ihn durcheinander, und er wiederholte: „Überhaupt nicht?"

„Sie hat es mir so gesagt", sagte ich.

„Gut, aber wieso weiß ich das nicht?!", sagte er flehend.

„He, hätte ich den *Chefredakteur* ...", sagte ich, als würde ich sagen *den Präsidenten der Vereinigten Staaten*, „... etwa damit belästigen sollen, ob ein Journalist mit seiner Mutter spricht? Es ist doch klar, weshalb er sich nicht bei ihr meldet! Er ist vor ihr bis in den Irak geflüchtet!"

„Hm", sah mich The Chief an. Er nahm wieder die Polizistenstellung ein: Mit halbem Hintern setzte er sich auf die Tischkante, direkt vor mich, und meinte gedehnt: „Langsam."

In diesem Typen hockt ein Polizeitalent, dachte ich: Was immer er anpackt, geht ihm von der Hand.

Er nahm wieder die Zeitung und las weiter, dass der Mutter des Journalisten gesagt worden sei, im Irak gebe es *„kein Satellitentelefon"*, aber der Verfasser des Artikels habe seine Zweifel daran und meine: *„Jemanden ohne Erfahrung, und dann noch ohne Standardausrüstung in die Kriegshölle zu schicken – das wäre wahrscheinlich auch für die PEG zu viel."* Der Schreiberling von der GEP schloss aus alledem, dass *„viele Details darauf hindeuten, dass die PEG etwas verheimliche"*, und dass *„die Befürchtungen der Mutter bedauerlicherweise berechtigt sein könnten"*.

„‚Nun ist die Reihe an der PEG, die gesamte Wahrheit an den Tag zu bringen', sagen sie", sagte The Chief. Er machte eine Pause, sah mich an und sagte: „Die PEG, das bist in diesem speziellen Fall – du!"

Ich wusste nicht, ob ich nicken sollte.

„Also?"

Mein Mund war trocken, und ich brauchte Wasser. Also? Also, ich und Milka, niemand anderer als ich und Milka sprechen am Telefon miteinander, und die Zeitung nimmt es auseinander, detailliert und analytisch ... Unglaublich! Und alles hat angefangen mit diesem Streit zwischen Milka und meiner Mutter um ein fremdes Erbteil ... Welch eine Eskalation eines Konflikts!

„Das ist alles verrückt! Sie ist verrückt! Die sind verrückt!", sagte ich.

„Wer?“, beugte sich The Chief vor und sah mich aus der Nähe an.

„Sie“, sagte ich. „Ich bin cool, aber da kann einer nicht cool sein ... Wenn sie hot sind!“

„Ich weiß nicht, wer hier verrückt ist!“, sagte er und sah mich suggestiv an, als wollte er sagen, dass ich es vielleicht bin, der hier verrückt ist.

Ich versuchte, es mir klarzumachen. *Ich bin hier verrückt* – hm ... Klingt das nicht ein wenig merkwürdig?

„Ich weiß nicht, wer *hier verrückt* ist ... Aber ich weiß, auf wessen Seite die Öffentlichkeit stehen wird“, fuhr The Chief fort. „Menschenskind, gibt es denn etwas Schlimmeres als eine verheulte Mutter?!“

Er sah Sekrétar an und verlangte nach seiner Bestätigung.

Auch ich sah Sekrétar an, mein Gehirn begann plötzlich wie ein Schweizer Uhrwerk zu arbeiten, und ich erinnerte mich endlich daran, dass ich ihm gestern gesagt hatte, ich hätte Probleme mit Boris, er aber ... Er hingegen saß da mit schiefem Maul und überlegte, ob es etwas Schlimmeres gibt als eine verheulte Mutter.

„Kann ich mir kaum vorstellen!“, gestand Sekrétar und sah mit schmerzhaftem Gesichtsausdruck auf meine Schuhe.

Ich wartete, dass er auch mich ansah, nicht nur meine Schuhe, zur Hölle mit ihnen. Er aber lenkte seinen Blick wieder auf The Chief.

„Herr Sekretär?“, sagte ich und sah ihn an, wartend.

Das bescherte mir endlich ein mitfühlendes Blickchen. Er machte ein Gesicht wie ein Zeuge der Verteidigung, der von den Fragen der Anklage in die Enge gedrückt wird, und ich sah: Er würde einen Gesichtsausdruck haben, als würde er mich verteidigen, aber er würde mich in allen Punkten runtermachen.

Das Schlimmste, was dir im Leben passieren kann, ist, dass du den falschen Verteidiger kriegst, dachte ich. Und so sagte ich zu Sekrétar: „Lassen Sie ... Ich habe es nicht verdient, dass Sie mich verteidigen ..."

Sekrétar sah mich zweifelnd an, dann sagte er zu The Chief: „Ich verteidige ihn ja gar nicht!"

Okay, dachte ich, das hätten wir geklärt.

„Sie wissen, dass ich Ihnen gegenüber gestern diesen Fall erwähnt habe ...", sagte ich zu Sekrétar. „Aber ich habe einen Fehler gemacht. Ich hätte gleich zum Chefredakteur gehen sollen ..." Hier sah ich The Chief an: „Fehleinschätzung. Deshalb bin ich schuld, und ich bestreite es nicht!"

Sekrétar war geschockt von diesem Manöver.

„Nichts hast du mir gegenüber erwähnt, Bursche!", stand er auf wie ein Demonstrant.

Ich sandte ihm einen traurigen Blick. „Gestern habe ich Ihnen gesagt, dass ich Probleme mit dem im Irak habe."

Sekrétar plusterte sich auf.

„Er lügt ...", jappte er und sah The Chief an.

„Hört auf!", zischte The Chief. Er wand sich sichtlich.

Dann erhob er sich aus der Polizistenpose von der Tischkante. Er sah uns leicht desorientiert an. Als könnte er vor niemandem mehr den Detektiv spielen, da wir nun beide in den Fall verwickelt waren. Manchmal begreift man auf diese Weise, dass man vor niemandem zu moralisieren hat, da alle verdächtig sind. Es fehlt an neutralem Publikum.

Schließlich setzte er sich vis-à-vis, in seinen Sessel. Er atmete aus: „Mit wem arbeite ich hier ..."

Sekrétar breitete für einen Augenblick die Arme aus, als wollte er noch etwas sagen, dann setzte er sich wieder und kniff die Lippen beleidigt zusammen.

„Ich habe ziemlichen Durst", sagte ich. „Wir haben uns gestern nach der Premiere noch ein wenig aufgehalten ..."

Es schien unangebracht in diesem dramatischen Augenblick, aber ich war mindestens so durstig wie Vasil hungrig gewesen war.

„Ich habe Durst seit Beginn der Sitzung", setzte ich, mich rechtfertigend, eines drauf.

„Sitzung?", sah mich The Chief an.

„Nein ... Nein!", winkte ich mit den Händen ab, als wollte ich meine Replik zurücknehmen. „Ich habe einfach Durst."

The Chief sah nach oben und hob die Arme, als würde er sich an die Götter wenden, die ihn nicht verstehen, und zischte: „Dann geh und trink Wasser!"

Ich ging auf den Gang, wo der Reklameautomat mit dem Wasser stand, kühl, von der Quelle.

Ich nahm zwei Plastikbecher voll mit, stellte sie auf den Tisch des Redakteurs und setzte mich.

„Ich bin schrecklich durstig", sagte ich, nachdem ich einen geleert hatte.

Aber The Chief nahm den anderen und trank ihn aus.

„Ich hole mehr", sagte ich, stand auf und ging los. Sekrétar fing an zu grinsen, ganz seltsam, als wäre bei ihm etwas durchgeknallt, weshalb ich den Schritt verhielt.

The Chief durchbohrte ihn mit dem Blick.

Sekrétar setzte eine ernste Miene auf. Seine Augen sahen aus, als wollte er etwas hinunterschlucken.

Jetzt machte ich mich erneut auf den Weg und – verflucht noch mal, ständig vergesse ich dieses Saufen – kam ein wenig ins Schwanken ... Sekrétar brach in unangenehmes Gelächter aus.

„WAS ZUM TEUFEL LACHST DU?", brüllte The Chief.

Sekrétar schüttelte den Kopf, als würde er erneut hochstarten. Er hörte auf.

„Mit wem arbeite ich da?", fragte The Chief, schüttelte den Kopf und sah hinauf, als hätte er sich von den Göttern abgewandt und fragte stattdessen die Außerirdischen.

Ich brachte noch mehr Wasser.

Sekrétar würdigte ich keines Blickes ... The Chief hatte inzwischen beschlossen, sich mir gegenüber etwas humaner zu verhalten, und sagte: „Erzähl mir alles. Wieso hast du vor seiner Alten die Panik bekommen?"

Ich sagte: „Diese Milka ... Also ... Das ist schwer zu erklären ..."

Er unterbrach mich: „Der Typ hatte einen Text in der letzten Nummer. Aber seine Alte hat durch dich spitzgekriegt, dass etwas nicht in Ordnung war, stimmts?"

„Ja."

„Du hast es vergeigt. Siehst du, du hast sie abgefertigt, dann hat sie die Konkurrenz angerufen, um sich zu rächen. So ... Also: Nicht SIE ist verrückt! Auch DIE sind nicht verrückt. Denn die Sache ist nicht nur die, dass sie sie angerufen hat ... Nein! Denn pass auf: Sie sind der Sache nachgegangen und haben rausgekriegt, dass du Mails an Leute im Irak geschickt hast, in denen du nach unserem Journalisten fragst. Verstehst du, wovon ich spreche?"

Das ist jetzt schon ausweglos, dachte ich. Die GEPs sind auf dieselbe Idee gekommen wie ich – sich bei unseren Leuten da unten zu erkundigen.

„Ich weiß", sagte ich. Es gab kein Zurück mehr. Fürwahr, dachte ich, was bin ich für ein Mensch?

„Deshalb möchte ich keine Zeit mehr verlieren!", erregte sich The Chief wieder. „Wir rufen den Typen den ganzen Morgen an, und er meldet sich nicht! Erkläre, worum es geht!"

Ich kratzte mich am Hinterkopf.

Sollte ich beim Krieg zwischen Milka und meiner Alten anfangen und beim Krieg im Irak enden? Meine Gedanken verschwammen bei dieser Entfernung.

Ich holte tief Luft … Ich beschloss im Nu, meiner Geschichte bis zum Schluss treu zu bleiben, sonst würde ich auseinanderfallen. Und sagte: „Alles das ist fürchterlich kompliziert. Er hat sich nie über dieses Telefon gemeldet, nur per Mail ... Also ... Jetzt ist es der vierte Tag, dass er sich nicht per Mail gemeldet hat. Ein wenig war ich schon besorgt, aber nüchtern gesehen sollte es keinen Grund zur Panik geben. Er muss sich ja nicht jeden Tag melden."

Plötzlich echt wie ein guter Polizist sagte The Chief: „Hör mal, ich beschuldige dich nicht. Wenn du das Sekrétar gesagt hast ..."

Hier kam Sekrétar hoch und stellte sich vor mich hin: „Einen Dreck hast du mir gesagt! Schämst du dich nicht! Du hast kein bisschen Anstand! So ... So sich zu benehmen, vor einer Mutter, die ihren Sohn sucht! Und der Mann ist im Krieg! Das sagt alles über dich aus!"

Ich saß da mit offenem Mund. Es hatte tatsächlich widerlich geklungen. Sieh einer an, dachte ich, Milkas Worte erreichen mich problemlos auch aus zweiter Hand.

Von nun an, das hatte ich im Nu begriffen, würde ich damit zu leben haben. Was immer ich sagte, jemand würde mich im Namen von Milka niedermachen. Die Welt würde voll sein mit ihren Abgesandten.

Ich nahm einen Schluck Wasser.

„Ich kann mit Sekrétar nicht reden", sagte ich.

„Herr Sekretär", sagte The Chief, „wenn Sie schon nicht helfen können, dann lassen Sie mich arbeiten."

Sekrétar stand da. Er atmete wie ein Herzkranker, ungesund rot im Gesicht. Ich dachte, dass ich ihm ein wenig Wasser anbieten sollte, aber ich fürchtete, er könnte das als Provokation ansehen.

„Ich muss ein wenig spazieren gehen“, murmelte er und nahm seinen Mantel.

Die Tür schloss sich hinter ihm.

„Und?“, fragte The Chief.

Ich überlegte, wo wir stehen geblieben waren, und sagte: „Hätte ich Panik gemacht, hätte sich nichts geändert. Wer hätte ihn im Irak suchen sollen? Die Amerikaner?“

„Warte, jetzt gibst du also zu, dass er verschwunden ist?“, warnte mich The Chief in dem Wunsch, ich solle es auf der Stelle dementieren.

Mir wurde klar, dass wir in gewisser Weise auf derselben Seite standen. Genauso wie ich wollte auch er nicht glauben, dass Boris verschwunden war. Also sagte ich: „Er ist nicht verschwunden, sondern ... er ist beleidigt. Ich wollte ihn sofort von dort abziehen, er aber spielte verrückt. Von wegen, er würde meine Nachrichten und Anrufe nicht kriegen. Schließlich habe ich ihn per Mail beschimpft, und seitdem meldet er sich nicht. Ich denke, er will mich einfach verarschen.“

„Weshalb hast du das für dich behalten?“

„Ich habe den Blödian geschützt! Außerdem, was bringt es? Wenn er nicht auf mich hört, hört er auch nicht auf dich.“

Er schwieg. Wir waren seit jeher *per Du*. Jetzt, da Sekrétar hinausgegangen war, konnte ich mich nicht mehr an eine Gruppe richten.

Pero atmete auf: „Hast du auf deinem Computer eine Bestätigung, dass er sich vor vier Tagen gemeldet hat?“

„Habe ich.“

„Davon muss ich mich selbst überzeugen.“

Wir verließen sein Büro und gingen zu meinem Tisch.

„Hier, das war die letzte Mail.“

„Okay. Druck mir das aus.“

Ich druckte es aus.

Alle diese Tische, Tastaturen, Telefone, die großen Fensterscheiben … Nur wir beide waren in der Redaktion, und der Raum sah ungewöhnlich friedlich aus, niedergelegt, wie nach einer Katastrophe.

Ich ging zum Fenster.

Unten, auf dem Jumboplakat an der großen Kreuzung wurde ein Hyundai Getz beworben, keine Anzahlung, nur eine Menge Raten.

Ich verfolge das Geschehen auf diesen Plakaten. Davor war es die Bausparkasse der Raiffeisenbank. Da war auch einmal ein Renault Twingo, keine Anzahlung, nur eine Menge Raten. Da gab es auch mal Tuđman mit Fliege. Da gab es eine Sunmix Sonnencreme, da gab es auch Unterwäsche Lisca, ein super Anblick.

Es war ein feuchter, pastellfarbener Morgen. Hier und da ein Tropfen auf dem Fenster. Drinnen stand die Luft, sie roch nach Haufen frischen Papiers.

Pero saß auf Charlies Platz und las.

* * *

Jetzt ist, liebe Kinder, der Krieg praktisch zu Ende, aber Saddam gibt es nicht, er hat sich irgendwo verkrochen, er ist verschwunden, das ist wie eine Leere in dieser ganzen Geschichte, ein Luftzug von irgendwoher, das muss man schließen, und wenn jemand weiß, ob er am Leben oder ob er tot ist, soll er die Hand heben, soll er es der Polizei melden ... Nun gut, eine Polizei gibt es hier in Bagdad noch nicht, und solange es keine Polizei gibt, gibt es auch keine Realität ... Du weißt nicht, wo die Grenzen sind und was real ist, ich weiß nicht, ob ihr bisher bemerkt habt, dass gerade die Polizei das Leben real macht, sie ist die Mutter des Realismus, und gäbe es keinen Realismus, gäbe es auch die nicht, die aus dem Rahmen geflüchtet sind, und so jagen wir sie, nur damit wir wissen, dass sie noch nicht ganz von uns gegangen sind, dass sie nicht einfach so verschwunden sind wie Saddam, wie ich, oder wie du, wenn du dich ein wenig hast gehen lassen ...

Stellt euch vor, Kinder, es gäbe keine Polizei - dann gäbe es auch keine Realität, und wir könnten nicht über sie nachdenken. Aber so können wir nachdenken, denn es gibt eine Polizei, zumindest bei uns gibt es sie, und gäbe es sie nicht, könntest du alles anstellen, was dir in den Sinn kommt, und dann wäre nichts mehr real, nichts mehr nach dem Gesetz. Das wäre wie ein Satz ohne Punkt, wo ist der Punkt, wo ist das Ende, frage Gott, frage das Gesetz, frage den nächsten Polizisten, und so weiter - solange du nicht auf jemanden stößt, der dir eins über den Kopf zieht, weißt du nicht, wo das Ende ist, wie weit es real ist zu gehen, was Phantasie ist, was ein verbotener Wunsch ist, was Wahnsinn und sexuelle Phantasie, du hast keine Ahnung, wo du bist, bis du dem nächsten Polizisten begegnest und ihn fragst, ihm sagst, du hättest dich verlaufen, ihm deine Adresse sagst, und er dich heim zu deinen Eltern bringt, denn sie kooperieren, sie arbeiten gemeinsam an der Realität, sie zeichnen das Ende der Welt, wer sagt, dass es kein Ende der Welt gibt, dass die Erde rund ist, spielt keine Rolle, ein Ende der Welt muss es geben, sonst gibt es keinen

Punkt, sonst gibt es nur Beistriche, und du gehst, gehst nonstop, es gibt kein Ende, solange du nicht einen Polizisten fragst, du bist völlig verrückt, wenn du ihn nicht finden kannst, also suchst du den Polizisten in der Welt, du betest zu Gott, dass du ihn finden mögest, du suchst wie verrückt nach jemandem, der dich verhaftet, damit du einen Punkt setzen kannst, denn so ist es unerträglich, so ist es irreal, spürst du das, ruf bitte jemanden, damit er mich verhaftet, damit er mich vorführt - wunderschöne Worte -, denn hier gibt es niemand Kompetenten, hier gibt es keine Polizei, keine Realität, das Volk begrüßt die Befreier, es herrschen Freude und spontaner Raub, die Leute rufen „Saddam ist tot" und „Dies ist die Freiheit" - alle tragen etwas aus den verlassenen Staatsgebäuden und aus den Geschäften, raffen Nahrungsmittel zusammen, Kleidung, elektrische Apparate, Teppiche, aber auch Fahrzeuge des irakischen Militärs, Computer, sogar Möbel aus den Regierungsbüros, manche haben sich auch der Museen erinnert, Menschen von Geschmack tragen Kunstwerke hinaus, keine Kühlschränke, das ist der Bildungsunterschied, uns hat überrascht, dass der Widerstand relativ schwach war, sagen die Amis, aber der Widerstand der Realität ist manchmal schwach, wir wissen das gut, nicht wahr, begreifst du mich, auch wenn du so tust, als wärest du ein Realist, hast du im Grunde auf die Befreiung gewartet, genauso wie ich, du hast auf deine Amis gewartet, und sie sind gekommen, erinnerst du dich, damals haben wir uns gefreut wie iraki pipl, scheiß auf ein Leben ohne Freiheit, du weißt, wie es ist, wenn dich das offene Meer davonträgt, die Leute stürzen Denkmäler, Erdbeben und Tsunami, das Regime wird nie zurückkehren, die Amis mischen sich nicht ein, solange das Volk feiert, sie haben genau definierte Aufgaben, in einer Mittelschule wurde ein Waffenlager von Selbstmordattentätern gefunden, Westen mit C-4-Sprengstoff, die gut zehn Kilo schwer sind und aus denen Drähte herausgucken, an anderen Orten haben die Leute den Marines Dutzende Granaten, Raketen und Granatenwerfer gebracht, die Bevölkerung ist jetzt schon 100-prozent sicher, dass das Regime nicht zurückkehrt, sie gehen zu den Amis und zeigen Feinde an, sie glauben, sie werden auf diese Weise eine neue Realität schaffen, indem sie Angehörige des Regimes anzeigen, die von der alten Realität zurückgeblieben sind, aber die Amis haben genau definierte Aufgaben, die Marines sind nicht da, um die Realität zu errichten, sie gehen nur, hüpfen vom Boden auf wie Astronauten, die Iraker tragen vor ihnen keine weißen Fahnen mehr, sondern heben ihre T-Shirts hoch, sogar vor den Journalisten haben sie angefangen, ihre nackten Bäuche zu zeigen, um uns zu überzeugen, dass sie keinen Sprengstoff tragen, ich sehe ihre nackten Bäuche, das Staatsfernsehen ist verstummt und ohne Bild, es gibt nichts auf dem Bildschirm, das ist es, präge dir dieses Bild ein, es gibt kein Bild, das ist genau das, das irakische Radio sendet auch weiterhin patriotische Lieder, aber das ist irreal, andererseits ist noch gar nichts real, alles ist auf dem Weg, in der Transition, in der Improvisation, das Chaos herrscht in der Stadt, das Chaos ist im Kopf, hierher sollte man junge Anarchisten bringen, damit sie ihre Lektion lernen, alles das sind gute Kinderchen, sie sind nur eine Verzierung um die Polizei, bis die Realität funktioniert, es vergehen Tage, bis ich meinen Satz beende, es gibt keinen Punkt, ich stecke mir eine Zigarette nach der anderen an, Bagdad brennt, Teile der Altstadt, Teile der bekanntesten alten Rashid-Straße stehen in Flammen, die alten Gebäude sind aus Holz, es gibt keine Feuerwehrleute, sie sind, wie wir wissen, im World Trade Center umgekommen, das Feuer breitet sich ungehindert aus, wir sind zur deutschen Botschaft gegangen, wo eine Gruppe von Leuten gerade dabei ist, gestohlene Sachen einzuladen, sie haben uns vertrieben, das ist das erste Mal, dass die Lokalen nicht liebenswürdig zu uns waren, aber der Mensch verändert sich von Stunde zur Stunde, wenn die Revolution auf den Plan tritt, das sind fundamentale Veränderungen, die Persönlichkeit fließt über die Ränder, sie quillt, die Farbe schmilzt, die Form, Angst dunstet, die ganz oben fühlen als Erste die Freiheit, sie vermessen ihre Größe, sie ist eine endlose Parzelle, die Jäger wittern sie zuerst, wer es zuerst zum Mädchen schafft, dem gehört es, je länger der Satz dauert, desto weniger liebenswürdig sind sie, auch das Olympische Krankenhaus wurde geplündert, Räuberhorden durchkreisen die Stadt in Lastwagen, sie haben angefangen, Waffen zu tragen und den Journalisten zu drohen, die es wagen, sie zu filmen, die Tiere kommen aus den Wohnungen, die Vampire aus den Gräbern, die alten Mumien entledigen sich ihrer Bandagen, das Archäologische Museum in Bagdad, acht Millennien Mesopotamiens, wurde geplündert, zerstört wurde ein Teil der Exponate, die zu schwer waren, um gestohlen zu werden, die Ärzte in der Notaufnahme arbeiten mit Pistolen bewaffnet und wehren sich gegen die Heroen, die versuchen, den Rettungswagen und die Instrumente zu stehlen, Straßenbanden beobachten mich, meine Waffe fehlt mir sehr, schickt mir ein Kontingent, grüßt die alten Schmuggler, gratuliert ihnen zum verdienten Sieg, grüßt jene, die da knallen wie Kapillare, während ich vor dem Spiegel stehe, haben unten vor dem Hotel Demonstrationen begonnen, die Bürger versammeln sich um die amerikanischen Panzer vor der Auffahrtsrampe, sie befürworten die Repression, Professor Samir, mittleren Alters, der jetzt Marlboro ohne Banderole verkauft, erklärt einem Marine, dass die Dinge nach dem Prinzip Kugel in den Kopf gelöst werden müssten, dass danach niemand mehr plündern werde und Punkt, oder Beistrich, der Marine sah ihn verwirrt an, und dann Doppelpunkt, eine Gruppe irakischer Polizisten bot dem Kommando der amerikanischen Streitkräfte in Bagdad ihre Dienste an, um die Anarchie zu beenden, sagte der Anführer der Gruppe, Oberst Ahmed Abderrazak Said, berichtet Al-Jazeera ...

***

The Chief verharrte noch eine Weile gesenkten Hauptes und starrte auf den Text.

„Was ist das?“, fragte er leise, ohne den Kopf zu heben.

Ich sagte: „Na ja ... seine Reportage.“

Er hob den Kopf: „Aber was ist das?“

„Ich weiß nicht ...“, sagte ich vorsichtig, „was verstehst du darunter ...“

Er sah mich an. Seine Augen leuchteten auf vor Erkenntnis, und er sagte: „Jetzt ist es mir klar: Du verheimlichst, dass du einen Verrückten empfohlen hast?“

„Er war nicht verrückt“, sagte ich.

„Und jetzt ist er verrückt?“

„Die ganze Zeit zerbreche ich mir den Kopf darüber“, sagte ich ehrlich.

The Chief stützte sich auf den Tisch und presste seine Schläfen mit den Handflächen.

„Er war im Krieg?“

„Ja.“

„Das ist so ein PTSS“, sagte The Chief mit starrem Blick.

Unsicher, als wünschte er sich, ich würde das dementieren, fragte er: „Er ist in den Irak gegangen und bei ihm ist alles wiedergekommen?“

In der Kehle schnürte es mich, und ich drehte mich um zum Fenster.

Ich hatte ihn hingeschickt. Er hatte mich angesehen, als würde ich ihm etwas schulden ... Denn mir ging es quasi gut und ihm schlecht. Das gab einem irgendwie die Richtung vor, von wegen, da musste man sich etwas einfallen lassen ... Die ganze Zeit denkst du, er spielt dir was vor, um dich zu erpressen ... Keine Spur ... Es hat ihn wirklich erwischt. Dieses Syndrom.

Aber davon sollte ich jetzt nicht reden.

Sei nüchtern. Betrachte die Tatsachen. Stell die Verteidigung auf.

Ich drehte mich um. The Chief sah mich an. Und ich ihn. Er erschien mir so weit weg, als würde uns etwas mehr voneinander trennen als nur der Raum.

Ich hatte meine Kehle wieder sauber.

„Vielleicht fährt er ja auch auf diesem Trip. Wäre er dermaßen durchgeknallt, hätte er dort nicht so lange durchgehalten. Er wäre nicht bis Bagdad gekommen“, sagte ich.

„Er schickt doch nicht von Anfang an solchen Unfug?“

„Doch, das tut er“, sagte ich.

„Ja?“, er sah mich erschrocken an, als fragte er sich: Wo ist das Ende dieser neuen Erkenntnisse?

„Ich habe ihn gedeckt ... Weil ich ihn empfohlen habe. Ich habe die Texte von Grund auf neu konzipiert.“

The Chief legte die Stirn auf seine Hände.

Wieder fuhr er auf: „Wieso hast du mir das nicht gesagt?! Du hättest es sagen sollen! Du hast es verschissen! Ziemlich! Dafür wirst du bezahlen! ...“

Dann wurde ihm offensichtlich klar, dass er mich noch brauchte, und fügte hinzu: „Aber gut, darüber reden wir später!“

Ich fuhr fort: „Er hat nirgends geschrieben, dass sein Satellitentelefon nicht funktioniert, aber er meldet sich nicht. Überleg mal ein bisschen ... Er spielt ein Spiel. Tagelang studiere ich diese Texte. Mir scheint, als wolle er verrückter dastehen, als er ist. Als er das erste Mal kam, zeigte er mir irgendwelche Prosa. Das war einer ähnlicher Film.“

„PTSS-Prosa“, holte Pero the Chief tief Luft. „Jetzt wird PTSS-Prosa zum Thema des Tages, wirklich schön.“

Dann erinnerte er sich: „Das hier können wir nicht veröffentlichen!“

„Hm“, überlegte ich, was ich sagen könnte.

„Wir müssen einen Beweis veröffentlichen, dass er sich bei uns gemeldet hat ... Aber das hier geht nicht ... Das würde wie eine Bestätigung aussehen ..." Er starrte vor sich hin. „Hast du noch etwas, das eingetroffen ist, quasi für diese Ausgabe?"

„Ja, aber das ist alles dasselbe."

„Lass mal sehen."

***

Die Amis haben angeblich die DNA von Saddam, wir wissen, wie das in den Serien geht, die Forensiker arbeiten wie die Wahnsinnigen, aber das hier ist noch besser als „Denver-Clan", es gibt Erdöl, vom Flugzeug aus kann man den Palast sehen, in dem die Familie wohnt, die wir mithilfe des Y-Chromosoms und der mitochondrialen DNA identifizieren, da das Y-Chromosom des Sohnes zu 99,9 Prozent identisch ist mit dem des Vaters, findet man also unter den Trümmern des Palastes die Überreste von drei Leichen, die das gleiche Y-Chromosom haben, ist die Wahrscheinlichkeit sehr groß, dass das die Überreste von Saddam und seinen Söhnen sind, aber um sagen zu können, welche die Überreste der Söhne sind und welche Saddams, werden die Experten zu einer anderen Methode greifen müssen, die Rede ist von der mitochondrialen DNA, populär auch Evangelium nach Eva genannt, denn jeder Mensch trägt die mitochondriale DNA der Mutter in sich, folglich müssen Saddams Söhne die gleiche mitochondriale DNA haben wie ihre Mutter Sajida, die ihr Sohn Udai im Jahre 2000 unserer Zeitrechnung hat umbringen lassen, dann, historisch gesehen etwas später, sind wir in Richtung Präsidentenviertel gezogen, wo auf den Kreuzungen der Asphalt versengt ist, die Laternenmasten umgerissen sind, hier und da eine Leiche an der Straße liegt, dann sieht man ein riesiges sandfarbenes Bauwerk, wir werden geführt von zweien aus der 2. Infanteriedivision, in den großen Konferenzsälen gibt es keinen Strom, die perlenbesetzen Kronleuchter warten in einem Haufen Material auf dem Boden auf die Handwerker und die Adaptierung, man weist uns an, nicht in den ersten Stock zu gehen, der noch nicht nach Minen durchsucht wurde, neben dem Palast liegt das sogenannte Miami von Bagdad, ein Gebäude mit zahlreichen Kuppeln, einem Garten, mit Pools mit eingebauten Bars, jetzt ist da eine amerikanische Abteilung, staubbedeckte Soldaten sitzen um den Pool mit dem abgestandenen Wasser herum, und da ist auch ein Marine, einer aus unseren Breiten, aus der Lika, er ist vor zehn Jahren ausgewandert, weil er aus einer gemischten Ehe stammt und nicht wusste wohin als nach Amerika, und ist jetzt Amerikaner, sie nennen ihn Pit, er sagt, es gehe ihm gut, es hätte schlimmer kommen können, sagt er, der Sold europäisch, und er fragt mich, wie es bei uns ist, und welches Auto ich zum Beispiel fahre und ob ich einen Karakaš kenne, der mit ihm in die Klasse gegangen und auch Journalist geworden sei ...

Nehmen wir also Saddams DNA, stochern wir ein wenig herum, um zu sehen, ob er am Leben ist oder ob er tot ist. Das ist, wie gewöhnlich, die Hauptfrage. Wenn du es mit jemandem zu tun hast, prüfe zuerst, ob er lebt oder ob er tot ist, erst dann trete in Kontakt mit ihm, damit du dich nicht umsonst quälst wie ich, der ich neben diesem Pool stehe, an der Stelle, wo mein Alter gestorben ist, wo ihn der Infarkt unter der Sonne geholt hat, und mit ihm rede in Gedanken und ohne Gedanken, das ganze Arabisch hallt mir im Kopf wider, seit Jahren, also bin ich an diesen Ort zurückgekehrt, neben dem Pool, wo man die DNA des Diktators sucht, und die DNA seines Sohnes Udai, und die mitochondriale DNA der Mutter Sajida, der Teufel soll sie finden, das ist eine Suche im Schlamm, ich versinke in diesem Zerfall, in diesem Arabisch, alle diese Tage, ich versinke, ich mache das mitten in diesem Krieg, in diesem Weltengedränge, in dieser Seele, im Nichts.

***

„Das können wir nicht bringen", sagte The Chief.

Das weiß ich doch, dachte ich. Ich hätte die Texte nicht gefälscht, hätte man sie bringen können. Jetzt siehst du, wie es für mich war ... So, und nun denk dir etwas aus, wenn du so klug bist ...

„Was zum Teufel soll ich damit?", fuhr er fort.

Mitfühlend sah ich ihn an, als wollte ich sagen: Ich bin nicht da, um zu entscheiden.

Den Blick auf die Tiefe des Problems gerichtet, fiel sogar Pero in Schweigen.

Nun blätterte er unsere alten Nummern durch, in denen meine Texte neben Boris' Fotos standen.

Er vertiefte sich und las.

„Ich sehe mir das ein wenig an", sagte er, „du machst das wirklich gut ..."

Er sah mich nach all dem mit einem gewissen Respekt an: So, wie man einen Einbrecher ansieht, der jedes Schloss knackt.

„Ach, unbedeutend", murmelte ich.

Dann zeigte er ein krankes Lächeln und sah mich an, als hätten wir gemeinsam eine gewisse Grenze überschritten.

„Schau", sagte er, „wenn er zurückkommt, bei all diesem Medienrummel ... wird er ein Starjournalist sein ..."

Ich kam ins Denken und sagte: „Alles ist möglich."

„Ich überlege etwas. Es wird nicht in seinem Interesse sein zu sagen, dass wir ihn nicht gebracht haben, nicht wahr? Da wäre er dann ein gewöhnlicher Loser, und kein Journalist, den das ganze Land gesucht hat." Er hielt inne und fuhr dann fort: „Wenn er nicht zurückkehrt, wird er es auch nicht sagen ..."

Er hatte vermutlich bemerkt, dass ich ihm mit trübsinnigem Gesichtsausdruck zuhörte, und sagte: „Gut, ich denke nur laut."

„Aha."

„Aber wir müssen mit allen Varianten rechnen", sagte er. Er zuckte mit den Achseln, als würde er kapitulieren: „Wenn man alles zusammenzählt, hindert uns nichts daran, weiterzumachen ... Ich meine, es gibt hier das eine oder andere Detail ... Und wenn man noch von woanders was nimmt ... Wenn man das bearbeitet und normale Schlussfolgerungen zieht, einen normalen Ton, meine ich ... Weißt du was ... Setz du einen schönen, normalen Text zusammen."

Ich starrte ihn an. „Wie meinst du das? Warte ... Du meinst, ich soll wieder statt ihm schreiben?", fragte ich.

Pero sah mich kurz an und – fast unmerklich – nickte.

Warte, dachte ich, hat sich denn ... Hat sich denn nichts verändert? Die einzige gute Sache heute Morgen war dieser Funke Erleichterung ... Dass ich ihn vom Hals hatte. Endlich hatten sie mich erwischt, hatte ich gedacht, und alles ist vorbei.

Aber. Warte.

„Ja ... Bis wann soll ich ihn denn spielen?", fragte ich.

„So ist es am besten", sagte Pero. Er sah mich an: „Hast du vielleicht eine andere Lösung?"

Nein, das ist zu viel, dachte ich. Wenn das anhält ... Ein Schauer ging mir über den Rücken ... Wenn das anhält, wenn die anderen sich damit einverstanden erklären, wenn ich fortfahre, ihn zu spielen – wird es mich am Ende *übernehmen*? Werden sich zum Schluss alle darin einig sein, dass es so am besten ist? Werde ich eines Tages bei Milka anklopfen und sagen: „Mama, ich bin zurück!"

„Ach, mein lieber Bub ... Gott sei Dank!", wird Milka sagen und mich fest umarmen, unnachgiebig.

Diese Bilder schwirrten mir durch den Kopf.

Mich überkam ein Schüttelfrost.

Pass auf, sagte ich mir, *pass auf*, du bist nicht nur betrunken von der letzten Nacht, du hast auch ein paar verkrustete Coke-Krümel in den Nasenlöchern. Das ist Paranoia ... Behalt das im Sinn! Langsam.

„Wir haben keine andere Wahl", sagte Pero The Chief.

* * *

Ich musste hier raus.

Ich sagte zu Pero, ich müsse meinen Kopf klar kriegen.

Ich fuhr mit dem Lift hinunter, trat aus dem Gebäude.

Ich fing an, auf dem Pflaster herumzugehen. Ich wollte einen Kreis beschreiben, aber einen größeren.

Ich ging auf der Sonnenseite, in der Morgensonne.

Ich ging so gute zehn Minuten. Nichts Besonderes. Alles war da: die Gebäude, die Reklametafeln, die Autos, die

Menschen, die widerlichen Graffitis, die Halbwüchsige vom Nazismus inspiriert überall hinschmierten ...

Auf dem Pflaster kam mir ein Typ entgegen, den ich kannte, also nickte ich.

„He!", blieb er zu allem Unglück stehen.

„Wie geht's?", fragte er.

„Na ja", sagte ich und kam unwillig einen Schritt zurück, da ich schon ein wenig vorbei an ihm war. Mir fiel auch ein, hinzuzufügen: „Und dir?"

„So, so. Okay", sagte er.

Ich schwieg kurz.

Ich stand da. Er sah mich an, als wäre ihm meine Situation klar, und machte: „Hm ..."

Vermutlich hat er die Zeitung gelesen, dachte ich. Ich sah zur Seite. Ich wusste nicht, was ich zu erwarten hatte.

Dann sah ich wieder den Typen an, und der meinte: „Sorry ... Es ist blöd. Aber ich kann mich nicht erinnern ..."

Man konnte nicht sagen, dass ich konzentriert gewesen wäre.

„Bitte?", sagte ich.

Der Typ wurde aus irgendeinem Grund unruhig. „Ich meine ...", sagte er. „Ich ... Ich kann mich nicht erinnern, woher wir uns kennen!"

Was ist das für eine Ansage, dachte ich. Was will der jetzt?

Ich sah ihn an und überlegte ... Tatsächlich, dachte ich. Und sagte: „Nein, ich kann mich auch nicht erinnern."

„Aber wir kennen uns ... Nicht wahr?", sagte er, wie um sich zu entschuldigen.

„Aber ja", sagte ich.

Mir kam es so vor, als wäre der Typ wegen dem Ganzen erschrocken. Vielleicht, dachte ich, war ihm das schon öfter passiert.

„Warst du ein Freund von Cifra?“, fragte er.
„Nein ...“, sagte ich.
Ich wollte schon weitergehen. „Du kennst Markatović?“, fragte ich trotzdem, denn Markatović hatte mich mit einer Menge Leute bekannt gemacht ...
„Nein ...“, sagte er und schüttelte den Kopf.
Ich weiß nicht, weshalb wir dort noch immer standen. Wir kannten uns überhaupt nicht! Ich weiß nicht, wie ich aussah, aber der Typ schien echt am Boden zerstört zu sein.
„Kennst du Feri? Phantom? Ćmed?“, fragte er.
Ich jonglierte mit diesen Namen. „Nein“, sagte ich. „Sorry.“
„Ist nicht wichtig“, sagte der Typ und wollte verunsichert weiter. Er setzte noch hinzu: „Okay, Alter, wir sehen uns ...“
Ich blieb ein paar Augenblicke stehen und sah ihm nach, und dann, ich weiß nicht warum, fiel mir ein, dass es nicht gut wäre, wenn er sich umdrehte.
Aber ja, er drehte sich um und sah, wie ich hinter ihm hersah. Ich hob die Hand zum Gruß, als würde ich ihn fortjagen.

Ich ging weiter.
Die Welt ging an mir vorüber. Automobile.
So neben der Avenue mit den vier Fahrspuren gehend dachte ich einen Augenblick lang an mich und Sanja. Ein seltsames Aufblitzen: Als würde ich mich an jemanden von früher erinnern. Als würde ich über etwas Ruiniertes nachdenken. Für einen Moment sehe ich uns beide auf einem Foto von einer ihrer Geburtstagspartys. Ich sehe mich und sie wie etwas, auf das ich mit Nostalgie zurückblicke.
Auf einmal Trauer.
Ich hätte etwas im Leben machen müssen, dachte ich. Ich hätte etwas machen müssen, und nicht alles so zerkrümeln,

ohne etwas Wichtiges zu tun. Ich hatte nur an dieser meiner Realität herumgeflickt ...

Die Autos fuhren an mir vorüber.

* * *

Ich verschob die Rückkehr in die Redaktion. Ich ging herum. Ich hatte auch ein Problem damit, nach Haus zu gehen. Ich stellte mir vor, wie mich alle Nachbarn anstarren würden. Und dann fiel mir ein, dass ich mir jene Wohnung ansehen sollte, die aus der Anzeige, die Wohnung, die wir uns ansehen müssen, es ist höchste Zeit. Die Nummer hatte ich im Handy gespeichert. Ich wollte sie sehen, wie ein Abergläubiger; als würde ich dort mein Schicksaal sehen.

Ich rief diese Leute an. Sie waren dort. Sie polierten an etwas herum.

Ich rief Sanja an. Ich sagte, dass wir hingehen und uns diese Wohnung ansehen könnten. Ich flüsterte es, so als würde ich eine Flucht vorschlagen.

Sie könne nicht, sie schlafe, sagte sie. Es sei ja noch Morgen ... Sie fragte, ob in der Zeitung etwas über die Vorstellung stehe.

Ich sagte: „Nein, ich habe nichts gesehen ... Aber ... Wir sollten uns diese Wohnung ansehen. Wir müssen das endlich einmal machen ...“

Sie sagte, dass sie nicht könne, jetzt könne sie nicht. „Ich schlafe noch“, sagte sie.

Ich hatte erwartet, dass sie es begriff. Ich weiß nicht, woher diese Idee, aber seit jeher habe ich gedacht, dass es in der Liebe eine Spur von Telepathie geben muss ... Die dann funktioniert, wenn man sie braucht.

Ich war in der Phase des Wartens auf ein Wunder. Das ganze Leben warte ich insgeheim auf ein Wunder. Und jetzt ... Jetzt war es höchste Zeit, dass das Wunder geschah. Ich hatte das Gefühl, dass ich die Situation sozusagen provozieren musste ... Das ist irrational, dachte ich. Ja, dessen bin ich mir bewusst, sagte ich mir. Doch in all dem, dessen ich mir bewusst war, sah ich keinerlei Wert. Ein Leben ohne Wunder zahlt sich nicht aus, das fühlte ich, mit jedem Schritt war ich mehr davon überzeugt. Trotzdem setzte ich meinen Weg fort, zum Auto, und musste daran denken, dass ich von außen ganz normal aussah, als wäre mir nichts zugestoßen.

Ich kam zum Auto, setzte mich hinein.

Ich fuhr. Beschleunigung.

Die Reifen quietschten.

Vielleicht ist Boris ja tot, dachte ich.

Ich raste mit dem Auto durch die Stadt. Ich versuchte, all diese Gedanken abzuwerfen. Ich wollte mir nur diese Wohnung ansehen. Das Leben auf eine qualitätvollere Weise fortsetzen. In einen neuen Raum eintreten und darin bleiben. Sagen: Hier ist mein Heim.

* * *

Es handelte sich um eine Dachgeschosswohnung; genügend Quadratmeter, genügend Schrägen. Alles ziemlich schräg. Das sagte mir zu; wir könnten hier alles Mögliche anstellen, um es rockig aussehen zu lassen. Jetzt war alles weiß, wir würden das aber überstreichen: gelblich, rötlich, orange, dann ein paar verrückte Bilder, vielleicht ein bescheuertes Graffito ... Um wieder verrückt zu sein, jung, wieder Unsinn zu reden, nur das kann uns retten.

Ich ging aus dem Wohnzimmer in die Küche, spähte aus dem Fenster, dann wieder ins Wohnzimmer, dann in die Küche und ins WC, dann blieb ich im Flur stehen, dann ging ich ins Schlafzimmer, ich sah hinauf und hinunter, als würde ich die Ecken vermessen ... Dann wieder ins Wohnzimmer, wo ich aus dem Fenster sah und sagte: „Gut!“

Der Besitzer und sein Sohn gingen ständig hinter mir her und sahen mich an wie Van Goghs Kartoffeln essende Bauern. Diese großen Augen. Ihre Anwesenheit hinderte mich daran, meinen Eindruck zu schärfen ...

Es wäre schwer gewesen, ihnen das zu erklären, aber – solange sie hinter mir hergingen, konnte ich überhaupt nicht gut sehen: Ich tat nur so, als würde ich mich umsehen, wusste aber nicht, was ich sah.

„Guut!“, wiederholte ich. Ich hatte diesen Ton eines Vorgesetzten, dieses „Guut“, als wäre ich auf einer Inspektion, es war aber zu sehen, dass meine Autorität fiel, denn ich hatte keine Ansage für danach, ich wiederholte nur dieses „Guut“, immer in der Hoffnung, dass mir noch etwas einfallen würde ... Eine Frage, anhand der man sehen würde, dass ich mich auf Wohnungen verstehe. Wäre mir bloß ein Problem eingefallen, damit ich sagen konnte: Warum ist das hier, oder warum gibt es jenes nicht? ...

Ich sah mich um: Was gab es nicht? Was gab es nicht?

„Guut“, sagte ich.

Der Besitzer und sein Sohn gingen mir durch diese Räume nach wie ein kleiner Zug.

Sie ließen mich nicht allein.

„Kann ich mal aufs WC?“, fragte ich wie in der Schule.

Im WC stand ich da und atmete aus, als würde ich mich wie bei einem Aufstieg ausrasten. Ich überlegte eine Minute ... anderthalb Minuten ... Und dann kam es mir so vor, als wäre die Zeit abgelaufen, als müsste ich hinaus.

Ich ließ das Wasser laufen und ging hinaus.

Sie sahen mich an, immer gleich.

Dann sah auch ich sie an, wieso nicht, dachte ich, wieso sollen wir uns nicht ein wenig gegenseitig ansehen?

Vater und Sohn wurden nervös. Der Sohn sah den Vater an, um zu sehen, was der machen würde, denn er war schließlich der Ältere und Schwerere.

Mir kam es vor, als würde mir die Wohnung gefallen, das heißt, dass sie mir hätte gefallen können, wären die beiden nicht da gewesen.

Und wieder begann ich mich umzusehen und trat an die Fenster und sah hinaus, um *die Aussicht zu sehen.*

„Also?“, hörte ich den Vater hinter mir sagen.

Ich fragte mich, ob es gut war, dass die Wohnung gerade eben renoviert worden war? War das besser, oder war das verdächtig? Von wegen, kein Wasser tropft, bevor die Handwerker weg sind ... Vielleicht hatten sie deshalb ausgemalt? Vielleicht kam es oben durch, und sie hatten deshalb verputzt? Ich sah Vater und Sohn an und suchte die Antwort in ihren Gesichtern. Aber sie hatten sich darauf vorbereitet. Noch während sie verputzt hatten, hatten sie diesen Gesichtsausdruck geübt, den Ausdruck des Gerechten.

Vom Gesicht des Gerechten kann man nichts ablesen, deshalb tragen alle diese Maske.

Und was nun? Soll ich ihnen die Anzahlung geben und damit abschließen? Endlich einmal.

Ich habe dieses verdammte Unbehagen beim Kaufen, ich kann mich nicht konzentrieren: Der Gegenstand des Kaufs übt eine unglaubliche Magie auf mich aus, ich weiß nicht mehr, wie er beschaffen ist ... Mich packt eine gewisse Schwäche. Wenn ich nur daran denke, wie viele Male ich dasselbe durchmachen muss, mich dem Drang verschließen muss, ein Geschäft abzuschließen ... Denn irgendwo in mir habe ich diesen Drang, er wartet wie eine Ejakulation. Männer sind keine guten Käufer: Ist das Objekt hartnäckig genug, fühlt sich der Mann einfach aufgerufen, diesen Sex zu vollziehen. Frauen sind an zahlreiche Angebote gewohnt, sie weisen sie ständig zurück. Einer Frau kannst du nur das verkaufen, was sie will, einem Mann kannst du alles verkaufen.

Männer fürchten sich vor dem Kaufen, deshalb nehmen sie Frauen mit, wenn sie Kleidung kaufen gehen, deshalb überlassen sie ihnen dieses ganze Shopping, und deshalb erzählen sie Witze auf Kosten des weiblichen Shoppings, denn sie beneiden die Frauen: Die kaufen das, was sie wollen, sie stellen den ganzen Laden auf den Kopf, bis sie es gefunden haben. Ein Mann hat dazu keine Kraft, er kauft rasch, etwas drängt ihn dazu, bis zum Letzten zu gehen, zu Ende zu kommen, wenn er schon angefangen hat, eine Frau hingegen ist dazu erzogen, abzuweisen, sie sagt ständig nein, selbst eine promiskuitive Frau sagt ständig nein, denn wäre es nicht so, wäre alles anders, und niemand würde je wegen Sex nach Thailand fahren. Ein Mann geht ganz bis Thailand, für jede Frau hingegen ist Thailand um die Ecke, für jede Frau ist Thailand in jedem Café, für jede Frau ist Thailand im Unternehmen, selbst in der Glaubensgemeinschaft ist für die Frau Thailand, denn es gibt den Ort nicht, wo sich nicht ein Mann fände, um einer Frau Sex anzubieten. Frauen gehen durch die Welt wie durch ein riesiges Bordell, aber sie suchen aus, sie suchen dieses Plus an Qualität, sie sagen nein, bis sie es bekommen, und deshalb muss man sie zum Einkauf von jedem und allem mitnehmen, vor allem wenn es sich um eine Wohnung handelt.

Aber Sanja ist nicht da! Es gibt keine Telepathie!

Ich hatte es eilig. Ich fühlte: Wenn ich zu viel nachdächte, würde ich nie eine Wohnung kaufen! Sie würde gehen, die Wohnung würde gehen, alles würde von mir gehen. Ich wollte das erledigt haben, bevor es zu spät war. Am besten ich ziehe die verdammte Anzahlung aus der Tasche! Ich fasste an meine Tasche. Aber zum Teufel, wo war das Geld? Ich hatte das Geld nicht bei mir! Uch ... Dieser ganze Morgen verläuft doch ziemlich planlos.

Während ich so über meine leere Tasche meditierte, sprach im Fernsehen – in dieser Wohnung, in der keiner lebte, hatten sie den Fernseher angemacht, damit er Leben zwischen die frisch gestrichenen Wände bringe – Nelson Mandela.

Dann begann das Lied *We Are The Champions.*

Die ganze Stage war voller Stars und Mandela mitten unter ihnen. Vermutlich eine Wiederholung.

Das Publikum sang. *Wiiii a de tscheeempiooons, wiiii a de tscheeempiooons.*

Ich sah mich wieder in der Wohnung um. Ich blickte in die Ecken. Berührte die Wände. Ich starrte auf das Parkett. Ließ das Wasser laufen.

Vater und Sohn gingen mir nach und achteten darauf, dass ich nichts kaputt machte.

Sie sagten etwas ... zeitweise ... unter langen Pausen ... die Stille roch nach dem frischen Verputz der Wände.

Sie hatten die Wohnung von der Tante geerbt, die war gestorben. In ein paar Tagen würden sie die auf ihren Namen lautenden Papiere haben.

„Papiere, Papiere, das ist das Wichtigste", hatte mir der Grafiker Zlatko erzählt, der während des Krieges aus Sarajevo geflüchtet war. „Ich glaube gar nichts, solange ich die Papiere nicht gesehen habe", sagte er. Die aus Sarajevo waren besessen von Papieren. „Hätte ich keine Papiere gehabt, wäre ich jetzt nicht hier", war sein Spruch. „Man sollte immer alle möglichen Papiere haben, alle, die man irgendwo bekommen kann, geh hin und lass sie dir ausstellen, denn du weißt nie, welche du einmal brauchst. Ohne Papiere bist du nichts, glaub mir, ich habe mich ein Jahr lang geplagt, bis ich alle Papiere beisammen hatte, um raus zu können ... Ein Papier hat mir noch gefehlt, aber ich konnte nicht mehr warten."

„Und welches Papier hat dir gefehlt?"

„Ach, ich hatte ein Stück Land da unten", sagte er, „und jetzt habe ich es nicht mehr."

„Ist sie hier gestorben? In der Wohnung?", fragte ich und dachte dabei an die Tante.

Der Sohn sah zu Boden, und der Vater sagte: „Nein ... Im Krankenhaus."

Ich sagte: „Wissen Sie, ich muss noch meine Freundin konsultieren. Wir stehen vor der Hochzeit. Wir kaufen das gemeinsam. Ich würde das Geld am liebsten sofort herausholen und die Anzahlung leisten, aber ich muss auch sie herbringen, damit sie sie sieht."

Sie konnten sich nicht entscheiden, ob sie nicken oder den Kopf schütteln sollten, also schaukelten sie irgendwie umher, wie Pappeln im Wind.

Der Vater sagte: „Also, wir haben sie Ihnen gezeigt, und Sie, hören Sie ..."

„Morgen", sagte ich. „Ich habe Ihre Nummer, aber da haben Sie auch meine." Ich gab ihnen meine Visitenkarte mit dem PEG-Logo. Sie studierten diese Visitenkarte, als wollten sie prüfen, ob sie gefälscht war.

Sie verabschiedeten sich mit einem Übermaß an Respekt, als wollten sie das Bisherige wiedergutmachen.

Ich ging die Treppe hinunter, vier Stockwerke, ohne Lift.

Als ich auf die Straße trat, sah ich mir das Haus noch einmal von unten an: ein Altbau aus der k. u. k. Zeit. Die Fassade bröckelte etwas. Von hier waren es nicht einmal zehn Minuten bis zum Hauptplatz. Perfekt.

* * *

Kroatischer Journalist im Irak verschollen, wiederholten sie im Radio, während ich zurückfuhr.

Da bin ich nun in der Redaktion; ich sitze vor dem Computer, in der Rolle des verschollenen Journalisten. Ich soll seinen Text schreiben. Er übernimmt mich in gewisser Weise offiziell.

Ich arbeite schon zwei Stunden daran, er zu sein. Noch bin ich beim ersten Satz. Es geht nicht. Widerstand hat sich gemeldet. Als ich die Sache noch auf eigene Faust fälschte, als das noch niemand wusste ... ging es. Das war, als würde man irgendwo masturbieren, da denkst du dir allerhand aus, solange dir niemand zusieht, und dann kommst du aus dieser Fiktion zurück, und die Welt ist noch immer dieselbe ... Aber das hier war etwas anderes: eine Lüge, die wir vereinbart hatten. Das wurde nun meine Welt. Ich konnte nirgendwohin zurückkehren. Das wurde verrückt ... Zum Teufel! Ich zwinge mich, aber ich kann nicht ... Ich denke wirre Gedanken ... Etwa: Wo bin ich in dieser Sache? In einer kleinen Lüge gab es mich noch, aber in einer allgemeinen gibt es mich nicht mehr ... Ich zwinge mich und schreibe, aber es ist, als wäre ich in etwas gefallen, wo es nichts gibt ... Auch diese Sprache begann mir zu zerfallen, die Zunge sich zu häuten, sich irgendwie zu verdrehen, als würde sie sich in sich zurückziehen, um sich selbst umzudrehen, Vetterli, so weit hast du mich gebracht mit deiner Sprache, Vetterli, denn es geht wie eine Kette, wie ich sehe ...

Es geht nicht.

Es geht nicht, ich kann es nicht.

Du musst, du musst ... Du musst! Du möchtest diesen Kredit aufnehmen, du möchtest in die Zukunft schreiten, eine nette Hütte kaufen, deine Tage schön in ihr genießen ... Du musst, das ist kein Spaß, du musst ... Das ganze Leben liegt vor dir ... Was es auch immer getan hat ... Ich muss, ich muss, sage ich zu mir ... Alles wird ... Es wird, weil es so sein muss ... So steht es geschrieben, so ist es gesagt ... Dass es ein Leben geben wird, sobald dieses hier vorbeigeht ...

Ich saß da, versuchte mich hineinzusteigern ...Ich zwang mich und schusterte am Ende etwas zusammen, was Boris' Text sein sollte.

Die Sache wirkte etwas durcheinander. Sie unterschied sich nicht groß von Boris' Stil. Wenn er PTSS hat, bin ich auch nicht weit weg davon. Ich habe nicht gewusst, dass die Sache ansteckend ist, aber es sieht so aus, als hätte ich etwas wegbekommen. Ich habe seine Mails offenbar zu oft gelesen. Sie hatten anscheinend einen Virus.

Dazu läutet das Handy nonstop, lauter unbekannte Nummern. Ich will mich nicht melden. Die Titelseite der GEP lässt mir keine Ruhe. Wenn jemand in die Redaktion kommt, meldet er sich mit einer Miene bei mir, als wollte er sein Beileid ausdrücken. Und murmelt etwas. Alle sehen mich an, als wären sie mich im Krankenhaus besuchen gekommen. Ständig höre ich ein Getuschel. Es wird leiser, wenn ich hinsehe, und es verstummt, wenn ich vorbeigehe.

Ich gehe vorbei.

Im Redaktionscafé, dort neben der Treppe, bestellte ich einen Red Bull-Wodka. Er sollte mich etwas auf Vordermann bringen. Es war erst ein Uhr mittags, und ich fühlte mich schrecklich schläfrig.

Ich trank allein. Charlie und Silva waren noch nicht da. Sie waren erledigt von der letzten Nacht. Markatović rief nicht an. Von Sanja auch kein Laut. Alle schlafen noch, lesen keine Zeitung, nur ich fahre mit dem Gelage fort. Würde wenigstens die Mutter von Niko Brkić auftauchen, der in Nantes hätte spielen sollen.

Aber da war Dario. Genau er hatte mir gefehlt, um den Tag zu retten. Er bestellte einen Macchiato. Wie gehts, fragte er. Super, genial, sagte ich. Er sah mich forschend an, fast wie The Chief während der Untersuchungsphase.

„Hast du Rabar gestern erreicht?", begann er ironisch.

Ich sah ihn an: „Hast du da vielleicht eine Idee?"

„Wovon redest du?", sagte er und sah mich an, als hätte er mich in der Hand. „Ich habe es niemandem gesagt, aber du rufst die GEP-Leute an, verlangst Rabar ... Und dann kommt heute diese Sabotage heraus. Etwas seltsam, nicht?"

Jetzt sollte ich ihm eine reinhauen, dachte ich.

Jetzt. Vielleicht nicht unbedingt stark. Ich hatte ein wenig Angst um ihn. Nur eine Berührung. Dass es ihn abhebt.

Aber das hier ist die Redaktion, sagte ich mir. Wir sind zivilisiert. Wir verabscheuen den Primitivismus, jeden Tag. Würde ich ihn schlagen, würden sie sagen, ich sei verrückt. Nicht Boris, nicht Milka, sondern ich. Das alles dachte ich, und trotzdem: Ich packte ihn am Kragen und drückte ihn an die Wand.

„Du bist nicht normal!", heulte er, und ich packte ihn mit der rechten Hand am Hals.

„Sag das zu niemandem!", sagte ich ihm.

Seine Augen wurden größer.

„Hast du gehört? Weder das hier noch das über Rabar, du sagst es niemandem!", sagte ich und drückte gegen seine Kehle. „Am Ende dieser Scheiße hier könnte ich jemanden umbringen!"

Ich ließ ihn los, und er fing an zu husten. „Ich werde nichts sagen", sagte er und flüchtete in die Redaktion.

„Er hat seinen Macchiato vergessen", sagte ich zu der Kellnerin, als wäre es ein Witz, dann bemerkte ich, wie sie mich ansah. Uch, was jetzt mit ihr? Ich konnte doch nicht auch sie an der Kehle packen – wo sollte das hinführen?

Ich sagte zur Kellnerin: „Hören Sie, erzählen Sie es, wem immer Sie möchten. Die Situation ist kompliziert. Der Kerl wollte mich erpressen."

Als wäre ihr jetzt leichter, sagte sie nach kurzem Nachdenken: „Okay, auch mir geht er auf die Nerven."

Ich trank den Red Bull-Wodka aus. Dann rief meine Mutter an. Ich meldete mich. Auch sie war schockiert. Ja wie, ja was, ja sie verstehe nichts mehr ... Ich hörte ihr zu. Sie schien im Zentrum von allem zu stehen. Bei ihr würde das Telefon läuten, die Leute würden sie fragen ... Wir hätten ihre Nerven ruiniert, sie würde noch auf der Psychiatrie enden! Trotzdem verfluchte sie Milka und war auf meiner Seite. Der Vater bot immerhin an zu kommen, falls nötig ... Ich versuchte ihnen weiszumachen, dass das Ganze nicht so schrecklich sei – ich weiß selber nicht weshalb es mir einfiel, sie zu trösten ... Aber meinem Vater fiel ein, er könne Milka anrufen, um die Sache so gut es gehe zu glätten, damit es zu keinen weiteren Komplikationen komme. Wie du willst, sagte ich.

Bald rief er mich zurück. Er sagte, er habe Milka angerufen, und sie habe zu ihm gesagt: „So hat dein Sohn bei mir aufglegt!“

Daraufhin habe, sagte Vater, meine Mutter Milka angerufen, auch wenn sie nicht miteinander sprächen, und sie beschimpft, sobald sie sich gemeldet habe, so dass Milka nicht gleich aufgelegt habe, sondern sie hätten eine Serie an Beleidigungen gewechselt, wobei, wie er sagte, meine Mutter moralisch überlegen gewesen sei. Denn wir hätten versucht, Boris zu helfen, ihm einen Job zu finden, und sie komme uns nun so.

Aha, stimmte ich zu, aha.

Dann nahm meine Mutter den Hörer und sagte, dass man es jedem so sagen müsse, dass sie immer damit beginne, dass wir für Boris einen Job gefunden hätten, denn das verstünden die Leute, und dann seien sie auf unserer Seite. Jeder wisse, wie schwer es heute sei, Arbeit zu finden, und wenn dir jemand geholfen habe, dann könne man nicht so, in die Zeitung, denn dieser Irak sei um nichts gefährlicher, als es Bosnien gewesen sei, in Bosnien aber sei Boris gewesen, was erzähle Milka jetzt, dass er unerfahren sei?! Und wer habe ihn nach Bosnien geschickt, wo sei sie damals gewesen, dass sie sie jetzt über die Zeitung angreife. Wenn man es so sage, dann seien die vernünftigen Menschen auf unserer Seite, sagte meine Mutter. Wir hätten, nach ihrer Einschätzung, gute dreißig Prozent Unterstützung. Und es gebe auch etliche Unentschlossene.

Aha, sagte ich.

„So sag es diesen Journalisten! Und ruf an, wenn du was brauchst!“, sagte meine Mutter, als würde sie sich aus dem Kommando melden. „Wir springen ein!“

Wir hatten die Reihen geschlossen. Ich fühlte mich wieder als Teil der Familie. Kampfformation: Ich, Mutter, Vater ... Meine Schwester stellte sich ebenfalls zur Verfügung. Sie rief gleich nach ihnen an. Sie war schwanger, sie erwartete ihr zweites Kind, sie lebt in Sinj, aber sie meldete sich und fragte, ob sie helfen könne. Du könntest Socken für uns an der Front stricken, dich mit der Propaganda befassen, die Verwundeten versorgen, sagte ich. Sie antwortete, ich solle keinen Unsinn reden, dass sie zur Stelle sei und dass sie stets, was immer ich auch getan hätte, auf meiner Seite sei. Das fühlte ich. Die Kraft der Familie! Einheit und Kraft! Wir, eine kleine Mafia!

Ermutigt durch diese Unterstützung, begann ich mich auch auf andere Anrufe hin zu melden. Die Sache zu erklären. Aber sie hörten nicht auf mich. Als wäre meine Geschichte etwas, in das man sich unmöglich hineinfinden könne, ich meine, außerhalb meiner Familie. Alle anderen wussten bereits alles, sie dachten das, was die Welt dachte. Nach jedem Gespräch überkam mich immer größere Dumpfheit: Noch immer redete ich, aber mir schien, als würde meine Stimme, in der Überfülle des Angebots, irgendwo im Äther verloren gehen. Nur meine Leute verstanden mich. Nur sie hatten begriffen, wie alles begonnen hatte. Sie wussten, wer Milka war und wer wir waren ... Wer der Aggressor und wer das Opfer. So ist es, wenn ein lokaler Konflikt eskaliert. Die außerhalb der Scheiße sind, begreifen überhaupt nichts. Du kannst es ihnen vortrompeten, aber umsonst. Du kannst ihnen nichts klarmachen. Sie verstehen nicht, wie du da hineingeraten bist. Bis gestern warst du cool, jetzt bist du hot. Wo der Wendepunkt war, wie sie mich eingewickelt haben – wer kann das begreifen? Und siehe da, jetzt bin ich wieder ein Teil der Familie. Einer unter Seinesgleichen. Nur sie verstehen mich. Die Leute haben keine Ahnung, wovon ich spreche. Sie denken, ich wäre verrückt. Aber trotzdem verlangen sie mich. Mein Handy läutet ununterbrochen. Es dient dazu, dass du dich nirgends verstecken kannst. Du bist erreichbar, bis du verrückt wirst.

Ich stehe an der Grenzscheide dieser zwei Welten und rede.

* * *

Nach all dem bestellte mich die Sekretärin zum Chief.

Sie sagte, es sei dringend.

Dieses kleine Miststück Dario. Natürlich hatte er mich gleich verzinkt.

Ich ging hin und betrat das Büro von Pero The Chief. Er erwartete mich, wie ein Cowboy im Sessel lungernd, die Füße auf dem Tisch.

„Da bin ich", sagte ich.

Ich setzte mich vor seinen Tisch.

Er sah mich an. Ich sah, wie er mich prüfte, lange und präzise.

„Ich habe diese Reportage aus dem Irak gelesen", sagte er. „Die alten waren besser."

Er hielt die letzte Nummer des *Objektiv* aufgeschlagen in den Händen.

„Ich bin etwas dekonzentriert", sagte ich. „Ich bin nicht ganz ausgeschlafen."

„Gut, du wirst es ausbessern."

Er sah mich wie ein Ausstellungsstück an.

„Komm, bitte, steh mal kurz auf", sagte er.

„Willst du mich verarschen?", sagte ich.

„Nein, bitte, es ist sehr wichtig", sagte er.

„Gut", sagte ich.

Ich stand auf.

„Komm, geh etwas zurück, dort zur Tür, bitte", sagte er.

Ich schüttelte ungläubig den Kopf und ging zur Tür.

Er nahm die Füße vom Tisch, stand auf, stellte sich mal dort mal da hin, beäugte mich aus verschiedenen Winkeln ...

„Ja, das ist es!", sagte er.

„Was?"

„Ich habe eine unglaubliche Sache bemerkt!", sagte Pero The Chief.

Ich stand dort an der Tür wie ein Affe und sagte: „Was denn?"

„Du hat ein bisschen Ähnlichkeit mit diesem Kerl aus dem Irak“, sagte er.

Hm ... Interessant, dachte ich.

Er sah auf die aufgeschlagene alte Nummer des *Objektiv* und sagte: „Eigentlich siehst du ihm ziemlich ähnlich.“

„Habe ich nicht bemerkt“, sagte ich.

„Die ganze Zeit sehe ich es und sehe es doch nicht ... Ich blättere in diesen alten Nummern und sehe ihn. Und etwas kommt mir merkwürdig vor. Erst da ist es mir gekommen!“

Endlich hatte er also begriffen.

„Was ist dir gekommen?“, sagte ich an der Tür stehend. Ich könnte auf die Schnelle flüchten, dachte ich.

„Komm, setz dich bitte“, sagte Pero The Chief. „Sorry, dass ich dich hier herumschicke, aber ...“

„Kein Problem“, sagte ich versöhnlich.

„Es ist mir gekommen“, sagte er. „Ich war dabei, die Fotos zu diesem deinem Text zu setzen. Und da sehe ich ... ihr seht euch ähnlich!“

Gut, dachte ich, sag es doch endlich. Was soll ich dir sagen? Wir haben die gleiche mitochondriale DNA, vermutlich ist das der Grund.

Aber er unterbrach mich mit der Frage: „Du hast mir alle Fotos gegeben, die du hast?“

„Das, was veröffentlicht ist, ist alles.“

„Wir haben aber kein Foto von ihm aus Bagdad ... Wir brauchen es aber“, sagte Pero The Chief. Und fuhr nachdenklich fort: „Wir könnten, denke ich mir, eine Montage von Bagdad im Hintergrund am Computer machen, aber wir können nicht mit den bereits gebrachten Fotos fahren. Jemand wird sie vergleichen und sehen, dass es dieselbe Pose ist.“

„Aha?“

Dann sah er mich an: „Aber mir ist gekommen, als ich diese Ähnlichkeit sah, dass wir dich fotografieren könnten ... Und den Hintergrund mit Photoshop erledigen.“

„Wie bitte?“

„Wir fotografieren dich“, sagte Pero The Chief. Und bemerkte dazu: „Siehst du, es ist gut, dass du dich heute Morgen nicht rasiert hast ... Dazu werden wir dich ein wenig unter die Quarzlampe schicken, dir eine Sonnenbrille aufsetzen, etwas auf den Kopf, einen Tarnanzug. Keine Chance, dass das irgendwer spitzkriegt!“

„Das kann ich doch nicht machen!“, sagte ich.

„He!“, rief er überrascht. „Wer hat mit all dem angefangen?!“

„Hm, wer hat angefangen ...“ Zum Teufel, wer hat angefangen? Die ewige Frage auf dem Balkan. Die da unten, Milka und meine Mutter, die haben ...

„Wer hat ihn denn empfohlen, wer hat denn verschwiegen, dass er sich nicht meldet? DU! Du, mein Lieber, hast mich in diesen Wahnsinn hineingebracht! Kapierst du das?!“

„Immer bringt jemand jemanden irgendwo hinein“, sagte ich. „Das ist wie eine Kettenreaktion.“

„Wie bitte?!“, hielt er kurz inne. Dann fuhr er fort: „Suche dir das nächste Solarium und bräune dich bis zum Maximum!“

Ich war perplex. Mir fiel nichts anderes ein als: „Kann das denn nicht der Maskenbildner erledigen?“

„Wieso auch nicht?“, sagte Pero The Chief. „Jetzt soll ich wohl ein ganzes Team um dich versammeln! Dass zehn Leute darüber Bescheid wissen? Nein, das werdet ihr erledigen, du und Tošo! Er wird dich fotografieren und Bagdad am Computer dazusetzen.“

„Warte, dann kann er mich doch auch am Computer dunkler machen!“, sagte ich.

„Eben, kann er nicht!“, knurrte er.

„Wieso nicht?“

„So eben!“, rief er. Und setzte drohend hinzu: „Wenn es nötig ist ... Ich will dich braun gebrannt haben! Wenn es nötig ist, wenn wir so beschließen – wirst du übermorgen schön brav aus dem Irak zurückkehren, durch die Redaktion spazieren, durch die Stadt spazieren ... Wir werden dich mitten auf dem Hauptplatz fotografieren, vor Ban Jelačić, dann sollen mir die GEPs mal beweisen, dass du im Irak verschollen bist."

„Aber ... Aber das ist nicht normal!", versuchte ich auszuweichen. „Bist du verrückt?!"

„Was ist denn hier noch normal?! Bist du vielleicht der, der normal ist?! Du hast das eingebrockt, du wirst es auch auslöffeln! Hör zu: Ich sage, wenn es nötig ist ..."

Ich sah mich um, als suchte ich ein Loch, durch das ich aus dieser Realität entweichen könnte.

„Nein, nein", sagte ich, „nein, das nicht, auf keinen Fall ..."

„Aber, verdammt noch mal, ist es denn so schrecklich, ins Solarium zu gehen?!", rief Pero.

Ist es, dachte ich, und mein Blick ruhte auf mir. Dort werden sie mich definitiv auslöschen. Ich komme auf die Vermisstenliste.

Ich stellte mir vor, wie Pero The Chief daran Gefallen finden musste, mich mit diesem Quarzbräunen zu demütigen. Er konnte mich nicht schlagen, aber er musste sich irgendwie rächen.

„Ich meine ... das übersteigt doch alle Grenzen", murmelte ich in meinen Bart.

Es wunderte mich, wie sehr ihn mein Widerstand zum Wahnsinn trieb. Er zischte ungläubig: „Übersteigt alle Grenzen?!"

„Ich denke ..."

„Der Herausgeber schickt mich den ganzen Tag lang am Telefon zur Hölle! Bist du dir darüber im Klaren? Weißt du, dass wir dich verklagen können?! Wegen Betrugs! Wegen Rufschädigung! Wegen Geschäftsschädigung! Wegen Gefährdung von Menschen! Und so weiter ..."

„Das wusste ich nicht“, sagte ich und kratzte mich am Scheitel.

„Und du machst einen auf Primadonna! *‚Joj, ich will nicht ins Solarium!‘* …“ imitierte er mich scheinbar.

Ich sah ihn an. Verwundert über so viel Unverständnis.

„GEH INS SOLARIUM, SONST HAST IN DIESEM AUGENBLICK DIE KÜNDIGUNG!“, brüllte Pero.

Ich überlegte. Weswegen musste ich das hier erdulden? Wegen der Wohnung, dem Kredit … Wegen Sanja, wegen der Liebe … So viele hatten wegen der Arbeit … wegen dem Kredit, wegen der Liebe … ihre Persönlichkeit rekonstruiert; freiwillig, zur allgemeinen Freude … Warum ich nicht auch … In der Tat: War es denn so schrecklich, ins Solarium zu gehen?

* * *

Was war denn am Solarium so verkehrt? Da war es: *Beauty Center „Julia“*, ich trat verschämt ein, wie damals, als ich – wegen einer französischen Touristin – zum ersten Mal in die Apotheke Kondome kaufen ging.

Und im Beauty Center „Julia“: Eine quarzgebräunte Blondine und eine quarzgebräunte Dunkelhaarige – eine von ihnen war sicher Julia – saßen dort und sortierten Präparate, ordneten kleine Cremes und stellten sie auf die Regale. In der Luft hingen tropische Düfte, und es sang Eros Ramazzotti. Ich sagte, dass ich mich bräunen wolle.

„Wie sehr?“, fragte die Dunkle. *Wahrscheinlich ist sie Julia*, dachte ich.

„Ja … Maximal“, sagte ich ein wenig erschrocken.

Julia wollte beinahe in Lachen ausbrechen, nahm sich aber zusammen: „Wie meinen Sie, maximal?“

„Ich meine, ich weiß nicht, wie viel ist erlaubt?“, sagte ich und dachte dabei an Wüstenverhältnisse. „Ich muss braun werden, so wie … Als hätte mir die Sonne direkt auf den Kopf gebrannt.“

„Ha?“, rief sie fröhlich und sah mich fachfraulich an. „Haben Sie sich bisher gebräunt? Ich meine, vor kürzerer Zeit?“

„Nein, das nicht ... Leider, schon sehr lange nicht.“ Ich stand dort mit eingezogenem Kopf, wie ein weißbäuchiger Bauer am Strand.

„Ja, ich weiß nicht ... Fürs erste Mal ... Hm, was wäre denn das Maximum?“, fragte Julia die Blonde.

„Was weiß ich ... Ich meine ... Sie wollen so richtig ... ?“, fragte mich die Blonde.

„So richtig, ja“, sagte ich.

„Hör mal ... Dann stell ihn auf fünfundzwanzig Minuten ein!“, sagte die Blonde zu Julia.

Das klang nach viel. Ich sah die gequarzte Blonde an, so wie ich für gewöhnlich Automechaniker ansehe – auf der Suche nach Vertrauen –, sie hingegen betrachtete mich wie ein Meerschweinchen in einem wissenschaftlichen Experiment aus ihrer Sphäre.

„Fünfundzwanzig?“, fragte Julia die Blonde. „Meinst du?“

Ich sah sie irgendwie von unten, wie ein Patient vor der Operation.

„Na ja ...“, sagte die Blonde, „ich meine.“

„Können wir fünfzehn machen?“, fragte ich plötzlich.

Die Blonde sah mich an, als hätte ich keine Eier, aber Julia, so schien es, war für einen Kompromiss und sagte: „Okay, zwanzig! In Ordnung? Wir haben einen ziemlich starken Apparat. Das wird genug sein für Sie.“

Sie führte mich in einen Nebenraum, klappte den Sarkophagdeckel auf und erläuterte mir, dass ich ihn bloß nach unten ziehen müsse, wenn ich läge. Und die Augen schließen.

„Sie haben zwei Minuten, um sich auszuziehen“, sagte sie und schloss die Tür.

Ich beeilte mich.

Ich legte mich hinein und zog den Deckel hinunter. Ich machte die Augen zu.

Es ist vorbei, dachte ich.

So lag ich da, wahrscheinlich war ich mit dem Ausziehen zu schnell gewesen. Und wartete.

* * *

Ein Summen begann, die Solarmotoren waren angesprungen.

Jetzt werden sie mich endlich irgendwohin lancieren, weit weg von allem, in dieser Kapsel; ich gehe nackt ins Weltall, dachte ich ... Ich spürte die Wärme, das Strömen der Luft, und unter den geschlossenen Lidern sah ich eine rosa Farbe ... Rosa Pünktchen flimmerten ... Ich glaubte zu schmelzen, mich in eine schleimige Flüssigkeit zu verwandeln, so wie dieser Typ aus *Terminator 2*. Von mir würde nur eine Pfütze übrig bleiben ...

Dann irgendwelche Bilder ... Teile irgendwelcher Bilder. Vermischt mit Teilen irgendwelcher anderer Bilder. Ein zerknitterter Film. Ich bin mit Sanja im Theater. Der Blitz einer Fotokamera leuchtet auf, will aber nicht erlöschen. Wir schließen die Augen ... Dann sehen wir in den Himmel, aus dem Theater, es gibt keine Decke. Und obwohl das keine Logik hat, sehen wir mich als Fallschirmspringer, als echten Fallschirmspringer in Fallschirmspringermontur. Ich falle aus dem Himmel und lache. Dann eine Kamerafahrt durch die Redaktion, eine sehr instabile Kamera. Sanja kommt in die Redaktion wie eine Ballerina, auf einem Bein, und sie bewegt sich, rutscht ... Black. Applaus.

Etwas klopfte; wieder ein gewöhnliches weißes Licht.

„Leben Sie noch?“, fragte Julia. „Geht es Ihnen gut?“

Ich fand mich nicht gleich zurecht ... Warte – ich scheine eingeschlafen zu sein?

Und die dunkle Julia, dieses Zentrum der Schönheit, sah mich von oben an, wie ich nackt, gebräunt und heiß war. „Geht es Ihnen gut? Wir warten, aber Sie kommen nicht heraus.“

Für einen Moment dachte ich daran, sie hineinzuziehen in diesen Sarkophag, damit wir gemeinsam im Weltall sein konnten.

„Ich hatte eine schwere Nacht“, sagte ich müde.

„Dann gut“, ließ sie den Deckel wieder runter, um mich nicht weiter anzusehen. Sobald sie begriffen hatte, dass ich am Leben war, wurde sie böse. „Ziehen Sie sich an!“, sagte sie, und ich hörte, wie sie hinausging.

Ich klappte den Sarkophag wieder auf. Uuh. Der alte Rocker aufersteht von den Toten. Ich besah mich im Spiegel. Ein wenig sah ich aus wie James Brown.

Ai fiil guud, ta-na-na-na-na ... schwang ich meine Hüften vor dem Spiegel, und mein Schwanz baumelte in Halberektion.

Man sagt, dass Bräunen die Stimmung hebt. Da sieht man's, es stimmt.

Außerdem hatte ich endlich ein wenig dösen können.

* * *

Ich bin doch ein richtiger Bauer, weil ich mich vor dem Solarium gefürchtet habe, dachte ich. Jetzt hätte ich ein Bier zur Abkühlung vertragen können. Ich hatte noch eine halbe Stunde bis zu diesem Shooting und war unentschlossen, in welches der umliegenden Cafés ich gehen sollte. Ich hatte Angst, dass mich irgendwer erkennen würde, oder noch schlimmer, dass mich keiner erkennen würde.

Ich ging ins das leerste von allen, schmerzlos, und als ich mein Bier bekommen hatte, rief ich Markatović an.

„Bist du endlich aufgewacht?“, sagte ich.

„Ja“, sagte er. „Und du?“

Und ich? Jetzt bemerkte ich, wie unlogisch auch meine Frage gewesen war. Trotzdem sagte ich: „Ach, ich bin schon seit Ewigkeiten auf den Beinen. Es geschieht eine ganze Menge ..."

Ich wollte ihm etwas erzählen, er aber fing an zu heulen. Er sagte, dass er endlich Dianas Brief gelesen habe, vierzehn Seiten lang. Und fragte mich: „Bin ich denn so schlecht?"

„Das frage ich mich auch", sagte ich.

„Sie hat mir alles Mögliche geschrieben", sagte Markatović schluchzend, „Und ... und alles klingt so wahr ..."

„Ach wirklich?", sagte ich abwesend.

„Ich ... Ich werde ihr beweisen, dass es nicht wahr ist, sie muss mir nur eine Chance geben", heulte er. „Immer wenn sie mir eine Chance gibt, schaffe ich es, alles zu beweisen ..."

„Ich werde dir eine Chance geben", sagte ich und dachte, wie es immer alle schafften, mir im Jammern zuvorzukommen. Dies ist das Land des Jammerns – dachte ich –, du kommst nicht an die Reihe.

Er weinte. Vielleicht hatte er einen Nervenzusammenbruch?

„Ich weiß nicht ... Ich weiß nicht, warum ich die Ehe nicht ertrage ...", sagte er, als würde er sich vor mir rechtfertigen. Er schob seine Verteidigung durch das Geweine: „Ich meine, ich habe sie ertragen ... Von sieben Tagen habe ich sie sechs Tage ertragen. Aber das geht ständig. Du hast keinen freien Tag ..."

Ich musste fast lachen. Trotzdem sagte ich: „Gut, du darfst es nicht so sehen."

„Ach, ich sehe es nicht so ... Da sind auch die schönsten Momente ... Sagen wir, sagen wir, als die Kleinen auf die Welt kamen ...", er fing wieder an zu weinen. Er holte tief Luft und führte zu Ende: „Das war wie ... wie ein Wunder, verstehst du?"

„Ich verstehe", sagte ich.

„Das wirst du erst sehen ...“, seufzte er. „Und ich war so glücklich und habe sie nonstop angesehen ... die ersten fünfzehn Tage ... den ersten Monat ... die ersten sechs Monate ...“

„Ich verstehe“, sagte ich.

„Aber das geht ständig so, alles das geht ständig so“, sagte er.

„Ist ja gut“, sagte ich. Ich wartete, dass er mit diesem Scheiß aufhören sollte.

„Und ... Das ist mein Leben.“

„Ja, und was nun?!“, erhob ich ein wenig meine Stimme.

„Nichts, ich will es dir erklären ... Und sie sagt, ich würde ihnen ausweichen. Dass sie einsam ist ... Ich solle mich ihr wieder widmen, damit sie spürt, dass ich sie liebe.“

„Ja, das solltest du!“, sagte ich.

Er hielt kurz inne.

„Aber ... Ich kann das alles nicht. Ich müsste alles erfüllen, was sie verlangt, alles ...“, er fing wieder an zu weinen.

„Komm schon, Markatović ... Bist du noch auf Coke?“

„Ich kann nicht ... Ich kann sie nicht mehr lieben!“, fuhr er fort.

„Aha?“

„Wie kann sie das von mir verlangen?! In diesem Brief ... Als müsste ich sie lieben, so steht es da!“

„Ich weiß nicht, du musst ja nicht, aber ... das ist deine Frau“, appellierte ich an seinen Verstand.

„Ich muss, ich muss ... Früher liebte ich sie freiwillig, aber jetzt muss ich ... Darum geht es. Das ist nicht das, was ich mir ausgesucht habe.“

„Wie denn nicht? Du hast sie doch geheiratet!“, sagte ich.

„Na ja ... Und jetzt habe ich keine Wahl mehr!“

„Aha.“

„Verstehst du?“

„Ich verstehe.“

Hier machten wir irgendwie Schluss. Markatović grüßte mich, als würde er sich gleich ins Grab legen. Ich stieß laut die Luft aus und kehrte zu meinem Bier zurück.

Etwas später rief Pero The Chief an.

„Du musst nicht zum Shooting“, sagte er.

Ich hatte es gewusst. Das mit dem Bräunen hatte er sich nur ausgedacht, um sich zu rächen.

Trotzdem verspürte ich Erleichterung.

„Gut, zumindest habe ich auf Kosten der Firma Farbe bekommen“, sagte ich bissig.

„Nun ... Ich war etwas voreilig. Es ist zu gefährlich“, sagte Pero. „Außerdem müssen wir heute ins Fernsehen. Man hat uns zu *Aktuell* eingeladen, die ganze Sendung dreht sich um das Thema ... Würden wir dich fotografieren, würden sie es spitzkriegen ...“

Ich zögerte.

„Hör mal, ich gehe besser nicht ins Fernsehen!“, sagte ich.

„Was sein muss, muss sein ... Wir gehen gemeinsam.“

„Ich sollte lieber nicht, Mann, ich bin gebräunt wie eine Gesponserte ... Ich sehe unseriös aus. Niemand wird mir glauben. Wer glaubt schon einem gequarzten Typen?“

Wir müssen das irgendwie umgehen, dachte ich. Als der Böse in der Zeitung zu stehen ist ein Kinderspiel, verglichen mit einem Bösewicht im Fernsehen.

„Wir müssen unsere Seite der Geschichte erzählen“, sagte Pero.

„Das versteht niemand, ich habe es getestet“, sagte ich.

„Sie werden uns briefen, wir werden alles konsequent zusammenstellen ... Es werden noch weitere Gäste da sein. Unten, im Regionalstudio, wird die Mutter von diesem Boris sein ... Du musst ihr gegenübertreten, wir müssen die Sache irgendwie verkleistern, so gut es geht.“

Milka, per Videolink?

„Nein ... Ich kann keinesfalls“, sagte ich. „Ich kann nicht, ich bin zu zerstreut ... Ich habe nicht geschlafen, ich bin fertig. Ich habe keine Ahnung, wo ich bin, als würde ich verdunsten. Ich war unter der Quarzlampe ... Die Öffentlichkeit wird auf ihrer Seite sein.“

„Langsam ... Der Anwalt und das PR werden uns briefen. Wir werden jedes Wort ausarbeiten. Wir müssen nur infrage stellen, dass er verschwunden ist, das ist alles. Wir werden doch gemeinsam gegen so ein Frauenzimmer ankommen“, sagte Pero.

„Ich kann nicht“, sagte ich, „ich kann wirklich nicht. Ich habe mein Maximum gegeben.“

Ich hörte einen halben Fluch, bevor die Verbindung abbrach.

* * *

Auf Radio 101 kam gerade eine hervorragende Kritik. Ich habe es nicht gehört? Sie haben sie total gelobt. Sie wollte es auf Kassette aufnehmen, doch das Band hat sich verfangen, berichtete Sanja.

„Ich fahre“, sagte ich. „Ich bin gerade auf dem Weg nach Haus, habe aber das Radio nicht an“, sagte ich. „Sonst hast du nichts gehört?“, fragte ich.

„Ich habe es gehört“, sagte sie. „Du hast es nicht gehört“, sagte sie.

„Nicht wichtig, das habe ich nicht gemeint. Bist du erst jetzt aufgestanden?“

„Aha“, sagte sie. „Du sollst nicht reden, wenn du fährst, ich warte auf dich.“

„Hör mal, sei nicht überrascht ... Ich bin gebräunt.“

„Und ich bin scharf“, sagte sie und legte auf.

Ich fahre.

Ich komme. Ich suche einen Parkplatz.

In unserem Viertel wurde der Sperrmüll abgeholt, alle hatten ihre Keller leer gemacht, vor dem Haus ein Riesenhaufen: alte Matratzen, Waschmaschinen, ausgeschlachtete Möbel, Herde, Schaummatten ... Beim Anblick all dessen kam es mich an, mich auf einen der Sessel zu setzen, dem eine Armlehne fehlte, oder mich auf ein durchgesessenes grünliches Sofa zu legen, um mich selbst mit all dem wegzuwerfen.

Drum herum standen Roma, junge Männer in Trainingshosen und Secondhand-Uniformen aus dem Krieg, sie stöberten und riefen einander zu ... „Đemo, komm rüber und halt mal!"

Während ich neben dem Haufen einparkte, deutete mir dieser Đemo, in sportlich-kriegerischer Aufmachung, *wie viel ich noch kann.*

Er zeigte die offene Handfläche. Stopp. Ich blieb stehen und zog die Handbremse an. Ich stieg aus.

Gebräunt wie ich war, sah ich für Đemo vermutlich wie einer von seinen Leuten aus, aber als ich „Danke" sagte, sah er mich ein wenig verwundert an. In dem Moment zog ein Mädchen im Mini und auf Stöckeln, das an uns vorüberging, seine Aufmerksamkeit auf sich ... Und Đemo pfiff ihr nach, leise, gedehnt, wie der Wind in der Ebene. Und begann zu summen: „Frühling fliegt auf meine Schulter ..."

Ich beneidete ihn.

„Komm schon, Đemo, mach hier nicht den Affen!", riefen ihm seine Kumpane zu, die einen Kleinlaster beluden, er ging zurück zu ihnen, unter die Baumreihe, die grünte und schimmerte.

Eine Dame kam aus dem Haus mit einem beschädigten Bild mit Schiffsbruchmotiv in massivem Rahmen.

Sie sah mich scheel an.

***

Während ich den Lift verließ, rief mich Charlie an. Mit wirrer Stimme fing er sofort an: „Weiß du was? Du hast recht!"

Schau, schau, der ist auch gerade erst aufgewacht, dachte ich. Mensch, ich bin der Einzige, der hier arbeitet!

„Wovon redest du?", sagte ich.

Ich klingelte schon an Sanjas Tür.

„Sie ist gar nicht schlecht!"

„Wer?"

„Na Ella! Sie hat hier bei mir übernachtet, Frühstück gemacht ... Jetzt ist sie gegangen. Ich kann dir sagen, ein echt angenehmer Morgen. Ich meine, hehe, die Nacht war auch nicht schlecht. Du hast recht, wirklich. Würde sie nur ein wenig abnehmen, wäre sie cool."

Während er noch erzählte, öffnete mir Sanja im Bademantel, mit einer Zigarette im Mund. Sie tat so, als wäre ich irgendein Fremder. Sie drehte sich gleichgültig um, ging zur Couch, setzte sich, hob das Knie und zeigte mir, wie zufällig, ihre Muschi.

„Aha, aha ... Aber ja doch ... Sie ist nicht übel, nein", sagte ich zu Charlie.

Sanja fixierte mich mit dem Blick.

„Ja, ja ... Hör zu, ich muss jetzt auflegen."

Ich sah Sanja an, zog die Augenbrauen hoch, blies die Backen auf und stieß die Luft aus.

„Trifft sich gut, dass Sie vorbeigekommen sind", sagte sie kühl wie Sharon Stone. „Mein Mann ist nicht zu Hause."

Ich ließ es bleiben, ihr von meinem Tag zu erzählen.

Ich stand da und sah ihr zu, wie sie rauchte.

Das war unser Sextheater. Wir spielten diese aufreizenden Situationen.

„Du hast wirklich Farbe bekommen", sagte sie und lachte, als wäre es ihr rausgerutscht.

Ich wollte keinerlei Lachen beim Sex, also sagte ich mit ernstem Ton: „Ich komme aus der Wüste."

„Oh, auch hier ist es sehr heiß", sagte sie und streichelte sich über ihre fein rasierten Härchen.

Gestern war sie im Kostüm aus der Vorstellung nach Haus gekommen. Ich sagte ihr, sie solle das anziehen.

„Ach, ja, ich habe es ganz vergessen!", sagte sie. „Sie sind der Fotograf, der sich angemeldet hat?"

„Ja", sagte ich.

Sie ging ins Zimmer und kam angezogen zurück. Weißer Minirock, Push-up, Stiefel. Eine kleine Schlampe.

Sie spazierte vor mir her wie auf dem Laufsteg. Sie ging zur Musikanlage und drehte die Musik lauter. *Massive Attack.*

Ich fasste sie an der Pobacke unterm Mini.

„Sie haben das Höschen vergessen", machte ich sie aufmerksam.

„Oh, nein", zierte sie sich bürgerlich, „das kann nicht sein. Sie haben mich falsch eingeschätzt."

Ich hatte eine schwere Form der Erektion.

Wir küssten uns. Sie biss mich ein wenig in die Lippe. Ich machte den Finger feucht und drückte ihn leicht an ihre Klitoris.

Ich hockte mich hin.

Sie zog mit den Fingern die Haut auseinander und legte ihre Klitoris frei. Ich berührte sie ein paarmal mit der Zunge und sog sie dann sanft ein.

„Ach, Sie sind ... Sie sind wirklich ein Fotograf mit Sinn fürs Detail", sagte sie in dem Ton einer Tante, die ihre Bewunderung gegenüber Künstlern äußert.

„Aha", murmelte ich.

„Haben Sie die Akademie besucht?"

„Hm", murmelte ich.

„Sie haben zu viel herumgeleckt und sind nicht dazugekommen?“

„Aha.“

Sie stöhnte. Ihre Beine begannen zu zittern.

Sie wich zurück. „Fick mich!“, sagte sie.

Ich richtete mich auf.

„Hock dich dort hin!“

Sie hockte sich auf allen Vieren auf die Couch.

Ich gab ihr einen Klaps auf den Po. „Sie sind Sängerin?“

„Aha“, stöhnte sie.

„Eine richtige Sängerin oder eine kleine Schlampe?“

„Ich weiß nicht ...“, sagte sie verschämt.

„Sie singen ein wenig und werden ein wenig gevögelt?“

„Ja.“

Ich glitt hinein in sie.

„So?“

„Ja ...“

„Wo werden Sie gevögelt?“

„Wo immer sie dazukommen.“

„Aha?“

„Pack mich am Arsch!“, stöhnte sie.

Ich packte fest zu, hob sie und schob ihr meinen Schwanz hinein.

„Nehmen Sie das alles auf?“, fragte sie nach atemloser Stille.

„Aha.“

„Glauben Sie, dass ich gut ausfallen werde?“ Ihre Stimme brach.

„Ein wenig vulgär“, sagte ich.

„Ach ... ich, ich ... ich schäme mich so“, sagte sie keuchend.

„Wieso schämst du dich, wenn du eine kleine Schlampe bist?!“

„Bin ich nicht“, stöhnte sie weinerlich. „Ich schäme mich … sehr.“

Ich hob und senkte sie in immer schnellerem Rhythmus, außer Atem. Der Wahnsinn dampfte aus mir heraus.

„Ich bin ... Ich bin ein gutes Mädchen!“, sagte sie, stöhnte und schlotterte. Sie kam gerade.

„Oh ... Du bist gut“, ich war knapp davor. Ich hörte auf, denn ich wollte das Ende noch etwas hinauszögern.

„Komm, nur noch ein bisschen!“, bat sie.

Ich stieß noch ein paar Mal kräftig zu.

Darauf wälzte ich mich neben sie.

Ich küsste sie auf die Schulter und schloss die Augen.

Sie strich mir übers Haar.

Wir lagen so da. Ich wollte nicht einschlafen und öffnete von Zeit zu Zeit die Augen.

Ich sah sie an.

Sie lächelte und sagte: „Das war ein guter Fick, nicht?“

„Aha.“

„Gefällt dir das Kostüm?“

„Aha“, sagte ich und wandte den Blick ab.

„Ist es dir jetzt peinlich?“, lachte sie.

„Aha.“

„Oh, oh, was bist du für ein Idiot“, sagte sie und küsste mich auf die Nase.

Ich schob mir das Kissen unter den Kopf.

„Sollte ich einschlafen, lass mich nicht länger als eine Stunde schlafen“, sagte ich.

„Mach die Musik nicht leiser“, sagte ich. „So passt es mir.“

Ich wollte die Stunden des coolen Lebens verlängern.

„Ich gehe jetzt ins Theater. Ich werde dir den Wecker stellen“, sagte Sanja.

„Okay.“

„Du musst die Kritik lesen, sie ist im Internet", sagte sie.
„Mach ich. Weißt du, dass sie mich mit der Sache im Irak aufgedeckt haben?"
„Wirklich?! ... Was ist passiert?"
„Ich werde es dir erzählen ... Ich bin sehr müde."

* * *

Am Abend ... Es ging um die Sendung *Aktuell*. Eine Talkshow. Eine politische Talkshow, eine soziale und allgemeinmenschliche Talkshow, mit Publikum im Studio, geführt von einer hageren Frau mit schriller Stimme, die jeden Gast unterbrechen konnte, mit dieser Stimme, als hätte man einen Schnitt gemacht, und deshalb konnte man in ihrer Show auch nicht vom Thema abweichen, das Thema aber war, was hätte es anderes sein können: Kroatischer Journalist verschollen im Irak, also das finale Duell zwischen mir und Milka, in der Schreckensarena des Fernsehens, alles wie in dem bekannten Volkslied.

Ich hatte, wie bekannt, nicht zu dem Duell antreten wollen, aber hundertmal hatten sie mich am Handy angerufen, gesagt, ich müsse dort präsent sein, mit drängenden Worten, weiß Gott, auch drohenden, und dann hat mich zum Schluss auch der Herausgeber angerufen, unser Eigentümer, der von Natur aus vielleicht sogar gefährlicher ist als Milka, und ich habe versucht, ihm zu sagen, dass es besser wäre, wenn jemand anders ginge, aber nein, er insistierte in so schrecklichem Ton, er hat tatsächlich insistiert, und sagt mir noch dazu, dass ich die Kündigung kriege, wenn ich nicht gehe, und ich denke mir, mein Gott, und wenn ich gehe, dann kriege ich sie genauso, denn Milka wird mich auseinandernehmen, aber schwer, ihm das zu erklären, dass ich vor einer kleinen Bauerngans kneife, genau so hat er Milka genannt, kleine Bauerngans, er hat sie ja nie im Leben gesehen, und sagt mir, ich müsse meine Geschichte vorbringen und mich mit Argumenten gegen sie stellen, denn sie könne nicht ohne Beweise beschuldigen, und wenn sie auch was weiß ich wessen Mutter ist, im Gegenteil, da er wegen mir große Verluste erleide, werde ich nicht nur die Kündigung kriegen, sondern wird er zusehen, dass mir noch Schlimmeres, in jeder Hinsicht Schlimmeres passiert, langfristig und kurzfristig, dass er die Instrumente hat und dass ich mit ihm nicht spielen soll, denn er ist am Rande der Nerven mit mir, und jetzt bin ich schließlich, ginge der Kelch nur an mir vorüber, doch in der Sendung *Aktuell*, jeden Moment geht es los, ich sitze im Studio, die Nase etwas gepudert, im schwarzen Sakko, das ich zu Premieren und Beerdigungen trage und an dem sie mich auch in meinem Heimatort erkennen. Und neben mir der Redakteur, Pero The Chief, in einem Versace-Anzug und mit einer Brille ohne Dioptrien, um mir die Stange zu halten und die Firma zu schützen, als zweite Verteidigungslinie, sollten sie mich durchbrechen oder wenn ich, derart demoralisiert, die Flucht ergreifen würde. Da waren auch die Kerle von der GEP, der kleine Gnom, der den Artikel geschrieben hat, Gruica heißt er, und zwei Neutrale, die, wir werden ja sehen, auf welche Seite sie sich schlagen werden: der Präsident unseres Journalistenvereins und ein bärtiger Soziologe, der ein Buch geschrieben hat über …

Und da ist, da kommt er, etwas spät, auch der Vertreter des Staates, ein Geschäftsträger aus dem Außenministerium, da sie, wie mir The Chief sagte, wenn Boris tatsächlich verschollen ist, ihn jetzt hätten suchen müssen, offiziell, als Staat, so dass das folglich nicht mehr meine Aufgabe ist.

Das war seit langer Zeit die erste gute Nachricht für mich, dass es nicht mehr meine Aufgabe ist, und mit dieser Haltung setzten wir uns dort hinein, denn vorher hatten wir uns mit unserem Firmenanwalt und mit der Frau, die unsere *Pi-Ar* macht, gebrieft – rechtlich gesehen haben wir eine saubere Weste, hat der Anwalt gesagt, denn wir hätten niemanden in den Irak gedrängt oder jemanden mobilisiert, er hat den Vertrag unterschrieben wie jeder andere, unser Fehler, aber nur wenn sie uns in die Ecke drängen, kann sein, dass wir nicht rechtzeitig Alarm geschlagen haben, was so viel besagen würde wie unser Fehler kann meiner sein, wenn sie uns zu sehr in die Mangel nehmen ... Aber ich habe da ein Gegenargument, dass er sich noch melden kann, dass die Deadline noch nicht abgelaufen ist und dass das alles Vermutungen sind, obwohl wir besorgt sind, weil man ihn nicht erreichen kann ... Laut Einschätzung unserer *Pi-Ar*-Expertin stehen wir mit unserer Position ziemlich gut, wir müssen nur jede Polemik mit Milka vermeiden, denn sie ist die Mutter, und das würde nicht gut ankommen, wäre nicht am Platze, wie man so sagt, was auch ich unterstreiche, also sagte ich zu The Chief, siehst du, genau wie das Mädchen sagt, keine Polemik mit Milka, das sage ich schon von Anfang an, und hier sind wir uns alle einig, dass man Milka vermeiden muss, und da meint die junge *Pi-Ar*-Expertin noch, dass wir mit der Mutter Mitgefühl zeigen sollten, das Missverständnis ausbügeln, ihr Berg und Tal versprechen sollten, ihr Hilfe und Rechtsschutz für die Familie unseres Entsandten anbieten sollten, damit wir sie auf unsere Seite bekommen, den Typen von der GEP sofort beschuldigen, sofort sagen, dass sie uns ruinieren wollen, so dass man dann später alles in diesem Ton liest, und das Gespräch maximal auf dieses Thema lenken – sagen, was die Feinde uns bisher angetan haben, und zwar nur deshalb, weil wir eine anständige Zeitung sind, so, dass wir auch ein bisschen Reklame für uns machen können.

Wehe uns! Kaum hatte ich Milka erblickt, im Regionalstudio, das über Videolink mit uns verbunden war, sah ich sofort, dass unser Konzept gefährdet war. Milka saß da, ohne Konzept, den Kopf vorgestreckt wie ein Hund an einer bis zum Höchstmaß gestrafften Leine. Sie konnte, das war zu sehen, vor dem Licht der Kamera nicht ruhig bleiben, also linste sie umher und konnte es kaum erwarten anzufangen, denn sie hatte ihren Sermon ohne Anwalt und *Pi-Ar* vorbereitet, und ihr Kopf war voll, und sie wollte ihn so schnell wie möglich, das sah man, entleeren.

Und sofort erteilte die Moderatorin, nachdem sie die Zuseher begrüßt und das Problem in kurzen Zügen geschildert hatte, das Wort, klarerweise, zuerst der Mutter, und Milka schlug über den Videolink mit voller Wucht auf mich ein, ohne Einleitung, und was das Schlimmste war, sie betitelte mich mit „du, Kleiner“, was selbst die Moderatorin in Verwirrung brachte, so dass sie sie bat, mich nicht so zu nennen, ungeachtet aller Umstände, da es nicht angemessen sei, worauf Milka erklärte, dass sie mich seit jeher so genannt habe, und an dieser Stelle fiel unser gesamtes Konzept ins Wasser.

„Ich kenn ihn, bevor er noch laufen hat können“, sagte Milka. „Net einmal zu seiner Mutter sag ich Sie, und zu ihm schon gar net, diesem Rotzbuam. Zu mir, als seiner Tant, kann er Sie sagen, wenn er will!“

„Warten Sie, wollen Sie sagen, dass Sie miteinander verwandt sind?“

„Was denn sonst sind wir für Sie!“, antwortete Milka.

Hier sah mich die Moderatorin an, und das höhnische Lächeln verschwand: „Stimmt das? Das heißt, der, den Sie in den Irak geschickt haben, ist Ihr … Vetter?“

Jetzt ging alles den Bach runter. Das Konzept ... Selbst das Thema der Sendung.

Der Präsident unseres Journalistenverbandes lachte laut.

Er hatte auch Grund dazu!

Ein ganzes Jahrzehnt lang haben die Vettern an den Vesten dieses Landes gerüttelt, denn wo Krieg ist, da steigen die Bergler herunter ins System, da dringen die Kämpfer und Haiduken vor, bringen ihre Vettern an, schaffen Netzwerke, weben Parastrukturen ... Schon ein ganzes Jahrzehnt lang führt unsere urbane Intelligenz einen Krieg gegen diese Bergler, verlacht ihre Sippenkultur und Vetternmoral, denn sie sind uns ein Stein um den Hals, eine Mafia im Staat ... Wir werden nie einen modernen Staat haben, bevor wir sie nicht zivilisieren. Sie müssen begreifen, dass die Welt nicht aus Vettern besteht. Sie müssen den Ruf der Sippe zurückweisen, sie müssen sich individualisieren.

Siehst du, und ich habe meinen Vetter aus meinem Geburtsort angestellt! Lange genug hatte ich den Zivilisierten, den vom Ruf der Sippe Emanzipierten gemimt, aber nun hatten sie mich entlarvt ... Da war ich nun im Fernsehen, zur Stoßzeit! Mein Vetter war verschwunden, und es fehlte nur mehr, dass ich anstimmte: „Hörst du mich, wie / Ich dich rufe, Vetter ..."

The Chief sah mich fassungslos an. Das gesamte Briefing war ins Wasser gefallen.

Die Moderatorin wartete, dass ich etwas sagen sollte.

Dann sagte sie: „Eine solche Geschichte hatten wir nicht erwartet, aber um es deutlich zu machen: Sie haben Ihren Vetter angestellt? Und ihn in den Irak geschickt? Oder haben Sie das nicht?"

Während ich überlegte, was antworten, sahen mich alle, viel zu lange, an. Ich überlegte dieses und jenes, aber ich hatte bereits Erfahrung, und mir war klar, dass die Geschichte unmöglich zu erklären war, und so sagte ich am Ende nur: „Er ist mein Vetter, aber er kann Arabisch."

Da war nichts zu machen. Sogar in meinen Ohren klang es komisch.

Daraufhin blieb das Gespräch bei der Vetternwirtschaft stecken.

Ich war irgendwie abgestumpft und hatte schon geraume Zeit nicht mehr verfolgt, was wer sagte, sondern in meinem Kopf kreisten stattdessen irgendwelche kleinen Bilder: Ich sah die Wohnung von heute Morgen ... Und ich musste daran denken, dass die Sendung auch dort im Fernseher lief, das hier war überall, das ging in die Welt hinaus über Satellit, dann dachte ich an Charlie – ich weiß nicht, wieso ausgerechnet an ihn –, wie er mich auf dem Fernsehschirm sieht, wie er mich anstarrt, während er eine Flasche heimisches Olivenöl in der Hand hält und sein Slowfood kocht, zu dem er mich nicht einladen wird.

Ich sah alle die Leute um mich herum, wie sie ihre Münder öffneten.

Nach einer Weile meldete sich jemand aus dem Studiopublikum zu Wort ... Ich sehe ihn ... Zum Teufel ... Niemand anderer als Itcho Kamera!

Ein Grauen! Itcho! Sie reichten ihm das Mikrofon.

Er strich sich über den Schnauzer und sagte: „Zufällig kenne ich Milka und alle ... Ich bin vertraut mit der Situation ... Und ich kann sagen, dass nicht alles so, wie soll ich sagen, so schwarz ist ... Milka soll entschuldigen, aber sie haben ihm eine Arbeit verschafft, er war arbeitslos, und er wollte arbeiten. Und dieser junge Mann, der Journalist, er hat seinem Vetter eine Arbeit gefunden und ... Und das – das muss man schätzen!“

Unglaublich, der redet, als hätte ihn meine Mutter gebrieft.

Und siehe da, nach Itcho Kamera setzte auch ein leichter Applaus aus dem Studiopublikum ein, aber dann fuhr die Moderatorin krächzend dazwischen und die Pensionäre kriegten einen Schrecken ... Dann gab sie rasch das Wort an den Soziologen mit dem Bart weiter, er aber driftete dann definitiv ab in das Phänomen der Sippenbeziehungen, die, das wollte er unterstrichen wissen, per se außerinstitutionell seien. Sie störten das Funktionieren der Institutionen, schüfen ein Parallelsystem, das sei unser Problem, betonte er. Die stärksten Staaten seien jene, die die Sippenbeziehungen zerstört und die Familie geschwächt hätten, sagte er. „Je stärker die Familie, desto schwächer der Staat!“, schloss er.

Die Moderatorin forderte mich daraufhin auf, das alles zu kommentieren. Ich ging ihr schrecklich auf die Nerven, denn sie hatte vorgehabt, mich als gefühlslosen Korporationsredakteur zu brandmarken, als Symbol des kalten Kapitalismus, der über Leichen geht und selbst vor Muttergefühlen nicht haltmacht – aber da ich für einen Vetter Arbeit gefunden hatte, wurde alles sinnlos.

Ich sagte, dass ich mit dem Herrn aus dem Publikum konform gehe (woraufhin mir Itcho Kamera zuzwinkerte) wie auch mit dem Soziologen ...

„Nur mit Ihrer Tante gehen Sie nicht konform?", fragte sie ironisch.

„Nein", sagte ich. „Mit ihr kann ich nicht konform gehen."

Danach schalteten sie wieder Milka aus dem Regionalstudio zu. Sie machte zuerst eine Replik auf Itcho Kamera und sagte, dass von ihm alle wüssten, dass er verrückt sei, dann zog sie, außer gegen mich, auch gegen den Soziologen vom Leder, denn was der da gegen die Familie sage ... Jedenfalls war Milka schlecht gebrieft und hatte irgendwie auch vergessen, zu weinen und rührend über Boris zu sprechen, also bekam sie beim Telefon-Voting weit weniger Stimmen als erwartet. Wir kriegten, genauso wie es meine Mutter vorhergesagt hatte, dreißig Prozent.

* * *

Nach der Sendung wichen alle spontan von meiner Seite, nur Itcho Kamera kam in seinem dunklen Pullover auf mich zu und sagte: „Ich sehe, Kleiner, du wirst populär. Ich erinnere mich an dich ..."

„Ich werde antipopulär", sagte ich zu Itcho. „Auch ich erinnere mich an Sie."

„Das ist doch alles dasselbe: populär, antipopulär ...", sagte Itcho.

„Und Sie?", fragte ich höflich. „Sie sind oft in Zagreb."

„Ich habe es meinen Söhnen überlassen, sich mit den Feldern zu beschäftigen", sagte er. „Ich verkaufe ein wenig auf dem Markt und klatsche ein bisschen mit im Publikum. Ich bin nicht für da unten, hier ist das Zentrum von allem. Was willst du da unten?"

„Ja, eh", sagte ich.

„Was schon? Nur *Slobodna Dalmacija* ... Und hier und da ein Fußballspiel."

Ich hörte ihm ein wenig bewundernd zu. Itcho Kamera redete so, wie die Jungen reden, die ihr Leben nicht in der Pampa verplempern wollen. Er wollte im *moving* bleiben, dort wo das Zentrum von allem war. Könnte er Englisch, wäre er sicher nach New York gegangen. Er hatte diese Medienkrankheit und war im Geiste jung, was anscheinend dasselbe war.

Wäre er kein Bauer, dachte ich, würde niemand draufkommen, dass er verrückt ist.

Pero The Chief kam zu uns.

Zuerst wandte er sich an Itcho und drückte ihm die Hand: „Mein Herr, wissen Sie ... Ihre Unterstützung bedeutet uns viel."

„Ich als kleiner Mann musste reagieren", sagte Itcho Kamera.

Dann wandte sich The Chief mir zu. „Der Herausgeber hat mich gerade angerufen", sagte er.

„Und?"

„Du bist gefeuert."

„Scheiße", sagte ich. „Gerade wollte ich einen Kredit aufnehmen."

Pero sah mich an, als wollte er einschätzen, ob ich noch bei mir war, und dachte dann vermutlich, dass das nicht mehr seine Aufgabe war. „Ich habe nichts damit zu tun, aber ich glaube, er wird dich auch verklagen", sagte er.

„Sag diesem Mistkerl, dass er mir eine Abfindung schuldet!"

„Ich denke, du hast keine Chance", sagte Pero.

„Ach ja? Dann frag mal den Tennisspieler, was er gemacht hat, als andere das Image der Zeitung aufgebaut haben, für die Demokratie gekämpft haben und …“ Ich brach ab, mir bewusst, dass ich klang wie ein pathetischer Veteran. Dann fügte ich hinzu: „Richte dem Mistkerl aus, dass ich, jetzt wo ich Zeit habe, etwas über seine Person und sein Werk schreiben werde!“

„Spiel nicht verrückt!“, sagte Pero.

„Ach, verschwinde!“, sagte ich.

„Aber … aber, das ist nicht in Ordnung!“, sagte Itcho Kamera.

Pero drückte ihm noch einmal die Hand, verwirrt, als wollte er ihn beruhigen, murmelte etwas und verschwand im Gängelabyrinth des Fernsehens.

„Das ist nicht schön, das ist gar nicht schön von ihnen“, sagte Itcho Kamera, während wir zum Buffet des Fernsehens gingen. „Die Leute so zu entlassen … Einen Mann einfach so auf die Straße …“

Ich atmete durch.

„Das wird bei den anderen die Motivation steigern“, sagte ich.

„Ja … Und deshalb habe ich mir nie eine Arbeit gesucht“, schloss sich Itcho an. „Nur die Landwirtschaft und das bisschen Fernsehen hier … Mein eigener Chef!“

„Klar“, sagte ich.

Während ich mit Itcho im Café des Fernsehsenders etwas trank, rief mich Sanja mit trauriger Stimme an. Sie habe noch drei Minuten, bis sie wieder auf die Bühne müsse, sie habe diese Pausen, wenn sie nicht auf der Bühne sei, sei sie im Theatercafé, sagte sie, sie habe den Anfang der Sendung gesehen und etwas vom Schluss. Das war nicht *so* schlecht, sagte sie und seufzte. Sie wusste nicht, wie sie mich aufmuntern sollte, und ich wusste nicht, wie ich sie aufmuntern sollte. Das wird man schon vergessen, keine Plage währt drei

Tage, sagte sie mit trauriger Stimme. Aha, sagte ich, aha. Geh, mach deinen Auftritt und denk jetzt nicht darüber nach, sagte ich.

Danach ging ich ins *Limited.* Alle sahen mich verstohlen an. Markatović kam, um mich mit der Geschichte zu trösten, dass es ihm noch viel schlechter gehe. Die Aktien der Bank fielen noch immer.

„Ich habe zuverlässige Informationen bekommen, dass die Deutschen aussteigen. Sie bieten dem Staat die Bank an für eine Kuna“, sagte er.

Andererseits war Diana von ihm gegangen und meldete sich nicht mehr an ihrem Handy.

„Aber dafür hat heute Dolina angerufen“, sagte Markatović, der noch nichts wegen dieser neuen Kampagne in die Wege geleitet hatte ... „Dolina ist sauer“, sagte er.

Außerdem, sagte er, habe Dolina hinzugefügt, habe er mich im Fernsehen gesehen, und ich sei nicht gut für sein Image. Markatović solle jemand anderen finden, habe er zu ihm gesagt.

„Er sagt, du seiest *kompromittiert*“, sagte Markatović und imitierte Dolina in dem Versuch, es wie einen Gag klingen zu lassen.

Ich hatte nicht die Kraft zu lächeln, also sah mich Markatović hypnotisch an und sagte: „Pass auf, dein Simulant wird lebendig und gesund zurückkehren!“

„Wie weißt du das?“

„Das weiß ich einfach. Ich sehe ihn direkt vor mir, wie er zurückkommt ...“

„Das kommt von den Drogen“, sagte ich.

„Aber nein. So ist es immer bei mir, wenn es sich um jemand anderen handelt. Diese Aktien, die ich habe – hätte die jemand anderer, könnte ich sie bewerten, ohne Fehler! Er wird zurückkommen, darauf können wir wetten!“

„Lass es, du hast genug gewettet.“

Dann fing Markatović an, von seinem Alten zu erzählen, der trank, seit er ihn angestellt hatte. „Wahrscheinlich fühlt er sich erniedrigt“, sagte er. „Nonstop ist er ätzend. Anscheinend repräsentiere ich in seinem Kopf den Kapitalismus ... Wenn ich etwas zu ihm sage, gibt er mir ironisch zur Antwort ‚ja, Chef‘.“

Markatović denkt, dass es bei Boris ähnlich ist, dass er alles das absichtlich ...

„Wir stehen für sie auf der anderen Seite ... In ihren Augen sind wir ein Teil des Systems und irgendjemand muss für sie schuld sein“, sagte Markatović. „Sie haben kein politisches Programm, also kommen sie uns über die Familie!“

Wir tranken bis zum Feierabend, dann gingen wir zu ihm. Wenn sonst nichts, so hatte Markatović endlich eine leere Wohnung.

Er lud auch ein paar Puppen ein, aber die wollten nicht.

Ich schickte Sanja eine SMS, dass ich zu Markatović gehe und dass ich vielleicht dort übernachten würde. Irgendwie wollte ich ihr aus dem Weg gehen, als würde ich mich vor ihr schämen.

* * *

Wir saßen in dieser Wohnung unter Hypothek. Eine wirklich nette Wohnung.

Ich nahm die Fernbedienung und stellte etwas lauter, als ich die Stones im Fernsehen sah.

Es war die Pressekonferenz der Rolling Stones vor dem Konzert in München.

„Siehst du die, ha?“, sagte Markatović, krümmte sich leicht vor und stierte mit offenem Mund und blutunterlaufenen Augen auf den Bildschirm.

Die Journalisten fragten die Stones – „Was ist das Geheimnis Ihres anhaltenden Erfolges?“ –, und Keith Richards konterte: „Das ist ein Geheimnis.“ Und grinste.

Er war noch dünn – als wäre er zu schnell gewachsen.

Er machte den Eindruck, als wäre ihm das Ganze etwas zu blöd. Diese Konferenz, diese Journalisten; sein Blick und seine Haltung sagten: Fahrt zur Hölle.

„Siehst du den, ha?“, sagte Markatović.

„Der muss schon an die sechzig sein“, sagte ich.

„Er trinkt die teuersten Weine, die Modells drängen sich in sein Bett, und doch hat er es geschafft, ein Rebell zu bleiben!“, sagte Markatović. „Mensch, der würde hundertprozent durchdrehen, wenn man ihn in einem nur etwas schlechteren Hotel unterbringen würde!“

„Klar, wenn er ein Rebell ist“, sagte ich und zog mir ein wenig Coke vom Schachbrett in die Nase.

Es war die gesamte Reportage vom Auftritt der Stones, sie zeigten auch Ausschnitte aus dem Konzert.

„Zum Konzert kommen zweihunderttausend Leute, und am nächsten Tag gehen sie alle zur Arbeit“, sagte Markatović.

„Klar“, sagte ich. „Sie arbeiten.“

Markatović fuhr fort: „Gegen das, was sie an Richards lieben, kämpfen sie jeden Tag. Gegen alles, was sie vergöttern, kämpfen sie jeden Tag.“

„Klar“, sagte ich.

„Das hat schon bei Jesus angefangen!“, folgerte Markatović feierlich.

„Ja, ja“, sagte ich.

Ich war irgendwie unwillig. Ich sah ihn an: „Hast du dieses Feeling, sagen wir, wenn du so ein großes Wort erwähnst wie ‚Jesus‘ oder ‚Revolution‘ und so, dass dich dann sofort eine Art Müdigkeit packt?“

Markatović hob seine Augenbrauen.

„Ich weiß nicht“, sagte er.

Wir schwiegen eine Weile.

Jetzt kamen die Statements der Leute aus dem Publikum nach dem Konzert in München. Die Leute behaupteten, die Stones seien dieselben wie damals, unvernichtbar.

Markatović und ich waren vernichtet. Aufgewachsen in seltsamen osteuropäischen Systemen, haben wir viel zu viel Hoffnung in den Rock'n'Roll gesetzt. Mit dieser Therapie haben wir jahrelang gelebt. Wir haben gehofft. Wir haben gedacht: Lass die Dinge nur ein wenig in Ordnung kommen, dann werden wir noch alle Keith Richards.

Zwischen den Songs wurden die Aussagen des Publikums eingeblendet. Die Leute idealisierten die Stones.

„Hillary Clinton ist auch nicht schlecht!", sagte ich.

„Und denk mal an diesen kleinen Eminem", sagte Markatović. „Ich habe neulich einen Film über ihn gesehen ... der Kerl ist in einem Wohnwagen aufgewachsen und war so richtig im Arsch. Er rappte in irgendwelchen Schuppen. Aber dann nahm er eine Platte auf, verkaufte ein paar Millionen und wurde reich! Und mit was soll er jetzt die nächste Platte fahren? Verstehst du, er muss jetzt noch fünfzig Jahre Rebell sein und dieses Gesicht tragen."

„Ja", sagte ich. „Er wird ziemlich was an Drogen nehmen müssen, damit sie ihm nicht draufkommen."

Markatović spann seinen Gedanken weiter: „Zuerst bist du im Arsch, weil du im Arsch bist, und dann bist du im Arsch, weil du nicht im Arsch bist. Das ist das Leben eines Rockers."

„Du kannst weder vor noch zurück."

„Du darfst keine Ordnung in dein Leben bringen!", sagte Markatović.

„Und weshalb sollte ich Ordnung in mein Leben bringen?"

„Ja, scheiß drauf, so ist das nun mal. Du bringst Ordnung hinein. Und die Probleme fangen an."

Wir lachten.

Die Stones spielten, unvernichtbar.

Ich sah Markatović an, wie er eine *line* Coke zog und dabei versuchte, eine Frage zu formulieren: „Hast du tatsächlich vorgehabt, dich in Ordnung zu bringen, oder ...“

„Bitte?“

„Ich meine, ich wollte mich in Ordnung bringen. Aber dann hat mir der im Irak den Rest gegeben.“

„He, ich habe geheiratet, eine Wohnung gekauft, Kinder bekommen ... Wie weit bist du davon entfernt?“

„Na gut“, sagte ich. „Du bist weiter voraus ...“

„Und du fragst mich, ob ich mich in Ordnung bringen wollte. Menschenskind! Klar wollte ich das!“

„Aber du wolltest auch ein Rocker bleiben ...“

„Wollte ich nicht. Ich trage doch den ganzen Tag Krawatte. Ich will überhaupt nichts sein, verstehst, aber irgendwie ... Ich glaube, dass ich verrückter bin als Iggy Pop. Er geht ins Fitness Center ... Die Red Hot Chilli Peppers gehen ins Fitness Center ... Aber ich gehe eben nicht!“, richtete sich Markatović trotzig auf.

„Ich bin hingegangen, solange ich kein Badezimmer hatte ...“, sagte ich. Markatović sah mich fragend an, also setzte ich hinzu: „Ins Fitness Center. Ich habe mich eingeschrieben, damit ich duschen kann.“

„Eh, ich gehe nicht!“, brüstete er sich stolz, ohne seinen Bierbauch zu verbergen.

Jetzt sah auch er wie ein Rebell aus. Auf andere Weise als Keith Richards, aber trotzdem ... Weiß der Teufel, was es heute bedeutet, rebellisch zu sein, dachte ich.

Markatović versank in Gedanken, als würde er etwas im Kopf zusammenzählen.

„Ich werde ohne Badezimmer dastehen“, sagte er. Denn er habe Rijeka-Aktien zu vierhundertzehn gekauft ... Und der letzte Kurs heute sei einundfünfzig, erklärte er mir zum x-ten Mal.

„Acht Mal weniger!“, jammerte er.

Es klang widerlich, aber mir war leichter neben Markatović. Alles das mit Boris hatte für ihn nicht so etwas Schreckliches. Er war der Einzige, der mich nicht mit Fragen löcherte, wie ich das alles hatte zulassen können, er war der Einzige, der sich über nichts wunderte, wahrscheinlich deshalb, weil er selber in der Scheiße steckte. Ich fühlte, dass wir auf derselben Seite standen.

Deshalb versuchte ich, Markatović davon zu überzeugen, dass alles okay sein werde, dass er wieder oben schwimmen werde, dass es gut sei, zuzuwarten, dass der Staat früher oder später intervenieren werde, dass die Dinge wieder an ihren Platz gerückt würden, dass er nur Geduld zu haben brauche, er solle nur tief einatmen und die Luft anhalten ... Ich wollte so überzeugend wie möglich klingen.

„Ich weiß nicht, mir scheint, dass ich verkaufen, ein Achtel der Kohle nehmen und ein Ticket nach Teneriffa kaufen sollte ...“, sagte er.

Mir schien, dass sich das nicht wirklich auszahlte. Außerdem, wenn Markatović wegginge, würde ich total solo bleiben in der Scheiße. Ich sagte zu ihm, er solle abwarten, die Dinge würden sich wenden.

Ich hatte mich dermaßen hineingesteigert, dass ich selbst von dem überzeugt war, was ich sagte, aber Markatović schüttelte trotzdem melancholisch den Kopf.

„Es ist anders, wenn deine Kohle drinnensteckt“, sagte er. „Wenn es um deine Haut geht ... Dann bist du nicht so überzeugt davon.“

Ich weiß nicht, wie es dazu gekommen ist, dass ich ihn ständig von etwas überzeugen muss. Ich meine, er verlangt es von mir von Anfang an, wieso vertritt er plötzlich so vehement das Gegenteil?!

Jetzt musste ich noch *überzeugender* sein. Das geht so. Jemand gibt dir eine Rolle, und du hältst dich an sie. Du vergisst, wie es angefangen hat. Du wirst zum Fürsprecher einer Idee. Alles hängt vom Zufall ab. Das, was du sagst, ist völlig zufällig.

Unter anderen Umständen hätte ich das Gegenteil gesagt, aber nun behauptete ich: „Mensch, mit der Rijeka geht es morgen wieder bergauf! Der Staat *muss* intervenieren! Die Sache ist glasklar! Nur wenn man das ganze ohne Angst betrachtet."

Es stimmt, hätte ich mich nicht auf diesen Sprech mit Markatović eingelassen, hätte ich nie behauptet, dass mit den Aktien alles okay sein werde. Aber so war ich zunehmend überzeugter davon. Es trug mich davon, wie ein Lied, das einen davonträgt.

„Gut, gut, du hast mich getröstet", sagte Markatović.

Ich zog noch eine kleine *line* Coke.

„Das Leben ist ein Lied ...", sagte ich zu Markatović und zog dabei fest durch die Nase ein. Und setzte hinzu: „Das Lied *schafft* Gefühle! Die Sprache fährt von allein!"

„Bitte?"

„Man muss Mumm haben, man muss Leidenschaft haben!", sagte ich.

Meine Nase wurde taub.

TAG FÜNF

Lüge und Gemeinplatz

Ich wachte auf ... überrascht ... in sitzender Stellung, auf Markatovićs Couch, vor dem Fernseher, in dem ein Kinderprogramm lief. Zwei Psychologinnen redeten mit Kindern über Gut und Böse.

„Böse ist ... Böse ist, wenn jemand etwas im Sand baut, und du kommst und machst es ihm kaputt", sagte ein Junge.

Ich war wirklich überrascht.

Aber ich hatte keine Zeit zum Wundern. Der trockene Mund, die eingeschlafenen Beine, der Kopfschmerz – das war aktueller.

Auf dem Tischchen vor mir war die Deponie des Alko-Nikotin-Abfalls zu sehen. Die Drogen hatten wir abgeräumt, wie ich sah. Ich stützte meine Ellbogen auf die Knie, legte den Kopf zwischen die Hände und versuchte, weise zu sein nach der Schlacht. *Uch, uch, das habe ich nicht gebraucht*, beschwerte ich mich im inneren Dialog – bei jemandem, der sich das merken und daraus eine Lehre ziehen sollte.

Ich versuchte, an die beschädigten Teile meiner Erinnerung heranzukommen und mich zu erinnern ... Ich kann mich nicht an Träume erinnern.

Es heißt, einen Traum solle man sich gleich am Morgen wiedererzählen, ihn in Sprache fassen, sonst verflüchtigt er sich. Ich hatte vermutlich einen Computertraum, ich konnte mich an irgendein *Passwort* erinnern ... Aber weiter ging es nicht.

Ich hob den Kopf.

Ein kleiner Vogel hüpfte auf dem Balkongeländer. Er sang nicht.

Die Kinder redeten über Gut und Böse, die verstehen es, im Morgenprogramm ... Im Abendprogramm, dachte ich, sieht alles komplizierter aus. Abends können sie sich überhaupt nicht einig werden, ob man Opis und Omis, auf die du in einem befreiten Dorf stößt, umbringen soll oder nicht.

Ich stand auf und sah mir Markatovićs Regale an, öffnete die Schubladen, sah in die Zierschalen, die voll mit allem möglichen Krimskrams waren, bis ich endlich die populäre Tablette gefunden hatte.

Ich sah aufs Handy – elf Uhr einundzwanzig.

Und eine SMS von Sanja: *Offenbar habt ihr einen draufgemacht. Lass dir Zeit. Melde dich, wenn du wach bist. Küsschen.*

Ich rief sie an, um ihr zu sagen, dass alles okay sei, außer, dass ich Kopfweh hätte ... Und so.

„Ach was, nimm eine Tablette, koch dir Kaffee ... Hast du viel Arbeit heute?"

„Ich habe keine Arbeit. Na ja ... Sie haben mir gekündigt."

„Machst du Witze?"

„Ich bin weg vom Fenster", sagte ich.

„Sie haben dir tatsächlich gekündigt?"

„Ja. Allerdings."

„Wann?"

„Gestern nach der Sendung."

„Und wieso hast du mir das nicht gesagt?", fragte sie, als hätte ich gegen eine Regel verstoßen.

„Ich weiß nicht. Du warst in der Vorstellung, und danach ... Es ist doch gleich, ob ich es dir nun heute sage oder gestern", sagte ich.

„Ja, und was hast jetzt vor?", fragte sie.

„Ich weiß nicht … Ich werde sehen. Ich weiß nicht. Sorry."

„Joj, du musst dich doch nicht bei mir entschuldigen … Dir geht es schlecht."

„Ja, allerdings … Sorry, aber es ist mir so gekommen."

Wieder hatte ich dieses *sorry* gesagt, obwohl dazu keine Notwendigkeit bestand. Aber ich hatte das Gefühl, als hätte ich sie hintergangen.

Irgendwo in der Aura unserer Beziehung schien es offenbar gewisse an mich gerichtete Erwartungen zu geben. Ich meine, dass es selbstverständlich ist, dass ich vorankommen würde und nicht abstürzen. Die Liebe ist voller Versprechungen, und vermutlich hatte ich sie auch gemacht. Ich meine, es war nicht vorgesehen, dass sie der Star wird und ich der Antistar.

„Sorry", wiederholte ich unnötigerweise.

„Ah joj … Ah joj", wiederholte sie. „Es tut mir leid … Ich weiß nicht … Ich bin gerade ins Theater gekommen …", sagte sie. Dann, als hätte sie sich etwas gesammelt, setzte sie hinzu: „Geh nach Hause. Trink nicht weiter …"

„Keine Sorge … Aber ich weiß nicht. Was soll ich zu Hause? Ich werde sehen."

„Mach jetzt nicht weiter, okay?"

„Okay. Beruhige dich. Alles ist unter Kontrolle."

Ich rede wirklich alles Mögliche, dachte ich, nachdem ich aufgelegt hatte: Was denn für eine Kontrolle?

Ich kochte mir einen Türkischen, ging hinaus auf den Balkon und setzte mich auf einen Rohrstuhl.

Ein schöner Tag, mit Blick ins Grüne und auf die Stadt in der Tiefe. Markatović hatte es sich wirklich schön gerichtet. Frische Luft. Unten glitt eine kleine blaue Straßenbahn vorüber. Die Leute fuhren irgendwo hin.

Ich hatte keine Ahnung, was jetzt … Wohin gehen?

Der Tag lag ausgebreitet vor mir wie ein großes Änigma.

Soll ich weitertrinken? Soll ich nach Hause gehen? In die Stadt? Spazieren?

Vielleicht sollte ich in den Zoo gehen? Markatović mitnehmen und uns die Elefanten ansehen?

Das ist es, was sie über die Arbeitslosigkeit erzählen, dachte ich.

Ich ging nachsehen, was mit Markatović war. Vorsichtig schob ich die Tür zu seinem Zimmer auf. Er lag auf dem Ehebett, in der Diagonalen. Er blinzelte mit den Augen.

„Schlaf du ruhig", sagte ich und schloss die Tür.

Trotzdem hoffte ich, dass ich ihn geweckt hatte. Einfach wegen der Gesellschaft.

Ich ging ins Wohnzimmer zurück.

Dann läutete mein Handy. Eine unbekannte Nummer. Die Öffentlichkeit hatte mich nicht vergessen. Eine Journalistin: Sie fragte, ob sie mit mir spreche.

„Das hoffe ich", sagte ich.

Sie wollte, dass ich einen Kommentar abgebe ... Sie hatte eine lange, heimtückisch schmeichlerische Frage („... Sie als geschätzter Profi, der sich aufgrund der Umstände im Fokus der Öffentlichkeit sieht ...") dazu, ob ich mich „verantwortlich" fühle für das Schicksaal meines Mitarbeiters und Vetters.

„Ja, ich bin schuld", sagte ich.

„Gut ...", hielt sie inne. Ich sehe, sie hatte gedacht, sie müsste moralisieren und rhetorische Fallen benutzen, um das zu bekommen, was sie sich vorgenommen hatte, doch siehe da, es war im Handumdrehen erledigt. Nun konnte sie auf einen Kaffee gehen.

„Vielen Dank", sagte sie.

Nun machte auch Markatović die Tür einen Spalt weit auf und spähte mit dem Kopf heraus. Ich weiß nicht, wozu so viel Vorsicht. Das war ihm wahrscheinlich aus dem Eheleben geblieben.

„Ich werde schon nichts nach dir werfen …“, sagte ich. Er kam ins Zimmer.

Er hatte den Blick eines Frischgeborenen, das zum ersten Mal die Augen öffnet. So war auch sein Gang.

Er sah mich an, als würde er sich an mich erinnern.

„Scheiße“, sagte er.

„Tja …“, sagte ich.

Er fragte: „Gibts Kaffee?“

„Gibt es.“

Er hinkte zum Tischchen und setzte sich in den Ledersessel.

Er schlürfte den Kaffee, wir wechselten irgendwelche halbfertigen Sätze, ekelten uns mürrisch vor dem eigenen Kater. Er habe, sagte er, einen Alptraum gehabt. Diana und die Zwillinge hätten ihn verfolgt, jeder fuhr seine Straßenwalze, auf einem unglaublich großen Parkplatz vor einem Shoppingcenter, dessen Eingang er zu erreichen suchte, der sich aber immer weiter entfernt habe …

„Alle Achtung“, sagte ich. „Ich habe geträumt, dass ich im Internet unterwegs war, irgendwelche Passwörter, den Rest weiß nicht mehr …“

Markatović starrte in die Tiefe der verkaterten Erinnerung. Er schüttelte den Kopf.

„Das hast du nicht geträumt“, sagte er.

„Woher weißt du das?“

„Eigentlich weiß ich es nicht … Vielleicht hast du es doch geträumt. Allerdings warst du heute Nacht im Internet und hast Passwörter eingegeben … Du hast einen Auftrag an der Börse gegeben, erinnerst du dich nicht?“

„Nein!“, rief ich verängstigt.

„Du hast doch den Kauf von Rijeka-Aktien in Auftrag gegeben!“, er sah mich an und zog die Augenbrauen hoch. „Ich hab dir noch gesagt, du sollst nicht ...“

Ich starrte ihn an.

Er wiederholte: „Erinnerst du dich nicht?“

Ich ging zum Computer. Ich machte ihn an. Ich sah aufs Handy, zwölf Uhr vierzig. Die Börse hatte um zehn gestartet. Es hing davon ab, welchen Preis ich geboten hatte; der Auftrag war vielleicht noch nicht durch.

„Ich dachte, ich hätte das geträumt“, sagte ich.

„Scheiße, ich habe dir gesagt nein und nein, aber da half alles nichts, du wolltest es unbedingt!“, sagte Markatović. „Du warst so überzeugt, dass ich am Ende dachte, du hättest eine Information.“

Dieses Windows fuhr nur langsam hoch. Die Verbindung war langsam. Ich steckte mir eine Zigarette an. Ich ging auf die Site meiner Brokergesellschaft. Ich tippte die Passwörter ein. Mein Portfolio öffnete sich.

Da war die Scheiße: Der Auftrag war ordnungsgemäß durchgeführt worden!

Da ging mein Grundkapital dahin ... Ich hatte dreitausend Aktien einer untergehenden Bank gekauft! Da waren sie im Portfolio!

Uch. Das verdammte Kokain-Selbstvertrauen! Dreitausend Aktien!

Zu 50,50 Kuna.

Dennoch hatte ich, sehe ich, etwas weniger geboten als den letzten Preis von gestern, aber die Scheiße war durchgegangen! ... Na klar! Es gab keinen Run. Ich hatte diese Papiere für einhunderteinundfünzigtausend Kuna gekauft! Hundertfünfzig Riesen!

Vergiss die Wohnung, hallte es in meinem Kopf ... Ich sah auf mein Portfolio. Seit heute Morgen, in eineinhalb Stunden, war die Aktie schon auf 43,30 gefallen. Während ich auf dieser beschissenen Couch geschlafen habe, habe ich wie viel verloren? Ich rechnete nach ... Genau: einundzwanzigtausendsechshundert Kuna.

Ich legte den Kopf in die Hände. *Wie ist das möglich?*, klagte ich, im inneren Dialog, jemanden an, den ich dafür verantwortlich hielt.

Ich war mir selbst die letzte Stütze gewesen, dachte ich. Aber ich konnte nicht einmal mehr mir selbst vertrauen ... Mich packte die Angst ... Kann man sich überhaupt noch selbst vertrauen, dachte ich. Was ist das überhaupt für eine Handlung? Wer ist das, der vertraut?

Ich musste diese Gedanken abbrechen.

Ich sah Markatović an. Er ist an allem schuld, dachte ich. Er bringt tatsächlich Verluste ... Das ist es. Losertum ist ansteckend, das weiß ich schon immer. Ich hätte mehr aufpassen sollen auf meinen Umgang! Wieso zum Teufel gab ich mich nicht mit erfolgreichen jungen Leuten aus der Werbebranche ab?! Das Fernsehen ist voll von ihnen; wohin sind sie alle aus meiner Optik verschwunden?

Nur Markatović, der alte Verlustemacher, sah mich an und blinzelte.

„Daran bist du schuld!“, sagte ich. „Du hast so viel über diese Bank gejammert und mich dazu gebracht, dich zu trösten ...“

„Hab ich doch gar nicht, Mensch! Ich habe dir noch gestern Abend gesagt ...“

„Aber ich habe das *Gegenteil* gesagt!“, schrie ich. „Um dir zu *beweisen*, dass alles wieder okay sein wird!“

„Aber warum?“

„Du *wolltest*, dass ich dir das sage ... Schon tagelang bringst du mich dazu, dir Mut zu machen! Du jammerst, und ich muss dein Optimist sein!“

„Verdammt noch mal, das ist kein Grund ...“

„Nicht?! Dann sieh dir doch an, wie er das nicht ist! Ich habe angefangen zu behaupten, dass mit der Rijeka Bank wieder alles okay wird, habe mich hineingesteigert und ... am Ende diese Scheiße selbst gekauft! Verflucht das Coke und der, der es uns gegeben hat!"

Ich fluchte gut zehn Minuten lang und ging wütend von Wand zu Wand, Markatović saß, noch immer benommen, im Sessel, sah mich an, hob die Augenbrauen, blies die Backen auf und fuhr sich mit den Fingern durchs Haar.

Ich heulte und sagte Dinge wie: „Wieso zum Teufel hast du mich dazu gedrängt, dir zu sagen, dass alles wieder okay wird?! Und? Hast du dich jetzt überzeugt! Ich hätte das nie gekauft ohne dein Gerede! Woher denn?! Niemals!"

„Scheiße, Mensch, ich habe dir gesagt, du sollst nicht ..."

Ich sah an die Decke und hob die Arme: „Wieso bin ich im Leben gerade auf dich gestoßen, verdammt noch mal!"

Da stand er auf, senkte den Kopf und sah mich von unten herauf an wie ein Stier: „He, Scheiße, das erzählt mir Diana ununterbrochen." Seine Halsadern traten hervor, seine Stimme knirschte bitter: „Und dann ist sie eines Tages weg ... Und ... Und da, da kommt sofort mein Freund, schläft hier, steht auf ... Und ... Und macht dort weiter, wo sie aufgehört hat! Was soll denn der Scheiß?! Ich ... Ich werde euch alle aus meinem Leben streichen und zur Hölle schicken!!! Verstehst du?!"

Er stand da in seinem bläulichen Pyjama, mit verdrücktem Haar, wie ein verprügelter Boxer, ohne Deckung.

„Okay", sagte ich. „Dann ciao!"

Ich kam aus diesem widerlichen Wohnblock in dem verdammten Grün heraus und kam auf diesen stinkigen Parkplatz.

Ich setzte mich ins Auto.

Ich saß da und starrte auf die Wand, vor der ich geparkt hatte.

* * *

Die Stadt atmete in der Nachmittagssonne.

Sie ließ sie belebter erscheinen, als sie es tatsächlich war. Sie versuchte, europäisch auszusehen. Sie trug die modernsten Fetzen, teure Etiketts. Sie wollte schön sein, unter Sonnenbrillen, bei Kaffee und Zeitschriftenblättern. Einen Sinn gegeben hatten ihr junge Mädchen aus den Marketingagenturen, Stadtsprecher und arbeitslose Pressesprecherinnen, verschiedene Markatović-Varianten, Literaturredakteure, denen Krleža langsam aus dem Gedächtnis entgleitet, Szenaristen der heimischen Sitcoms ... Sie war voller Pläne und kommender Verstrickungen.

Ich suchte zuerst nach einer Tageszeitung.

Der *Dnevnik* der GEP verkauft sich gut. Ich musste an drei Kiosken fragen, bis ich einen gefunden hatte.

Offensichtlich lief es gut bei ihnen mit der Titelseite, auf der die Sensationsschlagzeile prangte: *AL KAIDA SCHWEIGT ZUM SCHICKSAL DES KROATISCHEN JOURNALISTEN.* Da war Boris' Foto und der Untertitel: „Boris Gale, dessen Arbeitgeber sein Verschwinden verheimlichten, wurde zum letzten Mal vor sechs Tagen in Bagdad gesehen."

Die Show ging also weiter. Wie hatten sie es geschafft, Al Kaida damit in Verbindung zu bringen?

Ich stand vor dem Kiosk und schlug die zweite Seite des *Dnevnik* auf. Unten in der Ecke, neben dem Haupttext, ein kleinerer Rahmen mit dem Titel: *VETTERNWIRTSCHAFT*. Da stand, dass Boris von einem Redakteur der PEG, der zugleich sein Vetter ist, in den Irak geschickt wurde, „was genügend darüber aussagt, wie dieses Blatt funktioniert". Sie erwähnten mich nicht mit Namen, sondern mehr als eine

Metapher der Perversion: Offensichtlich waren meine fünf Minuten Ruhm vorüber. Milka bekam jedenfalls eine bessere Behandlung: ein Foto und einen kleinen Lobgesang auf ihre kämpferische Natur. „Eine Mutter, die ein mächtiges Zeitungshaus entlarvt hat“, stand unter dem Foto.

Ich nahm es relativ gelassen hin, wie wenn der Zahnarzt dir im Mund herumbohrt, wenn er dir bereits die Betäubung verpasst hat. Ich holte tief Luft und hob den Kopf: die städtischen Fassaden, die Fenster, die Jumbowerbung an den Fassaden ... Als wäre alles ertaubt.

Ich setzte mich vor das Kaffeehaus am Hauptplatz, zwischen die Großmütter mit den blendenden Frisuren, die sich als Relikte der Habsburgermonarchie ausgaben. Ich wollte nicht in die Cafés gehen, in denen ich jemand Bekanntem hätte begegnen können. Ich setzte meine Sonnenbrille auf. Von nun an würde ich mich unter Großmüttern und Relikten vergangener Regime tarnen, dachte ich.

Ich bekam einen Macchiato und ein Täfelchen Schokolade.

Ich las die Zeitung, um zu sehen, wieso Al Kaida über das Schicksal des kroatischen Journalisten schwieg. Offensichtlich hatten sie sich zuerst den Titel ausgedacht und dann erst den Text. Ich sehe, sie wollten um jeden Preis Al Kaida im Titel haben, also hatten sie sich etwas einfallen lassen: Sie hatten Anfragen über Boris an einschlägige Websites, die angeblich mit Al Kaida in Verbindung standen, verschickt. Sie hatten keine Antwort erhalten. Das bedeutet also: Al Kaida *schweigt.*

Ich las es mit verzogenen Mundwinkeln, so wie man über die Witze des Zahnarztes lachen kann. Das war ein Konstrukt, wie es für die postkommunistische Freiheit der Presse üblich war. Man musste den Text auf einer falschen Prämisse basieren lassen, die überhaupt nicht in Frage gestellt wird, dann wirkt später jeder Wahnsinn logisch. Der Text über Boris und die Al Kaida beruhte offensichtlich auf einer falschen

Prämisse: Er stellte die globale Bedeutung meines Vetters überhaupt nicht in Frage. Die GEP-Leute taten so, als wäre es *Gemeinplatz*, dass Boris eine Person von globaler Bedeutung ist. Es wurde offenbar erwartet, dass Osama Bin Laden wegen meinem Vetter aus seiner Höhle kommen und sich an die Welt wenden werde.

Aber selbst die GEP-Leute waren nicht so naiv – sie boten dem Publikum nur die Illusion, nach der es verlangte. Boris war zu unserem nationalen Abgesandten im globalen Spektakel befördert worden, und wir wollten, dass er wichtig war, damit wir wichtig waren. Die GEPs spielten mit dem narzissoiden Bild der Nation, sie nährten unseren Wunsch, ein Teil des Weltgeschehens zu sein, und wenn auch nur als eingebildetes Ziel von Al Kaida. Wir wollten von der Welt wahrgenommen werden, oder zumindest uns selbst als Hauptakteure sehen – alles wie nach den Anweisungen von Itcho Kamera!

Verdammt, ihn hätte ich in den Irak schicken sollen, dachte ich. Er ist unser wahrer Repräsentant. Er hätte sich auch vor die Kameras der CNN gedrängt. Er hätte zumindest gewunken. Und er hätte auch Kontakte zu Al Kaida geknüpft – nötigenfalls hätte er sie bestochen, ihn gefangen zu nehmen! Er hätte uns nicht enttäuscht.

Aber Boris? Ich hatte Angst vor der Idee, die mir in den Sinn kam. Was, wenn mein lieber Vetter an das Heroin herangekommen ist, das die afghanischen Taliban produzieren? Was, wenn er zum Schluss in einem Bagdader Badezimmer mit einer Überdosis aufgefunden wird?

Besser nicht darüber nachdenken. Am besten ist vorerst schweigen wie Al Kaida und die Zeitung zum Kaffee lesen, vor dem Kaffeehaus, unauffällig, wie einer von vielen. Ich musterte alles um mich herum: Es lagen weitere Exemplare dieser Zeitung auf den Tischen. *AL KAIDA SCHWEIGT ZUM SCHICKSAL DES KROATISCHEN JOURNALISTEN*, schrie es von überall her.

Das Publikum kaufte diesen Wahnsinn. Dieses Aufblasen der eigenen Wichtigkeit imponierte dem Volk, gab ihm das Gefühl von Würde. Das geschah nonstop. In dem kleinen Land war fast jede Schlagzeile aufgeblasen. Das Aufblasen erhielt uns anscheinend auch am Leben. In jedem Fall würden alle Zeitungen eingehen, wollten sie realistisch sein. So musst du bei drei Kiosks nachfragen, um sie zu finden. Die GEPs verstanden ihr Geschäft. Technisch gesehen hatten sie nicht gelogen: Al Kaida schweigt ...

Wenn man auf diese verrückte Titelseite sah, wurde man auf eine gewisse Weise davon paralysiert.

Ich sah alle diese Zeitungen auf den Tischen und versuchte mich der Erkenntnis zu erwehren, dass alles das genau genommen ich verursacht hatte. Es schien unmöglich, aber es war dermaßen offensichtlich, dass es nicht abzustreiten war.

Klar war, dass ich persönlich im Zentrum des Wahnsinns stand. Ich war gründlich in den unentwirrbaren Unsinn verflochten, das war offensichtlich.

In Wirklichkeit – ich versuchte mit mir selbst ehrlich zu sein – habe ich dieses Gefühl schon seit Langem. Ich lebe damit und schiebe es von mir weg, aber ... Das ist so, unentwirrbar. Das ist seit jeher so ... Wenn du tagein und tagaus verrückte Titelseiten siehst, kannst du über nichts anderes mehr nachdenken, dachte ich. Du wirst selbst dazu. Du bist drinnen. Idiotische Schlagzeilen, amoralische Moraldiskussionen, Verrückte in den Nachrichten, ein Volk, das nach Lügen lechzt, Leute, die Ereignisse verlangen, die sie von früh bis spät kommentieren, eine Masse, die vollgestopft mit diesen Worten taumelt, eine allgemeine Talkshow, Frustrationen, die sich in Moral verwandeln, verrückte Titelseite ... Jeden Tag, jahrelang, lagert sich diese Sinnlosigkeit in der Sprache ab, in der ich denke. Mit der Zeit *richtet sich alles ein* auf den falschen Prämissen. Es wird schwer, sich überhaupt auszudrücken, wenn eine Lüge zum Gemeinplatz wird. Das, was vorausgesetzt wird, ist völlig falsch, aber du kannst über nichts irgendetwas sagen. Sofort geht alles in die falsche Richtung. Sobald du etwas zu sagen versuchst, spürst du das sofort. Du siehst einfach, dass es falsch läuft. Die ganze Sprache ist verdreht. Dummheit und Lüge haben totalen Besitz von ihr ergriffen, von ihnen wird sie organisiert, und sie geben allem die Bedeutung. Das ist ihre Sprache.

Mir ist schon völlig klar, dass es unmöglich ist, meine Geschichte zu verstehen, sie ist voll von Dummheit und Verrücktheit, von Anfang an, von allem Anfang. Aber ich habe das Spiel angenommen. Ich habe mich am Telefon gemeldet. Ich hatte meine Rolle. Ich habe an dieser Sprache mitgewirkt, und sie hat mich zu mir zurückgebracht, wo ich herumstrampele und versuche ... Es ist unmöglich, meine Geschichte zu verstehen, denn sie hat sich in dieser Sprache zugetragen; das ist mir völlig klar, aber es stört mich unheimlich. Es stört mich, wenn ich spreche, es stört mich, wenn ich denke, es stört mich, dass ich existiere.

Ich sah mich um: dieser Platz im Licht, der Reiter, der seinen Säbel reckt, alle diese Menschen, die irgendwohin gehen, alle diese Menschen, die reden.

Unlogisch.

* * *

Eine Oma vom Nachbartisch beäugte mich sorgfältig und blinzelte dabei.

Sie hat sicher am Vorabend ferngesehen, und nun komme ich ihr irgendwie bekannt vor, dachte ich. Man konnte sehen, dass sie in ihrer Erinnerung kramte, die zum Glück überfordert war. Trotzdem hielt mich für einen Moment die Angst gepackt, dass sie mich erkennen könnte.

Dann dachte ich: erkennen – wen? Mein Bild war in einem einzigen Tag auseinandergefallen. Ich wundere mich, wie ich überhaupt noch mich selbst vertreten kann.

Ich rutschte auf meinem Stuhl herum.

Der Blick dieser Oma durchdrang mich, als wäre um mich herum ein Ozonloch. So ist es, wenn du dein Image verlierst – das ist die soziale Aura, der Schutzmantel ... Das gibt es nicht mehr. Die ultravioletten Strahlen dringen ohne Widerstand durch. Noch war ich gebräunt wie ein Edelflittchen.

Ich erinnerte mich, wie Sanja vorgestern auf ihr Interview gestarrt hatte. Das eigene Bild in den Medien verwundert dich. Sie stellen dich irgendwo hin, ordnen dich neu an und geben dir Bedeutung. Mich hatten sie tatsächlich hingestellt und neu angeordnet. Totales Re-Design. Milka, meine Mutter, Boris und die GEPs – sie hatten mich unter die Ihren aufgenommen. Ein seltsames Gefühl: Meine Person befindet sich völlig außerhalb meiner Kontrolle. Ich erkenne mich nicht wieder. Aber das bedeutet nichts. Andere sind da, um mich zu erkennen. Seit jeher ist es so, dachte ich, die anderen erkennen mich, und das, was ich von mir selbst denke, das ist nur meine Meinung. Das ist nicht einmal eine Meinung. Sondern ein unklares Gefühl.

Ich holte das Handy aus der Tasche und rief Sanja an. Ich wollte, dass sie mich überzeugt, dass ich noch immer ich bin, dass sie mich zusammenhält. Sie kommuniziert doch wohl noch mit dem alten Tin. Ihr Gefühl für mich ist etwas Wertvolles.

Sie meldete sich. Die üblichen Standardfloskeln als Einleitung, aber alle diese *wie geht's – gut danke* klingen nicht überzeugend. Sie bemerkte es. Und versuchte, sich an etwas Optimistisches zu erinnern.

„He, wir könnten heute die Wohnung ansehen gehen!“, sagte sie mit unüblicher Lebhaftigkeit, so dass ich glaubte, sie würde schauspielern.

„Ich habe sie schon angesehen“, sagte ich.

„Wirklich? Wie ist sie?“, fragte sie.

„Tja ... Das ist keine Wohnung für uns", sagte ich.

Es schien mir verfrüht, zu erwähnen, dass ich die Kohle in Aktien gesteckt hatte.

„Sie ist nicht gut, ha?", fragte sie.

„Das ist alles zu teuer", ich griff auf den allgemeinnationalen Text zurück. „Diese Preise sind nicht normal. Ich weiß nicht, wohin das führen soll. Ich sehe keinerlei ökonomische Logik darin."

„Ich weiß, aber ..."

„Ich weiß jetzt nicht", sagte ich, „ob das überhaupt der richtige Zeitpunkt ist ..."

„Joj, ich weiß es doch auch nicht", sagte sie, als wäre sie erschöpft. „Wir sprechen zu Hause darüber." Sie schwieg ein wenig, aber da ich nichts sagte, fuhr sie fort: „Vielleicht ist es aber besser, dass du weiter suchst, versuche dich jetzt darauf zu fokussieren, jetzt wo du Zeit hast ..."

„Aber ich kann sowieso keinen Kredit mehr bekommen, verstehst du das?"

„Hör zu", sagte sie in vertraulichem Ton, „vielleicht könnte ich jetzt einen bekommen. Sie könnten mich fest anstellen. Heute haben sie davon gesprochen. Vielleicht schon nächsten Monat."

„Aha?", sagte ich. „Super ..."

„Freust du dich nicht?", fragte sie.

„Doch, ich freue mich!", sagte ich. „Aber ... es ist so viel ... ich schaffe es nicht, das alles auf einmal zu verdauen."

„Ja", bestätigte sie nachdenklich. „Du hast die Kritik heute im *Dnevnik* nicht gesehen?"

„Steht da etwas?"

„Und ob", sagte sie, als wäre es ihr vor mir unangenehm. „Sie haben mich voll gelobt."

„Aha, super, ich sehe es mir an", sagte ich.

„Da steht auch etwas über Boris", sagte sie vorsichtig.

„Ich habe den *Dnevnik* gerade gekauft, aber ich bin noch nicht dazugekommen, ihn zu lesen", log ich.

„Lies es, aber rege dich nicht auf. Nimm lieber den *Blauen Anzeiger,* denk an etwas Positives."

„Ich werde es versuchen", sagte ich.

„Ich weiß, dass dir fürchterlich zumute ist wegen dem Ganzen, aber versuche, darüberzustehen ...", sagte sie in einer Mischung aus Verständnis und Tadel. „Und positiv zu denken. Bitte."

„Mach ich", sagte ich.

Ich fühlte mich schuldig vor ihr. Vielleicht weil sie nicht gesagt hatte: *Also gut, wie in aller Welt bin ich ausgerechnet an dich geraten?* Sie hatte nicht gesagt: *Die Leute reden entsetzt von dir voller Hohn und Spott ... Du – du bist nicht einmal der Böse, sondern du bist eine Medienkarikatur ... Ein Mann, der seinen Vetter im Irak ins Verderben geschickt und im Fernsehduell gegen die eigene Tante verloren hat ...* Nolens volens stiegen in meinem Kopf Bilder auf von Leuten, die beim Kaffeeklatsch Witze auf meine Rechnung machen und darum wetteifern, wer von ihnen effektvoller ist. Ich wusste, dass solche Stimmen zu ihr durchdringen müssen. Nichts von alledem hatte sie sich anmerken lassen, aber je mehr Einblick sie bekam, desto größer war meine Schuld; sie mischte sich mit depressiven Ahnungen: Ich fühlte, wie ich meinen Platz in dieser Beziehung verlor. Ich hatte mit ihr im Ton eines Verlierers gesprochen, das ganze Gespräch hindurch. Ich spürte, dass sie mir großes Interesse an dieser Wohnung vorgespielt hatte, dass sie es mir aus Mitleid hatte recht machen wollen.

Vielschichtigkeit und Offenheit der Bedeutungen

Ich blätterte wieder im *Dnevnik* und kam zur Kultur. Unter dem Titel „Striptease-Punk“ stand ein längerer Artikel über das Stück *Tochter Courage und ihre Kinder*. Die Kritikerin rätselte über die Bedeutung des Stücks, erörterte ausführlich die Rolle des Rock in Ost und West ... Ingo hatte die Rockgruppe an eine „Westfront“ gestellt, so drängte sich das Thema auf. In den Konflikten zwischen dem Osten und dem Westen, schreibt die Kritikerin, war die Position des Rock von Anfang an paradox. Obwohl der Rock im Westen in den Sechzigern als Revolte gegen das System explodiert war, war der nicht selten offen linkslastige Rock im Verhältnis gegenüber dem kommunistischen Osten eine Waffe des Westens. Rock war der Kern des Westens, die Kultur der Freiheit – so haben ihn seit eh und je die Jungen aus dem Osten wahrgenommen, und daher hat der Rock auch eine bestimmte Rolle beim Zerfall des Kommunismus gespielt. Jemandem aus Amerika, schreibt sie, könnte es seltsam vorkommen, dass Fans im litauischen Vilnius sich 1995 erfolgreich dafür einsetzen konnten, dass Frank Zappa ein 4,2 Meter hohes Denkmal bekam. Errichtet wurde es von dem Bildhauer Konstantinas Bogdanas, der 1979 aus Anlass der Vierhundert-Jahr-Feier der Universität in Vilnius eine ebenso ernsthaft gemeinte Lenin-Skulptur geschaffen hatte.

Die Kritikerin war sich indessen nicht sicher, ob Ingos Inszenierung auf die Rolle des Rock im Kalten Krieg Bezug nahm oder auf heutige Konflikte zwischen Ost und West, und ob Ingo infolgedessen vielleicht Huntingtons These vom „Kampf der Kulturen“ als Groteske zeige? Vielleicht komme das eine wie das andere in Frage? Die Kritikerin lobte das Stück wegen seiner „Vielschichtigkeit und Offenheit der Bedeutungen“ (auch wenn ich eher gesagt hätte, dass es ein wenig wirr ist) und führte an, dass Ingo Grinschgl – weil er „nicht sonderlich informiert schien“ – vermutlich nicht auf ex-jugoslawische Ost-West-Konflikte abgezielt hat, wo kulturelle Gegensätze wie Rock vs. Schlager, urban vs. nicht-urban, Westen vs. Balkan, Kroatisch vs. Serbisch in kulturpolitischem Kontext verwendet werden, je nachdem wie es gebraucht wird, im Krieg wie im Frieden ...

Gut, dachte ich ... Die Kritikerin ist wirklich kulturell beschlagen, sie ist eine von diesen Neuen, aber – sag schon endlich, wie Sanja gespielt hat.

Ich übersprang einen Teil des Textes, bis zu der Stelle, wo ich Sanjas Namen entdeckte. „Dieses ehemalige Mitglied der Gruppe Zero spielte“, schrieb die Kritikerin, „mit viel Instinkt und schuf dadurch einen Charakter von faszinierendem Charisma, kraftvoll und weiblich“ ... Jerman und Doc kamen etwas schlechter weg, hatten sich aber aus der Affäre gezogen.

Ein feiner Text, dachte ich, im totalen Gegensatz zur Schlagzeile; da sieht man, dass die GEPs auch klug sein können, aber was solls, wenn es nicht kommerziell ist.

Mein Handy läutete. Silva.

Sie sagte: „Ich habe gehört, dass du die Kündigung gekriegt hast. Das tut mir leid.“

Ich wollte nicht, dass auch sie mich bemitleidet. Ich räusperte mich und sagte: „Tja. Nicht zum ersten und auch nicht zum letzten Mal. Die Globalisierung bringt bestimmte Prozesse mit sich. Heute ist alles miteinander vernetzt. Jemand vermasselt es im Irak, und ich bade es hier aus.“

„Du machst auch noch Witze?“

„Was soll ich denn sonst tun? Arbeitslos wie ich bin“, mimte ich den Coolen und drückte mich ein wenig in den Sessel, in der Frühlingssonne, vor diesem Kaffeehaus.

„Weißt du, dass auch Pero die Kündigung gekriegt hat? Heute Morgen. Der Herausgeber ist verrückt geworden.

Gestern Abend habt ihr so richtig die Idioten abgegeben", sagte sie.

„Du machst Witze? Pero The Chief ist weg?"

„Jap. Nicht mehr The Chief, nur noch Pero."

Ich lachte und war selber darüber überrascht, dass es mich dermaßen erheiterte.

„Tja, dabei hatte er sich gerade in die Rolle hineingelebt, hatte Charakter bekommen ... Und dann wurde er ihm genommen. Mit dem sollte man wirklich Mitleid haben", sagte ich. Plötzlich fühlte ich mich besser, und ich fuhr fort: „Mir hat die Rolle des Wirtschaftsjournalisten nie sonderlich gelegen. Aber bei Pero ist das anders. Sein Fall ist viel schwerer."

Ich wunderte mich über mich selbst, wie ich mit Silva redete. Das ganze Bedrücktsein war wie verflogen. Vermutlich habe ich ihr gegenüber meinen Charme spielen lassen oder so? Ich dachte, dass ich mit Sanja nicht auf diese Weise reden konnte, weder über Pero noch über etwas anderes. Ich konnte nicht den abgedrehten Typen spielen, den diese ganze Angelegenheit nicht aus dem Gleis geworfen hat. Als hätte ich die Pflicht gehabt, deprimiert zu sein. Ich musste daran denken, wie ein bestimmtes Gefühl aus einer bestimmten Beziehung *resultiert*, daneben gab es das praktisch nicht – mit Sanja war ich depressiv, da ich sie enttäuscht hatte, Silva hingegen war ich nichts schuldig ...

„Was lachst du, Menschenskind! Das ist tragisch, nicht lustig", fuhr Silva fort. „Und dieser Vetter von dir ... Entschuldige, aber ich bin vor Lachen gestorben, als herauskam, dass er dein Vetter ist."

„Das ist tragisch und nicht lustig", sagte ich und versuchte dabei nicht allzu fröhlich zu wirken.

„Ja, das ist es", sagte Silva. „Was glaubst du, was ist mit ihm jetzt überhaupt?"

„Ach, was weiß ich", hier verließ mich mein Sinn für Humor wieder.

Das hatte mich daran erinnert, dass ich noch gefangen war, gefesselt an Boris. Ständig fragten sie mich nach ihm, das würde nicht aufhören, und ich müsste ständig diese besorgte Miene aufsetzen, meine Schuld eingestehen, einen depressiven Ton haben und hilflos die Arme ausbreiten.

Ich sagte zu Silva: „Ich hoffe nur, dass sie einmal aufhören werden, mich nach ihm zu fragen. Ich möchte mich nur davon befreien."

„Ich verstehe", sagte Silva.

„Jetzt ist der ganze Staat um ihn besorgt. Und der Kerl ist so bedeutend, dass ihm außer mir keiner eine Arbeit verschaffen konnte."

„Aber was willst du, wenn er doch verschollen ist ..."

„Im Irak", setzte ich hinzu. „Wäre er in Solin oder sonst wo verschwunden, könnte er dort in einem Keller verschimmeln."

„Vielleicht bist du etwas zu ironisch", stichelte Silva. „Man weiß nicht, was mit dem Kerl ist, und du ..."

„Ich sollte die Schuld auf mich nehmen. Okay. Aber jetzt sollte ich auch schweigen", sagte ich gereizt. „Ich sehe, dass ich nicht darüber sprechen darf. Die Öffentlichkeit ist allergisch auf meine Geschichte. Gerade deshalb, weil ich diese widerliche Ironie am besten sehe. Die Sorge um ihn ist einzig und allein dadurch bestimmt, *wo* er verschollen ist. Da ist die Geschichte dann zu Ende. Das hat nichts zu tun mit der Sorge um den Menschen!"

„Gut, nicht böse sein", sagte Silva, als wollte sie das Gespräch lieber beenden.

„Ich bin nicht böse auf dich", sagte ich. Obwohl ich böse auf sie war. Ich fühlte, dass auch sie in der Sprache der Boulevardblätter redete.

Silva sagte: „Wir werden sehen, was noch passiert. Wir hören uns."

Jetzt hatte ich den Eindruck, dass auch sie dachte, ich sei so ein Bösling. Wieso konnte niemand dem folgen, was ich sagte? Ich musste daran denken, dass ich tatsächlich schon *auf der anderen Seite* der Gesellschaft stand. Würde mich Silva jetzt auch ausschließen? Weil ich ironisch daherkam, anstatt Reue zu zeigen. Wie bin ich bloß in dieser Welt gelandet, die sich in ein Boulevardblatt verwandelt hat? „Ganz einfach", dachte ich, als würde ich das Gespräch mit Silva fortsetzen. „Ganz einfach. Weil sich niemand um meinen verrückten Vetter gekümmert hat – nur ich habe ihm eine Arbeit verschafft, ihn in den famosen Irak geschickt und den Boulevardseelen die Gelegenheit gegeben, besorgt, gut, mitfühlend zu sein und natürlich einen Schuldigen – mich – zu finden und mich in die Wüste zu schicken, von wo ich sie nun beobachte, nackt, ohne professionelle und moralische Bemäntelung." Das hatte ich Silva sagen wollen. Oder irgendwem. Und fortfahren: „Ihr lügt, dass ihr besorgt seid. Ihr steigert euch nur hinein. Heute läuft dieser Film einfach im Fernsehen ... Der Film über einen kroatischen Journalisten, der im Irak verschollen ist. Das ist ein Film, nichts anderes. Ein Film im Informationsprogramm. Ihr steigert euch hinein und identifiziert euch mit dem Helden. Und klarerweise nicht mit dem Antihelden. Okay, der bin ich, ich sollte mit euch zusammen das Programm schauen, in der Ecke auf dem Mais hockend, mit reumütigem Gesichtsausdruck, aber etwas zieht mich in diese Wüste, wo ich mich absolut allein und auf eine fürchterliche Weise frei fühle." Das hätte ich gerne Silva oder irgendwem anderen gesagt, der hören kann. „Kurzum, ich verlasse eure Gesellschaft", hätte ich sagen müssen, wenn es jemanden dafür gegeben hätte.

Da sah ich jene Oma, die mich beäugte – sie stand auf und kam auf mich zu ... Sie trat vor mich hin. Manche Omas nehmen sich alles Mögliche heraus, weil sie damit rechnen, dass der Tod ohnehin schon nahe ist.

Sie sah mich aus der Nähe an und begann: „Entschuldigen Sie, sind Sie ..."

„Nein!“, sagte ich.

Sie schüttelte ein wenig den Kopf und sah bedeutungsvoll ihre zwei Freundinnen an, die vom Nachbartisch, als ihre Rückendeckung, die Entwicklung der Geschehnisse aufmerksam verfolgten.

„Sie sind nicht der, der im Irak verschollen ist, der, für den sie Reklame machen?“, fragte sie.

„Nein, nein, das wirklich nicht!“, sagte ich. „Ich bin nicht einmal der andere!“

„Dann ... Ich entschuldige mich!“, sagte die Oma und schüttelte den Kopf. Sie fügte hinzu: „Wir dachten, wir hätten Sie gefunden.“

Darauf ging sie betont nachdenklich weg. Ich denke, sie wollte mir zeigen, dass sie mir nicht glaubt.

Ich legte das Geld auf den Tisch und stand auf, während die drei Omas mich mit einem Blick hinausbegleiteten, als wäre ich aus einem Roman von Agatha Christie entsprungen.

* * *

Ich sperrte beide Schlösser auf. Mit der Zeitung unterm Arm betrat ich die Wohnung.

Alles ist noch da, dachte ich, als wäre ich lange nicht hier gewesen.

Ich legte die Zeitung auf den Tisch. Da lag noch das Anzeigenblatt mit den eingekreisten Wohnungen. Gläser, Aschenbecher. Eine leere Pizzaschachtel.

Ich nahm mir ein Glas Wasser, setzte mich in den Sessel, vor den Fernseher.

Der ausgeschaltete Fernseher sah mich dumpf an, als würde er darauf warten, dass ich etwas tat.

Ich sah ihn an.

Ich hatte das Gefühl, dass die Luft dick war, als würde sie stehen. Geräusche von draußen, Verkehr.

Eine Flamme erschien, nachdem das Feuerzeug geklickt hatte. Ich atmete tief ein.

Ich betrachtete alle unsere Sachen.

Alles ist voll, dachte ich, es gibt keinen Platz mehr.

Draußen auf der Straße schien der Verkehr zuzunehmen. Jemand legte sich auf die Hupe. Ich betrachtete den Himmel. Kräne in der Luft. Gedränge.

Wie schon aus der Poesie bekannt, sind Augenblicke manchmal wie eine Ewigkeit.

Ich versank in dem Sessel, vor dem ausgeschalteten Fernseher. Ich sah mich um: Als hätte etwas Fremdes von diesem Raum Besitz ergriffen. Einst waren wir hier frei, Sanja und ich, außerhalb von Allem. Unsere Küsse, die langen träumerischen Blicke in die Augen, in die künftigen Tage. Es schien so, als hätten wir unsere Ecke gefunden. Nun aber drang von irgendwo her, durch die Wände, von überall her der allgemeine Geruch, der Gestank der Gesellschaft.

Als würde ich ein Flüstern hören. Ein ganzes Ensemble von Flüsterern hinter der Kulisse. All diese hotten Menschen, alte, schäbige Lobbyisten. Meine idiotische Generation. Tratsch und Ratschläge. Fremde Kriege.

Ich versank im Sessel. Dort oben hob ein Kran einen Betonblock.

Aber ich muss ... Ich müsste mir etwas überlegen, dachte ich.

Eine Arbeit für den Anfang. Ich muss weitermachen, neu beginnen. Steinchen schlichten, egal was, zumindest eine kleine Karriere. Eine Adaptierung der ganzen Geschichte. Ein Liebesupdate. Die Anpassung unserer Illusionen. Man muss die Rollen ein wenig typisieren, dachte ich. Damit es verständlich und flüssig wird; eine kleine Mainstream-Inszenierung. Wir brauchen die Illusion eines guten Lebens; das Gefühl, dass man die Norm erfüllt hat. Man muss Anschluss gewinnen. Sich in das Rennen eingliedern, erneut.

Der Geschmack der Arbeit. Der Geschmack der Arbeit in dieser Wohnung. Sich an der Oberfläche halten. Diese Wortreihen, die mir durch den Kopf strömen. Mir wird noch der Kopf platzen von ihnen, dachte ich.

Der Kühlschrank schreckte mich auf.

Manchmal beginnt er plötzlich zu keuchen. Der alte Obodin.

* * *

Das ist so, als hätte man eine Krankheit bei mir entdeckt, dachte ich. Im Nu ist die Welt eine andere. Dem muss man sich anpassen, auch wenn das hier keine Krankheit ist; darin gibt es nichts Physisches. Alles ist Sache der Bedeutung. Man hätte auch alles anders zusammensetzen können. Das ist es, was mich verrückt macht. Man hätte es anders interpretieren können. Alles hätte anders sein können, wenn ich Macht über die Sprache gehabt hätte, wenn ich meiner Geschichte einen Sinn hätte geben können.

Mir kam der Gedanke, zum ersten Mal, seit ich von der Dramaturgie Abstand genommen hatte, dass ich schreiben sollte. Dass man das alles aufschreiben sollte. Vielleicht könnte ich auf die Weise von allem Abstand gewinnen. Den gesunden Menschenverstand bewahren, es von der Seite sehen; alles nach einer Ordnung zusammenfügen, damit es sinnvoll aussieht.

Zumindest einigermaßen ordnen. Dann alles das in eine Schachtel packen und den Haufen Papier ablegen.

Plötzlich sehe ich mich und Markatović, wie wir im Keller sitzen, damals, als es so schien, dass alle Wege versperrt waren, dass man nicht mehr atmen konnte vor Dunkelheit und Geheimnissen.

Ich und Markatović in jener Kneipe, wir tranken Bier. Schon damals wussten wir von all dem Grauenvollen, über das heute erst geschrieben wird. Wir hörten es sofort, unmöglich, es nicht zu hören, denn alles das war zu nah; das Böse berührte uns, verstrahlte uns ... Wir wurden *erfasst*. Das quält uns auch noch heute, dachte ich. Wir haben kein Vertrauen. Wir haben kein Vertrauen in diese Realität, in diesen Frieden, in diese Leute, in uns selbst ...

Aber von dort sind wir geflohen, hinaus an die Sonne.

Ich habe eine große Runde gemacht, dachte ich.

Es dämmerte bereits; ich machte kein Licht.

Dann läutete auch das Telefon, das Festnetz.

„Weißt du, wer hier spricht?", fragte jemand.

„Weiß ich nicht", sagte ich und legte auf.

* * *

Ich sitze in diesem Sessel. Ich warte darauf, das Klirren der Schlüssel zu hören, dass sie kommt, dass sie mich hier antrifft, wie ich im Halbdunkel sitze, dass sie mich fragt, was mit mir ist, dass sie sich sorgt.

Später hörte ich das Drehen im Schloss. Sie kam herein und machte das Licht an. „Hier bin ich", sagte ich.

Als sie mich sah, zog sich ihr Gesicht zusammen. Aus ihrer Handtasche lugte ein Bündel Zeitungen. Viele Fotos und gute Kritiken, dachte ich.

„He!", sie sah mich erschrocken an. „Warum sitzt du im Dunkeln?"

Ich weiß, ich sollte etwas sagen, damit alles normal aussieht. Ich sollte lächeln, dachte ich.

„Ich hatte Kopfschmerzen", sagte ich, „da habe ich das Licht ausgemacht."

Sie blieb stehen: „Ist es vorbei?"

Ich überlegte ein wenig und sagte: „Nein."

„Willst du, dass ich es ausmache?"

„Wie du willst ...“

Sie machte die kleine Nachttischlampe an und das Deckenlicht aus.

„Du solltest nicht rauchen, wenn du Kopfschmerzen hast“, sagte sie.

„Weiß ich eh“, sagte ich.

„Was trinkst du da?“, sie fixierte mein Glas. „Ist das Schnaps?“

„Nein ... Wasser.“

Sie kam zu mir, hockte sich neben mich und berührte meine Hand mit ihrer: „Komm, sag mir, was mit dir los ist ...“

„Mir geht es nicht gut“, sagte ich.

Sie sah mich an, als würde sie mich nicht kennen.

„Mein Gott ... soll ich die Rettung rufen?!“

Ich sah sie an. Weshalb plötzlich solche Panik? Würde ich nun sie beruhigen müssen?

„Nein, brauchst du nicht.“

„Was ist denn ... Warum siehst du mich so an?“

„Ich habe Kopfschmerzen.“

Unsicher kam sie wieder hoch und setzte sich auf die Couch.

„Also ... Was hat es gegeben?“

Ich fing an zu grübeln. Alles Mögliche hat es gegeben, dachte ich, und nichts ist geblieben. Das kam mir in den Sinn. Ich wollte so sprechen, ohne dieses endlose, vergebliche Erklären. Diese Standardsprache hatte mich erschöpft gemacht, die Fragen und Antworten, sie brachten Trauer, angeblich intelligente Fragen und intelligente Antworten; Rationalisierung des Geschäftsbetriebes.

„Mach mich nicht verrückt“, sagte sie, „hör auf so zu schweigen.“

Ich sah sie an. Sie schluchzte wie ein geschlagenes Kind.

Ich dachte, dass auch ich gerne schluchzen würde, aber ich erschrak sofort vor diesem Gedanken. Ja, erinnerte ich mich, ich bin ein verdammter Mann.

Ich schloss die Augen.

„Nicht weinen, bitte“, sagte ich. „Ich habe nur Kopfschmerzen.“

Sie beruhigte sich. In den Schubladen suchte sie nach Tabletten. Sie reichte mir eine und sagte: „Nimm die ...“

Ich nahm sie.

„Jetzt bin ich gleich wieder okay“, sagte ich. Ich fuhr gleich fort: „Heute habe ich Aktien der Rijeka Bank gekauft. Gestern Nacht habe ich über Internet den Auftrag gegeben, ich glaube, ich wusste nicht, was ich da tue. Als ich aufwachte, war schon alles vorbei.“

Sie sagte: „Wie? Du hast was gekauft? ... Red langsamer.“

„Alles steckt jetzt in Aktien“, sagte ich und lächelte vor Erleichterung. „Die Kohle, die ich hatte.“

„In was für Aktien?“

„Rijeka Bank“, wiederholte ich. Und setzte hinzu: „Jetzt sind sie billig. Wir werden sehen, wer weiß ...“

Sie legte die Hand auf die Brust und holte tief Luft: „Du hast ... Das ist Wahnsinn ... Diese Bank ist pleitegegangen!“

„Das sind Vermutungen“, sagte ich.

„Mein Gott, Tin, was wird nur aus dir?!“, fragte sie weinerlich.

„Es war eine Herausforderung des Glücks!“, sagte ich fast enthusiastisch. „Ich wollte mich von allem befreien, mit einem Zug, mit einem Akt ...“

„Das ist dein Geld, und du kannst damit machen, was du willst. Aber ...“

„Ich hatte es nicht geplant“, sagte ich. „Das alles ist von selbst ins Rollen gekommen ...“

Sie ließ die Wangen hängen, sie sah vor sich hin.

Wir schwiegen eine Weile, dann sagte sie: „Du, du solltest vielleicht, ich meine ... mit jemandem reden.“

„Aber wir reden doch“, sagte ich.

„Gut ... aber ich kann nicht ... Ich bin jetzt kein Psychologe, um das zu verstehen ... Ich meine, vielleicht solltest du tatsächlich mit jemandem darüber reden ..."

Ich wurde nachdenklich: „Willst du sagen, mit einem Psychiater?"

„Verstehst du, ich weiß nicht ... wie das alles auf dich gewirkt hat ... Ich verstehe es nicht. Du hast diese Aktien gekauft ... Das, das ist ... Ich, ich weiß nicht ..."

„Gut, okay! Ich habe verstanden."

„Da, da, ich sage dir etwas, und du ..."

„Ich verstehe, was du mir sagst!"

„Mein Gott! Ich versuche ... Ich sage dir das doch nicht in schlechter Absicht! Am Ende denkst du, ich will dir etwas Schlechtes ..."

„Kannst du mal ein bisschen runtersteigen?", sagte ich. „Du musst mich nichts fragen."

„Warum?"

„Weil du gewisse Dinge nicht verstehst", sagte ich. Und setzte für mich hinzu: „Mein Gott, was bin ich für ein Idiot!"

„Wieso sagst du das?"

„Okay, mit dir möchte ich nicht reden", sagte ich. „Du bist nicht die Person, die mit mir über gewisse Dinge reden kann."

„Warte ... Wieso beleidigst du mich?"

„Ich dich?!", sagte ich. Und fuhr fort: „Verdammt, was bin ich für ein ... Armleuchter!"

„Das ist unerträglich ...", sagte sie wie zu sich selbst.

Ich sah auf den ausgeschalteten Fernseher.

„Ich weiß ... Ich weiß, dass du mich verlassen wirst ...", sagte ich.

2. TEIL

0.

VERGESSEN

Ich fand die Schlüssel in der Innentasche meines alten Rucksacks.

Ich betrachtete sie: drei von ähnlicher Größe und ein kleiner, wie für einen Briefkasten. Ich konnte mich nicht erinnern, woher die Schlüssel waren. Von was waren sie? Vom alten Haus? Von der alten Wohnung? Wer weiß.

Ich hielt sie in der Hand, als würde ich ihr Gewicht messen.

Der Abfalleimer ist dort, in der Ecke der Küche – ich brauche sie nur hineinzuwerfen, das ist klar.

Ich überlege, ich weiß selbst nicht was.

Es ist merkwürdig, Schlüssel wegzuwerfen.

Irgendwie wirfst du sie nicht weg, du denkst, sie könnten vielleicht, wer weiß, früher oder später etwas öffnen.

1.

DIE LETZTE ZEIT

Ich packte meine Sachen.

Ich ging nachsehen, was mit ihr war.

Den ganzen Abend lang hatte in der Wohnung Schweigen geherrscht.

Im Fernsehen lief eine Sendung über ... Etwas Aktuelles; der Ton weggedreht.

Sie lag auf dem Bett im Zimmer, zur Wand gekehrt.

„Ich packe meine Sachen“, sagte ich von der Tür her.

Später stand ich im Wohnzimmer.

Ich räusperte mich.

„Ich gehe“, rief ich heiser.

Sie kam an die Tür des Schlafzimmers. Sie zog die Nase hoch, in Tränen.

Drei Tage zuvor hatte sie mit einem Gesichtsausdruck, mit dem man bedeutende Nachrichten verkündet, gesagt, dass wir so nicht weiterkönnten. Gleich darauf hatte sie angefangen zu weinen.

„Gibt es jemand anderen?“, fragte ich.

„Nein“, sagte sie.

„Dann warum?“

„Ich kann nicht ...“, sagte sie unter Weinen. „Ich kann einfach nicht weiter.“

Weshalb weint sie, wenn sie mit mir nicht weiterkann, fragte ich mich.

Ich sah die Schuld in ihren Augen. Die Schuld, dass sie nicht durchgehalten, die Liebe bewahrt hatte, trotz allem. Wäre es die richtige gewesen, hätte die Liebe ewig währen müssen. Das sagen die Filme, die Lieder und Liebesgeschichten. Sie hatten eine Zivilisation der Liebe geschaffen, Bilder und Erwartungen.

Aber sie hatte die Geduld verloren. Vielleicht das Bild des Ziels. Vielleicht das Bild des Glücks. Etwas hatte sie verloren. Sie fühlte sich schuldig vor der Liebe. Vor mir. Ich sah es in ihren Augen. Im Gesicht, das sie zu verbergen suchte.

„Den Rest hole ich dieser Tage ...“, sagte ich.

Ich hob die Hände, als wollte ich etwas erklären, stattdessen fing ich bloß zu weinen an.

„Ich wollte ... Ich wollte das hier nicht“, sagte sie. „Wohin willst du ... Wo gehst du jetzt hin?“

„Ich habe etwas gefunden ... Vorübergehend“, sagte ich.

„Aber ... Du kannst nicht, du kannst jetzt nicht so weggehen ...“, sagte sie. Sie setzte sich auf die Couch und legte den Kopf zwischen die Hände.

Ich wollte sie fragen: Sondern wann? Etwas später?

Doch ich war weit entfernt davon, ironisch zu sein. „Denkst du, ich soll nicht gehen?“

„Das ist so schrecklich, alles ist schrecklich“, sagte sie und legte sich auf die Couch. Sie sprach zum Lehnstuhl und heulte wie ein Hund.

Ich ging zu ihr, setzte mich an den Rand der Couch und streichelte ihr übers Haar.

Meine Liebe, sagte ich, so leise ich konnte, meine größte Liebe.

Ich sah mich um. Ein getrübtes Bild.

All diese Jahre ... Wir hatten uns dieses Leben vorgestellt, in das wir reisen würden. Eine gemeinsame Zukunft. Die Nähe und der Geruch der Körper. All das Gestammel und Getändel. Alle diese Bilder galt es abzuschreiben, die vergangenen und die zukünftigen.

Am schwersten war es, sich diese definitive Getrenntheit vorzustellen. Das war schwerer als die Getrenntheit selber. Die Trauer darüber brannte aus der Zukunft, aus der Zeit, in der wir nicht zusammen sein würden. Diese Nostalgie aus der Zukunft, das Wissen um das Vergessen, das alles überdecken würde.

Ich saß dort, auf der Couch, auf dem Rand.

Wir müssen uns verabschieden.

„Wir werden nicht mehr zusammen sein ...", sagte ich, und meine Stimme erlosch.

Ich berührte dieses Bild.

Ich sah, wie ich aus dieser Wohnung verschwinde, wie meine Spur verbleicht, alle meine Sachen verschwinden, wie das Leben seine Form ändert und zu etwas anderem wird.

Ich berührte ihr Haar, noch ein wenig.

„Vergiss mich ... nicht", brachte ich kaum heraus.

Ich küsste sie aufs Haar und flüsterte: „Ich gehe."

Sie drehte sich nicht um.

Ich stand auf.

Ich nahm meinen alten Rucksack und die Reisetasche.

Ich sah sie von der Tür aus an, ihre Schultern bebten.

Noch ein Mal wanderte mein Blick über diesen Ort, ich nickte allem zu und ging hinaus.

Als ich den Lift betrat, sah ich im Spiegel meine blutunterlaufen Augen, also begann ich, im Rucksack nach der Sonnenbrille zu suchen. In der Zwischenzeit hatte jemand den Lift nach oben gerufen. Ich fand die Sonnenbrille und setzte sie auf. Eine Frau betrat den Fahrstuhl. Aufgrund der dunklen Brille muss ich seltsam ausgesehen haben. Die Frau drückte sich in die Ecke. Ich streckte den Arm aus, und sie zuckte zusammen ... Ich drückte den Knopf fürs Erdgeschoss. Es war neun Uhr abends.

Endlich fuhren wir abwärts.

* * *

Als würdest du aus einem verdunkelten Kino herauskommen.

Die Geschichte ist zu Ende und du bist wieder draußen.

Ich blieb neben der Straße stehen und stellte die Taschen auf den Boden. Ich nahm die Sonnenbrille ab. Die Nachbarn führten ihre Hunde spazieren.

Ich rief ein Taxi, sagte die Adresse und schwieg.

Wir fuhren, ich bezahlte, ging in dieses kleine Haus, stieg die Treppe mit meinen Taschen hinauf, blieb im zweiten Stock stehen, vor einer Tür, an der ein Name stand.

Ich schloss die Tür zu der Einzimmerwohnung auf, die ich zwei Tage zuvor gemietet hatte, fürs Erste. Ich verspürte den Geruch von ranzigen Nüssen, ich setzte die Taschen in der Mitte des Zimmers ab, stand eine Weile so da, dann hob ich meine Hände ins Leere, als wollte ich etwas sagen.

Ich setzte mich.

Alles das sah aus wie eine gymnastische Übung.

Was mache ich hier ... Ich kann nicht sagen, dass ich mich das *gefragt* hätte – ich habe lediglich so geschaut.

Hier würde der Film enden, dachte ich. Es war höchste Zeit für den Abspann. Alles wirkte so, als wäre es nicht vollgültig. Als wäre ich nicht hier; mein Geist irrte umher.

Ich schaltete das Radio ein.

Či-ki-či-kaa ... der alte Jingle von Radio 101 ... dem Jugendradio. So hieß es, als ich es so hörte, allein in meinem Zimmer, damals, als ich gerade in die Stadt gekommen war, mit der großen Leere vor mir.

Ich hatte keinen Fernseher.

Ich nahm den Aschenbecher aus der Tasche. Ich steckte mir eine Zigarette an.

An der Wand ein kleines Regal aus den Achtzigern ... Küchenelemente in der Farbe von Milchkaffee.

Braune, ausziehbare Couch.

Spuren von Bildern an den Wänden.

Ein runder Tisch, an dem ich sitze wie in einer verunglückten Diskussion.

Ich stehe vom Tisch auf; das Fenster mit Blick auf eine Autowerkstatt im Hof.

Den geparkten Autos nach zu urteilen scheint der Meister auf alte Opel spezialisiert zu sein.

Ein einziger Baum im Hof, eingekreist von Asconas und Kadetts.

Das war Tošos Viertel.

Hier heißen alle Joe, ich erinnerte mich.

Ich sollte ins nächste Café gehen und sagen: „Hi, Joe" ... Um zu überprüfen, ob das Schema funktioniert. Aber ich hatte keine Lust, allein in diese Cafés im Viertel zu gehen, wo sich alle kennen.

Vielleicht ist es besser, ins Shoppingcenter zu gehen, das, wie ich aus dem Taxi gesehen hatte, in der Nähe aus dem Boden gewachsen ist ... Dort kann ich so tun, als wäre ich eine Laufkundschaft, kann so herumspazieren, dass ich nicht einsam aussehe.

Ich saß vor dem leeren Tisch. Ich hatte vergessen, mir was zum Trinken zu besorgen.

Ich rief Tošo an, um ihm mitzuteilen, dass wir Nachbarn sind. Es läutete, irgendwo dort. Er meldete sich nicht. Vermutlich hat er meine neue Nummer nicht.

Ich überlegte, ob ich ihm eine SMS schicken solle, dass das ich bin.

Ich war aber nicht sicher, ob das eine gute Empfehlung war. In der Redaktion galt ich als Staatsfeind Nummer eins. Vielleicht sollte ich Tošo nicht in eine unangenehme Situation bringen. Ich würde ihm im Viertel schon begegnen.

Či-ki-či-kaa ...

Nachrichten im Radio.

Tote im Irak. Es ist nicht vorbei.

Ich muss erst einmal auspacken.

* * *

Ich bemühte mich, nicht an Boris zu denken, da mich die Wut überkam. Und dann Ohnmacht und Jammer. Und dann wieder die Wut, die meine Muskeln verkrampfen ließ.

Nach dem Ausbrechen der Affäre tauchten Vermutungen über sein Schicksal auf: Dass er umgekommen sei, dass ihn die Amerikaner bei einem Auflauf getötet hätten, dass er das Opfer von Bagdader Banden geworden sei, die Ausländer angreifen, dass er von Islamisten entführt und festgehalten werde, und sogar, dass er sich den Islamisten angeschlossen habe, weil die Öffentlichkeit – ich weiß nicht wie – sich Zugang zu seinen Originalreportagen verschafft und in ihnen antiamerikanische Standpunkte gefunden habe. In die öffentliche Diskussion klinkten sich auch Psychiater ein, Experten für Posttraumatisches Stresssyndrom, die aus seinen Worten Paranoia herauslasen, ein gestörtes Ich-Gefühl, Selbstmordgefährdung, schizoide Imagination, das Gefühl von Verwundung und Schuld, vermengte Spuren der hiesigen Kriege und des Krieges dort. Denn Krieg ist Krieg, und bei ihm ist das verschmolzen, alles ist für ihn eins geworden, ein und derselbe Krieg ...

Das Unglück – dachte ich. Das ist nur das Gefühl des Unglücks, dass seine Seele erfasst hat. Nicht verwunderlich nach alledem, dachte ich. Ich kannte dieses Gefühl. Ich trug es mit mir herum. Tief in uns waren wir besiegt, dachte ich. Daran ist nichts Verwunderliches. Wer die Balkanscheiße überlebt hat, wer diese Hölle eingeatmet hat, muss die Niederlage fühlen. Du hast nichts verhindern können, die Verbrechen brachen überall aus dem Boden, es gab keine saubere Stelle. Wer hier gewesen ist, muss die Niederlage fühlen. Aber er muss sie auch verhehlen. Er muss darüber hinweggehen, muss den Abgrund überschreiten, ohne hinunter zu sehen. Ich muss mich von diesem Gefühl des Unglücks frei machen, wenn ich nicht in ihm versinken will, dachte ich. Boris hat darin gegraben, als würde er darin einen unheilvollen Genuss empfinden, als wollte er darin eintauchen. Ich bemühte mich, nicht an Boris zu denken, nicht an das Ganze zu denken.

Auch die anderen bemühten sich.

Um die ganze Geschichte häuften sich nebensächliche Details, wie Zierrat um etwas Leeres.

Alle redeten über diesen Zierrat um die Geschichte, niemand über das Wesen des Abgrunds.

Ich war Teil des Zierrats um die Geschichte.

Zwei Wochen nachdem ich die Kündigung gekriegt hatte, begann der *Dnevnik* von der GEP die Originalreportagen von Boris in Fortsetzungen zu veröffentlichen.

Es stellte sich heraus, dass das ein weiterer Schlag gegen die PEG war. Nun wurde es öffentlich, dass *Objektiv* gefälschte Reportagen aus dem Irak veröffentlicht hatte. Die Geschichte kreiste um Journalistenethik, um die Glaubwürdigkeit von Medien, die die Realität konstruieren ... Um mich letzten Endes. Die Geschichte wirbelte wie ein Strudel und drehte sich wie ein Ringelspiel.

In dieser Fortsetzung der Affäre, als Sanja und ich noch zusammen waren, hatte ich mich schon daran gewöhnt, über mich die schlimmsten Sachen zu hören, und träumte davon, wie ich mich von meinem eigenen Namen und allem, was über mich bekannt war, lösen könne. Ich hatte mich in meine depressive Kapsel zurückgezogen, Sanja konnte nicht zu mir durchdringen.

Es war mir unangenehm vor ihr, ich wollte, dass sie mich in Ruhe ließ. Die erste Welle der Erniedrigungen hatte ich mir noch irgendwie über den Kopf gehen lassen, aber in der zweiten Welle hatte mein Unglück nach einem Dauerzustand auszusehen begonnen.

Durch die Reaktionen der Menschen hatte ich begriffen, wie sehr die Konsumenten eigentlich die Medien hassen ... Fast wie früher die Regierung. Ich war das Symbol der Manipulation. Ich war fast ein Mörder. Die Kommentatoren wehklagten über der Tatsache, dass es kein Gesetz gab, nach dem man mich hätte anklagen können.

Als die Originale erschienen, schrieb Dario zur Verteidigung der PEG einen Text, in dem er seine Erkenntnisse über meine Rolle in dem Plan der GEP hinsichtlich der Monopolisierung des Zeitungsmarktes ausbreitete. Er bezeugte, dass ich in Kontakt mit Rabar gestanden und dass ich ihm, Dario, mit dem Tode gedroht hätte, würde er das aufdecken, somit hätte ich ohne jeden Zweifel die ganze Zeit gegen das eigene Blatt gearbeitet, mit der GEP die gesamte Manipulation vereinbart, um damit die Konkurrenz zu desavouieren, ihr den letzten Schlag zu versetzen und den Zeitungsmarkt total zu monopolisieren, so wie das, ohne wählerisch zu sein in den Mitteln, die großen Unternehmen machten; ich sei ein Spion in ihren Reihen gewesen, der gesamte Plan sei sorgfältig erdacht und koordiniert gewesen ... Dario wusste lediglich nicht, wie er Boris' Schicksal darin unterbringen sollte. Er ließ aber erahnen, dass womöglich auch sein Verschwinden konstruiert war, was, so schloss er, die Zeit zeigen werde.

Damit hatte er mir aus Fahrlässigkeit einen Gefallen getan. Wenn Boris' Verschwinden ein Teil des Plans war, dann war ich zumindest kein Mörder.

Die Last war unerträglich. Ich fürchtete Milkas Anrufe. Ich schämte mich, unter Menschen zu gehen. Ich hatte Angst, in einen Supermarkt zu gehen, damit mich die Tante an der Kasse nicht etwas fragte. Ich hockte in der Wohnung und wartete auf Sanja. Sie drängte mich, zum Psychiater zu gehen, was ich verweigerte.

„Du kannst nicht ständig zu Hause sitzen."

„Mir geht es gut zu Hause."

„Was machst du den ganzen Tag?"

„Ich arbeite etwas."

Ich weiß nicht, wer die Originalreportagen von Boris an die GEP verkauft hat. Im *Objektiv* schrieben sie, ich hätte sie ihnen gegeben. Ich hatte jedoch Pero in Verdacht – mir schien es seine Rache an der PEG und an mir zu sein.

Aber alles das waren Details, Zierrat rund um die Geschichte. Genauso wie ein Literaturkolumnist feststellte, dass Boris' Reportagen sehr originelle Texte seien, mit literarischem Wert, die ich unoriginell zerstört hätte, worauf auch interessierte Verleger auf den Plan traten, die das Ganze in Buchform veröffentlichen wollten. Diese Literaturredakteure schienen vom Mars gefallen zu sein, sie hatten wohl nicht kapiert, wer wer war, und riefen mich an, um sich nach den Rechten zu erkundigen, ich verwies sie aber an Milka, sollten sie mit ihr verhandeln; sie würde sicherlich den höheren Preis herausschlagen.

Und just als der ganze Wahnsinn, wie jedes abgegraste Topthema, in Vergessenheit zu geraten begann – kamen erneut Anrufe von Milka.

Ich meldete mich nicht. Natürlich schrillte es nonstop.

Dann rief mich schließlich meine Mutter an. Sie sagte, sie habe Neuigkeiten. Boris habe sich bei Milka gemeldet.

„Boris hat sich gemeldet", sagte sie. „Hallo?"

Sie wiederholte: Boris hat sich aus Bagdad gemeldet.

„Boris hat sich bei Milka gemeldet. Er lebt", sagte sie wieder.

Meine Mutter sagte mir, dass Milka sie angerufen habe, weil sie mich nicht hatte erreichen können.

„Hörst mich?", fragte sie.

„Aha", sagte ich. Ich kriegte kaum Luft. „Was macht er denn noch im Irak? Was macht er dort?", schrie ich.

„Ja, er ist ..."

„Wieso hat er sich nicht gemeldet, der verdammte Deckskerl!", übertönte ich sie.

„Na hörst ...", meine Mutter hielt inne, als hätte es sie verwirrt, dass ich fluche. „Ja ... Sie sagt, dass er in eine Depression gfallen is, dass er mit niemandem Kontakt gehabt hat, dass er jetzt so amerikanische Tabletten nimmt, sie kanns auch net erklären ..."

„Amerikanische Tabletten nimmt", ich musste fast lachen. „Er nimmt amerikanische Tabletten?!"

„Ja!", sagte meine Mutter. „Ich geb nur weiter, was sie mir gsagt hat ... Dass er in diese Depression gfallen is, dass er sein Handy verloren hat, den Computer, alles, oder dass sie ihm alles gstohlen haben, dass er es selbst net weiß ..."

„Dass er amerikanische Tabletten nimmt ...", ich wiederholte das als den Gipfel des Unsinns, aber meine Mutter überbrachte mir noch mehr, was Milka ihr gesagt hatte: Dass ihn ein Engländer gerettet und ihn zu sich genommen und sich um ihn gekümmert habe, dass Boris nur gelegen habe, „dass er nichts mit sich habe anfangen können" ... Selbst Milka könne das alles nicht erklären, aber es gehe ihm jetzt besser ... Sie sagt, dass er unten bleiben wolle, für die Engländer arbeiten, einen ihrer Fernsehsender ...

„Wie hat sie gsagt ... Dass er nach was sucht, was die andern dann aufnehmen ... Field ... Etwas mit Field, und dann noch einer von ihren Ausdrücken ... Ja, ja, Field Producer. Er geht herum und erkundigt sich nach allem, er kann ja Arabisch", sagte meine Mutter.

„Ich weiß, dass er Arabisch kann!", sagte ich und betonte jedes Wort.

„Na siehst, das ist ihm zugutegekommen", fuhr sie fort. „Und weißt, zum Schluss hab ich es ihr so richtig gsagt, der Milka ... Ich hab ihr gsagt: ‚So, jetzt hat dein Sohn eine Arbeit, und das für die Engländer, sicher verdient er ein schönes Geld, und mein Sohn hat seine Arbeit verloren, und alles wegen deinem Theater.' Und sie drauf, was mir einfallt, sie hätt mich mal an ihrer Stelle sehen wollen ... Dass er da unten auch hätt sterben können. Und so, du kennst sie ja, die entschuldigt sich net."

„Ach, weißt du ...", gab ich es auf.

„Da hat sie mich schön in Rage bracht!", fuhr sie fort. „Aber ich hab ihr gsagt: Dass sie sich jetzt schön entschuldigen soll, über die Zeitungen und übers Fernsehen. So wie sie auf uns losgangen ist ..."

„Hör auf, andauernd von ihr zu reden! Hör auf, andauernd von dir zu reden!", schrie ich sie an.

„Was hast denn jetzt?", sagte sie überrascht, denn bisher hatte sie geglaubt, dass ich mit allem einverstanden wäre.

„Joj ... ich werde noch verrückt", stöhnte ich leise, mehr zu mir selbst.

„Werd jetzt du net auch noch verrückt, Bua", sagte sie. „Gut, dass er lebt, dass du ihn net auf'm Gwissen hast ... Ich hab mir auch Vorwürfe gmacht, dass ich ihm deine Nummer geben hab. Ich geb sie niemand mehr her, hab ich gsagt. Aber jetzt fragt auch keiner mehr."

Mich machte die Art und Weise wahnsinnig, in der sie redete, dass sie alles sagen muss.

Sie und Milka sind dieselben, dachte ich. Und ich und Boris ähneln uns auch immer mehr.

„Hat sie noch was über ihn gesagt?“, fragte ich.

„Sie hat mich dermaßen aufgeregt, da bin ich gar net dazu kommen, zu fragen …“

So.

Ich starrte dumpf vor mich hin, ohne zu wissen, was ich empfinden sollte. Sollte ich mich freuen?

Ha, ha, ha!

Er hat mir den Stuhl unterm Hintern weggezogen, ich bin auf den Arsch geflogen, und jetzt soll alles aussehen wie ein Spaß. So nicht! Er hat sich gemeldet …

„Na gut!“, sagte ich. „Na gut!“

Ich legte den Hörer auf.

Wenn er wenigstens draufgegangen wäre, dachte ich, dann würde alles mehr Sinn ergeben!

Und dann dachte ich: Soll ich dort hingehen, nach Bagdad, und ihn umbringen? Dann kriegte alles gleich mehr Logik.

Ich sehe mich durch die Wüste gehen. Die Sonne brennt mir auf den Nacken. Ich spüre einen Druck in den Ohren.

Er hat sich gemeldet, es ist vorbei, wiederholte ich mir, als würde ich mich selbst anrufen. Aber es hallte leer zurück, wie der Ton aus einem Lautsprecher in einem vergessenen Saal.

Ich höre nur noch, wie mein Herz klopft, als würde es hüpfen, und wie ich tief einatme und dieses leere Gefühl wieder ausatme …

Als ich über mein Herz nachdachte, das hüpft – Hüpft es, hüpft es tatsächlich?! –, dachte ich in einer Panikattacke schon daran, die Rettung zu rufen … Ist es das, woran ich denke? Das Herz? Tut es mir weh, fragte ich mich, tut es mir tatsächlich weh?

Dann nahm ich mir ein Bier, schluckte eine Beruhigungstablette, eine gewöhnliche, denn zu den amerikanischen hatte ich es noch nicht geschafft, und ... Ich hatte genug davon geschluckt... Und beruhigte mich.

Dario erlebte die Nachricht naturgemäß anders.

Endlich hatte er Material für die These, dass Boris' Verschwinden im Irak inszeniert war, damit ich dann absichtlich die gefälschten Reportagen veröffentlichen konnte ... Rückblickend zog Dario den Schluss, dass ich schon seit jeher von der GEP korrumpiert gewesen sei, die für diese Aktion eine große Summe locker gemacht habe, und dass ich Boris als meinen Vetter und vertrauenswürdigen Mitarbeiter ins Spiel gebracht hätte, indem ich ihn in den Irak geschickt hätte, zum Zwecke der finalen Abrechnung im Zeitungskrieg, wobei mir vermutlich sogar Milka assistiert habe, derart, dass sie mich gemäß Vereinbarung öffentlich angegriffen habe, damit alles überzeugender aussehe, und dass wir so eine ungeheure Manipulation der Öffentlichkeit durchgeführt und gemeinsam die GEP-Kohle aufgeteilt hätten ... Das Ganze klang ungewöhnlich überzeugend, genauso wie es das Publikum gerne hört: Familiärer Mafia-Clan schließt Pakt mit Medienunternehmen, mit dem Ziel der völligen Kontrolle des öffentlichen Raumes „und dann auch unserer Köpfe", wie Dario schrieb. An dieser Geschichte musste der gesamte Trust der PEG-Hirne mitgewirkt haben. Sicher werden das viele glauben, dachte ich.

Ich wartete, wann mich Milka anrufen und fragen würde, wo das Geld sei, das wir hätten aufteilen sollen.

Trotzdem, Boris lebt, alles ist gut ausgegangen, hatte Sanja gesagt, in jenen Tagen, als sie sich noch bemühte, an uns zu glauben.

Sie dachte, dass wir uns über diese Nachricht freuen müssten. Ich fühlte mich schuldig, dass mir das nicht gelang.

Sanja dachte, dass jetzt alles so sein könnte wie früher. Ich musste nur ins Spiel zurückkehren. Eine neue Arbeit finden. Wieder der Alte sein. Mein altes Gesicht wieder zurückgewinnen. Mir eine Zigarette anstecken wie Clint Eastwood und in einen neuen Film schreiten.

* * *

Aber siehst du, wir hatten uns vor der Postkutsche getrennt, vor dem Ende des alten Films. Sie ging zurück in den Osten, mit dem Haufen Koffer, und ich zog weiter nach Westen, ohne viel Gepäck. So könnte man sagen.

Man könnte von der Freiheit des Vagabundierens sprechen, vom einsamen Reiter, der wie eine Silhouette vor der untergehenden Sonne steht.

Man könnte von den Gefühlen reden, die im Herzen eingesperrt sind, die als Rest übrig geblieben sind. Vom Vergessen, das uns ereilt und die Spuren auswischt ... Man könnte reden.

Von der Sehnsucht.

Von dem, was nicht mehr zu erkennen ist.

... Wie jemand, der uns an jemand anderen erinnert, Jahre später; du siehst diese Person, während sie an einem anderen Tisch sitzt, auf einer Terrasse. Später begleitest du sie mit dem Blick, während sie geht. Das ist sie nicht, denkst du. Nein, sie erinnert dich nur an sie ... Man könnte von solch einem Gefühl reden; dem Verschwinden in der Zeit.

Man könnte von Freiheit reden ... Man könnte legendär, archetypisch reden: Der Mann geht immer irgendwo hin; vor ihm liegen Weiten, neue Horizonte, neue Städte, neue Länder. Er, die einsame Variante des historischen Eroberers ...

All das sieht besser aus als die Nacht in dieser pathetischen Einzimmerwohnung.

Die übliche Einsamkeit.
Gehen, links, rechts.
Tisch, Spüle, Couch, Fenster.

Ich betrachte unsere Fotos ... Das Foto von ihr in Ägypten, vor einer Mauer ... Das war damals, als ich für sie, am Sonntag, Antibiotika zu besorgen versuchte ... in dieser Stadt, die einem Labyrinth gleicht, voller Menschen, die dich am Ärmel ziehen, in Nebengassen hinein. Ich dachte, ich würde nie zurückfinden, sie müsste allein bleiben, im Fieber, im Hotelzimmer. Stundenlang suchte ich nach einer geöffneten Apotheke. Damals waren wir so sehr zusammen.
Es ist seltsam, zusammen zu sein.
Von innen sieht alles anders aus.

Wohin sind wir verschwunden?, fragte ich mich.
Anfangs waren wir in seliger Zweisamkeit, aber dann trat die ganze Menagerie auf, auf der Bühne, in dieser alten Oper, begleitet vom riesigen Orchester.
Jobs, Wohnungen, Eltern, Erwartungen, Status, Erfolge, Treue, Öffentlichkeit, Familie, Rechnungen ... Alles das heftete sich an uns, wuchs über uns wie Unkraut. Wir blieben irgendwo darunter.
Die gesamte Konstruktion wird auf der Liebe aufgebaut, alles wird draufgesetzt, bis die Liebe nachgibt. Das ist es, dachte ich, Revolte der Liebe.

Ich stehe vor dem Fenster und sehe in die Nacht.

* * *

Schon lange hatte ich Sanja nicht mehr angerufen. Das Gespräch fängt manchmal gut an, aber am Ende immer – man müsste etwas hinzufügen, doch es gibt nichts.

Dann sagt einer: „Na gut ... dann ... wir hören uns ...“

Ich habe Angst vor diesem Schweigen.
Unsere letzten Tage waren voll davon.
Keiner traute sich, die Sendung abzukündigen.

Als sie anfing, mit mir zu schweigen, fragte ich sie, was sie quäle. Aber sie konnte es mir nicht sagen. Sie konnte nicht mehr mit mir darüber reden. Sie winkte mit der Hand ab, klagte über etwas Drittes, sprach in einem müden Ton. Sie sprach davon, dass sie angespannt sei, dass sie Tabletten vor dem Einschlafen nehme. Tatsächlich aber machte ihr nichts Sorgen, außer mir, das spürte ich.

Auch ich begann, mit ihr zu schweigen. Mir schien, als hätte sie genug von meinen Problemen. Die Aufregung um Boris war bereits vergangen, das alte Leben war aber nicht zurückgekehrt.

Die Situation war auf seltsame Weise gespannt.

Wir wurden kränklich. Lustlos.

Heute sage ich allen: Wir verstanden uns nicht mehr. Auch wenn ich nicht weiß wieso. Wieso verstanden wir uns denn nicht mehr? Nur das Bild, das uns zusammengehalten hatte, war zerbrochen.

Sie kam zum Beispiel nach Hause und erzählte mir ihren Tag; es habe ihr Freude gemacht, interessante und bedeutende Menschen kennenzulernen. Ich sagte nichts dazu, aber mir gingen diese Leute auf die Nerven, von denen sie erzählte ... Ich sah ihre Fotos in den Zeitungen. Mich störte der Ton, mit dem sie ihnen Bedeutung verlieh. Mich störte die Intimisierung ... Sie nannte sie ständig beim Namen, von wegen, was ich alles erlebt habe, als wollte sie sich wichtig machen.

Okay, sie ist wichtiger geworden als ich, sagte ich zu mir selbst. Sie spielte noch eine Hauptrolle im Theater, man rief sie zum Film, sie träumte vom nächsten Cannes, ich musste mich daran gewöhnen, sie ist jetzt im Kreise großer Gestalten, all diese Schnüffelnasen machen sie an, dachte ich, und ich muss in gewisser Weise mit ihnen konkurrieren ... Ich wollte den Coolen spielen, klar. Mir schien aber, dass ich einen schlechten Platz hatte. Als würde ich im Durchzug sitzen.

Ich hätte mir sagen können: Sie ist erfolgreicher als ich, na und? ... Hätte ich mir denn gewünscht, dass sie untalentiert ist? Hätte man sie aus dem Theater werfen sollen wie mich aus der Redaktion? Besser ist es so, natürlich ist es besser, sagte ich mir. Mein Problem ist nur der Drang zum Herrschen, das ist der Mist in meinem Kopf, der Machismo, der sich vor dem Erfolg der Frau fürchtet, den muss ich loswerden – sagte ich mir. Mir war alles klar. Aber beim Sex wurde ich lustlos, ich ließ davon ab, irgendetwas zu initiieren. Als würde ich ihren Wunsch testen.

„Betrügst du mich?", fragte ich sie an einem Abend, als sie später als gewöhnlich aus dem Theater kam.

„Wie bitte?", sie blieb neben der Tür stehen. „Wir haben nur noch etwas getrunken ..."

„Betrügst du mich?!", fragte ich.

„Was ist das jetzt, ein Verhör?!"

„Ja oder nein?"

„Was ist mit dir? ... Nein, ich betrüge dich nicht!", sagte sie dreist.

„Liebst du mich?"

Mein Blick wartete, sie sah mich fast mit Hass an. „Was ist das?", murmelte sie.

„Nichts, ich frage nur", sagte ich.

„ Du kannst auch schöner fragen!", sagte sie.

„Du brauchst nur ja oder nein sagen."

„Ja", rief sie und breitete ihre Arme aus. „Ja, zum Teufel, ja, ich liebe dich!"

„Gut. Ich muss das wissen“, sagte ich und senkte den Blick.

Ich wurde eifersüchtig, ich wollte überall mitgehen mit ihr. Sie indessen wollte, dass alles so würde wie früher, dass die Tatsache, dass sie berühmt geworden war, keinen Einfluss auf unser Leben hätte. Vielleicht meinetwegen, um es mir leichter zu machen, dachte ich ... Aber vielleicht auch wegen sich selbst – um dem Problem des Identitätswandels auszuweichen, den der Ruhm mit sich gebracht hatte. Es hat etwas Erniedrigendes an sich, dass man sich plötzlich verändert wegen der Veränderung des Status. Es hat etwas Schreckliches an sich, denn es scheint, als wärest du nicht du selbst, sondern ein gesellschaftliches Konstrukt. Es liegt eine schreckliche Botschaft darin, die dir sagt, dass das, was du bist, nicht von dir selbst abhängt. Darin liegt etwas, das dich erschrecken kann, wenn du überlegst, dass du letzten Endes etwas Unbestimmtes bist.

Sie hatte vor allem Angst, dass jemand sagen könnte, sie sei eingebildet. Wenn ihr jemand sagt, sie habe sich *überhaupt nicht verändert*, tanzt ein Lächeln auf ihrem Gesicht. Sie verstand das als das größte Kompliment. Sie wollte in normale Cafés gehen, in die alle gingen, sie wollte zu Rockkonzerten gehen, in Klubs, auf Massenveranstaltungen, alles wie früher, also liefen wir herum, alles ganz normal, ich ging hinter ihr wie ein Bodyguard.

Irgendwann vor langer Zeit, am Anfang, war es angenehm gewesen, sich mit einem Mädchen zu zeigen, dem man nachsah; du genießt es, ihre Schönheit ist dein Stolz ... Aber jetzt begann ich mich zu fühlen wie ihr Bewacher. Wenn ich mich irgendwo mit ihr einfand, wo die Kerle glotzten, wurde ich nervös und versuchte, die Blicke zu unterbinden. Das Adrenalin stieg, und ich ließ mich auf Geplänkel ein. Wahrscheinlich bin ich schon paranoisch. Aber die Idioten glotzen sie an, sie haben nichts Besseres zu tun, als mich auf die Probe zu stellen. Sie sehen sie an und ich sie, und so nehmen wir aneinander Maß. Dieses langweilige Spiel wiederholt sich. Ich konnte nicht in Ruhe mein verdammtes Getränk trinken.

Deshalb fing ich an zu überlegen, an welche Orte wir ausgingen, als wäre ich bekannt, und nicht sie. Die Stadt wurde für uns enger. Wenn sie den Wunsch hatte, in ein Café zu gehen, in das alle gingen, oder auf eine Großveranstaltung, wo man Gruppen von Idioten erwarten konnte, spürte ich schon vor dem Ausgehen die Spannung. Sie fragte mich: „Was war denn? Bist du auf was böse?" Ich sagte nicht, worum es ging; mir schien, als würde ich als Feigling dastehen.

Ich dachte: Ich bin nicht böse, sondern ich fühle mich manchmal wie ein Leibwächter ... Aber ich wiege keine hundertdreißig Kilo. Aber das habe ich niemals gesagt. Einen richtigen Mann hindert etwas daran, das zu sagen, er mimt den großen Kämpfer.

Wir sind ständig in Spannung, wir großen Kämpfer. Wir gehen umher mit finsterer Maske, bis sie sich in unser Gesicht verwandelt. Auf dem Balkan bekommst du früh Falten von diesem Affengehabe. Das Leben vergeht in diesem verfluchten Maßnehmen ohne Anfang und Ende. Ich war schon verrückt von dieser Maske. Glücklicherweise hat mich nie einer vor ihr verprügelt. Ich hatte Paranoia davor, ich machte Liegestütze und stemmte jeden Tag Gewichte. Ich betrieb dieses Training wütend, ich hatte ohnehin nichts anderes zu tun. Vielleicht hatte ich mich übernommen, denn plötzlich begann mich die Schulter zu schmerzen. Ich nahm Analgetika. Ich ließ mich untersuchen, und man sagte mir, der Schmerz komme aus der Wirbelsäule. Egal, ich trainierte weiter und nahm Analgetika. Sie hatte keine Ahnung von dieser Thematik. Frauen wissen nichts von dieser schrecklichen Last der Männlichkeit; deshalb tanzen sie, deshalb sind sie heiterer, und deshalb leben sie länger.

Ich trug dieses mein Gesicht, diese Wirbelsäule und diese Muskeln mit mir herum. Sie vergnügte sich, und ich musste trinken, um den Stress abzutöten. Ich dachte daran, mir eine Pistole zu beschaffen, um mit dem Üben aufhören zu können.

Die Wirbelsäule machte mir wirklich zu schaffen. Ich hatte keine Lust, irgendwo hinzugehen, ich suchte nach Ausreden, ich begann, das Ausgehen zu blockieren, kritisierte den Zustand der Gesellschaft voller Gewalt, verfluchte die Folgen des Krieges, der die Gesellschaft langfristig machoisiert hatte, verfluchte die Medien, die von Gewalt fasziniert waren, sprach davon, dass man nirgends mehr Luft kriegt vor lauter frustrierten Idioten, die in Gruppen auftreten und Frauen hassen, die sie nicht haben können, und die diesen Hass auf den Typen abladen, der die Schönheit begleitet, die junge Schauspielerin ... Wer ist dieser Armleuchter?

In der Stadt gingen wir immer seltener aus, also mussten wir in die Häuser gehen ... Schließlich hatten wir – hatte sie – eine Menge neuer Freunde, die uns zum Abendessen einluden. In der Hauptsache war das so eine Art Elite. Die Welt des Glamours – würde man sagen, wenn man es aus der Ferne betrachtete.

Ich fand keinen Genuss daran, mit ihnen Gesellschaft zu pflegen, sie versetzten mich auf andere Weise in Spannung, aber ... Wir müssen, verdammt noch mal, irgendwo hingehen! – sagte Sanja.

Das stimmt, es war besser zu diesen Abendessen und Sitzgesellschaften zu gehen als zu Massenveranstaltungen. Hier drohte bloß eine schale Atmosphäre ... Und das Gefühl, nur zufällig da zu sein, wegen Sanja, und dass man mich sonst nie eingeladen, geschweige denn auf der Straße gegrüßt hätte.

Sanja passte besser zu ihnen, vielleicht deshalb, weil sie sich als vollberechtigtes Mitglied der Gesellschaft fühlte. Ich hatte den Eindruck, dass ihr diese blasierte Sprache gut von der Zunge ging, dass sie in ihr sogar lachen konnte ... Ich beobachtete sie von der Seite, ich hatte eine gewisse Distanz gewonnen. Ich bemerkte, dass sie alles das genoss, dass sie selbstgefällig war.

Aber, dachte ich, sicher würde ich mich an ihrer Stelle genauso benehmen. Die Tatsache, dass ich bemerkt hatte, wie sie die Aufmerksamkeit der Leute genoss, hatte mit meiner Unwichtigkeit zu tun, das war mein Neid, das wusste ich. Ich begann, ihre Erfolge mit anderen Augen zu betrachten. Die Sache kam in scherzhafter Weise zum Vorschein, so wie eben Paare gern sticheln.

Ich behauptete, dass es jemanden geben müsse, der sie wieder auf den Boden zurückbringe, jetzt, wo ihr alle nachkröchen. Sonst würde sie in den Himmel, unter die Wolken abirren und den Bezug zur Realität verlieren. Zu diesen glamourösen Gesellschaften ging ich mit Ironie bewaffnet; während die anderen edle Weine schlürften, forcierte ich aus Trotz Bier, spielte die Rolle des Mannes aus dem Volke ... Den Unverdorbenen, der mit beiden Beinen fest auf dem Boden steht ... Der für alle diese mondänen Geschichten einen gesunden Kommentar parat hat. Oft erwähnte ich meine dörfliche Herkunft und betonte das, was ich früher verheimlicht hatte. Vielleicht war meine Rolle in diesem sozialen Repertoire vorgesehen, vielleicht war ich nur der Clown, dem nichts anderes übrig bleibt. Aber ich kam mir befreit vor. Alle wussten um mein professionelles Debakel. Ich fuhr auf gar nichts ab, denn ich hatte nichts worauf.

Ich sagte: „Ach wirklich, Sanja, sie wollen dich wieder für ein großes Interview haben?! ... Komm schon, erwähne mich doch! Sag ihnen, dass ich momentan arbeitslos bin, vielleicht meldet sich jemand ..."

Sie lächelten.

„Ach, seht mal ... Jetzt haben sie mich wieder auf dem Foto mit ihr als ‚Freund' betitelt. Wann begreifen sie endlich, dass ich niemandes Freund bin? Bei mir geschieht alles aus persönlichem Interesse ..."

Sie lächelten.

„Sie bieten dir eine Rolle in einer Seifenoper an? Tja, was willst du machen, der Markt ist klein, da hast du keine Wahl. Außerdem brauchen wir Geld für die Drogen ...“

Sie hielten das für geistreich.

„Hört mal, ein Auftritt in der Sendung *100 % persönlich* – eine ganze Sendung über sie! Ich hätte auch in der Sendung sein sollen; in den Beiträgen, die vorher gedreht werden. Sie hätten bei uns zu Haus filmen sollen, aber ich habe abgelehnt. Ich wollte nicht, dass meine Leute in Dalmatien sehen, wie ich koche.“

Da lachten unsere neuen Freunde. Sie hielten meine Selbstironie für einzigartig. Sanja und ich waren Veteranen der Liebe; weit entfernt von jenen Pärchen, die sich in Gesellschaft pathetisch aufführen und sich benehmen, als wäre sonst keiner da. Wir waren kein bisschen süßlich.

Wenn wir nach Hause kamen, gab ich mein Schlusswort dazu. Eigentlich fing ich schon im Auto an, die Leute zu sezieren, mit denen wir zusammengesessen hatten. Es war leicht, sie von der Seite zu beobachten. Mir war bewusst, dass das nicht meine Freunde, sondern ihre waren. In Wirklichkeit waren es auch nicht ihre. Es sind Freunde ihres Namens, sagte ich gern. Auch ich hatte einmal eine Spur von Karriere und habe gesehen, wie hinterher plötzlich alle weg waren, sagte ich. Die Leute geben sich mit ihresgleichen ab, gemessen am Status, nicht an der Seele, die man übrigens haben sollte, erzählte ich. Gib acht, in diesen Freundschaften auf hohem Niveau gehen die Leute mit der Zeit verloren, erzählte ich. Die Welt des Glamours ist voller verlorener Seelen, sie schweben um die Kronleuchter auf elitären Partys wie Ballons, die es nach oben drängt. Hattest du es bemerkt? Alles nimmt einen höllischen Schimmer an.

Ich sezierte diese Leute und ihre Seelen und half Sanja, sich nicht in diesem Antigravitationsfeld zu verlieren. Ich holte sie tatsächlich auf den Boden zurück. Aber das war mehr oder weniger alles, was ich tat.

Ich konnte einfach keine Arbeit finden. Mit meiner beschissenen Reputation konnte ich nur „von vorn" beginnen, aber – das hätte ich noch gebraucht. Eine inferiore Arbeit annehmen, um damit jegliche Illusion von mir selbst zu zerstören?! Da war es doch besser, der Hausphilosoph zu sein als irgendwessen Laufbursche, nicht wahr? Deswegen saß ich lieber zu Hause, sah fern, trank Bier, rauchte und beschwerte mich über den Kapitalismus, der sich vor allem in Osteuropa ganz erstaunlich anließ. Hier haben wir Kapitalisten, die nie die unabdingliche Akkumulierung des Kapitals vorgenommen haben, sagte ich beim Fernsehen. Statt der Akkumulierung hat es eine *Umverteilung* des Kapitals gegeben, sagte ich. Das Kapital existierte, nur war der Eigentümer plötzlich verschwunden. Das Kapital hat der Gesellschaft gehört, die Gesellschaft aber ist verschwunden. Das Volk ist verschwunden. Ich meine, aus der Wirtschaft. Das Volk ist aus der Wirtschaft verschwunden und in den Krieg gezogen, das Volk ist komplett an die Grenze gezogen, sein Denken kreiste einzig um die Grenze, denn so hat das Volk den Staat wahrgenommen, als Grenze. Der Staat blieb im Inneren leer zurück, da war niemand, und das Kapital irrte umher auf der Suche nach einem Eigentümer. Man brauchte nur zu warten, irgendwo im Wald der Gesetze, und dem Kapital auflauern wie Hänsel und Gretel und Rotkäppchen, sagte ich. Das ist ein rührendes Märchen: Das sozialistische Volk hat das Kapital aus dem Haus geworfen, und das arme Waisenkind hatte nur den einen Wunsch, dass ihm jemand ein neues Zuhause gibt, sagte ich. Jetzt ist das Kapital bei guten Menschen, die es adoptiert haben, sagte ich. Einst hat alles uns gehört, aber jetzt gehört alles ihnen, sagte ich. Das Volk freut sich darüber, Ruhm sei ihm, sagte ich, wenn ich Sendungen über nationale Würde und ruhmreiche Schlachten sah.

Dieser Prozess hat langfristig jegliches Gefühl für den Sinn zerstört, sagte ich, ich lehne es ab, in diesem Kapitalismus zu arbeiten, der aus dem Sozialismus geschaffen wurde, und das zur Zeit des Krieges, sagte ich. Das ist die Magie des Krieges, eine Magie voller toter Seelen. Tote Seelen, Gogol, Revisor, und andere Dramen, sagte ich. In dem kann man nicht arbeiten, in dem kann man nicht sein, ohne dass einen die toten Seelen nicht verfluchen, die Seelen der toten Proletarier, sagte ich. Bei uns sind sogar die Generäle Kapitalisten geworden, sagte ich. Wie kann man gleichzeitig Verluste an der Front und Profite im Hinterland erzielen? Das ist die Magie des Krieges, sagte ich. „Was glaubst du, ist sie weiß oder schwarz?“, fragte ich.

Das war tatsächlich eine Schocktherapie, Krieg und Privatisierung zur selben Zeit, nein, nein, das gibt es nicht überall, solch eine glänzende Koordination, ein wirklich einzigartiger Fall, sagte ich. „Wieso studiert uns die Welt nicht?“, fragte ich Sanja. Das ist wirklich einzigartig, sagte ich.

„Du siehst zu viel fern, du regst dich zu viel auf“, sagte sie zu mir.

Sie habe keine Lust, sagte sie, ihre Energie an all das zu vergeuden. Dein Sichaufregen wird nichts daran ändern, sagte sie. Bildest du dir etwa ein, dass dein Raunzen vor dem Fernseher etwas Konkretes ist? Glaubst du, dass du an der Politik mitwirkst? Du steigerst dich nur hinein. Du suchst nach einer virtuellen Gemeinschaft, polemisierst allein im Zimmer, weil du irgendwo dazugehören möchtest, du möchtest beim Volk dazugehören, sagte sie. Aber das Volk ist dumm, sagte sie, das Volk schwelgt in Sendungen über nationale Würde und ruhmreiche Schlachten, in Sendungen, die ihm schmeicheln, während man es ausraubt, während du dich aufregst, sagte sie.

Du hast den Eindruck, dass du mitwirkst, aber das ist nur in deinem Kopf, sagte sie. Genauso könntest du das Ganze von der Raumstation MIR aus betrachten, aber wenn du kapierst, wie weit entfernt du bist, würdest du vielleicht aufhören, dich zu aufzuregen ...

„Aber ich bin hier“, sagte ich.
„Wo?“, fragte sie.

Aber ... Aber ... Gut… In Ermanglung von etwas Besserem ist die Politik unsere Unterhaltungsindustrie, sagte ich und glitt ab in ein schlechtes Lachen. Denn, pass auf, wir können nicht so viel an Unterhaltungsprogramm produzieren, wir haben keine Unterhaltungsindustrie wie die Amerikaner, wir haben diesen ganzen Betrieb nicht, also muss die Politik den Großteil des Programms abdecken, muss es ständig ein Drama geben, am Rande des Niedergangs, hier am Rande Europas, stets am Rande des Abgrunds, sagte ich. Ohne Politik würden wir vor Langeweile sterben, sagte ich.

„Vor allem wir Arbeitslosen“, fügte ich hinzu.

Sie antwortete nicht mehr.

Bei uns gibt es auch keinen Fußball mehr, sagte ich, dafür gibt es die Schlachtenbummler. Immer mehr Schlachtenbummler, und die Schlachtenbummler werden immer verrückter, immer geistesgestörter, sagte ich. Das Publikum ist ohne Programm geblieben, sagte ich. Gäbe es kein nationales Politspektakel, müssten die Fans anfangen, Bücher zu lesen, so weit würde es kommen, sagte ich. Gäbe es nicht den Hass der politischen Derbys, würde eine schreckliche Leere entstehen, sagte ich. Diese defekte Politik ist das Einzige, was uns noch geblieben ist, das Einzige, was funktioniert, sagte ich. Ich meine, sie funktioniert nicht, aber gerade dadurch funktioniert sie. Worüber würden wir überhaupt reden, wenn die Politik funktionierte, fragte ich sie rhetorisch. Wäre die Politik nicht ein derartiges Zerrbild, hätten wir überhaupt nichts, worüber wir reden könnten, es gäbe keinerlei Programm, gab ich mir selbst Antwort. Wir müssen irgendwo die Zeit totschlagen, die Worte totschlagen, wir müssen Sprüche klopfen mit dieser Sprache, die uns gegeben ist, die uns erhalten hat, die von dem politischen Drama am Leben erhalten wird, ansonsten würde sie verstummen.

Das nationale Politspektakel rettet uns von der Leere, das Programm rettet uns vom Nachdenken über uns selbst, denn das Nachdenken über sich selbst ist das größte Gräuel in der Unterhaltungsgesellschaft, und deshalb müssten wir, gäbe es keine politische Unterhaltung, eine andere Gesellschaft werden, eine Gesellschaft, die über sich selbst nachdenkt, über ihre Leere, über eine reale, humane Politik, die es nicht gibt. Da würden wir vielleicht zerfallen. Gruppen brechen mitunter aufgrund des Nachdenkens auseinander. Jeder beginnt etwas Eigenes zu denken, ha, ha. Die Frage ist, ob das für die Nation gut ist. Es gibt unglaublich viele Arten des Nachdenkens. Unglaublich viele Lebensweisen. Das ist nicht in Ordnung. Wir müssen einheitlich bleiben. Wir müssen ständig über dasselbe nachdenken, auf die Art und Weise, wie man darüber nachdenkt, oder auf die entgegengesetzte Art und Weise, egal. Wichtig ist, dass wir über dasselbe nachdenken, und nicht über etwas Drittes. Das ist der Sinn der politischen Unterhaltung, die Einheitlichkeit der Themen. Ich muss mich mit einschließen, um dieser Gesellschaft anzugehören. Ohnehin bin ich allein. Schau, du hörst mir ja gar nicht zu, sagte ich.

Ich muss irgendwo von etwas reden, ich muss wissen, worum es sich handelt. Ich muss an der Politik teilhaben, und sei es ganz von der Seite, ich muss mich aufregen, sagte ich. Ich muss die Rolle des Mannes spielen, ha, ha, des großen weißen Mannes vor dem Fernseher, sagte ich. Die Politik schließt Gewalt mit ein, letzten Endes. Manchmal gibt es auch Krieg, wie wir wissen, er kommt und geht vorbei, aber er bleibt im Kopf. Während du fernsiehst, stellst du dir den Kampf vor, sagte ich.

Ich fühlte mich quasi als Mann vor dem Fernseher, wenn ich in das saisonale Politprogramm eintauchte. Wäre ich ein stereotypisches Mädchen, würde ich mich wahrscheinlich mit Schönheitssendungen beschäftigen, mit rührenden

Lebensschicksalen und Hollywood-Ehen. Ich würde Oprah sehen und mit der Diät kämpfen. Das wäre jedenfalls gesünder.

So sah ich fern, trank Bier und rauchte.

Da, eine neue Sendung über die nationale Würde, komm, mach lauter, da ist eine Sendung darüber, dass die anderen schlechter sind als wir, sagte ich. Wir möchten uns im besten Licht sehen, sagte ich. Wie können wir da objektiv sein, fragte ich sie. So oder so, die Phantasie ist das Wichtigste, sagte ich. Das Volk lebt von der Fiktion, genauso wie wir. Wir sind alle in Verbindung, sagte ich. Wir züchten eine Illusion, unser Bild von uns selbst. Wir festigen die Verbindung, wir pflegen die Liebe von innen, und sie ist verbindlich. Schließlich ist die Liebe dazu da, uns vor der Wahrheit zu schützen, sagte ich. Wir sind drinnen, unter dem Schutz der Liebe, sagte ich. Wir mögen keine Tatsachen in unserer Liebe. Wir brauchen die Fiktion, das, was wir erdacht haben. Du kannst ohne Fiktion nicht leben, sagte ich. Die objektive Realität ist eine Satellitenaufnahme, sagte ich. Ohne Illusion bist du draußen, auf der Straße, nirgends, sagte ich.

Die Fiktion ist notwendig, die Geschichte ist notwendig, sagte ich. Das ist so viel wie Perspektive, das ist so viel wie Identität, sagte ich. Du kannst nicht ohne. Es gibt nichts Objektives in der Liebe, sagte ich. Die Person, die du liebst, kennst du, und du kennst sie nicht. Du kennst sie, aber von innen, sagte ich. Du siehst sie nicht von der Seite an. Wenn du anfängst, sie objektiv zu sehen, ist es vorbei, sagte ich. Hörst du mich? Was denkst du darüber? Den, den du liebst, siehst du nicht aus der Distanz, sagte ich. So sehen ihn die anderen, die anderen wissen aber nichts über die Liebe, sagte ich. Was können andere Leute über Liebende sagen? Nur wie sie ausgesehen haben.

Es gibt keine objektiven Betrachter. Es gibt keine Wahrheit über die Liebe, sagte ich, es gibt keine Zeugen. Die objektive Realität kennt keine Illusion, in ihr gibt es keine Liebe, sagte ich. Schau, im Irak stirbt man ohne Illusion, das werden sie nicht aushalten, sagte ich beim Sehen der Nachrichten. Der Krieg ist dermaßen wirklich, wahrhaftig, sagte ich. Das ist das Problem des Krieges, sagte ich, er zerstört die Illusionen, denn er ist zu wahrhaftig. Mord. Mord. Mord. Löcher. Löcher. Mord. Und so weiter. Wie kann man die Illusion nach dem Krieg erneuern? Die Illusion über sich selbst? Wie kann man die Liebe erneuern, die Fiktion? Du musst lügen, sagte ich. Du musst schöne Worte finden, selbst für den Krieg. Große Worte, würdige Worte, Worte der Illusion. Man muss immer den Sinn erneuern. Das ist unglaublich, sagte ich. Die Lüge ist legitim, sagte ich, die Lüge ist allgemein, behaupte ich, die Lüge ist der Sinn. Boris hat nicht gelogen, er war verrückt, sagte ich, also haben wir ihn nicht veröffentlicht. Du hast recht gehabt, sagte ich zu Sanja. Boris hatte recht, er hat seine Existenz nicht gefälscht, das kann ich ihm anerkennen, sagte ich. Er war ein Überbleibsel von etwas Wirklichem, er ist von da unten gekommen und hat mich aus dem Sessel geworfen, aus meiner Welt, aus der Welt, von der ich geglaubt hatte, sie wäre die meine. In Wahrheit es ist dumm zu lügen, dass man auf festem Boden steht, sagte ich. Nun bin ich draußen, nirgends, außerhalb der Lüge schwebe ich in der Leere, jetzt ist es mir klar, was nicht bedeutet, dass ich den Sinn sehe, sondern ich rede nur, so wie auch er geredet hat, als hätte er mich angesteckt, und ich kann den Sinn dessen, was ich sage, nicht kontrollieren, sondern ich rede nur, sagte ich, sah fern, trank Bier und rauchte.

„Davon wirst du noch verrückt werden“, sagte Sanja. „Du trinkst zu viel“, sagte sie. „Du erinnerst mich an meinen Vater, du sitzt nur vor dem Fernseher und bist jedes Mal aufs Neue enttäuscht, he, rühr dich fort aus diesem Sessel, das ist nicht gesund, du sitzt so da, seit ich weggegangen bin ...“

„Ich werde auf die Straße hinausgehen!“, sagte ich, als würde ich jemandem drohen.
„Mit wem?“, fragte sie.

Bah ... So vergeudete ich unsere letzten Tage.

Jetzt sitze ich allein in einer heruntergekommenen Einzimmerwohnung, ohne Fernseher, wie jemand, der aus der Welt abwesend ist.

Sieh dir meine an und kopiere sie

Den Sex hatte ich mir fast abgewöhnt. Daran war nichts Freiwilliges. Ich hatte einfach keine Lust auf eine Geschichte, auf Verführen, auf Lächeln, und Sex allein ist nicht so einfach zu kriegen.

Für Huren war ich wohl zu schamhaft, da spürte ich eine Barriere. Wer weiß, dachte ich, vielleicht würde es nach den ersten paar Mal leichter gehen?

Aber ohnehin schwamm ich nicht in Geld. *Objektiv* hatte mir keine Abfindung gezahlt, mit der Ausrede, ich hätte ihnen geschäftlichen Schaden zugefügt, also verklagte ich sie, aber auch sie verklagten mich ...

Zuerst verkaufte ich die Rijeka-Aktien stückweise, zu katastrophal niedrigen Preisen, und schlug mich von dem Erlös durch, doch dann rief mich Markatović eines Tages an: „Hast du gehört? Sie haben sie ausgesetzt!“

„Wen?“

„Die Aktien der RIBAG! Die staatliche Finanzaufsicht hat den weiteren Handel ausgesetzt. Sie haben es gerade gemeldet.“

„Was? Dürfen sie denn das?“

„Offensichtlich dürfen sie! Um Manipulationen unmöglich zu machen, sagen sie ...“

„Na, das ist ja toll!“, sagte ich.

„Die Deutschen sind definitiv weg“, sagte er. „Die Aktie wird so lange aus dem Handel genommen, bis sie sich entscheiden, ob sie die Bank retten oder in Konkurs gehen lassen ...“

So ist das mit dem Kapital, das über den Globus wandert, dachte ich.

So lange es Profit gibt, ist es da, wenn man aber eine Bank retten muss, sieht das Kapital plötzlich auf die Uhr und sagt: Ach, sorry, ich habe es sehr eilig ...

Uns im Osten Europas hat man eingeredet, dass uns das globale Kapital retten werde, man müsse es wie einen Liebhaber anziehen, die Barrieren beseitigen, den Arbeitsmarkt flexibilisieren, die Sozialausgaben senken, denn man muss dem Kapital Gelegenheit geben, zu atmen, es sich bequem zu machen ... Ich denke, dass man ziemlich daran gearbeitet hat, aber siehe da – es flüchtet.

Nun borgte ich mir Geld von Markatović. Ich weiß nicht, wo er borgte.

Diana war längst wieder zurück mit den Kindern. Als sie ankam, war Markatović darüber glücklich. Dann hat er sich unlängst in einer Einzimmerwohnung in der Nähe von mir eingemietet, „bis das alles gelöst ist“, wie er sagt. Er hatte die Absicht, die große Wohnung zu verkaufen und zwei kleinere zu kaufen, wenn es ihm gelang, sich mit Diana zu einigen, die sich schon, wie er mit trübsinnigem Gesichtsausdruck sagte, an die große Wohnung gewöhnt habe. Jedenfalls wohnten wir jetzt im selben Viertel, ich, Markatović und Tošo, der mir einfach nicht über den Weg lief.

Eines Abends rief mich Silva an, während ich auf Markatović wartete. Er wollte rasch etwas besprechen, geschäftlich, bei einem Bier, in seiner Einzimmerwohnung, da ihm die Bars mit den Zigarren zu teuer geworden waren. Er würde mich bei der Eisdiele in der Gajeva abholen.

Schon lange hatte mich niemand aus der alten Redaktion angerufen, und so freute ich mich, als ich Silvas Anruf sah. Ihre Stimme schlug allerdings um: „Hör mal, entschuldige, ich habe mich an dich erinnert ... Ich bin in der Notaufnahme. Mein Kleiner hat hohes Fieber bekommen. Sie wissen nicht, was mit ihm ist ...“

Ich war für kurze Zeit blockiert. Ihr Sohn ist in der Notaufnahme, und da ruft sie ausgerechnet mich an? Mir kam der Gedanke, dass Silva die Unterstützung eines Mannes brauchen könne, da sie ja keinen Ehemann hat. Ich fühlte mich verpflichtet auf eine archetypische Weise.

„Kann ich bei was helfen?“, fragte ich.

„Hast du das Spiel bemerkt?“, fragte sie.

Ein Auto fuhr vorüber, deshalb war mir, als hätte ich schlecht gehört.

„Welches Spiel?“

„Für das Glück braucht es zwei“, sagte sie. Dann erklärte sie es mir: Sie beschäftige sich nebenbei mit Gewinnspielen im *Danas.* Die Tageszeitungen der GEP seien voll mit Gewinnspielen, also müsste die PEG ihnen parieren, sagte sie. Unter anderem hätten sie auch das Spiel „Für das Glück braucht es zwei“ gestartet.

„Ich habe es wirklich nicht bemerkt“, sagte ich.

„Wie denn nicht, es ist doch ganzseitig“, erwiderte Silva. Sie hatte diesen „Wo lebst du denn“-Ton, wohl deshalb, weil sie, wie sie sagte, das Spiel „Für das Glück braucht es zwei“ persönlich erfunden habe. Ein besonderer Teil des Spiels seien wahre Liebesgeschichten. Es sei ein einzigartiges Gewinnspiel, interessant zu lesen, rühmte sich Silva.

„Also, neben dem Hauptcouponspiel, wo man raten muss, welcher Star mit wem verheiratet ist, bieten wir auch einen Nebenpreis für die beste wahre Liebesgeschichte.“

Mein Blick haftete auf einem Ölfleck auf der Straße. Mir kam der Gedanke, dass Silva im Schockzustand sei und deshalb zusammenhangsloses Zeug daherredete.

„Kannst du mir folgen?", fragte sie.

„Ich folge", sagte ich mitfühlend.

„Von diesen Geschichten laufen aber zu wenige ein, und dazu sie sind nicht romantisch genug", sagte Silva.

„Nicht romantisch genug?"

„Ja, ja ... Also, wenn du helfen möchtest, könntest du für mich eine schreiben ... bis morgen früh."

„Bitte?!", ich zuckte zusammen. „Willst du, dass ich eine wahre Liebesgeschichte schreibe? Romantisch?"

„Ja, weißt du ..."

Deshalb hatte sie mich gebraucht?

Ich war enttäuscht. Ich hatte mich vermutlich ritterlich fühlen wollen, indem ich einer alleinerziehenden Mutter half, in der irrigen Meinung, mich könnte tatsächlich jemand brauchen. Aber was war jetzt das? Das war zu trivial.

„Sonst schreibe ich sie ...", gestand Silva.

„Aha, und jetzt wendest du dich an mich als renommierten Fälscher", sagte ich.

„Aber nein", sagte sie mit erschöpfter Stimme, „schau, wen interessiert denn das, das sind dumme Leserbriefe. Ihre Liebesgeschichten. Das kann niemand nachprüfen. Ich zahle dir das Honorar auf die Hand. Aber so geht mir das Nebengeschäft verloren."

„Aber ich kann das doch gar nicht", sagte ich.

„Doch, kannst du! Das ist ein dummes Muster. Schleim, Genre, Romanze ... Du weißt schon: Te quiero, te amo, te dies, te das ... Immer dasselbe." Sie fuhr fort: „Sieh dir meine an und kopiere sie." Sie sprach hastig, und ich stellte mir vor, wie sie vor dem Eingang der Notaufnahme steht, neurotisch raucht und ins Handy spricht: „Komm, ich bitte dich. Es geht um zehn bis fünfzehn Sätze, ich komme nicht dazu, ich muss hier sein ..."

Ich erblickte Markatovićs Volvo am Ende der Straße. Obwohl ich am vereinbarten Ort stand, fing ich wie ein Ertrinkender an zu winken.

Als mir Markatović ein Lichtsignal gegeben hatte, hielt ich das Handy wieder ans Ohr. „Sorry, ich habe nicht gehört", sagte ich zu Silva. „Ich habe mit den Armen gewunken."

Sie sah darin nichts Verwunderliches. Sie fragte nur: „Also einverstanden?"

Markatović blieb stehen, ich öffnete die Tür, wälzte mich in den Sitz wie ein Baumstumpf und nickte ihm zu.

„Wirst du es schreiben?", fragte Silva auf der anderen Seite.

„Gut, ich probiers", sagte ich gegen meinen Willen.

„Vielen Dank!"

„Dass es bloß dem Jungen wieder besser geht", sagte ich.

„Was ist passiert?", Markatović sah mich von der Seite an.

„Der Kleine von Silva ist in der Notaufnahme."

„Etwas Ernstes?"

Ich überlegte ein wenig, dann sagte ich: „Sie wissen es auch nicht."

Wir fuhren in Richtung unseres neuen Viertels. Während wir an der Ampel standen, betrachtete ich ein kitschiges blaues Gebäude im Werden. Davon wurde genug gebaut, die Aktien der Bauunternehmen schnellten in den Himmel, die Leute hechelten auf die Börse, und es sah so aus, als würden alle Gewinn machen außer uns.

„Aber wie können die bloß so widerwärtige blaue Gebäude errichten?", sagte ich. „Wieso kontrolliert sie denn keiner?"

„Nicht einmal wichtigere Dinge werden kontrolliert. Und du machst dir noch Gedanken über die Ästhetik? Eine andere Sache ... Wie stehst du mit der Kohle?", fragte mich Markatović.

„Nichts Neues“, sagte ich.

„Womit beschäftigst du dich denn?“, sagte er.

„Ich schreibe etwas“, sagte ich, um etwas zu sagen.

„Du auch?“, sagte enttäuscht er, der seinen Roman noch immer nicht fertig hatte.

„Irgendwelche Liebesgeschichten“, sagte ich. Ich setzte hinzu: „Also … wahre.“

„Du wirst mir das Geld zurückgeben müssen“, sagte er jetzt. „Jetzt sind alle Kredite ausgetrocknet ... Ich habe auch meinem Alten gekündigt.“

„Hm ... Und wie hat er es aufgenommen?“, fragte ich ängstlich, damit es nicht den Anschein machte, dass ich das Thema wechselte, wobei ich das Thema aber auf jeden Fall wechseln wollte.

Markatović sah gerade vor sich hin wie jemand, der sich entschlossen hat, sich nicht umzudrehen, mit zusammengepressten Kiefern, dann zog er den Rotz hoch und gab Gas.

Als wir eingeparkt hatten, ging alles sehr schnell. Während er aus dem Auto stieg, tauchten aus dem Halbdunkel des Parkplatzes zwei Gestalten auf und packten ihn. Ich geriet auf meiner Seite an einen, der mich von hinten packte, aber ich konnte mich irgendwie herauswinden, bevor er mich richtig fassen konnte ... Ich wich rasch aus und er erwischte mich mit irgendwas an der Schulter ... Ich sah, dass sie Markatović schlugen und meiner auf mich losging. Er war riesig.

Ich flüchtete mich hinter ein Auto. Er wusste nicht, von welcher Seite er mich greifen sollte ... Ich konnte Markatović hinter all den Autos nicht sehen, aber ich sah die Gorillas, die den am Boden Liegenden offensichtlich mit den Füßen traten. Hinter mir war ein kleiner Park, wo auf den Bänken die Clique aus dem Viertel für gewöhnlich trank. Da schoss es mir ein und ich rief blindlings: „JOE! HALLO! JOE! HILF MIR!“

Der Kerl, der hinter mir her war, begann sich umzusehen. Er wusste nicht, wo dieser Joe war.

Und dann erschien tatsächlich ein Typ aus dem Schatten des Parks, unten, gut fünfzig Meter weiter.

Ich rief: „Joe! Komm her, Joe! Sie greifen uns hier im Viertel an!"

Dann gesellten sich zu Joe aus dem Dunkel noch drei oder vier weitere Joes. Sie liefen in unsere Richtung und riefen: „Wir sind hier, Joe!"

Diese Gorillas wollten nichts riskieren; sobald sie hörten, dass wir Unterstützung hatten, rannten sie zu einem schwarzen BMW, der, wie ich erst jetzt bemerkte, am Straßenrand mit ausgeschalteten Scheinwerfern stand. Sie hatten auch einen Fahrer drinnen sitzen. Sie stiegen ein ... Rasch waren sie auf und davon. Die Jungs aus dem Park, nachdem sie bereits im Laufen waren, rannten ihnen noch kurz nach. „Bleib stehen, du feiger Arsch!", riefen sie ermutigt, und ich betete zu Gott, dass die Gorillas nicht stehen blieben.

Ich ging zu Markatović und kniete mich neben ihn. Er war solide bedient. Seine Lippe war aufgeplatzt und blutete. Das Gesicht war rot, ein Auge halb geschlossen. Er fasste sich an die Rippen und konnte kaum atmen.

Die Joes versammelten sich um uns.

„Danke, Joe, das war eng", sagte ich.

„Verdammte Idioten, welche waren das?"

„Ich weiß es nicht", sagte ich.

Ein wenig verwirrte sie, wie ich sehen konnte, dass sie auch uns nicht kannten, aber sie erwähnten nichts ... Ohnehin hatten sie sich nicht für uns geschlagen, sie waren nur ein wenig gerannt.

Ich rief die Rettung für Markatović.

Während wir auf sie warteten, fragte mich ein Joe: „Du bist aus dem Viertel?"

„Aha", sagte ich. „Ich bin nicht ständig hier, aber Tošo ist ein Freund von mir."

„Aha“, sagte er und nickte konspirativ, als würde er sich nun an mich erinnern. Sicher dachte er, dass die Opiate sein Gedächtnis zerstörten.

„Ihr habt uns gerettet“, sagte ich. „Ich bin euch eine Runde schuldig, wenn wir uns sehen.“

Markatović hatte bis dahin auf dem Boden, an sein Auto gelehnt, halb liegend, gestöhnt, jetzt klinkte er sich mit ausgestreckter Hand und einem Zweihundertkunaschein ins Geschehen ein: „Hier, Jungs, geht was trinken ...“

„Nee!“, sagte der größte Joe.

„Nimm schon“, sagte ich. „Sonst wird er sich verausgaben, euch zu überreden.“

Der Typ nahm ihn.

„Also wirklich, wer waren die, die angegriffen haben?“, fragte ein anderer Joe.

„Ich habe keine Ahnung, wirklich“, sagte ich.

„Mikro ... Regionalisten ...“, meldete sich Markatović von unten, stöhnend.

Die Joes sahen mich an. Sie dachten, er redete wirr. Einer lachte kurz. Markatović fehlte ein halber Vorderzahn, erst jetzt bemerkte ich es.

„Sie haben die Wahlen verloren, aaah ...“, stöhnte Markatović heraus. „Auch wenn ich ... das Maximum aus ihnen herausgeholt habe ...“

„Ist schon gut, streng dich jetzt nicht an“, sagte ich. Darauf sagte ich leise zu den Joes: „Gehirnerschütterung.“

Als die Rettung da war, stieg ich zusammen mit Markatović ein.

„Hast du Schulden bei Dolina?“, fragte ich Markatović im Kombi der Rettung, während uns der junge Sanitäter voll Interesse beäugte.

„Ach ... Die schauen auf jede Kuna“, sagte Markatović mit schmerzhafter Grimasse.

Als wir ankamen, legten sie ihn auf eine Trage. Bevor sie ihn wegbrachten, murmelte Markatović tragisch: „Und da soll man in Kroatien Geschäfte machen …“

„Wie bitte?“, fragte ihn der Sanitäter.

Markatović gab ihm keine Antwort, denn er hatte sich nicht an ihn gewandt, sondern klarerweise an die gesamte Öffentlichkeit.

Dann winkte er mir zu, mit einem pathetischen Ausdruck, als würden wir uns nie wieder sehen.

Sie brachten ihn weg zum Nähen der Lippe, sie erwähnten auch Röntgen. Um den Zahnarzt würde er sich selbst kümmern müssen.

Die Tür schloss sich hinter ihm, und ich ließ meinen Blick kreisen, desorientiert, als hätte man mich plötzlich geweckt. Anscheinend stand auch ich unter Schock. Das Wort „Mikroregionalisten“ drehte sich wie verrückt in meinem Kopf … Neben den Bildern des Tretens … Auch dieser Geruch nach Krankenhausalkohol … Dann bemerkte ich eine Blondine, die auf einem Stuhl in der Eingangshalle schlief.

Ich ging zu ihr und besah sie aus der Nähe.

Mit beiden Händen hielt sie ihre Tasche im Schoß fest, ihr Kopf war zur Seite geneigt. Silva.

Ich setzte mich neben sie.

Ich saß eine Weile da, als hätte ich hier eine Zuflucht gefunden.

Ich sah sie an: Silva, das ehemalige Mannequin, das sein weibliches Proletarierleben lebt.

Ich dachte, ich weiß nicht wieso, aber niemand hat Mitgefühl mit schönen Frauen.

Ich überlegte, ob ich sie aufwecken sollte … Aber es tat mir leid, sie aufzuwecken. Ihr Teint verriet Erschöpfung … Ich sollte ihr tatsächlich diese Geschichte schreiben, dachte ich.

Man konnte hier nicht rauchen, also stand ich nach einer Zeit auf und machte ein, zwei Schritte in Richtung Ausgang

... Dann nahm ich das Handy heraus und tippte eine SMS ein: „Wenn du dazu kommst, pass auf Markatović auf. Sie haben ihn zum Nähen hergebracht. Ich gehe nach Haus, die Liebesgeschichte schreiben."

Aus der Handtasche hörte ich den Ton, der bestätigte, dass ihr Handy die SMS bekommen hatte. Sie wachte nicht auf.

Eine wahre Liebesgeschichte

Als ich zurück war in meiner Einzimmerwohnung, nahm ich mir ein Bier, setzte mich an den Tisch und begann das vorgestrige *Danas* durchzublättern auf der Suche nach „Für das Glück braucht es zwei". Es war nicht schwer. Sie hatten tatsächlich eine ganze Seite.

„Liebe Leser, wenn Sie glauben, dass Ihre Liebesgeschichte in irgendeiner Weise ungewöhnlich oder originell ist, dann ist alles, was Sie zu tun haben, sie uns zu senden. Vielleicht wird gerade Ihre Liebesgeschichte als die originellste ausgewählt und Sie gehen auf die zu gewinnende Traumreise", stand dort.

Ich überlegte, was schreiben, denn die Wahrheit kam klarerweise nicht in Frage. Ansonsten, dachte ich, was könnte ich sagen: Zwei liebten einander ... dann nagten die äußeren Umstände an der Liebe, die Welt der Arbeit, des sozialen Drucks, das System des Lebens, das uns am Ende sogar im Intimen einholt ... Nein, das klang überhaupt nicht romantisch. Genau genommen klang es antiromantisch. Ich überlegte weiter. War die Sache gut erzählt? War das überhaupt die Geschichte?

In jedem Fall war die Geschichte auch nicht annähernd so romantisch, wie es das Liebesgenre verlangt. In dieser Erkenntnis lag etwas, das mich erzürnte. Ich musste daran denken, wie schwer es eigentlich war, unsere Romanze nachzuerzählen ... denn das Genre der Liebe erkennt eine Liebe nicht an, die wie unsere wegen äußerer Umstände untergeht.

Das Genre Liebe sieht von hoch oben auf das System herunter und besiegt es. Was das Genre der Liebe betraf, so hatten Sanja und ich keine Liebe. Aber das Genre lügt, das wusste ich. Die Liebe ist nicht völlig isoliert, sie schwebt nicht in den Wolken, sie ist nicht nur unsere Sache, das wusste ich.

Letzten Endes, so dachte ich, kann es geschehen, dass die Liebe existiert, aber dass das Paar untergegangen ist. Nein, solche Geschichten gibt es nicht, sie sind zu kompliziert, möglicherweise depressiv, denn sie zerstören den Mythos der Liebe, den Glauben an die Allmacht der Liebe, und niemand will sie, dachte ich.

Dann las ich die gestrige Liebesgeschichte, um zu sehen, wie das auszusehen hat. Die Geschichte hatte angeblich Ružica Veić aus Biograd eingesandt, wobei der Zeitungstext die Romanze „in aller Kürze nacherzählte". Ružica hatte angeblich als Babysitterin in Rio de Janeiro gearbeitet, wo sie sich voller Feuer verliebt hatte, um am Ende mit ihrem Brasilianer nach Kroatien zu kommen ...

Es stand nicht da, ob der Brasilianer ein Schwarzer oder ein Weißer war. Während Ružica Veić aus Biograd das sicherlich erwähnt hätte, hatte Silva es in ihrer, wie ich mir vorstellte, romantischen Glut völlig zu erwähnen vergessen. Kritiker hätten gesagt, sie habe eine erkennbare Handschrift.

Gut, dachte ich, vermutlich ist das das Schema: Das Mädchen muss an einen attraktiven Ort gehen, der nach Romanze riecht, sich dort verlieben, dann aber wieder heimkehren, denn es war wohl nicht zu empfehlen, dass diese Geschichten die Emigration propagierten.

Ich suchte um zu sehen, ob es noch einen *Danas* unter dem Haufen an Zeitungen neben der Couch gab. Ich fand die Samstagsausgabe. Die Liebesgeschichte war fast die gleiche, nur war Ljerka Mršić aus Osijek eine Archäologin und der Typ ein reicher Neapolitaner, bei dem sie, durch bloßen Zufall, auf kroatische Wurzeln gestoßen war.

Gut.

So soll es also aussehen.

Ich trank ein wenig Bier.

Dann tippte ich die Überschrift ein: *MILKA FINDET IHRE WAHRE LIEBE IN MEXIKO.*

Und es lief sofort: *„Die Liebesgeschichte der 25-jährigen Milka Radičić aus Vrbovac und des vier Jahre älteren Eduardo Castillo ist in der Tat ungewöhnlich, begonnen hat sie in Mexiko, wo sie hingegangen war, um als Babysitterin zu arbeiten. Bevor sie nach Mexiko ging, lebte Milka in einer Beziehung mit Borna, der ihr versprach, auf sie zu warten, damit sie heiraten könnten. Allerdings wurde Milkas Leben in Mexiko völlig durcheinandergewirbelt ...“*

Silvas Anruf riss mich aus der Geschichte heraus. Sie war in dem Warteraum aufgewacht, hatte die Nachricht gesehen ...

Sie sagte, dass es dem Kleinen besser gehe, dass sie das Fieber gesenkt hätten, dass sie Markatovićs Lippe genäht hätten, dass sie ihn aber noch ein paar Tage dabehalten würden, da er, wie es schien, zwei gebrochene Rippen hatte. „Scheiße“, sagte ich. Und setzte hinzu: „Ich werde ihn morgen besuchen.“

Sie fragte, wie es mit der Liebesgeschichte gehe.

Ich sagte: „Ich sehe mir deine an und kopiere sie.“

„Das ist das Beste“, sagte sie. „Wir hören uns morgen früh.“

Ich schrieb weiter: *„Als sie in Mexiko auf die Hazienda von Alex Castillo kam, auf dessen Kinder sie aufpassen sollte, war Milka überrascht, als sie sah, dass die Hazienda am Fuße eines Gebirges lag, dessen Gipfel von Rauch ummantelt war. Alex' jüngerer Bruder Eduardo erklärte ihr, dass sie sich unterhalb des Vulkans Popocatepetl befänden, weshalb alle in seiner Familie seit jeher einen gepackten Koffer mit den wichtigsten Sachen unter dem Bett hätten. Jeder Castillo lebe praktisch von der Geburt an, sagte Eduardo, mit einem reisefertigen Koffer, was sich auf* *ihren Familiencharakter und ihre Weltanschauung auswirke. Obwohl es sich bisher nicht als notwendig erwiesen habe, dass auch nur ein Castillo irgendwohin habe verreisen müssen, seien sie jederzeit bereit, alles zurückzulassen und sich ins Unbekannte aufzumachen. So ist das Leben unter einem Vulkan, sagte Eduardo zu Milka.“*

„Wie denn sonst!“, sagte ich zu mir.

„Eduardo gefiel Milka auf den ersten Blick. Und sie ihm auch. Sie war die erste Babysitterin, die nicht vor dem Popocatepetl erschrak und weglief. Er erkannte sofort, dass Kroatien ein Land der mutigen Frauen ist. Bald entflammte die Liebe zwischen Eduardo und Milka.“

Ich machte eine kleine Pause. Man muss das Ganze noch ein bisschen auswalzen, überlegte ich, es geht zu einfach …

„Doch Milka musste nach sechs Monaten wieder nach Kroatien zurückkehren. Sie und Eduardo trennten sich am Fuße des Popocatepetl mit dem Gedanken, dass sie einander nie wieder sehen würden. In diesem Moment hätte sie sich fast gewünscht, dass der Vulkan ausbricht und Eduardo seinen Koffer nimmt.

Dann bekam sie Gewissensbisse wegen dieser Gedanken, denn das wäre für Eduardos Familie der Untergang gewesen, aber ihr Wunsch war so stark, dass sie Angst bekam, er könnte wirklich in Erfüllung gehen. Auf dem Weg betete sie zu Gott, dass er nicht in Erfüllung gehe. Sie dachte an das Schlimmste: Dass der Vulkan ausbricht, aber Eduardo es nicht schafft, mit dem Koffer zu fliehen … Mit diesen Gedanken kam sie nach Kroatien, wo sie sofort erfuhr, dass Borna in ihrer Abwesenheit etwas mit Lana angefangen hatte, die ihre Kusine war, was Milka zusätzlich traurig machte. Außerdem konnte sie in diesen schweren Momenten niemand verstehen, stattdessen sagten sie zu ihr, dass sie eben nicht nach Mexiko hätte gehen sollen.

Überraschenderweise rief sie nach einer Woche Eduardo an und sagte ihr, er werde seinen Koffer nehmen und nach Kroatien kommen. Erschrocken fragte sie ihn, ob der Vulkan ausgebrochen sei, aber er sagte, dass es sich nicht darum handele. Ich komme der Liebe wegen, sagte er, und Milka begann vor Erleichterung und Glück zu weinen.

‚Nach kurzer Zeit haben Eduardo und ich in Kroatien geheiratet, sind dann nach Mexiko gefahren und haben dort noch einmal geheiratet', schrieb uns Milka und fügte hinzu, dass sie sich dennoch entschlossen hätten, in Kroatien zu leben, damit sie ihr Studium zu Ende bringen könne, da sie sich gerade auf der Geologie eingeschrieben habe."

Ich dachte, dass dieser Schluss mit der Rückkehr nach Kroatien ein wenig aufgelegt aussah. Aber wir können das eigene Land ja nicht als einen Ort darstellen, von dem alle flüchten wollen. Wie auch immer, ich denke, das ist für Silva okay. Ich tippte ihre E-Mail-Adresse ein und klickte auf *Senden*.

Gegen Mittag rief mich Silva an. Sie war zufrieden.

„Meinst du, dass es wahr klingt?", fragte ich.

„Wen kümmert es", sagte sie. „Wer möchte in Wirklichkeit eine wahre Liebesgeschichte?"

Dann sagte sie, dass ich ein richtiges Talent dafür hätte. Sie setzte hinzu, dass ich mit diesem Talent etwas verdienen könne, wenigstens solange ich nicht etwas anderes gefunden hätte. Sie sagte, dass sie mich, wenn ich wolle, zur *Violetta* bringen könne, einem Frauenmagazin der PEG, um kleine Liebesromane für sie zu schreiben, die für gewöhnlich in der Zeitungsmitte geschaltet würden und die ich mit einem fremdländischen Frauennamen unterschreiben würde. Das muss man mit fremden Namen unterschreiben, denn das Publikum mag keine heimischen Namen bei Verfassern von Liebesgeschichten, weil sie nicht feinfühlig genug klingen, sagte sie. Also, wenn ich schreiben wolle, jetzt, solange ich ohne Arbeit sei, würde keiner wissen, dass ich das bin.

* * *

Eines Abends trafen wir uns auf ein Bier in einem abgelegenen Café voll mit Spiegeln. Sie zählte mir das Honorar auf die Hand. Dann hörte ich ihr zu, wie sie mit dem Geschmack jener Redaktionsfrustration, die ich schon vergessen hatte, über Charlie redete, der, nachdem Pero weg war, Chefredakteur geworden war. Die Rolle des Chefs hatte ihn neu geboren ... „Er läuft mir nicht mehr nach", sagte Silva und besah sich unbewusst im Spiegel, wohl um einzuschätzen, wie viel sie von ihrer Attraktivität verloren habe. Dario sei, fuhr sie fort, ebenfalls aufgestiegen; er laufe jetzt Charlie wie ein Schatten hinterher, nachdem er Sekrétar aus dem Spiel geworfen habe, den die Parteienarbeit vor Ort fertigmache, sein Cholesterol sei durch die Decke gestiegen, sie könnten ihn in die Pension schicken ... Der Herausgeber, das wusste ich, sei Präsident des Tennisverbandes geworden; à la longue ziele er auf das Olympische Komitee ...

Ein Wort gab das andere, wir betranken uns bis Feierabend, und als uns die Kellner baten, das Lokal zu verlassen, sagte ich: „Gehen wir zu mir? Wir können an der Tankstelle noch etwas zum Trinken mitnehmen ..."

Sie hielt kurz inne, dann sagte sie: „Meinst du?"

„Nein, meine ich nicht", sagte ich.

Wir lachten und schwankten die Straße hinunter.

Wir landeten im Bett.

Nach dem Sex schlief sie ein, und ich atmete neben ihr auf der ausgezogenen Couch.

Sie wachte nach anderthalb Stunden auf – die ersten Lichtstrahlen drangen durch die Jalousien –, und sie sah mich, wie ich am Tisch saß, mit einem Bier.

„Geht es dir gut?", fragte sie.

„Okay", sagte ich. „Ich kann nur nicht schlafen."

„Nur langsam", sagte sie und suchte ihren BH. „Ich bin schon weg ..."

„Nein, schlaf du nur", sagte ich.

„Aber ich muss nach Hause“, sagte sie. Sie stand auf und suchte die restlichen Kleidungsstücke.

Ich schwieg. Ich dachte, dass ich sie zurückhalten sollte, ich war aber kaum fähig für ein Gespräch, und eigentlich wollte ich allein sein.

Sie zog sich im Halbdunkel an. Sie kam auf mich zu. Sie beugte sich ein wenig vor und sah mir in die Augen: „Null Problemo.“

Wahrscheinlich hatte sie auf meinem Gesicht eine gewisse Panik gesehen. Mir schien es, als wäre dies das Ende unserer Freundschaft. Andererseits hatte die Liebe nicht angefangen.

„Mir ist alles klar“, sagte Silva.

Ich hob fragend den Blick.

„Sie ist noch immer in deinem Kopf“, sagte sie.

Ich zog eine irgendwie unbestimmte Grimasse.

„Aber du wirst sie rauswerfen müssen, weißt du“, sagte sie.

„Das hat doch nichts damit zu tun“, sagte ich, um nicht zu schweigen.

„In jedem Fall hat das nichts mit mir zu tun“, sagte sie, während sie nervös ihre Sachen auf dem Tisch suchte. „Ich bin cool. Ich hatte so viel Scheiße, dass einer allein es nicht glauben würde. Mich kann gar nichts ... Ich sage es dir nur, deinetwegen. Du musst diese Geschichte aus deinem Kopf hinauswerfen, als hätte es sie nie gegeben.“

„Ach hör mal ...“, ich wollte das alles irgendwie umgehen.

„Glaub mir, ich weiß, was das ist.“

Ich dachte, dass es gut wäre, sie zu lieben. Sie hat die Liebe verdient, dachte ich.

Aber der Gedanke an die Liebe bedrückte mich. Ich stellte mir einen Wirbel vor: Als würde ich an einem Fluss stehen und ihm zusehen, mit dem Wunsch draußen zu bleiben.

„Ja, vermutlich“, sagte ich. „Willst du, dass ich dir einen Kaffee mache?“

Sie holte Luft, als versuchte sie etwas hinunterzuschlucken.

„Gut, in Ordnung!“, sagte sie energisch, wie ein Handwerker, auf den noch Arbeit wartet.

„Silva, ich schätze dich sehr, wirklich“, sagte ich, während sie den Kaffee trank.

Sie runzelte die Falten um die Augen und lächelte ironisch.

„Sei nicht so direkt“, sagte sie.

Später rief sie ein Taxi.

* * *

„Sie haben sie freigegeben!“, rief Markatović am Telefon.

Er hatte mich geweckt.

„Wirf den Computer an!“, rief er.

Ich murmelte etwas. Ich sah auf die Uhr: zehn Uhr fünfzehn.

„Mach den Compi an, schau die Börse! Sie hat angefangen!“, rief er. Seine Rippen waren schon ganz solide zusammengewachsen. Die Unterlippe war in der Mitte noch etwas dicker geblieben, was ihm nicht schlecht stand. Den Einser ließ er sich überziehen.

Ich tat, wie er mir gesagt hatte, und sah endlich den Ticker im Laufband. RIBAG: seit Eröffnung des Handels um acht Punkte gestiegen.

Ich rief Markatović an: „Das könnte mich retten ...“

„Es wird noch besser werden“, rief er. „Es muss! Bis zu meinem Preis ist es noch ein weiter Weg, aber sie kommt, sie muss kommen, sie muss angewatschelt kommen!“

„Hoffentlich tut sie das“, ermutigte ich ihn, fast wie damals.

Schon geraume Zeit wussten wir, dass die Sache mit der Bank in Ordnung kommen musste, da der Staat das Mehrheitspaket der Aktien und die Schulden übernommen hatte. Der Fall war kein Anlass für ein Volksfest, aber die Region um Rijeka konnte aufatmen, so wie auch ich und Markatović. Wir hatten nur gewartet, dass die Handelssperre wieder aufgehoben wurde, um unsere alten Gelder zu retten, die wir investiert hatten, als wir noch, wie mir scheint, andere Menschen waren.

„Ich möchte nur wieder auf das Meine kommen – das ist mein Ziel. Wenn ich auf null komme, steige ich aus!“, rief Markatović.

„Du kommst auf null, langsam“, ermutigte ich ihn, gemäßigt.

„Ich habe meine Quote an Scheiße doch wohl erfüllt“, sagte Markatović.

„Ich doch wohl auch“, sagte ich.

„Scheiße, wenn ich auf null komme, wirst du dick verdienen!“, rief Markatović.

„Werden wir sehen“, sagte ich. Ich wollte ihn nicht entmutigen, aber ich hatte nicht die Absicht, bis zu seinem Preis zu warten. Ich dachte daran, dass ich eigentlich nie die Absicht hatte, in dieses Spiel einzusteigen. Ich dachte an jene besoffene Kokainnacht.

„Beobachte es und gib mir den Stand durch. Ich muss zu einer Besprechung, ich kann es nicht beobachten“, sagte Markatović.

Ich blieb vor dem Computer sitzen.

Ich beobachte die Börse, all diese Zahlen, die andauernd wechseln ...

Ich beobachte: Ich sehe mich an jenem Tag, als ich die Gelder in diese verdammte Aktie gesteckt habe.

Wie ich anschließend im Sessel saß und wie ein Verrückter in der Wohnung umhersah ... Wie lange war das her ...

Als würde ich hineintauchen, sehe ich immer zuerst den Raum, die Wohnung, in der wir gelebt haben ... Die Wohnung, auf die ich vor einigen Tagen zufällig im Anzeigenblatt gestoßen bin, als ich mal nachsehen wollte, was gerade vermietet wird, denn das tue ich wie besessen, auf der Suche nach einem besseren Ort.

Ich las die Wohnungsbeschreibung, die Lage, aber ich hatte das alles wohl schon verdrängt, begriff nicht sofort, dass das jene Wohnung war, bis ich dann anrief und die Stimme unseres alten Vermieters erkannte.

Ich schwieg, und er sagte: „Hallo, hallo, können Sie mich hören ..."

Auch sie ist also weggezogen.

Unsere alte Wohnung, leer. Ich sehe sie für einen Augenblick.

Ich legte auf, ich hatte nicht nach dem Preis gefragt.

Ich verfolgte die Transaktionen um die RIBAG. Die Aktie stieg.

Es würde bald angezeigt sein, aus diesem Spiel auszusteigen.

Flashmob

Das Shoppingcenter am Rande des Viertels unterschied sich nicht von anderen. Alle sehen sie aus wie kleine mittelalterliche Städte: eine Burg, mehrere Gassen, wie Hum in Istrien, eine Mikropolis ...

Hier hat der Mensch endlich das Recht, ins Leere zu sehen. Manche machen Yoga, Meditation, sie erreichen die Leere; ich komme hierher. Ich gehe langsam, spähe auf die Regale, berühre manche Dinge, sehe ins Nichts.

Menschen sind hier, aber als wären sie nicht hier.

Ich nahm mir einen Wagen und schob ihn vor mir her.

Am Eingang, der einem Triumphbogen ähnelt, tippte mir jemand auf die Schulter. Eine weibliche Stimme sagte: „He!"

Ich brauchte einen Augenblick, um sie zu erkennen.

Sanja.

Sie schob die dunkle Sonnenbrille hoch, als wäre sie aus dem Wasser aufgetaucht.

Ich muss sie wohl etwas verschreckt angesehen haben, also setzte sie eine Miene auf, wie um sich zu entschuldigen.

„He?", sagte ich heiser. „Wo kommst du denn plötzlich her?"

Wir blieben kurz stehen, als wüssten wir nicht, was wir mit unseren Körpern anfangen sollten. Dann küssten wir uns auf die Wangen, ohne uns einander völlig zu nähern ... Ich kannte dieses Parfüm ... Ich trat einen Schritt zurück.

„Tja", sie lächelte, ihr Blick war allerdings auf der Flucht. Als wäre es ihr zugleich lieb und unangenehm, dass sie mich getroffen hatte.

Ich sagte: „Tja, ich gehe einkaufen und so. Ich bin hier gleich in der Nähe."

Ich schob den Einkaufswagen ein wenig nach vorn und ging etwas vom Eingang weg.

„Aha", sagte sie und sah mich an. „Geht es dir gut?"

„Okay", sagte ich. „Und dir?"

„Okay", sagte sie.

Ich musste daran denken, dass sie nicht sagen durfte, dass es ihr ausgezeichnet ginge, damit es nicht den Anschein hatte, es ginge ihr zu gut ohne mich.

Aber sie sieht so aus, ausgezeichnet, dachte ich.

„Du hast dich verändert ...", sagte sie leise. Sie lächelte unsicher.

Das hättest du nicht zu sagen brauchen, dachte ich. Ich hatte jene Persönlichkeit überwunden. Das lässt sich nicht rekonstruieren.

„Es ist seltsam, dich zu sehen", sagte ich.

„Hm, weißt du …“, sie sah auf die Uhr. „Ich habe es eilig …“, sie wurde unruhig. Dann setzte sie hinzu, als hätte sie sich an etwas Rettendes erinnert: „Aber du kannst mitkommen!“

Ich blies ein wenig die Luft aus und sagte: „Nun ja …“ Und noch: „Ich weiß nicht. Wohin?“

„Ach weißt du … Du wirst denken, dass ich verrückt bin“, sagte sie.

„Wieso?“

„Also … Du bist hier … Und jetzt ist es mir einfach so gekommen, dich einzuladen …“

Ich sah sie an. Woran dachte sie? Ich weiß nicht, ob es Hoffnung oder Angst war, als ich daran dachte, dass sie etwas von mir wollte. Sie fuhr sich mit einem nervösen Lächeln durchs Haar. Sie hatte eine seltsame Frisur.

„Kein Problem, sag nur!“, sagte ich.

„Schau“, sagte sie und sah auf die Uhr. „Wir werden hier etwas Sinnloses machen.“

Ich hob die Augenbrauen.

Sie fuhr fort: „Wir sind nur ein paar. Zum Großteil Mädchen. Es hätten mehr von uns kommen sollen, aber … Du kannst dich anschließen. Es fängt in ein paar Minuten an, und alles in allem wird es etwa zehn Sekunden dauern …“

In ein paar Minuten? Es wird etwa zehn Sekunden dauern? Für einen Augenblick hatte ich vergessen, wo ich mich befand. Was für Mädchen? Sie war allein.

„Was müssen wir machen?“, fragte ich besorgt.

„Wir müssen genau um Vier-Null-Null, auf die Sekunde genau, dort hinter die Kasse 6 kommen, drei, vier Meter dahinter. Also, dort beim Durchgang, damit sie uns von den Kassen und von überall her sehen, siehst du dort?“

„Aha“, sagte ich.

„Dort gehen wir um Vier-Null-Null hin. Wenn deine Uhr nicht richtig geht, meine tut es, also geh mir nach … Und wir kommen dorthin und so und brüllen plötzlich: ,Wir sind die Cham-pi-gnons'!"

Hier lachte sie.

Irgendwann früher hätte ich diesen *joke* wohl verstanden ... Ich lächelte wie ein höflicher Ausländer.

Sie sah, dass ich sie nicht verstand, und ich sah die Spur Bangigkeit, die sie mit einem Lächeln überdecken wollte, denn ich konnte ihr Gesicht lesen, jede Miene und jede Geste, das war sicher beiderseitig, und so fühlte ich mich durchsichtig, da ich wusste, dass man mir alles ansehen kann.

Für einen Moment war ich mir bewusst, wie wir ein wenig angespannt dastanden, einen Meter voneinander entfernt und darauf achtend, dass nicht eine falsche Bewegung aus der Vergangenheit zu sehen ist.

Sie packte ihr Haar mit den Händen, als wollte sie es auf einmal zu einem Pferdeschwanz binden. Sie sah mich von unten herauf an.

„Wir sind die Champions?", fragte ich. „So wie aus dem einen Lied?"

„Ja, aber ... nicht ‚Champions', sondern ‚Champignons'", sagte sie, als wäre es ihr ein wenig unangenehm wegen diesem komischen Wort. Aber sie fuhr fort, ein wenig außer Atem: „Wir skandieren das ... Zwei Mal. Wir rufen es ein Mal, atmen ein, dann rufen wir es ein zweites Mal, aus voller Kehle. Dann gehen wir schnell auseinander. Wir gehen nicht gemeinsam. Jeder geht in seine Richtung."

„Champignons ...", sagte ich. „Pilze?!"

„Ja!", sagte sie, so, als hätte ich endlich alles begriffen.

„Wieso?", fragte ich.

„Da gibt es keinen Sinn", sagte sie. „Absolut keinen."

„Aha?"

„Da gibt es absolut keinen Sinn", bestätigte sie und lächelte wieder, als würde sie erwarten, dass ich etwas begreife.

Ich fühlte, wie es mir schwerfiel, mit ihr zu reden. Ich sah sie an. Sie ist so weit weg.

„Das ist unsere Aktion“, sagte sie. „Das nennt man Flashmob.“

„Ja ... Aber ich bin nur gekommen, um etwas einzukaufen“, sagte ich. Und fügte hinzu: „Ich bin ein gewöhnlicher Bürger, ich bin kein Künstler ...“

Nein, ich hatte nicht die Absicht zu rufen, ich sei ein Champignon.

„Okay ... Ich habe nur gedacht ... Aber es macht nichts“, sagte sie und sah hinunter, auf die Uhr. „Ich gehe!“

Ich sah, wie sie zwischen den Menschen verschwand.

Dann ging ich, den Wagen heftig anschiebend, ihr trotzdem nach, auf Distanz, um zu sehen, was passieren würde.

Sie war in der Nähe von Kasse 6, als sie sich umdrehte und mich sah. Sie zwinkerte und zuckte mit der Schulter, als ermunterte sie mich zur Flucht.

Ich sah, wie aus mehreren Richtungen Mädchen kamen. Ich sah auch Ella unter ihnen und war überrascht, wie sehr sie abgenommen hatte. War das überhaupt Ella? Mir schien es, als wären auch einige Typen hinzugekommen. Zum Teufel, das waren doch Doc und Jerman!

Ich beschleunigte meinen Schritt und war bis auf drei, vier Meter an sie herangekommen, als sie eine Gruppe formierten. Sie waren an die fünfzehn. Ich ließ den Wagen los.

Ich trat im selben Moment zu ihnen, als man vereint hören konnte: „WIR SIND DIE CHAM-PI-GNONS!!!“

Es war unerwartet, es wirkte wie ein Donnerschlag.

Ich trat unter sie. Beim zweiten Anlauf rief ich, zusammen mit den anderen, aus voller Kehle: „WIR SIND DIE CHAM-PI-GNONS!!!“

Ich sah mich um. Die Leute schauten oder drehten sich erst in unsere Richtung ... Ich kriegte mit, dass die anderen rasch verschwanden, also machte ich auch ein paar große Schritte. Ich kam zu meinem Wagen und begann ihn zu schieben, als wäre nichts gewesen.

Ich ging in die Getränkeabteilung. Ich drehte mich um und sah in Richtung Kasse 6.

Auf den Gesichtern konnte man Verwirrung sehen. Eine Kassiererin zeigte einer anderen die Stelle, wo wir gestanden hatten. Die Leute in der Schlange bestätigten es. Dort, wo wir gestanden hatten, konnte man nur den polierten Boden sehen. Nichts.

Mein Herz klopfte heftig. Wir sind ihnen entkommen. Sie wissen nicht, was das war. Ich verspürte ein seltsames Glück. Wir waren einfach verschwunden.

– Ende –